读客®

全球顶级畅销小说文库

全球文化，尽收眼底；
顶级经典，尽入囊中！

JODI PICOULT

消失的我

VANISHING ACTS

[美]朱迪 · 皮考特 著

颜湘如 译

北京联合出版公司
Beijing United Publishing Co.,Ltd.

图书在版编目（CIP）数据

消失的我 / (美) 朱迪·皮考特著；颜湘如译. --
北京：北京联合出版公司, 2017.2
（读客全球顶级畅销小说文库）
ISBN 978-7-5502-9717-3
Ⅰ.①消… Ⅱ.①朱… ②颜… Ⅲ.①长篇小说—美
国—现代 Ⅳ.①I712.45
中国版本图书馆CIP数据核字(2017)第023163号

消失的我
作者：[美]朱迪·皮考特
译者：颜湘如
责任编辑：李征
选题策划：读客图书 021-33608311
特约编辑：夏文彦 赵思婷
封面设计：刘倩
版式设计：陈宇婕
责任校对：绳刚 曹振民

北京联合出版公司出版
（北京市西城区德外大街83号楼9层 100088）
三河市良远印务有限公司印刷 新华书店经销
2017年2月第1版 2017年2月第1次印刷
字数 314千字 890毫米×1270毫米 1/32 13.25印张
ISBN 978-7-5502-9717-3
定价：49.90元

如有印刷、装订质量问题，
请致电010-85866447（免费更换，邮寄到付）

这本书献给凯蒂·戴斯蒙

她在我结婚当天喂我吃奥利奥饼当早餐

她懂得欣赏蓝色麂皮鞋的时尚感

而且知道乘“伊丽莎白二世”豪华邮轮出航的第一夜

究竟死了多少人

人偶尔会碰上好运气

交到难忘的朋友：对我而言，你就是。

“我们几乎要问：除了由爱所启发的字眼之外，还有哪些是值得纪念并一再重提的？曾有人吐露过这样的话语，真是美妙。这种话语确实稀有罕见，但却像一串音符不断地重复，再由记忆加以调整。其他所有字眼则都随着将内心包覆得近乎窒息的灰泥层层剥落。如今我们应该不敢再大声重复，也受不了随时听到这些话语。”

——梭罗《在康科德河与麦立马克河上的一周》，一八四九年

楔　子

我六岁时第一次消失不见。

当时我父亲正在老人中心为一年一度的圣诞演出秀做魔术表演，而他的助手，也就是镶了一颗真金牙，还戴了浓密得有如蜘蛛网的假睫毛的接待员感冒了。我正准备要恳求父亲让我参与表演，不料他却先开口要求，好像是我帮他的忙。

刚刚说了，我当时六岁，仍然相信父亲的确能从我的耳朵里掏出硬币，能在柯雷班太太的雪尼尔家居服褶缝中找到一束花，还能将范鲁恩先生的假牙变不见。有些老人家会来这里玩宾果游戏、做椅子操，或是观赏那些音效有如放焰火般噼啪响的黑白电影，而他就随时为他们表演这些小把戏。我知道其中有些部分是假的，例如他用蕨菜做的胡须和两面都是正面的二十五分硬币，但也百分之百相信他能用魔术棒送我进入某个混沌地带，直到他认为时机成熟再将我唤回。

圣诞演出当晚，我们镇上有三家赡养院的居民不畏寒冷风雪，搭着巴士来到老人中心。他们围成半圆形看我父亲表演，我则在后台等候。当他介绍“不可思议的珂迪莉娅”出场，我便穿着平时收在戏服箱内的亮片紧身衣走出去。

那天晚上我学到许多。例如，担任魔术师助理意味着直接面对幻像。隐形其实只是以特定的方式扭曲身体，让黑幕盖住全身。人不会凭空消失。当你找不到某人，那是因为你被误导看往他处。

第一章

我想这与爱有关：你愈爱一段记忆，记忆就会愈强烈也愈奇怪。

——弗拉基米尔·纳博科夫

迪莉娅

一个人活在世上，不可能不留下一点蛛丝马迹。有些是具体的轨迹，如信用卡收据、约会日程表与对他人所做的承诺。有些则是极细微的线索，如指纹，除非知道如何搜寻，否则永远也见不到。但即使没有任何这类线索，也还有气味。我们生活在一片云尘中，无论是查看电子信箱、慢跑或与他人共乘，这片云尘都会随之移动。我们的表皮细胞无时无刻不在掉落（每分钟四万个），然后如气流般沿着双脚上升直到下腭处。

今天，来到杂草丛生的山脚时格丽塔加快了脚步，我只好追着它跑。我整条腿沾满脏污烂泥，偏偏我的寻血猎犬似乎毫不在意。来到这条小径后，可怕的情况并未改善，反而更叫人寸步难行。

新罕布什尔州卡罗尔警署的警员本该陪在我身边，却已落在后面。他看了看格丽塔正强行通过的地区形势，摇摇头说："算了吧。一个四岁的小孩不可能穿过这片杂乱草木。"

其实，他说得八成没错。傍晚的这个时间，地面温度随着落日下降，气流顺坡而下，也就是说尽管小女孩很可能是穿越远处较平坦的地区，格丽塔却闻得到她飘浮在空中的气味。"但格丽塔不这么认为。"我说。

做我这一行，绝对不能不信任伙伴。相较于我这一平方英寸大小的鼻子，狗鼻有一半面积都附有嗅觉细胞。所以如果格丽塔说霍莉·贾迪纳走出“棍子与石头”托儿所，爬上了欺瞒山顶，我就得跋涉上山去找她。

格丽塔扯动十五英尺长的皮带，一下子猛冲了几百英尺。它是一条漂亮的寻血猎犬，有个黑色的美人尖、一身棕色软毛，像个站在看台上看别人跳舞的笨拙女孩。它绕一块平滑光秃的岩石转了两圈，然后斜眼看我，长脸上的皱褶显得更深。气味会集结，就像将石头丢入水塘会产生涟漪。这里是孩子停下来休息的地方。

“把她找出来。”我下令道。格丽塔四下找寻，希望重新发现那种气味，接着便奔跑起来。我以最快速度追着狗跑，不料一截树枝啪地回弹打在我脸上，我惊跳之余，左眼也割出一道伤口。我们飞奔过杂乱的藤蔓，冲入一条通往某片林间空地的狭窄小径。

小女孩就坐在湿湿的地上，全身发抖，双手紧抱住膝盖。一如往常，她的脸一度变成苏菲的脸，我必须极力克制以免一把抓住她，把她吓个半死。格丽塔一跃而过在原地蹦跳着，这就表示它在托儿所闻过毛线帽的气味后，循迹追踪了六英里来到此处，终于找到帽子的主人。

女孩眨巴着眼望着我们，之后才慢慢摆脱恐惧。“你是霍莉对不对？”我蹲到她身边问道，同时转身脱下被体温烘得温热的夹克，披在她如晾衣夹般瘦小的肩膀上。“我叫迪莉娅。”我吹了声口哨，狗随即碎步跑上前来，“这是格丽塔。”

我为格丽塔脱下工作时穿戴的绳具，它奋力地摇着尾巴，全身晃动得像个节拍器。小女孩走上前来拍拍狗，我迅速做了一番目测。“你有没有受伤？”

她摇摇头，并一眼瞥向我眼睛的伤口。“是你受伤了。”

就在这时候，卡罗尔的警员上气不接下气地冲进林间空地，气喘吁吁地说："想不到你真的找到她了。"

我总能找到人。但并不是这份优异成绩让我留在这一行，我不是为了刺激感，甚至不是因为可能看到完美结局。仔细想想，其实是因为迷失的人是我。

我远远地看着她们母女团聚：霍莉整个人没入母亲怀里，两人都松了一口气，合二为一。即使她属于不同种族或做吉卜赛人装扮，我也能从人群中一眼看出这个女人：因为只有她显得魂不附体、若有所失。

我所能想象到的最可怕的事就是失去苏菲。怀孕时，一心只想快点恢复自由之身，但生产完后才明白你身体的最大部分其实已经脱离了你，暴露在各种危险与消失的可能性当中，因此，接下来的一生便尽可能想方设法不让孩子远离以为慰藉。当母亲就是这么奇怪：总要有了自己的孩子以后，才会发现没有孩子是多么令人遗憾。

无论我和格丽塔搜寻的对象是老是少、是男是女，那个失踪者总会在某人心目中占着重要地位，就像苏菲在我心中一样。

我知道，我与苏菲的紧密联系有一部分纯粹出于过度补偿的心理。我三岁时母亲便去世了。我像苏菲这么大的时候，常常听到父亲说"我在一场车祸中失去妻子"之类的话，却始终无法理解：如果他知道她在哪里，直接去找她不就好了？我花了一辈子的时间才终于明白：没有价值的事物便无所谓失去，因为不在乎就不会想念。但当时的我还太小，没能储存许多关于母亲的记忆。有好长一段时间，我只记得她的气味，香草混合苹果的味道能把她带回来，仿佛她就站在一英尺之外。但后来这也消失了。少了这关键线索，即便是格丽塔也找不到人。

格丽塔坐在我身边，用鼻子磨蹭我的前臂，这才使我想起自己在流血。不知道需不需要缝伤口，也不知道父亲会不会再次长篇大论地训斥我应该找个安全一点的工作，像是赏金猎人或防爆小组组长等等。

有人递给我一块纱布垫，让我盖住眼睛的伤口。我眼睛往上一瞄，原来是我最好的朋友费兹，他刚好也是我们州发行量最大的报纸的记者。“那家伙长什么样子？”他问我。

“攻击我的是一棵树。”

“是吗？我听说它们都是虚张声势。”

费兹威廉·麦克默瑞住在我家附近，艾瑞克·泰科特也是。父亲总喜欢叫我们孪生三胞胎。我和他们俩有说不完的故事，比如在柏油路上用食盐让水蛭脱水、从小学教室屋顶上丢水球、偷抓体育老师的猫等等。小时候，我们三个有如连体婴，长大后依然十分亲密。事实上，费兹将会在我的婚礼上扮演双重角色：既是艾瑞克也是我的伴郎。

从这个角度看去，费兹异常巨大。他身高六英尺四英寸，一头红色乱发简直就像着了火。“我需要听听你的说法。”他说。

我早就知道费兹终究会从事写作，只是我以为他会写诗或说故事。他从小就会像其他小孩玩石头和树枝一样地玩文字，打造基本架构后让我们其他人发挥想象力加以装饰。“自己编吧。”我说。

他笑起来：“拜托，我是替《新罕布什尔报》工作，不是《纽约时报》。”

“请问一下……”

一听到女人的声音，我们俩同时转头，只见霍莉·贾迪纳的母亲注视着我，仿佛有千言万语却一时找不到适当字眼。“谢谢你，”她终于说出口，“太谢谢你了。”

“谢谢格丽塔吧。”我回答道，“都是它的功劳。”

女人眼眶噙着泪水，这一刻的沉重压力像雨水般来得又急又猛。她抓住我的手用力一捏，两个母亲之间有一股心电感应交流，随后她便回到正在照顾女儿霍莉的救援队员旁边。

长大以后，我有时会十分想念母亲：当其他同学的父母亲都来听假日音乐会，当我第一次来月经时坐在浴缸边缘和父亲一起阅读卫生棉条包装上的说明，当我初吻艾瑞克、觉得整个人快要爆炸。

还有现在。

费兹伸出手臂挂在我的肩上。“你没错过什么，”他轻声说道，“大多数人的父母两个加起来都还比不上你爸爸。”

“我知道。”我嘴里这么说，眼睛却看着霍莉和母亲手牵手一路走回车上，好像两颗珠宝挂在随时可能断裂的细绳上。

当天晚上，我和格丽塔上了晚间新闻头条。在新罕布什尔州乡间播报新闻，没有帮派斗殴、命案与连环强奸案，有的是谷仓烧毁、地方医院剪彩与像我这样的地方英雄。

父亲和我站在厨房里，正在准备晚餐。“苏菲怎么了？”我盯着全身软趴趴躺在客厅地毯上的苏菲，皱起眉头问道。

“她累了。”父亲说。

我去幼儿园接她回家后，她偶尔会睡个午觉，但今天我出勤找人，父亲只得把她带回老人中心待到关门时间。不过，奇怪的不止如此。我回家时，她并没有赶到门口，等着告诉我重大事件：像是下课时间谁秋千荡得最高、易丝莉老师读了哪本书给他们听、点心是不是跟前两天一样又是红萝卜和奶酪。

“你有没有量她的体温？”我问道。

“不是还有温度吗？”他对我咧咧嘴，我则翻了一下白眼。“吃饭后点心以前她就会恢复原样了，”父亲预测道，“小孩子复原得很快。”

将近六十岁的父亲长得很好看，几乎看不出年龄，头发略微花白，体格精瘦。虽然面对像安德鲁·霍普金斯这样的男人，会有无数女性自动投怀送抱，他却只零星约会过几次，而且始终未再婚。他常说人生最重要的，无非就是一个男孩找到最适合他的女孩，而他幸运地在产房里亲手接过了这个女孩。

他走到炉边，将鲜奶油加入捣碎的西红柿中，这是某位老人教他的私房菜秘诀，结果出乎意外地好吃，不像之前出的那些馊主意，例如在苏菲脖子上绑一条黑绳（以预防哮吼症）或用棉花球蘸橄榄油和胡椒塞进耳内（以治疗耳痛）。“艾瑞克几点到？”他问道，“这个不能再煮了。”

他半小时前就该到了，但既没有打电话来说会迟到，也不接手机。我不知道他在哪里，心里却想到许多地方：大街上的墨菲酒吧、北园路的卡拉汉酒吧、某条马路边的水沟里。

这时苏菲进到厨房。“嗨，”我们女儿带来的灿烂阳光驱散了我心中对艾瑞克的疑虑，“要不要帮忙？”我举起一把四季豆问道：她很喜欢听豆荚啪的一声裂开。

她耸耸肩坐下来，背靠着冰箱。

“今天在学校还好吗？”我试着找话题。

她那张小脸立刻沉下来，就好像七月里的雷雨来得猛烈又突然。接着几乎是同时，她又看着我说：“珍妮卡长了肉瘤。”

“真可怜。”我边回答边回想珍妮卡是哪一个——绑着淡白金色发辫的同学，还是父亲在镇上开高级咖啡馆的那个。

“我想长肉瘤。”

“你不会。”车头灯从窗前闪过，但没有拐进我们的车道。我将注意力集中在苏菲身上，试着回想肉瘤会不会传染或根本只是无稽之谈。

“可是那瘤是绿色的耶。”苏菲哼着，“而且真的很软，还有名牌。”

肉瘤显然成了最新最热门的宠物玩具。“等你生日再送你好了。”

“你一定又会忘记。”苏菲以责怪的语气说完，便跑出厨房上楼去了。

刹那间我看见了我在日历上画的红圈——她们班上的亲子茶会一点开始，当时我正爬到半山腰寻找霍莉·贾迪纳。

小时候念小学时，如果学校里有母女活动，我也不会告诉父亲，反而会装病待在家里，那就可以不必看着其他人的母亲走进教室，心里清楚自己的母亲不会来。

我看见苏菲躺在床上。“宝贝，”我对她说，“真的很对不起。”

她抬头看我。“你和他们在一起的时候，有没有想过我？”她问，我心上像是被划了一刀。

我一听随即抱起她，将她安放在我的大腿上。“我连睡觉都想着你。”我说。

此时怀里紧紧抱着这个小躯体，实在难以置信，但当初发现怀孕时，我确实曾考虑打掉孩子。我没有结婚，而艾瑞克麻烦已经够多了，无法再丢给他更多责任。不过到头来我还是狠不下心。我希望如果不是不得已绝不离开自己的孩子，我也希望自己的母亲是这样。

养育苏菲（不同的时间，艾瑞克时而参与时而缺席）比我所预料的要困难许多。所有做对的事，我都归功于父亲的典范。所有做错的事，则直接归咎于命运。

卧室的门开了，艾瑞克走进来。就在那半秒钟内，所有记忆尚未涌入之前，他仍令我屏息。苏菲的深色头发与雀斑像我，但幸好仅此而已。此外，她遗传了艾瑞克的修长身材与高颧骨，笑容和他那双冰蓝、令人心动的眼睛。“抱歉，迟到了。”他轻啄一下我的头顶，我深吸一口气，试着去闻他口气中无法掩饰的酒精味。他一把将苏菲抱入怀中。

我闻不到威士忌的酸味或啤酒的粗酵母味，但这并不代表什么。早在高中时代，艾瑞克就知道上百种消除酒精味道的方法。“你上哪儿去了？”我问道。

“去亚马逊见一个朋友。”他说着从后侧口袋拉出一只毛绒青蛙。

苏菲高兴得尖叫起来，抓过青蛙，并紧紧搂住艾瑞克，紧得几乎可能让他血液循环中断。“她骗了我们两个人。”我摇着头说，“她天生就会骗人。”

“她只是试试运气罢了。”他将苏菲放回地面，她立刻冲下楼去让外公看她的玩偶。

我投入他怀里，两只拇指勾住他牛仔裤的后侧口袋，耳朵下方可以听见他的心跳在为我计时。对不起，我不该怀疑你。“也给我买了蟾蜍吗？”我问道。

“你已经有过一只，你吻过之后就变成了我，忘了吗？”为了补充说明，他的双唇从我脖子下方一块小瘢痕（这是我两岁时被雪橇弄伤留下的）一路吻到我的嘴。谢天谢地，我只尝到咖啡与希望的味道，没有其他的。

我们就这样在女儿的房里站了几分钟，即使结束亲吻后，也同样在安静的空间里互相依偎着。我一直都爱着他，爱屋及乌。

小时候，艾瑞克、费兹和我发明了一种语言，除了几个词之外，我几乎全忘光了：“瓦连哥”指的是海盗；“帕拉帕拉”指的是雨；“路斯基佛”没有相对应的字眼，但指的是编织篮底部略微凹陷、所有芦草集结的那一点，有时候我们也用来形容我们的友谊。那段日子里，我们的玩乐时间还没有被订亲后的契约仪式所占满，大多数的早晨，我们其中一人会来到另一人家门前，然后再一块晃去接第三人。

冬天，我们会打造洞穴与地道结构复杂的雪堡，外加三个雕刻宝座，然后坐在上面吸吮冰柱，直到手脚都失去知觉。春天，费兹的爸爸熬煮枫糖浆，然后浇在干净的雪上给我们吃，我们三人总是拿着叉子争抢最甜、最长的那条。秋天，我们会爬围墙到麦纳柏果园的后园，摘梅孔、可得兰与乔纳森苹果吃，果皮和我们自己的皮肤一样温热。夏天，我们会在萤火虫发出的微弱的光线中写下对自己未来的预言，藏在一棵老枫树树干的洞中，当我们长大后就成了时间胶囊。

我们各有各的角色：费兹负责做梦，我负责实际策划，艾瑞克则负责最前线，因为无论老少他都能轻易掌控。不管是不小心将热腾腾的餐盘掉落在地，惹来全餐厅人的注目，还是上课偷写圣诞礼物清单时被老师点到名，艾瑞克都知道该说些什么。在他身边，就如同太阳光穿透玻璃窗：金光闪耀，会让人抬头仰望。

大学一年级暑假回家后，事情开始起了变化。我们都忍受不了父母家的规矩，艾瑞克家的冲突更加严重，只有晚上和我们俩出去时才会放松心情。艾瑞克总是提议上酒吧，他知道哪些地方不需要检查证件。稍晚，当费兹离开后，艾瑞克和我会到城里湖畔的另一端，在地上铺一条旧被单，脱去对方的衣服，赶走我们双手触摸过的身体上的蚊子。每次吻他都会闻到他嘴里有酒味，我向来最讨厌酒精的味道。

这是我的怪癖，但应该不会比那些受不了汽油味，连加油都得屏住呼吸的人更奇怪吧。总之，我亲吻艾瑞克时，一吸入那发酵的苦味便会立刻翻滚开来。他都说我假正经，我也开始觉得或许是吧——这要比承认迫使我们分开的真正原因来得简单。

有时候，我们会发现自己蒙着眼睛度日，而且不肯承认是自己打的死结。高中毕业后的十年间，我和费兹正是如此。如果艾瑞克说他只是偶尔喝个啤酒，我们就相信他。如果他清醒时双手颤抖，我们会掉过头去。如果我提到他酗酒，就会变成是我有问题而不是他。然而无论如何，我还是无法结束这段关系。我所有的记忆都与他交缠在一起，抽离这些回忆，童年也将变得索然无味。

我发现自己怀孕那天，艾瑞克驾车冲出脆弱的护栏，掉进玉米田中。当他打电话告诉我事发经过，还推托说是因为有只土拨鼠跑过路面，我立刻挂断电话，开车去找费兹。我们可能出问题了，我对他说，好像这是我们三人的事似的，而事实上也是如此。

费兹听我说出我们费尽千辛万苦始终不言明的事实，再加上新的情况。我没法一个人面对，我告诉他。

他看着我还平坦的小腹：你不是一个人。

艾瑞克的魅力毋庸置疑，但当天下午我也了解到，我与费兹联合也是一股不容小觑的力量。当我离开费兹的住处，已经知道该对艾瑞克说些什么，同时也想起那个背光的夏天，我对自己未来人生的预言。白纸黑字写下来让我感到害羞，因此对折了三次以免被费兹和艾瑞克看见。我，这个一天到晚和男孩鬼混，假装自己是个剽悍的海盗或是寻找古代遗迹的考古学家，这个只当过一次落难少女，最后还是自行解救的野丫头，竟然只写下一个荒诞的愿望。总有一天，我这么写着，我要当母亲。

艾瑞克是威克斯顿的三名律师之一，平常除了接房地产过户、写遗嘱与少见的离婚案件外，也偶尔会打打官司，为那些因酒醉驾车与偷窃被起诉的当事人辩护。他通常都会胜诉，这点我倒不意外。毕竟我曾不止一次担任过他的陪审员，而最后总会被他说服。

最佳例子：我的婚礼。到法院公证结婚，我完全可以接受。但后来艾瑞克说办个盛大婚礼也不错，当我回过神来，整个人已经淹没在婚礼场地简介、乐队试听带与花店价目表当中。

晚饭过后我坐在客厅地板上，一张张布料样品像拼花被一样盖住我的双腿。“餐巾是蓝色还是蓝绿色有什么要紧？”我抱怨道，“其实蓝绿色不就是更抢眼的蓝色吗？”

我交给他一沓相簿，我们得挑出十张他的照片和十张我的照片，作为婚礼影片的片头。他啪的一声翻开第一本，里头有一张是艾瑞克、费兹和我裹着厚厚的雪衣，从自制的冰屋入口往外偷窥。我被夹在他们中间，和绝大多数的照片一样。

“你看我的头发。”艾瑞克笑道，“好像多萝西·哈米尔。”

“不，我看上去像多萝西·哈米尔，你像一朵大香菇。”

在我接着拿起的两本相簿中，我年纪大了，我们三人的合照变少，多半是我和艾瑞克的照片，费兹只偶尔出现。高中毕业舞会的照片：我和艾瑞克合影，费兹则另外和一个我忘了叫什么名字的女孩合照。

十五岁那年的某天晚上，我们告诉父母要去参加学校办的外宿活动，其实是爬到达特茅斯大学贝克图书馆的钟楼上去看流星雨。我们喝着从艾瑞克父母的酒柜偷出来的桃子酒，看着星星和月亮玩捉迷藏。费兹手握酒瓶睡着了，艾瑞克和我则等着看流星乱舞。你看到那颗了吗？艾瑞克问道。要是我找不到坠落的星，他便拉起我的手牵引我的手指，然后便一直握着不放。

清晨四点半爬下钟楼时，我已经献出初吻，之后便不再是三人行了。

就在此时父亲走进房间。“我要上楼看电视，”他说，“你们记得锁门好吗？”

我瞄了他一眼：“我小时候的照片呢？”

“都在相簿里。”

“没有……这里最早只有我四五岁的时候。”我坐起身来，“影片里最好也能有你的结婚照。”

我有一张母亲的照片，是家里唯一一张摆出来的。她展颜微笑，看着照片不禁令人好奇当时是谁，又是如何逗得她如此开心。

父亲看向地面，微微摇头：“唉，我就知道这事迟早要面对。来吧。”

艾瑞克和我跟着他进他的卧室，坐在双人床他不睡的那一边。父亲从衣橱里取下一个正面印有百事可乐标志的马口铁罐，将罐子里的东西倒在艾瑞克和我中间，其中有数十张母亲的照片，她穿着宽摆裙和棉纱衫，一头黑发披垂在背上像一条河。有张结婚照：母亲穿了白色吊钟形礼服，父亲则被一身简式礼服牢牢束缚住，好像随时可能逃跑。有我的相片，密密包裹得像羊角面包，以怪异的姿势躺在母亲怀里。还有一张是父母亲坐在一张丑陋的绿色沙发上，我夹在中间——一座由纹路清晰的肉体与交融的血液所搭建的桥梁。

这种感觉就像造访另一个星球，却只有一卷底片能拍摄记录，也像绝食抗议过后去参加宴会，眼前的东西太多，我必须趁一切消失前，清醒地克制自己慢慢看。我的脸开始发烫，仿佛被刮了一巴掌。

“你为什么要把这些藏起来？”

他从我手中取过一张照片，凝视许久，久得让我觉得他已经忘记我和艾瑞克还在房里。“我本来也想留几张相片在外面，”父亲解释道，“但你不断地问她什么时候回家，我经过相片时就会停下来，愣上十分钟或半小时或半天。迪莉娅，我把照片藏起来不是因为我不想看到，而是因为我只想把它们藏起来。”他将结婚照放回马口铁罐内，其余的则散放在上头。“这些给你。”父亲说，“全都拿去吧。”

他离开后，留下我们坐在近乎漆黑的卧室内。艾瑞克摸摸最上面的照片，仿佛怕它像金凤花一样脆弱。“这个，”他轻轻地说，“这就是我要的你。”

始终与我同在的是我不需要寻找的人。在某个冷冽的三月天，从连接菲尔利与奥佛的铁桥上跳进康涅狄格河的少年，北康威那个留下炉上还在沸煮的锅子和游戏床内还在蹒跚学步的幼儿失踪不见的母亲，还有在保姆寄东西时，从斯特拉福德邮局停车场被人从车上掳走的幼儿。有时候我刷牙时他们会站在我背后。有时候他们是我临睡前最后看见的人。有时候，像现在这样，他们让我深夜无法合眼。

今晚雾很浓，但我和格丽塔经验相当丰富，对这块土地已经了如指掌。我坐在一截长苔的圆木上，格丽塔四下嗅闻。我头上有根树枝不知垂下什么东西，黄黄的，又圆又饱满。

我很小，他刚刚在我们后院种下一棵柠檬树。我绕着树跳舞。我想榨柠檬汁，可是还没有长出果实，因为树还太小。多久才会长出来？我问道。要一阵子呢，他告诉我。我坐在树前面看着。我要等。他走过来牵起我的手，“来吧，grilla，”他说，“如果要在这里坐那么久，最好先吃点东西。”

有些梦会在你熟睡时卡在齿间，所以当你醒来张嘴打哈欠，这些梦就会飞出去。但这感觉太真实，似乎真的发生过。

我从出生以来都住在新罕布什尔。这里不但有白色圣诞，还有白色万圣节，没有任何柑橘属植物受得了这种气候。我摘下那团黄球：原来是用鸟食与牛油做成的球状物，已经快要分解。

Grilla是什么意思？

第二天送苏菲上学之后，我还想着这件事，因此多花了十分钟到处闲逛，从画架逛到积木区再逛到泡泡区，以弥补昨天低劣的行为。当天上午本来打算和格丽塔出去练跑，但因为在我的车里发现父亲的皮夹而改变计划。这是几天前某个晚上他拿出来加油掉的。我至少可以绕进老人中心去还给他。

我把车开进停车场，打开后车门。“你待着。”我对格丽塔说，它尾巴咻咻甩了两下。它得和急救设备、一个大型水冷却器以及各种不同的绳具与皮带挤在一起。

忽然间我感觉手腕刺痛了一下，有个东西爬上我的手臂。我的心怦怦狂跳起来，喉咙跟着收缩，每次一想到蜘蛛或壁虱或其他任何讨厌的小爬虫就会有这种反应。我好不容易脱下夹克，但一想到蜘蛛掉落处不知离靴子有多近，不禁冷汗直流。

这是种莫名的恐惧。我找失踪人口时爬过山崖，也与持枪罪犯对峙过，可再小的节肢动物都能让我昏厥。

走进老人中心这一路上，我做了几次深呼吸。进去后看见父亲站在一旁，观看宴会厅里的周二瑜珈课。“咦，”他压低声音以免干扰老人们做拜日式，“你怎么来了？”

我从口袋抽出他的皮夹：“你好像弄丢了这个。”

“原来在这儿啊。”他说，“有个专业找东西的女儿，好处真不少。”

“我是用老方法找到的。”我告诉他，“无意中发现。”

他开始沿着走廊走去。“其实我知道它迟早会出现。”他说，“每样东西都是这样。有时间喝杯咖啡吗？”

“不太有。”说是这样说，我仍跟着他到小厨房，让他替我倒了一杯，再尾随他进办公室。我还小的时候，他会带我来这里，边接听电话边用长尾夹和手帕变戏法逗我开心。我从办公桌上拿起一个画成瓢虫模样的石头镇纸，这是我在和苏菲差不多年纪时做来送给他的礼物。“其实这个应该可以丢了吧。”

“那可是我的最爱。”他从我手上取过石头，放回办公桌中央。

“爸？”我喊了一声，“我们有没有种过柠檬树？”

“种什么？”我还没来得及再问一遍，他便斜瞅着我，然后皱起眉头要我靠上前去，“等等，有个东西跑出来……不，低一点……让我来。”我倾身向前，他一手弯成杯状绕到我的颈后，“不可思议的珂迪莉娅。”他说道，就像以前我们一起变魔术那样，接着从我耳后拉出一串珍珠。

“这是她的。”父亲说着领我走到挂在他办公室门背后的镜子前面。我隐约记得昨晚看到的结婚照。他替我扣上扣环，我们俩便一起照镜子，看见了一个不在场的人。

《新罕布什尔报》的办公室位于曼彻斯特，但费兹将威克斯顿的公寓第二间房间改装成工作室，工作多半在此完成。他住在一间比萨屋楼上，经由热风管会传来意大利调味酱的味道。格丽塔的脚指甲敲在油布地板上咔咔作响，上楼后坐在他的公寓门外，面对着电影《星球大战》中楚巴卡的人形立牌。他的钥匙就挂在立牌背面，我取下后开门进入。

我迈过他胡乱扔在地上的衣海与繁殖速度似乎跟兔子一样快的书堆。费兹正坐在计算机前面。“喂，”我说，“你答应要替我们设定路径。”

狗蹦进工作室，几乎整个爬上费兹的大腿。他用力地搓揉它的耳后，它也顺势挨得更近，将桌上几张相片撞翻在地。

我弯身拾起。其中一张是一个男人头中间有个洞，洞里还插上了蜡烛。另一张是个男孩咧着嘴笑，双眼中各有双瞳闪动。我将这几张快照递还给费兹：“你的亲戚？”

“报社要我写一篇《真人奇事》的文章。”他拿起头颅插上蜡烛的男子的照片，“这个天才当时在各个镇子里巡演。另外，我还得读完一九一一年某个医生写的整本医学论文，他有个十一岁的病患脚底长出一颗臼齿。”

“拜托，”我说道，“每个人都会有些奇怪的特质。像艾瑞克可以把舌头卷成幸运草形状，还有你用眼睛做的奇怪的事。”

“你是说像这样？”他接着说，但我随即转头不去看，“或者是像你，只要方圆一英里内有蜘蛛网，就会歇斯底里。”

我转向他，一面转着念头：“我一直都很怕蜘蛛吗？”

“从我认识你就是这样。”费兹说，“说不定你上辈子是儿歌里那个害怕蜘蛛的玛菲小姐。”

“如果真的是呢？”我说。

“我是开玩笑的，迪莉娅。恐高的人上辈子可不一定就是摔死的。”

不知不觉中，我开始对费兹说起柠檬树的事，还细说着热气罩顶的感觉、种树的土地鲜红如血，我甚至能看到鞋底的ABC字母。

费兹双手抱在胸前凝神倾听，我十岁时，曾老实地对他说看到一个印第安人盘坐在我的床尾，当时他也是同样专注的神情。“这种事，”他最后说道，“跟你说你穿箍裙或射毛瑟枪的事不一样。也许你只是想起发生在这辈子，但你已经忘记的事。有很多关于恢复记忆的研究，我可以替你挖掘一下，看有没有什么发现。”

“恢复记忆指的应该是受创伤的记忆吧，柠檬会造成什么创伤？”

“蔬菜恐惧症。”他说，“既然有人害怕蔬菜，理所当然也可能害怕食物金字塔中的其他东西。”

“你父母花了多少钱送你上常春藤念书？”

费兹笑了笑，伸手去抓格丽塔的皮带：“好啦，你要我把路径设在哪里？”

他知道程序。首先脱下运动衫放在楼梯底端，让格丽塔有个气味依据，然后出发穿梭在街道、偏僻小路与森林中，走上三英里、五英里或十英里路。他出发后我会等上十五分钟，再带着格丽塔开始进行搜索。

“随便你挑。”我回答道，深信无论他去哪里，我们都能找得到。

有一回，我和格丽塔在搜寻一个离家出走的少年，结果找到的却是尸体。死尸的气味立刻便与活人不同，我们逐渐靠近之际，格丽塔便知道事情不对劲。那男孩从一株巨大的橡树枝干上垂挂下来，我顿时跪倒在地、无法呼吸，心想不知得早到多少时间才能挽回。我受的刺激太大，过了好一会儿才注意到格丽塔的反应：它一面哼一面转圈，然后趴下来，鼻子埋入爪中。这是它第一次找到它不太想找到的东西，因此一旦发现便不知所措。

费兹走的路径七弯八拐，从比萨屋穿越威克斯顿大街中心点，经过加油站后侧，涉过一条小溪，再走下一道陡坡来到一处天然滑水道边缘。追上他的时候，已经走了六英里路，膝盖以下全都湿了。格丽塔发现他蹲在一丛灌木林后面，树上湿润的叶子像钱币一样闪闪发光。他抓起格丽塔喜欢用来玩丢接游戏的毛绒麋鹿（这是它找到目标的奖励），用力一丢，让它去捡回来。“看看是谁这么聪明？”他轻声地说，“这个聪明的小女孩是谁啊？”

我开车送他回家，然后去接苏菲放学。等候下课铃响时，我取下那串珍珠。总共有五十二颗，每一颗都代表母亲假如还在世所度过的一年。我开始像掐捻念珠似的拨动珠子，一面暗暗祷告：希望艾瑞克和我能幸福，希望苏菲能平安长大，希望费兹能找到伴侣共度一生，希望父亲身体健康。愿望想完之后，便开始每掐一颗珠子便回想一段往事。其中包括她带我去儿童农场那一天，这完全是几天前看到相簿里的照片后重建的回忆。还有她赤脚在厨房跳舞的模糊情景，她用婴儿洗发水替我按摩头皮的感觉。

另外，也闪现过她在床上哭泣的画面。

我不希望这是我看到的最后景象，因此就像洗牌一样为记忆重新排序，将她跳舞那一段放到最后。我将每段回忆想象成最后形成珍珠的沙粒：有一个坚硬的保护膜让它不至于流失。

决定教狗玩纸盘游戏的人是苏菲。她偶然看到《艾德先生》，心想格丽塔可比任何一匹马都聪明。但出乎我意料的是，格丽塔竟然接受了挑战。当我们玩“麻烦”游戏玩到一半轮到苏菲，格丽塔便会一脚踩上拱形塑料盖去掷骰子。

我大笑起来，感到不可思议。“爸，”我朝楼上大喊，爸正在折衣服，“快来看。”

这时电话响起，答录机接了过去，屋里随即充斥着费兹的声音。“喂，迪莉娅，你在吗？我有事跟你说。”

我跳起来正要伸手去抓话筒，苏菲却抢先一步按断电话。“你先答应我了。”她话还没说完，目光已经越过我的肩头看着我身后。

我顺着她的目光望向屋外红蓝相间的灯。有三辆警车挡住车道入口，两名警察正往我们前门走来，还有几个邻居站在自家门口观望。

我的五脏六腑全都硬化了。如果去开门，将会听到我不想听的事情——艾瑞克因酒驾被捕、他发生意外，或者更糟的事。

门铃响起时，我抱着手定定坐着不动，这么做是为了避免崩溃。门铃又响了一次，我听见苏菲转动门把。“你妈妈在家吗，小姑娘？”其中一名警员问道。

此人与我共事过。我和格丽塔曾协助他找到一名从犯罪现场逃离的抢劫嫌犯。“迪莉娅。”他招呼道。

我回答的声音空空洞洞：“罗伯，出了什么事吗？”

他略一迟疑：“其实我们是想见见你爸。”

我一听全身立刻放松。既然是找父亲的，就跟艾瑞克无关。“我去叫他。”我说道，但才转身他已经站在那里。

他手上拿着我的一双袜子，折得整整齐齐的交给我。“警察先生，”他说，“找我有什么事吗？”

“你就是安德鲁·霍普金斯？”另一名警员开口道，“你是绑架贝瑟妮·马休斯的逃犯，我们奉命逮捕你。”

罗伯掏出手铐。“你们找错人了。”我不敢置信地说，“我父亲没有绑架任何人。”

“你有权保持沉默，”罗伯宣读道，“你所说的一切都可以也将会作为呈堂证供。你有权找律师，也有权要求每次讯问都有律师在场……”

“打电话给艾瑞克。”父亲说，“他知道该怎么办。”

警察开始推他走出门口。我心中有上百个疑问：你们为什么这样对他？你们怎么会犯这么离谱的错？但即使喉头紧绷如鼓，脱口而出的问题仍吓了我一跳。“贝瑟妮·马休斯是谁？”

父亲自始至终凝视着我。“就是你。”他说。

艾瑞克

拜前面那辆烂卡车之赐，我差点就赶不上互助会。它和威克斯顿三月时节的其他十多辆州府公务车一样，车上堆着高高的雪，除了从人行道与邮局停车场移除的积雪外，还有推移到加油站边缘而高高码起的雪堆。由于着实容不下再一次暴风雪的慷慨施舍，交通局的人便将雪铲起运走。我以前总想象他们一路往南驶向佛罗里达，直到车上载的雪完全融化，但事实上他们只将卡车开到威克斯顿高尔夫球场边缘的一道深谷清空。倾倒的雪量实在太庞大，即使到了六月，气温到达二十四摄氏度左右，还能看到孩子们穿着短裤在那儿滑雪橇。

最神奇的是：不会引发水灾。你以为如此巨大的降雪量一旦融化，将可能冲走几辆车或使州公路变成汹涌的河流，然而等到雪不见了的时候，地面多半都还是干的。我们得知原因的那年，迪莉娅刚好和我同上一门科学课，而原因就是：雪消失了。有些固体能直接化为蒸汽，无须经过中间的液体阶段，亦即升华过程的一部分。

有趣的是我一直到开始参与这些聚会，才得知“升华”一词的另一个意义：那就是将廉价的冲动力量转化为更高的伦理目标。

卡车右转进一条入口通道，我绕行而过，开始加速。接下来经过一间六个月内已转手三次的乳品店，一间还在卖散装糖果的乡间老店（我有时会买一些给苏菲），还有一处养鸡场，谷仓边堆放着用收缩膜包装的巨大干草捆，活像一个个巨型棉花糖。最后我绕进停车场，匆忙下车入内。

还没开始。大伙儿还绕着咖啡和饼干打转，勉强堪称相似的人三三两两聚着聊天。其中有穿西装的男人和穿运动裤的女人，有上了年纪的男人和胡子还没长齐的小伙子。我知道他们有些人是花了一小时才来到这里的。我朝一群男人走去，他们正在谈论冰上曲棍球季后赛中，波士顿熊人队如何使尽吃奶的力气，最后小输收场。

灯闪了几下，主持人站在最前方请我们就坐。他宣布聚会开始，并说了几句开场白。坐在我旁边的女子正小心翼翼地拆糖果，没有发出一点声响。当她发现我在看着，不禁红了脸，顺便请我吃一颗。

酸苹果口味。

我用力地吸吮糖果没有去咬，但我向来缺乏耐心，尽管想象着糖果渐渐变薄，薄得像个圆环，回过神时却已将它咬碎。就在这时聚会流程忽然中断。我举起手来，主持人微笑地看着我。

“我叫艾瑞克，”我起身说道，“我嗜酒。”

我从法学院毕业后，有几个工作机会可以选择：可以进入波士顿一间极具声望的事务所，为每小时付两百五十美元的客户提供我的专业服务；可以到许多郡的公设辩护人办公室任职，做点人道服务；也可以到州最高法院担任书记。然而，我却选择回到威克斯顿自行开业。问题的重点就在于：我无法离开迪莉娅。

随便问一个男人都能告诉你，他是什么时候发现身旁的女人就是自己要共度一生的伴侣。我的情况则有点不同：迪莉娅在我身旁太久了，若是少了她，我会不知所措。我们的大学相距五百英里，当我打电话到她的寝室，接起的却是答录机，我会想象就在那一秒钟，有一大堆男生正试图偷走她。我承认：就我记忆所及，我一直是迪莉娅爱慕的对象，一想到这辈子第一次有竞争对手，简直让我焦躁难耐。于是出去喝杯啤酒便成了不让自己满脑子都是她的方法之一，然而到头来一杯啤酒变成了六杯或十杯。

喝酒可以说是我的天性。我们都看过关于酒精中毒者下一代的数据。小时候我会对天发誓说自己绝不会变成母亲那样——若非过于想念迪莉娅，或许我真的不会。没有了她，我心里好像有个洞，我猜为了填补这个洞，我只是做了泰科特家的人自然而然会做的事。

真有趣。我开始酗酒是想看到迪莉娅眼中只有我时的那种眼神，结果戒酒也是为了相同原因。她不只是我要共度一生的人，她是我人生的意义。

今天下午我要见一位也许会雇用我的客户，但它偏偏是只乌鸦。小黑跌落鸟巢受了伤，至少救了它的马丁·史努尔先生是这么说的。他把鸟照顾到恢复健康，后来它迟迟不肯离去，他便在汉诺威自家门廊上喂它吃冷咖啡和甜甜圈屑。但是当乌鸦攻击邻居的小孩后，邻居报警了。结果：乌鸦是国家管制的候鸟，史努尔先生并没有州与联邦政府的执照可以将鸟留下。

“它被环保局关起来，逃出来以后自己找到路回来，整整十英里路呢。”史努尔骄傲地说。

“当然了，因为乌鸦会飞。”我回答道，“需要我帮什么忙呢，史努尔先生？”

“环保局又要来抓它，我想申请禁制令。”史努尔说，“如果需要上高等法院，我愿意去。”

这个案子送到华盛顿的概率几乎是零，但我还没来得及解释，办公室的门砰的一声开了，迪莉娅满脸惊慌哭着跑进来。我的五脏六腑全都纠结起来，并暗暗做了最坏的打算，心里想到的是苏菲。我看也不看当事人一眼，便将迪莉娅拉到走廊猛力摇晃，希望她赶紧说出事实。

“我爸爸被捕了。”她说，“你一定要去，艾瑞克，你非去不可。”

我不知道安德鲁能做出什么事，我也没问。她认为我有办法处理，我就相信自己能行，一直以来都是这样。“交给我吧。”我说，而我真正的意思是：把你交给我吧。

我们不会在我家里玩。我会尽量起个大早，所以总是我去敲迪莉娅或费兹家的门。偶尔到我家来，我也会尽量不让人进屋，而是到后院的木板露台底下或是车库的盐盒式斜屋顶下方，也因此在我九岁之前，秘密始终没有泄漏。

那年冬天，费兹开始打冰上曲棍球联赛，下午只剩我和迪莉娅独处。她是个留守儿童，父亲老是在老人中心工作，本来她并不以为意，直到某天无意中看到一部电影，描述一对双胞胎，其中一人死了，让人将他的无名指装在丝绒匣中送去给另一个兄弟，之后迪莉娅便不喜欢落单。她开始找借口让我放学后到她家去，而我只要能离开自己家，当然是再乐意不过。不过我总会先回家一趟，而且早已想好千百个理由：先回去放书包、拿一件暖一点的运动衫、要让母亲签成绩单。然后才到隔壁去。

有一天，迪莉娅和我照例在我们两家车道中间的人行道岔口分手。“待会见。”她说。

我家里静悄悄的，这不是个好兆头。我走遍每个房间，一边呼喊母亲，最后发现她昏倒在厨房的地上。

这回她是侧躺，脸颊下方有一坨呕吐物。当她眨着眼睛，眼珠子的颜色就像雕琢过的红宝石。

我拾起酒瓶，将剩下的威士忌全倒入洗碗槽，然后把母亲推开，用纸巾擦拭她制造的脏污。接着我站到她身后，一鼓作气，试图撑起她的重量，以便将她拖到客厅沙发上。

“我能做什么？”

直到听见迪莉娅平静的声音，我才察觉她已经在厨房站了好一会儿。她说话的时候，不敢直视我，这样也好。她帮我把母亲弄上沙发，侧躺着，若是再吐也不至于呛着。我打开电视，找她很喜欢的肥皂剧。“艾瑞克，宝贝，你能不能去帮我拿……”母亲喃喃地说，但话还没说完又昏了过去。我转头一看，迪莉娅已经走了。

我倒不觉得讶异。其实这也正是我不让两个最好的朋友知道这个秘密的原因。我敢肯定他们一旦知道真相，就会逃之夭夭。

我走回厨房，每只脚上都像绑了铅块。只见迪莉娅站在那里，手拿一块海绵，愣愣地瞪着油布地板。“地毯清洁剂如果不用在地毯上还会有效吗？”她问道。

“你应该走。”我告诉她，同时低头看地板，假装看那些小蓝点图案看得入迷。

迪莉娅走上前来，看穿了我这怪胎的真面目。她用一根手指在胸前画了个叉：“我不会告诉别人的。”

一滴眼泪再也忍不住悄悄滑落我的脸颊，我握起拳头擦掉眼泪。“你应该走的。”我又重复一遍，这确是我最不希望发生的事。

“好吧。”迪莉娅嘴里答应，但并未离开。

威克斯顿警署和其他上百个小镇执法单位一样：一栋宽阔低矮的水泥建筑，正前方插了根旗杆，有如巨大的郁金香花茎。调度员实在闲得发慌，便在办公桌上摆了台手提电视。还有一整面墙挂满了学前儿童的画，感谢所长保护所有人的安全。我走进去，要求找安德鲁·霍普金斯。我对派遣员说我是他的律师。

门响了一声，一名警官来到门廊上。“他在里面。”警官说着带我走过曲里拐弯的走廊，来到侦讯室。我要求警方出示安德鲁的拘票，佯装完全掌握目前的情况，就和任何一个被告律师一样。我大致浏览过后，不得不极力保持镇定的神色。绑架？

控诉安德鲁·霍普金斯绑架就如同指控特蕾莎修女是异教徒。据我所知，他甚至连一张交通罚单都没拿过，更别说犯罪了。他一直是个模范父亲，充满关怀与挚爱，在我成长的过程中，若能有这样的父亲，即使杀人我也愿意。难怪迪莉娅如此激动。自己的父亲比任何人都要光明磊落，如今却被指控拥有另一种秘密生活，这实在太疯狂了。

威克斯顿有两间拘留室，主要是让酒驾者睡一觉醒酒用的，我自己就待过左边那间。安德鲁则坐在另一间的长铁椅上。他一看到我，立刻站了起来。

在此刻之前，我从未真正将安德鲁视为老人，但他已将近六十，而且在囚室的浅灰灯光下，每一岁更是扎扎实实地显现。他双手握住栏杆：“迪莉娅呢？”

“她没事。是她来找我的。”我上前一步，肩膀侧偏，直到警佐离开，以免他听见我们的对话。“你听我说，安德鲁，没什么好担心的。这个案子显然是误认身份，我们会提出异议，把一切弄明白，说不定还能替你弄到一点精神赔偿。现在，我……”

“没有弄错。”他轻轻地说。

我瞪着他，一时无言。他张口打算再自白一次，但我趁着第二次听见之前阻止了他。“别跟我说。”我打断道，“什么都别说，好吗？”

一部分的我已经自动进入被告律师模式。假如当事人坦白（他们几乎总想要坦白），你就得装上耳塞，做你该做的事。无论哪种罪行，是重罪或轻罪，是杀人或（我的老天）绑架，都还是能找到方法让陪审团看见其中的灰色地带的。

但也有一部分的我不是律师，而是迪莉娅的未婚夫，一个需要听到事实的人，以便转告给她。什么样的人会偷走小孩？我会怎么对付掳走苏菲的王八蛋呢？

我再次低头看看拘票。“贝瑟妮·马休斯。”我大声念出。

“那是……她以前的名字。”

他无须多做解释，我马上就知道他说的是迪莉娅，她就是大半辈子之前被偷走的小女孩。

我比绝大多数的人都清楚，罪犯不一定是个穿黑皮夹克、额头上印着警告烙印的恶棍。罪犯会和我们同乘巴士，会在杂货店替我们打包东西，会为我们兑现薪水支票，也会教导我们的孩子。他们的外表与你我并无不同，所以才能幸免于惩罚。

我内在的律师极力强调谨慎，因为想到还有一些可以酌情减轻刑罚的情节是我不知道的。但另一部分的我却想着当他带走迪莉娅时，她是不是在哭，她是不是很害怕，她母亲是不是长年在寻找她。

是不是现在还在找。

“艾瑞克，我告诉你……”

“明天你会因为逃亡的罪名在新罕布什尔被提审。”我打断他的话头，“但起诉你的是亚利桑那的大陪审团，所以我们得去那里提出抗辩。”

“艾瑞克……”

“安德鲁……”我背转向他，“我没办法，现在真的没办法。”我正要走出拘留室，又在最后一刻往回走，“她是你的吗？”

“她当然是我的！”

“当然是！”我发作道，“拜托，安德鲁，我刚刚才知道你是个绑架犯，我还得告诉迪莉娅说你是绑架犯，所以我觉得这并不算是不合理的问题。”我深吸一口气，“她当时几岁？”

“四岁。”

“二十八年来你从未告诉过她？”

“她爱我。”安德鲁低头看地上，“如果是你，你会冒着失去她的危险告诉她吗？”

我没有回答，转身走开。

我十一岁时，了解到迪莉娅·霍普金斯是女的。她不像一般女孩：她不会写梦幻式的圆圈状字体，让人联想到一整排肥皂泡。她不会掩嘴偷笑，让我们怀疑自己做错了什么。她不会把头发编得整整齐齐再卷成像法兰奇甜甜圈一样来上学。相反，她会跟青蛙说话，能从冰球场的蓝线击射。当我们三人立血盟的时候，她第一个用费兹的瑞士刀划破掌心，丝毫不畏缩。

五年级结束后那个暑假，一切都变了。每当迪莉娅坐在我旁边，我便凑过去闻她的头发。我也注意到她肩膀的肌肉外包覆着紧绷的夏日褐色皮肤。我看着她将脸转向太阳，感觉到自己的体内有所反应。

六年级上学期，我一直把这些念头藏在心里，直到情人节那天。这是学校第一次没有强迫我们送卡片给班上每一个人，包括那个挖鼻孔的男生和“毛茸茸”小姐，她手臂和背上的毛多得几乎可以扎辫子了。女生们像花蝴蝶一样在餐厅里飞来飞去，偶尔会停留久一点，在自己心仪的男生发亮的脸颊上亲吻一下。遇到这种情形，你会假装觉得恶心，其实心里有块炭在熊熊燃烧。

费兹收到艾碧佳尔·刘易斯的卡片，她刚戴上会在黑暗中闪闪发光的牙套，而且据说还会邀请特定的男孩到储藏室去看牙套发亮。在我的背包里，有一颗纸折的粉红心贴在红色方形色纸上。当我和你在一起的时候，心里就有铃声大作，我写道，接着又加上一句：就像正在倒车的卡车。

我打算把它送给迪莉娅，但那天想了上千次，偏偏时机都不对，不是费兹在旁边，就是她忙着翻找置物柜里的东西，再不然就是正要递过课桌椅间的走道时老师刚好走过来。我才刚偷偷掏出口袋，就被费兹一把抢过去。“你也收到卡片了对吧？”他大声念出内容之后，和迪莉娅开始大笑。

我愤怒地抢回来。“这不是我收到的，白痴，是我要送人的。”因为迪莉娅还在笑，我便直接大步走过她身旁，走向第一个见到的女孩：手上正端着热腾腾的午餐餐盘的伊琪·费雪。“拿去。”我说着将卡片塞到她的餐巾与厚片比萨中间。

伊琪·费雪的的确确毫无特别之处。她留了一头几乎长及臀部的卷发，戴了一副金边眼镜，有时上课碰上光线折射，会在黑板上制造一些舞动的小光影。我一整年恐怕跟她说不到三句话。

“伊琪·费雪？”我回来坐下后，迪莉娅责怪道，“你喜欢她？”随后便起身跑出餐厅。

我砰的一声把头埋进双臂中，同时发出哀叹。“我做那张卡不是要给伊琪，是要给迪莉娅的。”

“迪莉娅？”费兹说。

“你不会了解的。”

费兹定定注视着我："你怎么知道？"

多年来，这一刻在我脑中重复上演数千次，我也了解到接下来发生的事本可能有不同的发展。如果费兹不是那么要好的朋友，或者竞争心强一点，又或者对他自己诚实一点，我的人生恐怕会截然不同。然而当时的他却问我有没有一元纸钞。

"做什么？"

"因为她在生你的气。"我搜出我的午餐费后，他说道，"我可以解决。"

他从讲义夹拿出签字笔，在华盛顿的肖像上不知写了什么。然后将纸钞长边对折出折痕，将底边往上折之后再对折，翻转过来，把两边往里塞。又做了几个动作后，便交给我一个折成心形的一元纸钞。

找到迪莉娅时，她正坐在体育馆附近的喷水池下方。我把费兹的心递给她，看着她打开来，并和她一起看内容：如果这辈子所能拥有的只有你，我将会是个亿万富翁。

"伊琪会吃醋的。"迪莉娅说。

"我和伊琪分手了。"

她放声大笑："这是有史以来最短的恋情。"

我朝她瞄了一眼："你不再生我的气了吧？"

"不一定。这是你写的吗？"

"是。"我撒谎。

"这张钞票可以给我吗？"

我眨眨眼："应该可以。"

"那就不会了。"她说，"我不生气了。"

几年来，我总等着看迪莉娅把钱拿去买点什么，每当她掏出钞票买糖果、冰激凌或可乐，我都会扫描上头有没有费兹的字。但据我所知，她一直没有花掉。据我所知，她仍然保留着它，直到现在。

安德鲁家很安静。我叫迪莉娅，但无人回应。我四处找人，看了浴室、客厅和厨房，最后听见楼上有声响。苏菲的房门关着，我打开门，看见她坐在地上玩“犯罪现场娃娃屋”。我和迪莉娅之所以如此称呼它，是因为苏菲会把每个房间的东西弄得东倒西歪，厨房或浴室也会有一两个芭比娃娃四肢摊开倒卧在地。“爸爸，”她说，“你把外公带回来了吗？”

“我正在努力。”我拨拨她的头发说道，“妈咪呢？”

“和格丽塔在后面。”她拿着一尊肯尼玩偶放到前门。“开门，我们是警察。”她说。

我望着苏菲，却看见迪莉娅，不只是五官特征（迪莉娅的深色头发与红润双颊都复制在我们女儿身上），就连表情也一个样。例如微笑在两人脸上绽开的样子，仿佛迎击阵风的一面风帆。还有她们将盘子里的食物依颜色分类的习惯。又或是当她们看着我，我就好想变成她们眼中那个人的感觉。

我又看着苏菲一会儿，想象若是有人从我身边将她夺走，我应该会将地球整个翻过来去寻找她。想到这里我略感犹豫，心想会不会有什么事情迫使我带着她逃走呢？

下楼后，我在外面的木板露台上找到陷入沉思的迪莉娅。她把脚跷到格丽塔身上，而这个厚脚垫正在轻轻地打呼。她看到我吓了一跳，“你有没有……”

“明天提审之前没法把他弄出来。”

“他得在警署里过夜？”

其实她父亲得在格拉夫顿郡看守所过夜，我暗自衡量坦白说出这件事的后果，最后还是决定不说。“明天一早，我们就可以去法院。”

她往上瞄我一眼：“他们会放他走，对吧？他们在找一个名叫贝瑟妮·马休斯的人，那不是我，从来都不是。我没有被绑架，否则这种事我应该会记得，不是吗？”

我深吸一口气，问道：“你记得你母亲去世的情形吗？”

“艾瑞克，那时我还那么小……”

“你记得吗？”

她摇摇头。

“是你父亲说你母亲死了，迪莉娅。”我直言不讳，“然后他才把你带到新罕布什尔。”

她昂首说道：“你说谎。”

“不，迪莉娅，是他说谎。”

就在此时，费兹冲到露台来：“你为什么不接电话？我已经找了你一个小时！”

“我忙着把我爸从警察局里弄出来。”

“你知道了。”费兹嘴巴张得大大的，“绑架的事你知道了。”

“那你又是怎么知道的？”我问道。

费兹往迪莉娅对面一坐：“所以我才一直在找你。你记得前几天我们谈论过前世吗？后来我开始想到人们随时都在重新塑造自我。撇开十八世纪你曾经在托斯卡尼种柠檬的事不谈，关于这整段柠檬树的回忆，也许还有更合理的解释，所以我就上网查询你的名字。你进来看看。”

我们跟着费兹来到迪莉娅的计算机前面，四周摆满了新罕布什尔与佛蒙特的地形图和警务用品的目录。费兹开始打起字来，片刻后，屏幕上出现了搜寻结果。前几个链接是迪莉娅与格丽塔拯救某个失踪者的报道。但费兹点入另一个链接，出现在屏幕上的是《圣路易邮电报》的网页。“珂迪莉娅·琳恩·霍普金斯，”上头写着，“是玛格丽特·凯查姆·霍普金斯与已故安德鲁·霍普金斯之女，于一九七三年三月十六日出生于克拉克顿的……”

“那是我的生日。”迪莉娅说。

“马里兰高地，一九七七年三月八日四岁时，因车祸造成并发症不治身亡，其父也在同一场车祸中丧生。幸存者包括她的母亲、外祖父母凯查姆夫妻乔与阿蕾妲，以及一名兄弟洛伊德。葬礼将于周六上午十一时，在穆尔登浸信教会举行，由托马斯·孟罗牧师主持。随后将在穆尔登的纪念墓园进行下葬。

“她有相同姓名、相同生日，她父亲死于同一场车祸。而意外刚好发生在你和你父亲出现在威克斯顿的那一年。”

“搜贝瑟妮·马休斯。”我对费兹说。

屏幕上列出一片绿油油的新清单，全都是《亚利桑那共和报》的文章。“孩子在监护人探视期间遭绑架。母亲誓言找到失踪女儿。斯科次达绑架案仍无新线索。”费兹点入其中一个链接。

“一九七七年六月二十日——警方继续搜查斯科次达四岁的贝瑟妮·马休斯失踪的线索，她最后一次露面是在父亲——三十三岁的查尔斯·马休斯——进行例行的监护人探视期间。阿布奎基警方接获线报，突袭以马休斯先生的信用卡付款的某旅馆房间，但并无所获。与此同时，女孩的母亲伊莉丝·马休斯并未放弃希望，认为女儿会被找到并安全返家。‘这世上没有任何人事物能把我和她分开。’昨日，马休斯太太在电视记者会上如此宣誓。

“马休斯夫妻在三月离婚，享有共同监护权。马休斯最后一次露面是在周六上午九时到前妻家中接女儿，当时他表示会在周日下午六时以前回来。当他没有送回贝瑟妮，电话又不通，马休斯太太便报了警。初步搜索马休斯先生的住处显示，此人已彻底搬离现址。

“若有人自愿为寻人一事贡献时间或物资，请到萨瓦罗高中体育馆报到。若有任何关于贝瑟妮·马休斯或查尔斯·马休斯行踪的线索，则请联络斯科次达警方，电话是555-3333。”

迪莉娅一手按住费兹握着鼠标的手，点进文章最后的一个词：照片。两张大头照填满了计算机屏幕：一张是一个长相酷似苏菲的小女孩，另一张是较年轻、咧着嘴笑的安德鲁·霍普金斯。

片刻后她夺门而出奔入树林，格丽塔蹦跳着紧跟在后。我们俩都明白最好还是让她去。

“都怪我。”费兹说。

“我觉得要怪也应该怪安德鲁。”

他摇摇头。“我本来不知道她的名字……她的真名。看到珂迪莉娅·霍普金斯的讣闻之后，我开始思考什么人会盗用身份又为什么。迪莉娅提到过有关一棵柠檬树的奇怪记忆……于是我找出柠檬树生长的地点，搜索的范围也缩小了。”费兹开始屈指数着，“佛罗里达、南加州、亚利桑那。这里头只有一个地方在一九七七年发生过广为人知的绑架案。我拨了文章里刊登的电话号码给斯科次达警方，询问贝瑟妮·马休斯的事。花了好一会儿工夫才有人知道我在说什么——因为当时查案的警员都退休了。他们问我从哪儿打的电话。”

“你告诉他们了？”

费兹苦笑一下。“我总得说自己是记者吧？重点是，艾瑞克，我绝对没说出迪莉娅的新名字。”他从椅子上起身面向窗户，扫视树林，好像能看得见她似的，“我猜是斯科次达那边有人听见《新罕布什尔报》的字眼，上网稍做搜寻。安德鲁是镇议员，你也知道他的照片上过几次报，迪莉娅就更不用说了。”

“他就躲在光天化日下。”我喃喃自语。看起来执法部门的串联能力似乎快得惊人，但他知道这是个错觉。逮捕安德鲁的拘票是在将近三十年前签发的，警方只是不知道他人在哪里，而无法使用。

费兹掉过头去，双手插在口袋：“你得去找她。”

“你去。是你把警察引来的。”

“我知道。”费兹承认，“但她需要的人不是我。”

六年级学期末到来之际，男生会鼓起勇气邀女生出去。这没什么特别的，只是两人会肩并肩在餐厅吃午餐，偶尔讲讲电话。照这个标准看来，我和迪莉娅可以说是结婚了，我们在一起的时间远比威克斯顿中学内任何一对都来得多，至少在费兹正式邀迪莉娅出去约会之前是如此。

我知道这并不代表什么，关于谁喜欢谁的谣言漫天飞舞，就像八月的吉卜赛舞蛾，但我确实太常希望自己是费兹，太常摇摇晃晃走在铁轨上，或者与迪莉娅并躺在湿润的草地上试图透过鞋盒挖出的小洞看日蚀的时候，紧握住她的手不放。过了不久，费兹便不再打电话找我，接着是迪莉娅，而我则努力说服自己相信我从来就不需要他们任何一人。

学期末的舞会，我只身参加。正在听唐尼·狄墨里欧——一个留着小胡子，还有一包走私烟的十二岁男孩自吹自擂，忽然看见迪莉娅哭着出现。“费兹和我分手了。”她说。

我想不出原因，后来他才告诉我实情。我宁可拥有你们两个，而不要只有一个，他一向这么轻浮。不过当时费兹不在，迪莉娅又离得那么近，我手臂上的汗毛已随着她的体温竖起。“我想我可以跟你约会。”我说。

“你想你可以跟我约会？”她重复我的话，“天哪，谢谢你的牺牲。你不必可怜我。”

我太了解迪莉娅了，她把你推开只是为了确保自己不会先被推。我趁她跑开之前抓住她的胳膊。“我非常想和你约会。”我小心地说，“这样好点吗？”

“大概。”

“那我们要做什么？”

她咬咬下唇：“我们可以跳舞。如果你愿意的话。”

我从未和女生跳过舞，尽管我和迪莉娅是一块在池塘里裸泳长大，也曾经同睡在拥挤的帐篷里呼吸对方的气息，这种感觉还是出奇地新鲜。我两手滑过迪莉娅的脊椎，摆放在她的臀上。她散发出桃子的香气，我甚至可以感觉到她针织洋装底下细细的内裤松紧带。

她一个人说个不停。说起了某天晚上，费兹打电话约她出去，她不知道该说好还是不好，却脱口就答应了。又说她真的打算要回德怀特·埃文斯的棒球卡，当初是为了表达真心喜欢费兹才会送给他的。

歌曲结束后，迪莉娅没有退开，仍保持在原来位置，甚至靠得更近一些。“你还想继续说吗？”我问道。

“不用。”她微笑直视我的双眼，说道，“我想已经说够了。”

我找到她时，她在一棵橡树伤痕累累的枝杈上，离我头顶十英尺高。格丽塔坐在树底下，哀哀吠叫。“喂，”我拨开几根较细的枝丫与树叶，“你还好吗？”

上方星星逐渐出现，一群眼神明亮的听众。“万一这一切都是我的错怎么办？”迪莉娅问道。

“怎么可能？”我回答，“你根本不记得发生过这件事。”

“也许我记得，只是把它封锁住。也许我父亲连这个也瞒着我。”

我迟疑了一下：“我相信他可以解释。”

迪莉娅从树上跳下来，像猫一样在我身边落地。“那他为什么不告诉我？”她说话的声音充满一条条伤痕，“他有二十八年的时间，你不觉得这已经够久了？也许可以顺口一提说迪莉娅·霍普金斯是密苏里一个死去的女孩，比方说‘迪莉娅，亲爱的，帮我拿一下麦片好吗？对了我有没有告诉过你，你四岁的时候我从你母亲身边偷走了你’。”说到这里，迪莉娅脸色倏地发白。“艾瑞克，”她问道，“你想我妈妈还在吗？”

“不知道。”我老实说，“去亚利桑那以后就会知道。”

“亚利桑那？”

“你父亲因为逃亡罪名在新罕布什尔提审之后，会被引渡回亚利桑那，那是……据称罪行发生的地方。如果要上法庭，你很可能会以证人身份被传讯出庭。”

她对此似乎感到惊恐万分：“如果我不想出庭呢？”

“恐怕由不得你。”我坦承。

她朝着我上前一步，我伸出双手环抱住她。“如果我不该像这样……在这里长大？”她贴着我，声音被我的衬衫闷住，“如果贝瑟妮·马休斯本该有另一种人生呢？”

“如果迪莉娅·霍普金斯本该有另一种人生，结果却被车祸给毁了呢？”我狂乱地寻思该怎么说才对。我试着去想费兹，去想他会要我告诉她什么，“你有可能是贝瑟妮·马休斯，或是迪莉娅·霍普金斯，又或是埃及艳后，都无所谓。如果你在沙漠中和一千棵柠檬树一起长大，圣诞节用仙人掌当圣诞树，还养犰狳当宠物……那么，我应该就会去读亚利桑那州立大学的法学院，替非法越界的外国人辩护。但我们终究还是会在一起的，迪莉娅。不管我过什么样的生活，最终都会有你。”

她笑了笑，很淡很淡：“我很确定我从来不是埃及艳后。”

我在她额头上轻轻一啄。“嗯，”我回答道，“这是好的开始。”

十五岁那年，我们喝醉酒，跑到达特茅斯大学贝克图书馆的钟楼上看流星雨，据新闻主播说，我们这一生只有这次能看得如此清晰，虽然难以置信，却仍觉得这么做的话便能永生。

我们边玩游戏边等：“我发现”和“二十问答”，猜不出答案的人就得学引擎的轧轧声。当我们世界这一角终于面向流星雨，费兹已经张嘴打呼，迪莉娅想拉起运动衫的拉链却拉不起来。“我来。”我说着便替她拉上，这时正好一颗火球追逐月亮划过天际。

迪莉娅专注看着这午夜场秀，我则专注地看着她。她有时面露微笑，有时放声大笑，多数时候看着夜空在眼前变幻不定，她只能张大嘴发出“喔”的惊叹。当部分活动平息下来，我不禁凑上前去直到与她嘴唇相碰。

她立刻退缩，定定地瞪着我，然后双臂搂住我的脖子，主动回吻。

我记得当时我们不太知道自己在做什么，我只觉得身体胀大了两倍，几乎要把皮肤撑破，心跳得太厉害，连丹宁布衬衫都跟着动起来。我记得有那么一刻，我以为自己乘上某颗流星，降落得如此快速，恐怕还没坠地便已燃烧殆尽。

第二天早上九点，迪莉娅和我在威克斯顿地方法院里找了一个靠近被告席的座位坐下。这是公设辩护人与我这种职业枪手轮流栖息之地，每当法官宣布审理新案，就会换个新人去暖椅。提审是个盖章程序，检察官迅速翻阅一大箱档案数据的同时，被告也被一一带入。我们看着一名妇女因为偷了卖场的烤面包机被提审，还有一个男人是违反禁制令。第三名被告，我认得他是镇上卖热狗的摊贩，因为对未成年少女犯下重大性侵害而被捕。

这让我想起这世上还有人比安德鲁·霍普金斯更恶劣。

“你认识检察官吗？”迪莉娅低声问。

奈德·佛罗里茨是昨天戒酒无名会聚会的主持人，但正在戒酒的人总是有义务为彼此守密。“我见过他。”我说。

轮到我们的案子时，安德鲁被带进来，身上穿着亮橘色的连身衣，背后印有“格拉夫顿郡矫正部”的字样，并且上了脚镣手铐。

身边的迪莉娅倒抽了一口气。她对父亲入狱仍感到陌生。我起身扣上外套的扣子，提着公文包走到被告席。安德鲁的目光在庭内游走。“迪莉娅。”他大喊，她也随即站起来。

“先生，”法庭工作人员开口道，“请面向前方。”

我感觉得到自己额头不断冒汗。我出过庭，但从未处理过如此重大的案子，从未处理过结果攸关我个人的案子。

身旁的安德鲁碰碰我的手臂：“叫他们把链子拿掉，我不想让她看见我这副模样。”

“这是被告出庭的规定，”我回答道，“我也没办法。”

法官是个经验不算太丰富的女性，具有公设辩护人的背景，这对安德鲁有利，不过她也是三名幼儿的母亲。“我这里有一份起诉书指控你在亚利桑那州违法绑架，并逃避法律制裁。你有律师陪同，那么我就跟他交涉。你们今天有两个选择：一个是同意引渡，然后到亚利桑那面对诉讼；另一个是对引渡提出异议，要求州政府去申请州长拘票。”

“法官大人，我的当事人选择引渡。”我说，“他希望能尽快处理这项指控。”

法官点点头：“那么就没有交保的问题。我想你应该会让我们监禁霍普金斯先生，直到他被移送到亚利桑那吧。”

“事实上，法官大人，我们希望能定出交保金额。”我说。

检察官很快地从座位上弹起：“绝对不行，法官大人！”

法官转向他：“佛罗里茨先生，你有什么要补充的吗？”

“法官大人，保释的两大主要顾虑是社区的安全与外逃的风险。该被告逃亡的风险可以说是最大的，看看之前发生的事就知道了。”

“还没有定罪。”我打岔道，“霍普金斯先生是威克斯顿小区的荣誉市民，已经担任五年的镇议员，几乎是凭一己之力创办目前的老人中心，而且他完全是个模范父亲与模范外祖父。这个人不会对社会造成威胁的，法官大人。希望法庭考虑到他一直是个可敬的公民，不要骤下定论。”

太迟了，我这才察觉自己犯了错。你绝对、绝对不能暗示法官可能仓促地妄下判断，这就好像对一只正打算咬断你的颈动脉的狼说它有口臭。法官冷冷地看着我。“我相信我有非常充分的信息足以做出迅速而合理的裁决，大律师。我现在裁定被告得以一百万元现金交保。”她敲下法槌，“下一庭。”

安德鲁都还来不及问我接下来怎么办，就被法警拉出法庭。老人们缓慢地造成了混乱，大喊大叫，被另一个法警赶了出去。检察官从座位上站起来走向我。“艾瑞克，”他说道，“你确定要插手这种事吗？”

他并非质疑我法律方面的能力，而是我的抗压性。虽然他已二十多年滴酒不沾，我却仍是生手。我露出僵硬的笑容。“我没问题。”我撒谎。这也是正在戒酒的人的拿手好戏。

我将桌子让给已经准备进行下一场提审的公设辩护人。我不想看到迪莉娅失望的神情，既然知道安德鲁得继续在牢里过夜，表示我失败了。最后我无可奈何地转向我们方才坐的位置，却发现她不见了。

六年前我为了开一瓶苏托力伏特加而改用膝盖控制方向盘，结果整辆车驶离车道。奇迹似的，只有一棵糖枫树遭殃。我走进一间酒吧，喝了几杯酒，自觉差不多恢复镇定之后才打电话告诉迪莉娅事发经过。隔一周，我发现自己会走到一些地方，事后却毫无记忆：像是达特茅斯校园某个兄弟会的客厅、某间中国餐厅的厨房、怀尔德水坝的水泥隔墙。就在某一次喝断片之后，我来到迪莉娅和安德鲁家的后院，睡死在吊床上。后来被一阵哭泣声吵醒，只见迪莉娅坐在我身旁的地上，撕扯着草皮。“我怀孕了。”她说。

我的头还在水中浮沉，舌头厚得像一片苔原，但心里立刻想到：现在她是我的了。我翻跌下吊床，单膝着地，用力扯下迪莉娅绑马尾的橡皮筋绕了两圈，然后拉起她的手。“迪莉娅・霍普金斯，你愿意嫁给我吗？”我说完随即将替代戒指套入她的手指，并将脸上笑容调得更灿烂。

见她没有回答，只是缩起膝盖，将头埋入其中，我开始觉得紧张揪心。“迪莉娅，”我咽了一下口水说道，“是因为孩子吗？你是不是想……把他拿掉？”一想到有一部分的我在她体内扎根，真让我感到不可思议，仿佛发现从水泥人行道的裂缝中冒出一株兰花。但为了迪莉娅，我愿意放弃。我愿意为她做任何事。

当她望着我，眼中空空如也，就好像已经从她生命中将我这条绞索松解开来。“我要孩子，艾瑞克，”她说，“但我不要你。”

迪莉娅以前就抱怨过我喝酒的事，但自从她自己几乎不喝之后，似乎也很难知道什么叫过量。她说她不喜欢酒精的气味，但我认为她是无法面对失控；看来这是她的问题，与我无关。有时候实在太生气，她确实会采取强硬态度，但这是恶性循环：每次当她发誓要离开我，只会让我更沉迷于酒精，最后她又会来帮我慢慢恢复意识，听我发誓绝不再犯，只是我们两人都知道旧事仍会重演。

然而，这次她不是为了自己，而是为了另一个人要离开。

她走开后，我在后院的草地上坐了许久，将事实扛在肩上试图保持平衡，就像扛天的亚特拉斯巨人。最后回家后，我开始查询戒酒无名会的数据，当晚便去参加聚会。我花了好一段时间才终于明白迪莉娅为何拒绝我的求婚。之前我邀她与我共度错误的人生，殊不知一个人随时都可以从零开始。

我很想抽出时间去找迪莉娅，但眼下不行。我打了通电话，找亚利桑那的检察官。录音答复说马里科帕郡检察官办公室的办公时间是上午九时到下午五时。我觑了手表一眼，发现亚利桑那此时才不过早上七点。我留了言，告知任何想知道的人说我是安德鲁·霍普金斯的辩护律师，说他已经在新罕布什尔的地方法院同意引渡，希望能尽快移送。

接着我下楼到郡狱长办公室，安德鲁暂时被安置在这里一个六英尺见方的空间。“我得见迪莉娅。”他说。

“现在不可能。”

“你不懂……”

“老实说，安德鲁，身为一个四岁孩子的家长……我的确不懂。”

这又回到我们昨天的谈话和他的告白。安德鲁明智地转移话题：“我们什么时候出发到亚利桑那？”

“由他们决定。可能是明天，也可能是一个月后。”

“那现在呢？”

“你就好好享受新罕布什尔州提供的豪华食宿。你可以见我，我们得商量一下去了凤凰城该怎么做。目前，我不知道检方握有哪些证据。在我把一切拼凑起来之前，我们就先主张无罪，其余的稍后再说。”

“可是，”安德鲁说，“如果我想认罪呢？”

在我的职业生涯中，只遇过一个不想辩护的被告。那人七十岁，有三十年是在州监狱度过的。刚被释放十五分钟后就去抢银行，还对柜台职员说他会在门口路边等警察。他一心只想回到自己熟悉的环境，由此看来，安德鲁的说辞更显怪异。无论怎么想，一个曾经为了与女儿一起生活而付诸犯罪的男人，应该会希望下半辈子继续有女儿陪伴吧。

“安德鲁，一旦认罪就完了。一旦认罪就再也无法改成无罪判定。而且，过了二十八年，他们的证据肯定不完整，证人恐怕也已经不在人世，你获判无罪的概率很高。”

安德鲁看着我：“艾瑞克，你是我的律师吗？”

我完全没有能力当安德鲁的律师，我既无经验也无智慧更无信心。但我想到迪莉娅哀求的样子，只得相信曾一度失败的人还是可能变英雄的。“是的。”我回答。

“那么你不就应该照我说的去做吗？”

我没有答腔。

“艾瑞克，二十八年前我知道自己在做什么，现在我也知道自己在做什么。”他重重地吐了口气，“认罪吧。”

我凝视着他：“你有没有想过这可能对迪莉娅造成什么影响？”

安德鲁望向我的后方呆视良久。“我从来都只为她考虑。”他回答道。

我们十七岁时，迪莉娅曾背叛过我一次。那天我和她约在康涅狄格河一处河弯见面，我们总喜欢到那里游泳，若是想和女友温存一番，附近刚好有一大片香蒲与芦苇遮蔽路人的视线。我骑着单车前去，迟到了半小时，到了以后听见迪莉娅正在和费兹说话。

我看不见草丛另一头的他们，但知道他们在争论“噢！亨利”巧克力棒名称的由来。“那是用汉克·艾伦的名字命名的。”她坚持说，“每次他完成全垒打，大家就会这样惊呼。”

“错，那是作家的名字。”费兹说。

“没有人会用作家的名字来替巧克力棒命名，全都是用棒球选手，像‘噢！亨利’‘宝贝鲁思’。”

“那个是克利夫兰总统女儿的名字。”

这时传来一阵尖叫。“费兹，不要……你敢……”接着哗啦一声，他把她丢入河里，自己也跌了进去。我拨开芦苇屏障往前走，想和他们一起下水。但就快走到岸边时，竟看见费兹和迪莉娅在水中接吻。

我不知道是谁主动，但很肯定是迪莉娅先停止。她将费兹推开，跑上岸抓起浴巾，站在距离我藏身处三英尺外发抖。“迪莉娅，”费兹也跑了上来，“等一下。”

我不想继续待下来听她说什么，我不敢听。于是我静静地后退，然后跑回放单车的地方，以破纪录的速度飞奔回家，一整个下午就待在房里，也没开灯，躺在床上假装什么都没看到。

迪莉娅始终没有承认亲吻费兹的事，我也没有提。事实上，我从未向任何人提起过。但目击者的定义在于看到什么，而不是说了什么，就算你保密也不代表事情从未发生过，不管你有多希望它确实没有发生。

我找到迪莉娅时，她正在看一群孩子爬攀爬架。“你知道我有多讨厌荡秋千吗？”她说。

“知道。”我一面回答，一面怀疑这对话的目的。

“你知道为什么吗？”

迪莉娅八岁时曾在秋千架上摔断手臂，我一直以为和此事有关。但当我这么回答，她却摇头。“是因为当你荡得太高，铁链会松二分之一秒，”迪莉娅说道，“我怕会摔下来。”

“后来你真的摔下来了。”我指出事实。

“我父亲答应过如果发生这种事他会接住我。”她说，“因为我年纪小，所以真的相信他。但不管他说过什么，都不可能随时在我身边。”她注视着一个躲在长长的银色滑梯道底下的小女孩，“你没有跟我说他进了看守所。”

“迪莉娅，事情只会愈来愈糟。”

她推了一下围篱：“我现在可以去跟他谈谈吗？”

“不行。”我轻轻地说，“你不能。”

她在我眼前崩溃了。“艾瑞克，我不知道我是谁。”她边哭边说，“我只知道我不再是昨天的我。我不知道自己是不是还有个母亲。我不知道自己是否在某方面受了伤，却根本不想去想。我不知道父亲为什么觉得他这么做会让我少受一点伤。他为什么对我说谎？除非他不是很确定我会原谅他。”她摇了摇头，“我不知道自己现在能不能信任他，我不知道自己以后还会不会再信任他。但我也不……不知道该向谁去问答案。”

“亲爱的……”

“没有随便偷走孩子。”她打断我的话，“所以到底发生了什么可怕的事，我却不记得了呢？”

我双手搭在她肩上，感觉得到她内心的一切都像陀螺一样打转。“这个我还没办法告诉你。”我说，“但你父亲也一样。法律上，只有我可以跟他交谈。”

迪莉娅粗暴地抬起头来：“那么你去问他发生了什么事。”

尽管这个三月天出奇暖和，她却在颤抖，我便脱下夹克替她披上。“我不能这么做。我是他的律师。”我说，“正因为如此我才认为应该让其他人……”

“去替他辩护吗？”迪莉娅问道，“找一个只是从文件夹上的名字知道我父亲的人吗？一个根本不在乎他会不会被判有罪，只当作例行公事来做的人吗？”

游戏场上有个老师在招呼学生们集合。老师摊开一条白色绳索，上头每隔一段距离就有一个小绳圈可以让每个孩子握住，让一群迷你的锁链囚犯以最安全的方式返回学校。“他打算认罪。”我不安地说。

“那会怎么样？”

“直接坐牢。”

迪莉娅往上看着我，一脸惊愕："你怎么会想要这种结果？"

"我不想要。我叫他出庭碰碰运气，但他不肯。"

"那我想要的呢？"

如果我陪同安德鲁出现在亚利桑那的法庭，法官会问我我们如何主张，而不是问他。说"无罪"就代表推翻我当事人的要求，也表示安德鲁可以结束我的委任，最后找到一个乐意进行有罪答辩的律师，因为这是阻力最小的一条路。

说"无罪"就代表一场大规模而艰难的审判，迪莉娅也将成为重要证人。

绑架时，她是唯一与安德鲁在一起的人，因此，检方与被告都会争相找上她。而尽管她是我的未婚妻，我若告诉她任何关于她父亲案情的细节，也有可能坐牢。无论有意或无意地影响证人在庭上的证词都是犯罪。

但若是她影响我的说辞算不算犯罪呢？

我单手抚过她的头发。"好吧。"我承诺道，"不认罪。"

安德鲁

我为什么这么做真有那么重要吗?

现在你已经有了自己的定见。你或许认为大半辈子以前做出的行为可以定义一个人，也或许认为一个人的过去与他的未来无关。你若非视我为英雄，便是禽兽。如果多了解一点当时的情况，你或许会对我有不同看法，但也改变不了二十八年前发生的事。

梦魇一直挥之不去。有时候拿起电话，在电话销售专家出声前那一段空白，我会听见伊莉丝的声音。每当经过一辆警车旁边，我就会冒汗。当某个老人替我报名竞选威克斯顿镇议员，我立刻陷入恐慌，后来才发现最显眼之处才是最容易藏身之处；只要表现出毫无不可告人之事，谁也不会多看你一眼。

愿意怎么想都随你，但请想想这个问题：倘若我们立场对调，你怎么知道自己不会做同样的事?

信不信由你，被捕之后我终于松了口气。脱下衣服换上宽松的橘色连身衣那一刻，我也褪去了披在身上伪装的表皮。很奇怪，这里比外面让我更有归属感。牢里的每个人都跟我一样，一直活在谎言中。

我每天二十三小时待在囚室里，剩下那一小时可以冲个澡，到操场上转转，这时我会尽可能地深呼吸，清除留在鼻孔中的看守所气味。

到现在我已经两度请求打电话给你。我以为到了这里，每个人都能打通电话，结果只是电视上这么演罢了。我等着艾瑞克，但他还没来。我猜应该是有各种官僚程序要先解决之后，才能出发前往亚利桑那。

最后一次在那里的时候，那个州和东北部截然不同。那地方的土壤红如鲜血，白雪是种幻想，植物还有骨架。从斯科次达陡峭的边缘直接往下跳，你会来到一些只有一小撮人和一个加油站的小镇，那时西部还是无法无天的歹徒的避风港。听说那些城镇如今成了富人特区，荒凉的红色峭壁上盖了价值数百万的豪宅，但我即将看到的凤凰城应该还是充满无法无天将被绳之以法的歹徒。

看守所里从未暗过，也从未安静过。那是由许多声响混成的交响曲：隔壁囚室的家伙咻咻的打呼声、开门的咿呀声、打在屋顶上的雨声、蒸汽暖炉的嘶嘶声，还有狱警故意用钥匙敲打囚室栏杆所发出金属相碰的砰砰砰砰声。

唯一能忍受的方法就是想你。这回在我心中展开的记忆是关于我们开车到基林顿，搭缆椅上山的那个秋日周末。当时是十月，你才五岁。到达山顶后，连绵不绝的启陵顿山脉高耸在我们四周，下方的山谷仿佛一块红色、金色、翠绿交杂的浓密地毯，其间零星点缀着教堂尖塔，看起来好像一颗颗殒落的天星卡在地势褶缝中。奥塔奎奇河从中间流过，滚了一条蓝边，空气中已经嗅得到雪的味道。

那里和亚利桑那的差异恐怕是人世的极限了。我也开始明白新英格兰人所说的：你永远不会忘记你的第一个秋天（早在我逃到新罕布什尔之前许久便已听说）。

当了父母以后，你会看着这个未知数，也就是你的孩子，试图从他身上找到一点你自己，因为有时候要这样才能宣示主权。记得我曾看着你在沙坑里和泥沙，一面心想不知你是否天生喜爱化学。也记得我曾倾听你泪汪汪地述说噩梦中的怪兽，一面心想不知它像不像我。

但我从你身上看到的，大多是你母亲的影子。

你有非常神奇的找东西的能力：艾瑞克的母亲遗落在车道上的钻石耳环、藏在地下室一块松脱木板后面的旧漫画书、卡在人行道缝隙中印有野牛头的五分钱铜板。伊莉丝能找到一个人已缺失，却连自己都不知道的部分，但你不同，你比较专精于实质的东西，只不过这恐怕也只是迟早的问题。

你七岁的时候，发现一枚掉出鸟巢的北美山雀蛋。蛋破裂了，尚未发育成形的鸟外表呈粉红色，有点苍白，似乎带着奇妙的人性。你和我在火柴盒里铺上纸巾，并私下举行一场葬礼。“威波，”你吟诵道，“度过了短暂又充满危险的一生。”

像你一样。

你为一只鸟哭泣了一星期——你第一次觉得找到一样东西也等于失去它。这时我也了解到就算带你到天涯海角，也无法将你母亲抹掉。你流着伊莉丝的血，她就烙印在你身上。而我也和伊莉丝一样忧心忡忡，万一你长大后能找到任何掏空某人内心的东西，你终究也会和那人一样空虚。

但愿你不会试着以同样的方式填补。

我打了几通电话，然后带你去见一名警员，他碰巧是每星期二会到中心打麻将的某个老人的儿子。亚特是个州警，有一头名叫杰瑞李的德国牧羊犬以搜救能力闻名。他让你和杰瑞李玩捉迷藏，它每次都赢。当天我们开车回家时，你已经知道自己长大要做什么了。

将不见了的东西视为遗失或视为有找回的可能，两者间仅一线之隔。依我想，我有责任让你正确地聚焦。高中时，我安排你到当地一家兽医院实习。上了大学，你从收容中心认养了一只猎犬，训练它做搜救工作。大四那年，你完成了第一次重大的救助任务，找到一个在郡园游会上走失的小男孩。从此你博得了勤奋认真的好名声，也受征召与新罕布什尔及佛蒙特各地的警犬队合作。我听到你一次又一次对记者与心存感激的受害者提及自己从事这份工作的缘起，你总说是从找到一只鸟开始的。

我甚至不确定你是否还记得鸟已经死去。

有时候父母亲在自己身上找不到他们要的，便改而播下种子，希望能长出他们要的果实。我就见过一个昔日的冰上曲棍球球员，带着连路都不会走的儿子去溜冰；也见过有个母亲在结婚时放弃了跳芭蕾舞的梦想，如今却将女儿的头发盘起，自己则坐在舞台侧边观赏。我们并非如你所想，是在替你们安排人生，我们甚至不是试图获得第二次机会。我们只是希望假如这件事能扎好根基，或许便能占据足够的光亮与空间，以免孩子心中生出其他东西来——例如我们曾体验过的失望。

昨晚，在被提审前，我开始浑身发抖。不是害怕的战栗，而是像可能全身瘫痪的中风似的，警卫急忙送我到医务室，请护士做免费检查，结果却是毫无异状。航天员回到地球、登山者从乞力马扎罗山顶下来后，都会发生类似的震颤——这是一种无关寒冷的刻骨寒战，一切只因从一个世界进入另一个世界。从警卫替我戴上手铐，带我从地下道走到隔壁法院，到我在郡狱长办公室囚室等候的那段时间，再到我在法庭上见到你呼喊你的名字，颤抖始终没有停过。

你无法正视我，这是我第一次对自己的所作所为产生怀疑。

“喂，”室友说道，“你吃不吃面包？”

我室友名叫蒙提维第·琼斯，今年二十岁，因为持枪抢劫正在等候审判。我把面包丢给他，其实面包已经硬得可以视为武器。我们在囚室里用餐，食物盛在塑料餐盘上，各种汤水混成一片，叠加在一起。

蒙提比我早来，所以可以在床上吃，我则得坐在马桶或地上。一切都以阶级与特权为本，这点看守所与现实世界颇为相像。“说说看，”他说，“你在外面是做什么的？”

我停下手中的叉子抬起头来。“我在经营一家老人中心。”

“你是说像赡养院？”

“刚好相反。”我解释道，“那是让可以自由活动的老人家来社交的地方。我们有运动联赛、西洋棋锦标赛，还有红袜队的季票。”

“真的假的？”蒙提说，“我奶奶也在一个类似的地方，他们只给她氧气，等着她死。”他拿出一支削得很尖、可充当刀子的笔，开始往指甲底下挖，“你做多久了？”

“从我搬到威克斯顿开始，”我告诉他，“将近三十年了。”

“三十年？”蒙提摇摇头，“那不就等于一辈子。”

我低头看着餐盘。“不算是。”我说。

如果可以打电话给你，以下是我想对你说的话：

你好吗？苏菲好吗？

我很好，我比你想象的坚强。

真希望不是以这种方式发生。

我们亚利桑那见，我会向你解释。

我知道。

我也不感到后悔。

费　兹

回到儿时长大的地方时，我对眼前的一切毫无心理准备。两辆波士顿小货车停在艾瑞克小时候住的地方。安德鲁・霍普金斯的红色小轿车前面站了一排记者，每个人面对一位摄影师，而摄影师得负责切出一小方块的背景，让它看起来好像还没有其他记者发现这条大新闻。这是个轻松好赚的任务，若在其他情况下，我可能也会和其他人并肩而坐，互相讨根烟、讨点咖啡，一面等着“被害人”到前门窥探。

我停下车，绕过媒体记者进入我以前家里的后院。现在是一对同性恋伴侣与他们收养的女儿住在这里，花园整理得比我父母漂亮得多。不过杜鹃花丛背后的铁丝网，仍有一个角落翻翘起来，高度刚好可以让人从底下钻进迪莉娅家的院子——这是我们互留字条与宝物的秘密通道。我走向后门，自行入内。“迪莉娅。”我出声喊道，“是我。”

见无人回应，我便晃进厨房。迪莉娅穿着牛仔裤和艾瑞克的运动衫，头发整团乌漆墨黑地披散在脸上，光着脚。她弓着背趴在流理台上，话筒贴在耳边。苏菲则穿着睡衣，坐在厨房餐桌底下，将塑料制的农场动物排列成军事队形。“费兹！”她见到我就说，“你知道吗？我今天不能去上学，因为车子把路挡住了。”

“你能再查查看吗？”迪莉娅对着话筒说，“也许是伊・马休斯。”

我跪在苏菲旁边，一根手指压住嘴唇：别说话。不料迪莉娅砰地挂断电话，接着满口脏话地诅咒——同一个迪莉娅也曾因为我当着三个月大的苏菲骂了一句“该死”，差点拧断我的头。当她抬头看我，眼中充满泪水。“他们肯定跟她说了我的事……说我们在新罕布什尔，可是她没有打电话，费兹。”

关于这个有太多合情合理的原因：迪莉娅的母亲已不住在亚利桑那，因此还不知道安德鲁被捕的消息。她甚至可能已经……但我不忍心告诉迪莉娅。

“也许她担心你不想跟她说话，因为你父亲因此被捕了。”片刻后我才说道。

“我也这么想的。所以我觉得……干脆我来打给她。问题是……我找不到她。不知道她是否再婚了，或是改用娘家姓氏……我甚至不知道她本来姓什么。她还是一个完全陌生的人。”

我把头探到餐桌下面说道：“苏菲，如果在我数完以前，你能上楼找到妈妈的紫色指甲油，我就给你一块钱。一、二、三……”

她立刻像飞箭般射出，“我不擦指甲油的。”迪莉娅无力地说。

“真的？”我走上前去，“不过你是怎么告诉苏菲的？”

“警察给外公铐上手铐带走她都看见了，我该怎么跟她说呢？”迪莉娅摇了摇头，“我告诉她这只是个游戏，就像我们玩警察来了那样。”她闭上眼睛，“麻烦。”

“艾瑞克呢？”

“在办公室，填写到亚利桑那出庭用的文件。”她有点结巴，说完便跌坐到椅子上，“想听件有趣的事吗，费兹？以前我每天晚上都祈祷希望母亲还活着，我说的不是小时候，而是直到一个星期前都还是。你也知道……就像苏菲在学校扮演一颗牙齿，我希望母亲能看到，或是当我决定婚礼的主食时一半食物的名字都念不出来的时候。我常常想象是在医院里弄错了，也许有一天母亲会突然出现，说这一切全是个不该发生的错误。现在呢，梦想成真了却是什么结果：我有个母亲，但我却不知道自己是谁，不知道自己真正的生日，甚至不知道自己是否真的三十二岁。本来以为我了解我父亲……结果发现这才是最大的谎言。”

“他还是陪着你成长的那个人。”我小心翼翼地说，在一片充满慰藉假象的地雷区里步步为营，“他还是昨天那个他。”

“是吗？”迪莉娅反驳道，“我和艾瑞克也经历过很糟的情况，但我从来没想过从他身边偷走苏菲，让他再也见不到女儿。我无法想象有人能做出这种事。但看来我自己的父亲就做了。”

我大可以依自身经验告诉她，我们不一定能了解自己所爱的人做出的选择，却依然可以继续爱他们，这与理解无关，而是关乎宽恕。

但我花了一生的时间了解这些，结果又是如何？只要迪莉娅叫我跳，我就立刻穿上鞋子跳。有些教训是教不会的，只能自己学。

“我敢说他这么做一定有他的理由。”我说，“我敢说他一定想跟你谈谈。”

“那接下来呢？再回到像以前一样吗？我不太能想象我们每两个星期的周日和我母亲见面，笑谈往事的情形。我也不知道以后还怎么能毫不怀疑地听他说话。”她开始哭，“真希望这些都没发生，真希望我永远都不知道。”

我迟疑了片刻才将她拉进怀中——碰触迪莉娅，我一直都很小心，对此我要付出的代价太大了。我可以感觉到她的心跳怦怦地撞击我的心跳，仿佛两个囚犯隔着牢房的墙壁在沟通。她认为过往是无法抹去的，我知道，你可以隐藏，可以粉饰得若无其事，但你总会知道底下藏着什么。

我不知不觉靠近，以便闻到她头发的气味。迪莉娅教过我说人类的气味就像雪花，个个不同。即使蒙住眼睛，我也能单凭嗅觉找到迪莉娅：她是百合乳汁和白雪，是夏天刚割过的草，是我童年的香气。

她动了一下，耳下最柔嫩的肌肤拂过我的嘴唇，我立刻像被火烧一样往后弹开。我知道这是什么样的感觉：当你一觉醒来，自以为能分配由哪些人担任你生命中的主角，结果却发现你只能坐在席上当观众。对迪莉娅而言，整出戏到中途起了变化，我能做的最基本的就是当她不变的常数。她向来都会把出问题的东西交给我修理：没电的汽车电池、淹水的地下室、破碎的心。这次我不再是过去的我，但仍会试着拯救她。现在我要当英雄，很快迪莉娅就会明白应该把我当成坏人。

“苏菲，”我高喊，“时间到了！”她气喘吁吁地出现在楼梯底端。

“妈妈没有……”

“去穿外套，”我说，“你要去上学。”

苏菲还小，所以对此消息欣然接受。她随即奔向玄关，迪莉娅则透过窗口瞄向车道：“不知道你有没有注意到外面有一群豺狼？”

我暂时不去想迪莉娅明天看见报纸会做何感想。“有啊，”我尽量保持轻松的口气，“但我不是其中之一，而且我们不吃自己人。”

“我不想出去……”

“可是你需要出去。”我说。迪莉娅最不该做的就是呆坐在家里等电话，满脑子胡思乱想为什么母亲不打电话来——无论如何都不会得到她一辈子梦想的结果。

苏菲跑到我面前停住，我便蹲下来替她拉上外套的拉链。“我们送她去，”我对迪莉娅说，“然后直接去看守所。”

今天早上，我被编辑叫进《新罕布什尔报》报社。编辑是位女性，名叫玛吉·季瑞吉，喜欢抽古巴雪茄，还坚持要叫我那可怕的全名。“费兹威廉，坐吧。”她说。

我一屁股坐进她办公桌对面那张破烂的扶手椅。只要去一趟报社的洗手间，你就能完完全全想象出《新罕布什尔报》是份什么样的报纸——肮脏的灰墙、日光灯、廉价家具用品。外头有个体面的接待区和一间舒服的会议室，但只在新罕布什尔州长一年一度大驾光临访视时才派上用场。也难怪大多数记者宁可在家里工作，也不到这里的小窝来。

“费兹威廉，”玛吉又喊了我一声，“我想跟你谈谈这桩绑架案。”

她桌上的报纸正好摊开在我的报道那页，A2版，因为昨天纳秀瓦还发生了一起杀人然后自杀的案子。“怎么了？”我问道。

“你的文章少了点什么。”

我扬起一边眉毛：“所有都在上面了，事件、发展情况，还有被告的答辩。如果想让提审过程更性感一点，恐怕得看《律师本色》吧。”

“我不是批评你的技巧，费兹威廉，而是你的用心程度。”她冲着我的脸吐出一个烟圈，“你知道我为什么要你撤掉《真人奇事》换这篇吗？”

“纯粹因为发了善心？”

“不，是因为看在你能对这篇报道有所贡献。你在威克斯顿长大，说不定还无意中碰见过这家人，像是在教会或学校毕业典礼之类的。你可以带入个人情感……甚至全属虚构也无所谓。我不要看这些法律废话，我要一篇家庭悲剧。”

万一玛吉知道我不仅在威克斯顿长大，还是安德鲁·霍普金斯的隔壁邻居，不知会怎么说。暂且不论什么悲剧，迪莉娅就是我的家人。不知道她明不明白有时候太接近事实，对撰稿人而言并非好事，因为你可能会看不清楚。

但玛吉接着拿起一个信封。“一张日期未定的电子机票。”她宣布道，“我要你跟着这个人到亚利桑那，去做一篇独家。”

老实说，这正是我答应的原因。毕竟我这个人不管多努力，也从未远离过迪莉娅·霍普金斯。就像圆规，即使把两只脚拉开了，顶端还是连在一起，即使一只脚旋转开来，到最后还是会回到起点。假如安德鲁被引渡到亚利桑那，而迪莉娅跟着去，我也迟早会去，那还不如让《新罕布什尔报》替我付钱。

我从玛吉手上抽起信封。晚一点再来想想该如何向迪莉娅解释，我正在写一篇关于她的伤心事的新闻。晚一点我也会想出该如何向老板解释，迪莉娅对我而言永远不是一篇故事，而是一个圆满结局。

迪莉娅和我陪着苏菲走进教室，因为她迟到，而老师也才刚来代课不久，原来的老师请了产假。我将苏菲的外套挂在她座位附近的小挂钩上，并从背包里取出她的午餐盒。老师（看起来矮小又年轻得像个学生）起身来到苏菲身边，蹲了下来。“苏菲！真高兴你能来上课。”

“我们家车道上有电视台的人。”苏菲大声地说。

出人意料的是，老师的笑容始终不变。“那真是太有趣了！”她说，“你去跟蜜凯拉和莱恩一组好不好？”

苏菲一跑开来，注意力马上转移，老师趁机将我们拉到一旁。“霍普金斯女士，我们从报纸上看到你父亲的消息，我们所有人都想告诉你，如果有什么需要帮忙的地方……”

“我只希望苏菲继续专注于其他事情。”迪莉娅木然地回答，“她不太清楚我父亲发生的事。”

“当然了。”老师表达同感，同时瞄我一眼，“她很幸运，这个时候能有两位支持她的父母。”

太迟了，她这才发觉以目前的情形看来，这恐怕不是个聪明的评语。她脸色变得绯红，接下来当我和迪莉娅争相解释我不是苏菲的父亲，她那张脸羞得更红了。

坦白说，有几度我真希望我是。例如当迪莉娅拉起我的手放在她的肚皮上，让我感受苏菲在里面踢动，我心里就想：那个生命本来应该是我制造的。但尽管十几岁时我夜夜躺在床上，想象自己若是艾瑞克，随时想摸她就摸她会是什么样子。在她趴到我的床上温习《哈姆雷特》的考试后，我会深深闻着枕头上留下的气息；甚至每当找寻有所收获，我们一起拍着格丽塔，双手不小心相碰，我也会心跳加速。这种时刻不少，但千万个其他时刻她并不属于我。

此时，老师已经尴尬得像被线缠住的风筝，想飞也飞不动。“我们该走了。”我对迪莉娅说，并拖着她离开教室，“我想我得趁那个可怜的女人情急之下又说出不该说的蠢话之前救她一把。”我解释道，“苏菲几岁了？十一还是十二？”

“我没有跟苏菲说再见。”

我们在玻璃窗前站了一会儿，看着苏菲用彩色圆圈和方块拼积木。

“她永远不会知道。”

“我敢打赌老师注意到了。她很可能会跟学校辅导老师说我送了人就匆匆离去。你知道吗？他们都在等着看树上的苹果会掉多深。”

“你什么时候也开始在意别人对你的看法了？”我问道，“这种无聊的话应该是出自贝瑟妮·马休斯之口，不是迪莉娅·霍普金斯。”

迪莉娅一听到那个禁忌之名立刻倒吸一口气。

“贝瑟妮·马休斯，”我继续以爽朗的口气说，“总是第一个把车停在路边接女儿放学。贝瑟妮·马休斯认为个人最大的成功就是连续四年担任家长会会长。贝瑟妮·马休斯绝对不会因为忘了解冻，端出冷冻比萨当晚餐。”

“贝瑟妮·马休斯不会在结婚前怀孕，”迪莉娅接着说，“贝瑟妮·马休斯甚至不会让女儿和这种破碎家庭出身的小孩一起玩。”

“贝瑟妮·马休斯到现在还系着紫色发带，”我笑了起来，“而且穿着老太婆穿的宽松内裤。”

“贝瑟妮·马休斯丢起球来就像女孩。”

“跟贝瑟妮·马休斯在一起，”我说道，“太无趣了。”

“谢天谢地，我跟她一点都不像。”迪莉娅说完，对我回眸一笑。

是我先和迪莉娅约会的。当时还在读中学，根本不代表什么——如果你说正在和某个女孩约会，基本上就代表放学以后你会陪她去搭学校巴士。我这么做是因为好像每个人都会约女孩出去，而真正和我交谈过的也只有迪莉娅。后来和她分手则是因为即便交女友的第一个星期感觉很酷，第二个星期就不酷了。我跟她说，也许我们应该花点时间与其他人交往。

当时迪莉娅脸上出现前所未有的表情，当我察觉时已经太迟了。她之所以如此当然有原因：我们三个长这么大，第一次有人想限制与彼此相处的时间。我一时良心发现，连忙赶到体育馆找迪莉娅，打算跟她说我不是认真的，说不经大脑思考的话就像泄了气的气球，哪儿都去不了，结果我却只是躲在一旁偷看她和艾瑞克跳舞。他两手搂着她，有一种我所缺乏的轻松自信。他碰她的感觉好像她有某些部分属于他，经过这么多年后，或许果真如此吧。

在艾瑞克脸上，我看到自己所犯的错。这个错误让他双眼发亮、完全聚焦于一点，我真想大喊“失火了”看他听不听得见。他的神情和我在迪莉娅身旁时的感受相同：就好像胸骨底下生出第二个太阳，这几乎是我无法隐藏的秘密。然而差异在于迪莉娅回看他的眼神。此时的迪莉娅不像号称与我交往时那样——当时我们会争辩红袜队将由谁主投，或是比腕力的话，蜘蛛侠能不能修理蝙蝠侠一顿——她只是凝视着艾瑞克，默默无语。他剥夺了她所有的言语，这点我始终办不到。

随着年纪渐长，我偶尔会想将自己真实的感觉告诉她。我说服自己即使从此失去艾瑞克的友情，至少还有迪莉娅可以弥补。但一转念又想到她与艾瑞克在中学体育馆里跳舞的时刻，装饰彩带踩在他们脚下，DJ正播放着“快速马车”的歌曲。我立即明白了即使我们三人都长大了，迪莉娅与艾瑞克仍会用那种眼神互望，仿佛周遭的世界已不存在，其中包括我在内。我可以失去他们当中一个，但若是两个都失去，我恐怕无法承受。

有一回，我失控了——我们在康涅狄格河岸上嬉闹时，我吻了她。但我故意把它当成玩笑，每当有什么靠得太近让我不舒服，我总会这么做。当她和我一同浮在芦苇丛中，两手紧抓住我的肩膀，双唇如同花朵在我唇下开放之际，我如果说出心里话，她最后也可能无言地凝视我。但万一不是因为我让她太感动呢？万一是因为她无法对我说出同样的话呢？

当你爱一个人，就会希望她拥有一切她想要的。

而迪莉娅想要的，始终都是艾瑞克。

格拉夫顿郡监狱像只沉睡的熊拱立在哈福希尔的十号公路尽头，还与姐妹建筑——法院——交颈相连。我们驶上前去停车时，我可以感觉到迪莉娅的视线直接便落在围墙顶端的蛇龙上。

我下车后替迪莉娅开了门。她挺起胸膛走向低矮入口通道的木门，让我联想到童话中食人魔的小屋。办公桌旁正在看《风度》杂志的守卫抬起头来。“我们想见一个犯人。”我说。

“你是律师吗？”

“不是，可是……”

“那就等星期二晚上会面时间再来。”他又重新低头看杂志。

“我想你不明白……”

“是啊，我从来就不明白。”守卫闷闷地说。

“我父亲两天前被关进来……”

“那你不能见他，就这么简单。还要几个星期以后，他才能获准会面。”

“几个星期以后，我父亲就不在这里了。”迪莉娅说，“他马上要被送到亚利桑那。”

这句话终于引起他的注意。从格拉夫顿郡看守所引渡到其他州的人实在不多。“霍普金斯吗？”看管人员说道，“就算我答应，你也见不到他。他今天早上出发到凤凰城去了。”

“什么？”迪莉娅愕然地说，“我父亲不在这里？他的律师知道吗？”

守卫听见附近一扇门砰然作响，接着传来艾瑞克咒骂的声音时转过头去。“他现在知道了。”守卫回答。

艾瑞克看见我们站在守卫室前面，先是一愣：“你们在这里做什么？”

“我父亲今天离开，你怎么没告诉我？”

“因为也没有人告诉我啊。”艾瑞克说着，眼光狠狠地射向带着他出来的狱警，“看来，亚利桑那的检察官和格拉夫顿郡看守所好像都觉得没必要让我知道我的当事人被引渡了。”他掏出皮夹翻了一下，“有现金吗？我要直接开车到机场。”

我给了他四十元，迪莉娅给了五十。“你到底知不知道你要上哪儿去？”

“我有七小时的行程可以找出答案。”艾瑞克说完，在迪莉娅额头轻啄一下，“听着，这个我能处理。在这段时间里，找个人帮忙看房子。你和苏菲马上买机票到亚利桑那，顺便替我带几件西装，还有我办公桌上、写着安德鲁名字的盒子。我一知道更多消息就会打电话给你。”

我们三人走了出来，外面还很冷，冷到让我们的诺言冻结在空气中。艾瑞克走向我的车，将迪莉娅安顿在副驾驶座上，贴在耳边对她说了一会儿悄悄话。我想他是在说他爱她、他会想她、在飞机上一闭上眼脑海就会浮现她的面容——总之就是换成我，我会对她说的话。他关上车门，将她安全地封锁在里头后，绕过车尾来跟我说话。“我应付不了这件事。”他说。

“你刚刚不是说……”

“不然我要怎么说呢？费兹，我彻彻底底完蛋了。我真的不知道自己在做什么。”艾瑞克坦白，“我办过的重罪案件，一只手都数得出来。我应该让她去找其他律师的，其他真正的律师。”

“你是真正的律师啊。”我说，“她要你，是因为她知道你会尽一切力量让安德鲁脱困。”

他用手抹了把脸：“万一他被判刑，迪莉娅会怪我，那怎么办？”

“你最好永远都不要知道。”

“我完了。”艾瑞克摇摇头又说一遍，“我得走了，替我照顾她好吗？”

他将迪莉娅交托给我，就好像她是等候私运出境的珠宝，是异教徒之间不能大声说出的祷告词，是一件典当品。艾瑞克已经走过大半个停车场，我才回答道：“我一直都在照顾她。”

第二章

昔日的我，除了对他的记忆之外，什么也没剩下！但回忆只不过是一种新的痛苦。

——波德莱尔《芳法罗》

迪莉娅

我小时候常常想象母亲回来找我的情景。或许我在餐车里点一份奶昔，而坐在我身旁凳子上的女人转过头，我们四目交接激起了电光。或许我去开门，门口站的不是邮差而是张开双臂的母亲。又或许我去上高中第一堂驾驶课，钻进车内才发现她拿着写字板坐在副驾驶座等候，表情跟我一样惊讶。在这许多白日梦中，本该视为绝对的死亡却并非绝对，而且我们总是巧遇。在这许多白日梦中，我与母亲无需任何言语便能认出彼此。

想到过去二十八年里，她或许曾经在百货店里排在我后面等着付账，感觉真奇怪。我们有可能曾在巴士站或拥挤的街道擦肩而过，甚至可能在电话上礼貌地交谈过：抱歉，你打错电话了。想到我们可能巧遇对方，却仍不知道自己错失了什么，感觉真奇怪。

如果逼不得已，你大可以把生活浓缩成一只行李箱。问问自己真正需要的是什么，答案会出乎你意料之外——你会轻易地抛去未完成的工作、账单、每日行程表、下雨天穿的那套法兰绒睡衣、孩子送给你的心形石，还有因为初恋时读过而每年四月都要重新翻阅的破旧平装书来腾出空间。原来重要的并不是这些年来所累积的一切，而是能随身携带的极少数东西。

苏菲将脸贴靠在飞机的小舷窗上，等待起飞。这是她第一次搭飞机。女儿得知的信息是，我们是临时起意去冒险，去度个假。我告诉她我们要去的地方，那里很暖和，艾瑞克已经在那儿等我们了。

也许我母亲也是。

她还是没来电话。也许费兹是对的，她心里害怕。也许是她的律师要她别打。艾瑞克向我解释过，虽然过了这么久亚利桑那州仍然要起诉，并不代表是母亲在后面施加压力，甚或代表她还健在。未执行的拘票就是未执行的拘票，就这么简单。

我不时会任由自己陷入最晦暗的思绪：她之所以没有跟我联络是因为她不想。这个母亲与我多年来想象的那个人有出入。

但话说回来，假如母亲像我心目中那样完美，父亲为什么要带着我离开呢？我从未怀疑过他对我的爱，知道这些事之后我还是不曾怀疑他对我的爱，那么是否就得怀疑母亲对我的爱呢？万一我做不到，万一我不这么做，不就得默认父亲做了错事？

我把这一切心思告诉艾瑞克时，他说我很快就会知道母亲是否还住在亚利桑那，要我别再没完没了地分析，这样只会把自己逼疯。

但若换作是我和苏菲，经过这么多年……我不会听律师的，我不会去管什么疑虑不安，我会走过大半个地球去站在女儿家门口。我会等她来应门，然后紧紧地拥抱她，不让中间有任何缝隙，即使再小的一丝遗憾也钻不进来。

“妈咪，”苏菲问道，“他们会给格丽塔绑安全带吗？”

“它在特殊的运输笼里，”我安抚她说，“现在大概睡着了。”

苏菲想了一想：“它会不会做梦？”

“当然会。”我回答道，“你也看过它做梦的时候乱跑。”

“我昨天晚上做了一个梦。”苏菲告诉我，“外公带我去吃冰激凌，可是不管点什么，拿到的都是草莓口味。”

“他最讨厌草莓了。”我轻声说。

“可是在我梦里面，”苏菲说，“他还是吃了。”她扭过身来面向我，“外公会不会在另外一边？”

她说的是亚利桑那，但听在我耳里却不是如此。我一向认为父亲和我是一体的，是同伙的，不过现在不确定了。一方面，我是他的孩子，他想必是做了他认为必要的事。另一方面，如今我自己当了母亲，他却犯下我最惧怕的噩梦。

苏菲紧挨着我，用手指缠我的头发。她习惯这样入睡，就像有些幼儿要抱着毯子或玩具熊一样，因此每当她要睡午觉，我就得陪在旁边。艾瑞克觉得这种习惯应该戒除，否则以后离开我，她怎么睡得着？

我问过他，她为什么非得离开我？

“系上安全带”的警示灯亮起，我让苏菲在自己的座位上坐好，并替她将腰间的带子系紧。飞机退出空桥，缓缓向后行驶，接着前进到停机坪上准备起飞。当飞机开始加速，机翼如火箭般上扬之际，苏菲转头问我：“我们在飞了吗？”

从前我和父亲常常到莱巴嫩[1]的机场野餐，看赛斯纳和派珀飞机升空与降落。我们会仰躺着，任由草搔弄肩膀，一面看着小飞机消失在巨大的云层中，随后又像变魔术似的再次出现。当我问他为什么飞机会浮在空中，他就叫我坐起来，往一张餐巾纸上面吹气，接着就看见纸巾像旗帜一样在风中飘扬。“当机翼上方的空气流动得比下方快，飞机就升起来了。”他告诉我。

---

① 译注：美国新罕布什尔州格拉夫顿县西部城市。

因此当苏菲提出这个问题，我已经做好准备，关键就在于压力。假如来自四面八方的压力完全一样，什么也不会动。但若有一方施力大于另一方，你很可能就会飞起来。

不知道她有没有酒窝，和我一样。不知道她能不能将拇指向后弯到极限，和我跟苏菲一样。不知道我的黑发或对昆虫的恐惧，是不是遗传自她。不知道我们生孩子的时候是不是一样。

我花了好长时间在脑中塑造她的形象，结合了烹饪美食专家玛莉安·康宁汉、《脱线家族》的卡萝、《华顿家族》里的老妈和寇斯比太太。她看到我之后会哭，会把我紧紧抱在怀里让我无法呼吸，我也会发觉我们俩的身体密合得是多么天衣无缝。她会找不到够有力的字眼，告诉我她有多爱我。

然而在我脑海里还有另一个声音，这声音知道假如母亲一直活着，情况就不同了。她为什么没有更努力地试着找到我？

其实我真正想要的是一个无法被人从我身边拉走的母亲，她会乱踢会尖叫，不管分离的力量多么强大都拉不走。一个只要人生中少了我，便会放弃自己人生的母亲。

就像我父亲一直以来那样。

在飞机上睡着后，我做了个梦。他刚刚在我家后院种下一棵柠檬树。我想榨柠檬汁，但树上还没有结任何果实。在那片电光雷击的天空下，它看起来赤裸裸的，满是棱棱角角、曲曲折折，细瘦的枝丫隐隐颤动。

他用双手拍平树下的土壤。他转头看我，但阳光刺着我的眼睛，虽然看不清他的脸，我还是跟着微笑。我腿上有一只条纹花色的猫，我伸手去摸它断尾残留的部分，它马上挣脱我的手掌，钻进两棵柱状仙人掌中间，那仙人掌让我想到《绿野仙踪》里的蛮奇金人。“你觉得怎么样，贝丝？”他问道。

尘土将他的掌心染红，当他往牛仔裤上一抹，两个上下颠倒的五指印变成两只长颈恐龙正朝对方探头。我想我要一只恐龙，也要一只海豹，可以养在浴缸里。

我跟他说了，他大笑起来。“我知道你要什么，grilla。”他说着把我抓起来荡进他怀里，荡得好高好高，太阳都吻上我脚底的水疱了。

我想，到达天港机场就如同降落火星——放眼望去尽是崎岖高山与血红土壤。我一走出双层玻璃门，便撞上一道热烘烘的墙。真不知道这种地方和新罕布什尔那种地方怎么可能属于同一个国家。

手机已经收到艾瑞克的短信，其实就是一个地址。协助他在本州岛进行诉讼的律师是他法学院的老同学，另外有人——好像是他秘书的表亲的朋友之类的，总之关系很复杂——答应让我们借住她家，而她则搬去与男友同住。

我从大型行李区接出吓坏的格丽塔后，租了一辆休旅车（请问你需要租多久？柜台人员问道，我则眼神空洞地瞪着那个女人），把行李堆到后座与后车厢，和折叠式狗笼放在一起。做这些动作只会提醒我，有太多不知道的事情：有哪些连锁百货店，怎么去那间位于洛布拉佐街上的房子，什么时候能见到父亲。苏菲的背包滑落到手肘处，一只手因为紧拉格丽塔的皮带而高举起来。她跟在我身后，踮起脚尖蹦跳着，完全相信我知道我们要上哪儿去。

不是所有的孩子都这样吗？

以前的我不是这样吗？

我们依照租车业务员报的路走，途中经过的商店与购物中心比整个新罕布什尔州还多。好像有一家供货商可以提供任何你可能想要或需要的东西，例如寿司、电动机车、铜雕、创意彩绘陶艺品。来到这里我觉得完全迷失了，而这其实也是解脱。在亚利桑那，我本该一无所知，对一切很自然地感到陌生。和威克斯顿不同的是，在这里我可以一早起床后，不记得我是谁、身在何处。

艾瑞克给我的地址在米沙，肯定是弄错了。洛布拉佐街上唯一的住宅是一片活动车屋区——不是一排排整齐舒适、完美无瑕，还有小花园和窗台盆栽的住家，而是像一个巨大垃圾堆的地方。那是个灰尘弥漫的停车场，里头停了五十个活动车屋，全都没有号码，而且失修的程度参差不齐。苏菲踢踢我的椅背。“妈咪，”她问道，“我们要住在巴士里面吗？”

我们开车经过一个站在停车场入口的老妇人，尽管天气闷热，她身上仍紧裹着一件长雨衣。围篱内，毫无生气。我想象着户外气温都超过三十八摄氏度了，住在金属车屋内该有多热。

我们去住旅馆，我决定之后，才想起我们的钱不够。艾瑞克说了，这恐怕不是几个星期的事，而是几个月。

有些车屋的门阶旁种着仙人掌，有些则在房基沿边的石头当中插着铜制花园饰物。有个年轻女人走出门来，我立刻摇下车窗。“请问一下，”我大声喊道，“我想找……”我低头看看艾瑞克短信中留的号码。

“我不会说英语。”她用西班牙语说，匆匆回到屋内，拉下所有窗帘，以免我们往里面偷窥。

我想开车去找艾瑞克，但他没告诉我他在哪里。不知不觉中，我已经绕完整个活动车屋小区，又回到通往外面大路的车道上。老妇人还站在原地，并对我微微一笑。她有着布满皱纹的枫树表皮和原住民特有的圆脸，短短的白发卷进一条红色围巾盘在头顶。她的每根手指都戴了一枚银戒指，这是当她拉开大衣衣襟向我们展示时我留意到的。大衣底下除了一件印着“别担心，有希望”的T恤，还有各式各样的物品用塑料环固定缝在外套的缎面衬里上，其中包括生锈的银器、老旧黑胶唱片，以及十来个芭比娃娃。“今天车库清仓拍卖，”她说，“非常便宜！”

苏菲一看见娃娃，脸色立刻发亮：“妈咪……”

“今天不行。”我说，并对妇人露出生硬的微笑，“抱歉。”

她耸耸肩，封起外套。

我略一迟疑才问道：“请问你知不知道哪间车屋是35677号？”

“就在那边。”她手指着一栋不到二十英尺外的破旧建筑，“不过里面没人住。女孩一个星期前搬走了。钥匙在邻居那里。”

隔壁车屋在门口屋檐下挂了各式各样的彩虹捕风吊饰。有一张凳子由马赛克坐垫与石膏雕塑的人腿组合而成，上面摆了一盆扭曲变形的仙人掌，那些茎干看起来好像错综复杂的纽约地铁图。数百根褐色羽毛用丝带与皮绳绑在前院一棵假紫荆树的绿枝上。

“谢谢。”我说。我叫苏菲在车上等，让空调继续运转，然后走到邻居门口按电铃，按了两次，无人应门。

“他们不在家。”老妇人说，像是以为我会想不通这个道理。不过我还没应声，就听到警车鸣笛声呼啸而来。瞬间，我回到了威克斯顿，回到我全部人生瓦解前的十秒钟。我连忙奔向车，奔向苏菲。

巡逻警车停在我租来的车子后面，但警员下车后，却往我的反方向，朝老妇人走去。“好啦，露珊。”警员说道，“要我跟你说几次？”

她束紧风衣腰带：“你不能告诉我不准做什么。”

“这块地不是商业区。”警员说。

“我又没看到谁在卖东西。”

他将太阳眼镜往上一推：“你外套底下是什么？”

她转向我：“他这是性骚扰，对不对？”

警员似乎此时才注意到我：“你是谁？顾客吗？”

“不，我刚搬来。”

“这里？”

“应该是。”我解释道，“我要拿我的钥匙。”

警察捏捏鼻梁骨：“露珊，随便到哪个印第安跳蚤市场摆个摊子，好不好？别让我再回来了。”他回到车上，迅速离开。

老妇人叹了口气，拖着脚步来到我方才敲过的门前。“你等一下，”她说，“我去拿你的钥匙。”

“你住在这里？”

她没有回答，只是打开门锁走进去。即使站在这里，都闻得到房子像糖在燃烧的味道。“怎么了？”片刻后她喊道，“进来啊。”

我让苏菲和格丽塔都下车，并且要狗在门口台阶旁等着。我和苏菲进屋时，露珊脱下了风衣披挂在一张软垫长木椅背上，芭比娃娃的头往外探，活像一只只地鼠。无论往哪儿看，几乎都会见到一个废物盒或装珠子和羽毛的马口铁罐。热熔胶枪散落在地板上，像是被丢弃的凶器。“我知道就在这附近。”她边说边翻找一个满是小树枝和铅笔的抽屉。

苏菲背着我偷偷将一尊玩偶娃娃从外套里它的安身处抽出来。“妈咪，你看。”她小声地说。

这尊芭比一手拿着一盒一品脱装的迷你巧克力冰激凌，另一手拿着《西雅图未眠夜》的录像带。她穿着运动裤、毛绒拖鞋，腰间还系了把枪。只见她脖子上挂了块牌子，写着“经前症候群芭比”。

我不禁大笑出声。我伸手进风衣内又取出另一尊娃娃，是电视实景秀芭比。她穿着一副运动胸罩，戴着婚纱，手拿亚马逊地图，嘴里含着被吃了一半的羊的眼睛，背包里有一叠美钞，还有一张合约塞在运动袜内。

“这些很有意思。”我说。

“我叫她们黑市芭比。专门给那些还想继续玩的人。”老妇穿过房间，伸出一只手来，“我叫露珊·马沙威斯提瓦，‘第二春’公司的所有人兼总裁，专门做所有物再生。”

“那是什么？”

“替其他人不想要的东西找归宿。我本身就是一个大型的可携式印第安当铺。”她耸肩道，“你的旧烤面包机或许是另一个人能运用的容器，你的牛仔靴可能被用来栽种天竺葵，展开全新的人生。”

“那这些娃娃呢？”

“也是重生。”她骄傲地说，“即使再小的附件也都是我亲手做的，就连中年危机芭比那个百忧解处方药瓶也不例外。我想雕刻卡齐纳木偶，但只有霍皮族男人可以做这件事——女人应该要用子宫雕刻，你懂我的意思吧。可是话再说回来，我不喜欢有人规定我不能做什么。”

我摇摇头，试图理解这段对话：“卡齐纳是……”

“对霍皮人来说，他们是神灵。我们有几百种不同的神灵，有男有女，有植物有动物有昆虫，你说得出的都有。以前他们会以人形来造访，现在却是在为农作物祈雨或祈雪的仪式后，变成云或从地底冒出带来恩赐。卡齐纳神偶用三角叶杨木雕成，在这些舞蹈仪式中送给小孩，让他们认识宗教，不过现今也成了热门的收集品。”露珊拿起一尊芭比，“不知道这个热潮能不能也那么持久，但我正在努力。”她伸手从架子上抓下一个凯莉娃娃——芭比的妹妹，送给苏菲。“你八成会喜欢这个。”她说。

苏菲马上坐到地板上，开始动手剥凯莉的塑料衣服。“我家里有一个凯莉。”

“喔，你家在哪里？”

“隔壁。”我连忙插嘴，现在还不想把我们的事告诉这个女人，但也不知道以后可不可能做好这种心理准备。

露珊蹲到苏菲身边，假装从她耳后拉出一根长长的红色鞋带。这让我更加想到父亲在老人中心变魔术的情形，顿时哽咽。“咦，”露珊说，“你瞧瞧。”

鞋带末端有把钥匙。露珊捧起苏菲的小脸。“随时欢迎你来这里玩娃娃。”说完缓缓站起身来，将钥匙压入我的手心。“别弄丢了。”她提醒道。

我点点头。我想到这句话也可意为“别输了”①。

一个谎言要能成立需要两人合作：一个是说的人，一个是相信的人。父亲生平的第一个谎言应该是对我说的，说母亲出车祸死了。但我长大后，为什么没有要求去拜祭？为什么没有质疑过母亲的双亲、兄弟或其他表亲从未来找过我？为什么我从未找过母亲的首饰、旧衣、高中毕业纪念册？

---

① 译注：“别弄丢了”的原文为“Don't lose it.”

有时候艾瑞克喝了酒，回家后一言一行总是特别小心翼翼，以免露出酒醉模样。但我不但没有戳破，反而假装一切都没事，就跟他一样。你大可以编造任何虚构情节，说那是人生。我觉得如果编造得够频繁，自己或许也会开始信以为真。

有时候你不提出问题，并非因为害怕某人当着你的面说谎。

而是因为害怕他们说出真相。

这间车屋有几个额外好处：你可以一口气来回走四趟，站在厨房就看得见卧室，餐桌可以巧妙地变身成另一张床。让苏菲最高兴的是，整个屋里，就连马桶座，都漆成药片一样的粉红色。

有一本电话簿。

在大凤凰城地区共列出七十七个“马休斯”，其中三十四人住在斯科次达。接线员说得没错，没有伊莉丝·马休斯，没有伊·马休斯，没有任何能追踪到母亲的线索。她也非常可能变成另一个人了。

前屋主一时发了善心，留下一个转动风扇。我把它摆到卧室，直接对准已经缩在双层床垫上的苏菲和格丽塔，然后走到门外坐在阶梯上。尽管太阳几乎已下山，天气依然酷热。此处的天空似乎更辽阔，像一张摊开的玻璃纸，群星开始露脸了。我深信这些星星是一幅拼图，如果认真注视得够久，它们会自行移动，会连起那尖尖的手臂，拼凑出所有答案。

我们老是说会为自己爱的人牺牲一切，但我很好奇，一旦必须做出抉择时有谁会真的挺身而出。艾瑞克会为我挡子弹吗？我会为他挡吗？万一我因此死了，或终身残废怎么办？万一我就此再也回不去，我的人生将从此分为前后两段又怎么办？

老实说，我会毫不犹豫去救的人只有苏菲，只因为在我内心的天平上，她的生命比我的重要。

我父亲也有这种感觉吗？

我拿出手机打给费兹，但转接到语音信箱。我拨给艾瑞克，他接了。“你在哪里？”我问道。

“正在看美景。”艾瑞克说的同时，一辆眼生的车驶上前来停在我面前。艾瑞克探出车窗，手机还贴在耳边。“要挂断了吗？”他笑着问。

他下车后，我扑到他怀里，这是一整天下来第一个让我感到熟悉的地方。“苏菲还好吗？”他问道。

“睡了。”他起步走向屋内去看她，我随后跟着，“你见到他了吗？”

艾瑞克不必问就知道我说的是谁。“我试过了，可是因为没有律师卡，梅迪逊街看守所不准我见他。”

“那是什么？”

“一张小纸片，新罕布什尔没有，有那张卡就表示符合本州岛律师协会的规定。”艾瑞克走到门口定住不动，直瞪着粉红色沙发和棉花糖壁纸，“老天哪，我们好像住在泡泡糖的泡泡里。”

“我倒觉得比较像芭比的房车。”我说，“那我呢？”

“你怎么样？”

“他们会让我见他吗？”

我从艾瑞克脸上看到很多不同的反应：如今我们俩都来了这里，他却迟疑不肯放我走，他担心我会发现什么，他理解现在的我需要父亲更甚于需要他。“会的，”他说，“我想他们会。”

不知道为什么叫作“走失”？即便转错了弯，最后来到铁丝网围起的死巷或者道路变成沙地，你还是身在某个地方，只不过不是你预计的地方罢了。

我曾经两次在高速公路上错过了前往凤凰城市区的出口，不得不回转。有三次，我进加油站去问路。那么，要找到一间看守所会有多难？

当我终于找到之后，发现牢狱里竟然没什么特别的：坚固的瓷砖和一排排塑料椅。任何州政府机构都可能长这样。不知道有没有会面时间？应该事先打电话来问问。不过大厅区里还有其他人——一些身材瘦高、穿着垮裤的黑人男孩，几个脸颊上还垂着泪痕的原住民妇女，一个坐轮椅的老人，腿上还抱着正在蹒跚学步的幼儿。我像其他人一样，从桌上一大叠表格拿了一张。问题都很简单，至少除了我以外的人都会觉得简单：生日、与犯人的关系、犯人的姓名。我掏出口袋里的笔，开始填表。迪莉娅·霍普金斯，我写道，再一想又划掉，贝瑟妮·马休斯。

写完后，我去排队，试着假装置身于日常熟悉的队伍中：百货店里的队伍、在车上等着接孩子放学的家长队伍、在购物中心等着坐到圣诞老人腿上的队伍。轮到我时，狱警看着我问道："第一次来吗？"

我点点头，就这么明显吗？

"我还需要你的身份证明。"他再一次查验我的新罕布什尔驾照，并将数据输入他的计算机。"好了，你没问题。"他盯着屏幕看了好一会儿才说。

"什么意思？"

"你没被通缉。"他交给我一张通行证，"请走左边那扇门。"

他们要我从身后挑一个空的置物柜，将私人物品全部放入。接着经过一道金属探测门和一道电梯后，门打开了，我才知道他们把这间看守所藏在哪里。里面又大又灰暗，令人心生恐惧。有很多回音：铁具碰撞、人的尖叫、对讲机。有个犯人拿毛巾捂住眼睛，在两名狱警的陪同下，走进我们刚刚出来的电梯。一间玻璃室内坐了更多狱警，监视着我们被带进接见室的过程。

里面有四个用强化玻璃隔开的小隔间，里外各有一部电话对讲机。金属圆凳用栓钉固定在地上，间隔整齐，好像圣诞树农场里的云杉。这里也有其他人在等候：一个包着面纱头巾的女人、一个脸上有一道狰狞疤痕的青少年和一个正在低声诵念玫瑰经的拉丁美洲裔男人。

父亲是最后被带进来的囚犯。他穿着条纹囚衣，就跟卡通里面的人一样，我第一次感觉到真实。他不会走上前来扯掉戏服，跟我说这一切都只是一场噩梦。这是真实发生的事，现在成了我的人生。我举起手放到嘴边，我知道他听不见我像溺水一样深吸着气，但他仍摸摸我们之间那道玻璃，就好像伸手摸我还是那么简单。

他拿起话筒，打手势示意我也拿起来。“迪莉娅，”他说话的声音微弱地敲入耳中，“迪莉娅宝贝，对不起。”

我告诉过自己不要哭，但在我意识到之前，我已经整个人俯弯在小圆凳上，哭到胸口发疼。我希望他像我一直以来认识的魔术师那样穿过玻璃，跟我说这一切都只是误会。无论他说什么，我都愿意相信。

“别哭了。”他哀求道。

我擦擦眼睛：“你为什么不告诉我？”

“起初你还太小，后来你长大以后，我又太自私。”他顿了一下，“在你眼中我向来是个英雄，如果你不再这样看待我，我可能会受不了。”

我倾身靠向我们之间的那道墙。“那么现在告诉我吧。”我坚持道，“把真相告诉我。”

转眼间我想起很小的时候，曾经把我所有的紧身衣丢到父亲的床上，揉成一团的衣服像装了铁丝、扭曲变形的蓝白假蛇。我不喜欢穿这个，我对他说，到最后都会挤在膝盖的地方，害我下课的时候都不能跑。

我以为他会反驳，并且跟我说抽屉有什么就穿什么，别啰唆。不料他竟哈哈大笑：你不能跑？那这样可不行，对不对？

“我们替你取名叫贝瑟妮。你出生的时候很小，甚至比一条面包还小。我带你一起去工作时，就用文件柜抽屉当你的婴儿床。”他抬起头来看我，“我以前是个药剂师。”

药剂师？我开始梳理过往的记忆，试图找到错过的信号：父亲很快就能知道以苏菲的体重，该吃多少感冒药。他因为我学不会高中化学感到沮丧。他为何不在新罕布什尔执业呢，我心想……紧接着我便自己回答了：因为他的执照上是另一个名字，一个消失在地表的人。

如果改了名，内在的你是否也会改变？“你是谁？”

“查尔斯，”他说，“查尔斯·爱德华·马休斯。”

“三个都是名字，没有姓。”

他面露讶异：“我刚认识你母亲的时候，她就是这么说的。”

听到他提起她，我倒抽一口气：“她的真名叫什么？”

“伊莉丝，这点我没骗你。”

“对。”我说，“只是你没说你们离婚，而是说她死了。”

想知道用毫无遮掩的忧伤之火去烹煮失落糖浆，最后会得到什么吗？我来告诉你吧：它会凝结成另一种东西。不是你所预期的悲伤，更不是悔恨。不，它会变得像糨糊一样黏稠，像灰烬一样黑。但只有当你用手指蘸一下放进嘴里，感觉到那股苦涩味在舌上化开，你才会发觉那是一种最纯粹的、未经琢磨的愤怒，一种需要加以斟酌、衡量与涂抹开来的物质。

我来这里是为了（至少我这么认为）确定父亲没事，也让他知道我没事。我来这里是为了告诉他，不管警方怎么说，不管法庭上发生什么事，我都不会忘记他给予我的童年。但顷刻间，天平忽然失衡，我自以为熟悉的那二十八年竟抵不过我始终没有机会去认识的那四年。“为什么？”这句话从我齿缝中迸出，“你为什么这么做？”

父亲摇着头：“我不希望你受伤害。当时不想，迪莉娅……现在也不想……”

“别叫我那个名字！”我喊得太大声，旁边隔间的女人转过头来。

“我别无选择。”

我心怦怦跳得厉害，却无法自制。“你有，你有千百个选择。离开或不离开，带着我或不带我，在我五岁、十岁或二十岁时告诉我真相。我才真的没有选择呀。”

我冲出会见室，让他也尝尝被遗弃的滋味。

等我回到粉红车屋时，大家都睡了。苏菲倒在沙发上，全身蜷曲成一个问号，一旁的格丽塔睁开一只眼睛，一见到我便用尾巴拍击地板。我蹲下来摸摸苏菲的额头，她在流汗。

她出生后一个月的某天，我准备出门买东西，便用冬天的雪衣将她包起来，再放进婴儿的汽车安全座椅上用扣环皮带束紧。我把安全座椅放在餐桌上，自己开始穿大衣和靴子。开车上高速公路前往百货店中途，我的手机响了，是父亲打来的。“你是不是忘了什么东西没带？”他问道。我往后照镜一瞥，这才察觉根本没把放在安全座椅上的苏菲带上车。我把绑在小小半月形座椅里的她留在餐桌上了。

我简直不敢相信我会丢下自己的孩子。我不敢相信自己没有感到失衡，就好像少了一条胳臂或一条腿，因为她就跟我身体的部位一样重要。我既羞愧又懊丧地跟父亲说我马上回家。“你去吧，”他笑着说，“她跟我在一起不会有事。”

这时，一双大手偷偷伸进我前面的T恤底下，我一扭身看见仍睡眼惺忪的艾瑞克。他把我拉进车屋尾端的卧室，关上门。“见到他了吗？”他低声问。

我点点头。

“结果呢？”

“我得透过一个玻璃隔间跟他说话……他穿着黑白条纹的衣服，好像什么……什么……”

“罪犯？”艾瑞克轻声说道，简单两个字又把我惹哭了。他伸手搂住我，让我躺到床上。

“他是因为我才进去的。”我说，“而我甚至再也不知道自己是谁。”

艾瑞克的身子在我背后动了一下，一条滚烫的腿滑进我的双腿之间。他像雾一般笼罩住我，用舌头探索着我的裂缝。“我知道。”他说。

梦里面，我一直躲着。厨房地板闪烁不定，布满钻石，但我知道那是碎玻璃。地上有破碎的盘子。厨柜大大敞开，里面的杯子或盘子却一个不剩。

有人在大喊大叫，几乎和摔玻璃一样大声。

我听得到，即使双手紧紧捂住耳朵还是听得到。听起来像是在鼓里面，感觉像龙吐火，其实是我的呼吸，也好像一团硬硬的泪结卡在喉咙让我无法吞咽。

一开始我从被窝底下发觉到太阳升起，接着意识到又湿又重的气息，有如海底的沙。我立刻翻起身来掀去被单，发现苏菲缩成一小团，全身滚烫。

我呼喊艾瑞克，但他已经出门，还给我留了张字条，上面有他朋友事务所的电话。我几乎可以听见女儿的血在沸腾。我搜遍行李想找支温度计或阿司匹林或任何可能有帮助的东西，结果一无所获，便赶紧将她抱进粉红浴室，直接抱着她站在莲蓬头下冲温水。

苏菲转过涨红的脸看着我，双眼迷蒙灰蓝。“尿桶里有一只怪兽。”她说。

我瞄了马桶一眼，上面漂着一根黑色小羽毛。我按下冲水按钮，冲了两次。“好了，”我说，“不见了。”但此时苏菲的头往后垂下，已经失去知觉。

浴室里没有浴巾，我用艾瑞克昨天回家后换下的衬衫包裹苏菲。她的牙齿在打战，额头像火烧。当我尽量将她包得密实，紧接着冲出前门时，她发出了细细的啜泣声。

当时才早上八点，但我还是去踢了露珊家的门，并始终将苏菲抱在怀里。“拜托，”她开门后我哀求道，“我需要找家医院。”

她看了苏菲一眼。“跟我来。”她说，但不是往我车子的方向而是走进我们的车屋。她探身到我昨晚为了让空气流通而打开的窗户外面，窗子就在苏菲睡的沙发正上方。露珊用指节粗大的手沿着窗框缝外缘摸索。“有了。”她说着从窗台拔出一根棕色羽毛，看起来和马桶里被冲掉的那根很像。

露珊将羽毛伸出窗外，松手后它立刻被一阵风吹远了。“Pahos。”她说，然后指向她前院里的假紫荆树丛，离敞开的窗户约数英尺远，那里还有数百根羽毛绑在树枝上。“那些是祈祷羽毛，我做这些是为了阻止过去一年的厄运。照理说会在冬天被风吹走，厄运也会一起离开。我把它们吊在树上，以免有人靠近后遭殃，不过大概有一根找上你女儿了。”

我不敢置信地瞪着她看：“你以为我会相信我女儿生病是因为……一根鸡羽毛？”

“这是火鸡羽毛。”露珊说，“不过我又何必管你相不相信！”她将掌心贴在苏菲额头上，接着示意我照做。

苏菲的皮肤摸起来凉凉的，脸颊上的热火消退了。她安稳地睡着，一手摊开放在我的胸部像一面胜利旗帜。

我硬生生地咽下口水，轻轻将她放到床上。“我还是要带她去看医生。”

“当然。”露珊说。

你自以为了解你生活的世界。如果你能去感觉、去碰触、去嗅闻、去品尝，那么想必是吧。你告诉自己，像“天空是蓝色”这么简单的事实，你可以拿生命当赌注。但有一天来了一个人，断然指出你错了。是蓝色，你坚持，像大海，像鲸鱼，像我女儿的眼睛那种蓝。但那人摇摇头，而且每个人相信他。你真可怜，他们说。那些东西，不管是大海、鲸鱼或她的眼睛，都是绿色的，你全搞混了，你一直都搞错了。

看过两个小儿科医生、一个神经科医生，又抽了三管血之后，院方判定苏菲比一匹小野马还健康，总之就是很健康。其中有一位女医生将头发盘成髻，因为绑得太紧以致眼角微微上扬，她在苏菲听不到的地方请我坐下。“你们家里有什么问题吗？”她问道，“这个年纪的孩子有时候会做一些事情引起大人注意。”

但这并不是喉咙痛或肚子痛，那种程度的病是没法装的。“苏菲不会这样，”我感到生气，“我想我很了解我自己的女儿。”

医生耸耸肩，仿佛对这种说法早已不陌生。

我小心翼翼地开车回家，依露珊指点的路径倒着走。苏菲坐在后座玩着护士送给她的贴纸。一整路我不停在事后质疑自己：转这个弯对吗？红灯可以右转吗？今天早上发生的事是不是我的幻想？也许错误判断是会传染的。

驶进活动车屋区那一刹那，我忽然想到父亲当年带我走时，就是我现在这个年纪。

我让格丽塔出外活动片刻，然后带苏菲到隔壁露珊家。老妇人来开门时抠着布满干硬胶膜的指缘。“西娃，”她对苏菲说，“你看起来好多了。”

苏菲整个人缠在我的左腿上。

“也比较害羞了。”露珊加了一句。她看了看苏菲的脸，皱起眉来。“张开嘴。”她敲敲苏菲的下巴说。苏菲照做后，露珊从她舌头上拉出一双粉红色迷你塑料凉鞋，接着是黄色细绳高跟鞋，最后是一双毛巾布拖鞋。“难怪你会生病。”她说道，苏菲则是瞪大了双眼。“喉咙都被这些旧鞋给塞住了。进去吧，看看能不能找出这些是属于哪个芭比的。”

苏菲走了以后，我望着露珊：“你知道的，我不相信魔术。”

“我也是。”她承认，“当你知道手法以后就绝对不会相信。”

我跟着进入车屋：“那么今天早上是怎么回事？”

她耸了耸肩：“运气好，猜的。大约五年前，有一个白人女摄影师，住在尚戈帕维附近，忽然莫名其妙发生严重的胃痉挛。印第安卫生中心的医生诊断不出原因，说她没病。原来她捡了几根掉落的祈祷羽毛，塞在草帽边缘。她一将羽毛放回原地后，腹痛马上就好了。”

我转过头，望向一旁那棵树，树上仍垂吊着其他等候微风的羽毛。“同样的事可能会再发生。”

露珊抬起头瞄了树一眼：“明天的风向会不同。总之它们迟早都会全部消失。”

我看着羽毛在阵风中舞动：“然后呢？”

“然后我们就做我们最拿手的事，”露珊说，“重新从零开始。”

安德鲁

凤凰城梅迪逊街看守所的入口一带称为“马蹄铁”，这是上一次进来的时候知道的。一九七六年至今，改变不大——背靠在煤渣砖墙上，肩胛骨仍能感觉到凉意。拍建档照片的地方设在入口处前方小室旁的一个壁凹里。每当狱警开门带另一个人进来，空气中就会弥漫工业用清洁剂的味道。

有一排人等着进看守所。在拥挤的入口处前方区，二十多名当地警察荷枪实弹，每有一个新囚犯到来，他们就像某种齿轮拼图似的重新排列。有个男人因为眼睛上缘割伤流着血，不时举起铐着手铐的手，以手腕擦拭。还有一人昏倒在椅子上。一个妓女站在拍照背景前问能不能拍另一面，因为她那一面比较好看。

我看了大约半个小时的闹剧之后，才被带到一个小隔间后面见医护人员。她是个很胖的女人，穿着印有泰迪熊花纹的工作服，她将血压计的腕带套在我的上臂。腕带愈束愈紧，有一度我想象那是自己的脖子，空气似乎随时可能断绝，这一切也将到此结束。

“你正在服用什么药物？”她问道，“你最后一次看医生是什么时候？过去二十四小时内有没有喝酒？有没有自杀的念头？”

现在我几乎没有任何念头。就好像应这个沙漠环境的需要，身体表面长出了厚厚的鳞片。就好像你可以拿针、刀、矛刺我，我的身体也不会记得怎么流血。

不过我没有这么告诉她，护士随即扯下我手臂上的血压计。“也该有个安静一点的人了。”她一面对郡警说，一面将我交还给他。

其他人都盯着我看。他们直接在大街上被捕，身上还穿着自己的运动衫、牛仔裤和迷你裙，而我与他们不同，我来自另一个看守所，穿的是象征危险的颜色的囚服。我的口袋里没有个人物品，因为都已经装在袋子里由郡警拿着。

他们看着我心想，他做了更可怕的事。

门开了，一名狱警叫了我的名字。他穿着宽松的卡其裤和特警队背心，好像身处战区，大概也算是吧。郡警拖着我走过人群。“好好享受吧。”他说着将我移交给狱警监管。

马蹄铁区回荡着噪声。狱警对着彼此或别在肩上的麦克风大喊，门砰地关上或锁上时嗡嗡回响，醉酒的人对着自己幻想出来的朋友哭喊。此外还有低音部：某个犯人拖地时，鞋子踩在地板上发出规律的吱嘎声，通风扇的嗡鸣声，一队人拖着脚镣通过走道时，铁链发出的圣诞铃铛声。“祝贺你。”警员对我说，“你是今天第两百名顾客。”

此时才不过下午一点。

“所以你可以得到一个入场奖。本来要搜身的，现在改成脱衣检查。”他带我进入一块钉在墙上的金属板左边的房间，要我脱衣服。我背转向他，这是唯一可以保有的隐私权。我看见窗外有个女警卫心不在焉地看着。

老人中心里有个女人是纳粹大屠杀的幸存者，五年前过世了。她曾经亲眼目睹妹妹的头被轰掉，也见过自己村里的男孩加入党卫军后，将他们曾经调情过的女孩送进毒气室。她来到达豪集中营时怀孕了，但她隐瞒了真相，最后还是自己将孩子打掉，因为她知道自己太虚弱，撑不到分娩。当怀斯太太讲述她将婴儿埋在岩石底下的过程，声音平板而空洞。当时我明白她根本无法添加恨意、痛苦、懊悔或任何情绪，否则承受那样的重担会让人崩溃。

因此当狱警叫我张口、举手、弯腰、张开腿，我已神游他处。到天空中央，到夏日湖底的软土。当他叫我站起来扶起阴囊，我甚至没有感觉到自己在照着他的话做。那些是别人的手、别人的指令、别人悲惨的人生。

“好了。”他说，“穿上衣服吧。”他打开走道更远处的一道门，门上标示着“3”，里头差不多半满了。“喂，老兄，”里头有个人对狱警说，“你们不管这个人吗？”他指着付费电话下方一片浮着油光的呕吐物和一个昏倒在地、脸埋在那坨呕吐物中的男人。

“好啦，我马上处理。”狱警说，但那声调的变化暗示着此事并不在优先处理的清单中。

有人坐在靠墙的一张长椅上，有人躺在地板上，还有个孩子唱着《墙上有一百瓶啤酒》，听起来有如指甲刮过黑板一般刺耳。“闭嘴。”一个黑人骂道，顺手拿起一个柳橙往男孩丢去。

里面有电话。我望着小箱房另一头，心想着该如何使用，因为所有个人物品和现金都被拿走了。有个在眼睛底下刺了一滴泪水的墨西哥裔青少年发现我在看，便说：“想都别想。讲一分钟大概要五块钱。”

“谢谢你的忠告。”我跨过不省人事的酒鬼，鞋子踩到秽物滑了一下，我只得抓住电话边缘让自己保持平衡。金属话筒上只潦草刻了三个字“为什么”，这似乎是最恰当的问题了。

我告诉接线生家里的号码并指明对方付费，但你没有接。

箱房的门又开了，一名女狱警高喊了一串姓氏："德贺苏斯！罗比内！华伦泰！霍普金斯！"我们几个幸运儿，鱼贯走向门边。我们各自被带到一个柜台前签写释放表格，上面列了所有原属于我们的物品。狱方人员要求我在两张色卡背面按拇指纹。那旁边有一个空白处，我知道出狱当天还要再按一次。在这个体系里待上三个月或八个月或十年，我将会洗心革面，他们要确定释放的是对的人。

负责人是一个头发有秋天气味的年轻女孩。采集指纹都是由机器完成，自动送往联邦调查局与亚利桑那州的主数据库。在那里，它会神奇地连接上你以前的任何司法纠纷事件。

苏菲的学校最近举办一个儿童安全日。校方为孩子们拍照，贴在安全护照上，并请当地警察来为每个男女学童建立指纹数据。这一切都是为了万一孩子遭绑架，警方手上已握有寻人指标。

当天我去帮了忙。我坐在一名威克斯顿警员旁边，我们还一同取笑那些母亲络绎不绝地赶到小学体育馆，其实不是因为关心安全议题，而是一连下了三天雪而引发了舱热症。孩子一个接着一个上前，我抓着那些小得不可思议、像豌豆一样小又浑圆的手指，滚过印台。"哇，"警员见我做得熟练了便说，"我们怎么没雇用你呢？"

如今，当我站在梅迪逊街看守所让自己的手指滚过空白屏幕时，技术人员见我知道该怎么做似乎颇为讶异。"很专业。"她说，我随即抬头瞄了她一眼。不晓得她知不知道绑架者与被绑架者都要经历这相同的待遇。

我从第六箱房可以看到自杀椅上的男孩。这个年轻小伙子头发盖住了脸，嘴里喃喃唱念着说唱乐歌词，偶尔抡起拳头拉扯绑束之物。

劝我不要打电话的墨西哥男孩现在也在这里。门开之后，狱警丢出一堆塑料袋，他举起双手及时抓住两袋没让它们落地。“拉德摩。”他说着又坐回座位。

“安德鲁·霍普金斯。”

囚室内有几个人听了捧腹大笑。“这不是我的名字，”男孩说，“这是午餐。”

我从他手里接过玻璃纸袋，里面有：六片白面包、两片奶酪、两片疑似波隆那香肠切片、一个柳橙、一块饼干、一罐果汁。就好像你和我替苏菲准备，好让她在学校吃的点心。

“午餐怎么会有名字？”我问道。

他耸耸肩：“以前有个儿童节目叫《华勒斯与拉德摩秀》。他们会用纸袋装糕饼糖果送小朋友，就叫拉德摩袋。郡狱长杰克大概觉得这样很有趣吧。”

囚室另一头有个魁梧男子连连摇头：“要我们每天花一块钱买这种烂东西，一点也不有趣。”

墨西哥人用大拇指的长指甲戳进柳橙，开始剥皮，一圈圈剥下来中间都没断。“这也是狱长杰克觉得有趣的事。”他说，“你一旦进来了，就得付自己的伙食费。”

“喂，”原本一直在角落睡觉的原住民揉揉眼睛，爬上前来抓起一个拉德摩，“什么动物的屁眼长在背中央？”

“狱长杰克的马。”魁梧男子抱怨道，“你如果要讲笑话，至少讲一个我们都还没听过好几百遍的。”

原住民的眼神变得冷酷：“你在这里进进出出像根干瘪老二在操你老妈，这又不是我的错。”

魁梧男子站了起来，将午餐弄翻在地。十英尺见方是个小空间，但当恐惧将所有多余的空气都吸干，空间也缩得更小了。我紧贴在墙上，看着大个儿抓住原住民的脖子，轻轻一使劲就让他猛扑向前，一头撞碎了玻璃。

狱警赶到时，原住民倒在囚室最深处，全身缩成一团，鲜血从衣领往下滴，而大个儿则吃着他的午餐。“妈的，”狱警说，“那可是硬玻璃。”

大个儿被拽过走廊关进隔离囚室时，自杀椅上那个男孩一点反应也没有。原住民也被拖去找医护人员。墨西哥人弯身抓起被弃置的两袋午餐。“我要柳橙。”他说。

洗澡的时候无人行动，我已经够引人注目，所以不想再出头。于是当其他人将衣服脱光，放进一个塑料袋，我便照着做。接着我们领到橘色夹脚拖、黑白条纹的囚犯衣裤、桃红色四角裤、桃红色保暖T恤、桃红色袜子。据说这也是狱长杰克的政策之一，桃红色能避免犯人出狱时偷取内衣裤。直到另一个人背转过身，我才看见那几个字：“狱长的囚犯，未判刑。”

感觉像是睡衣。宽宽松松的，腰间是松紧带，好像随时都可能醒过来。

我们这群人还是由马里科帕郡狱长办公室监管，还没有被保释。马蹄铁区的拐弯处就有个法庭，每天开庭数次。

轮到我的时候，我告诉首次庭讯的法官我想等律师来。“想法很好，霍普金斯先生。”他说，“我还想退休，不过我们很难事事顺心。”

我的庭讯时间还不到三十秒。

T-3是我们等着被分发进看守所体系的牢房。我旁边的人脱下了拖鞋，盘坐着诵念。既然我们的穿着都一样，就等于都被简化回到同一条底线。因此完全无法分辨谁在店里顺手牵羊偷走电动刮胡刀，谁又拿直尺割断某帮派分子的喉咙。我们区分不出来，这是好事也是坏事。

自由有孢子、猪草、尘土、热气、防晒油、汽车废气的味道，有热热的奶油水仙和躲在土壤里的虫子的味道。当你在这里面，外面一切都有自由的味道。

两名狱警带我上楼到梅迪逊街看守所二楼，高度安全管理单位。电梯门一开，就看见中央控制区。我再度脱衣受检，接着领到一根和小指同样大小的牙刷、牙膏、卫生纸、短铅笔、橡皮擦、一把梳子和肥皂，还拿到毛巾、毯子、床垫和床单。

看守所共包含四个单元（即牢笼），每个单元内有十五间囚室。一个中央警卫室若隐若现地杵在中心位置，利用无线对讲机沟通。每个牢笼里，都有少许人坐在楼下桌旁玩牌或吃东西或看电视。

我的数据文件移交过后，该楼层的狱警打开了牢笼的门。“你的囚室在上面中间那间。”她说。我立刻感觉到每个人的目光一定在我身上，像发疹子似的。

“新鲜肉。”一个脖子上有铁丝刺青图案的人说。

“是鱼。”另一个人嘟起嘴唇说。

我从他们身旁走过，装聋作哑。进入囚室后，我将生活用品放到上铺去。当我伸开双臂，几乎可以碰到两边的墙面。

我躺到很薄又沾了污渍的床垫上。如今剩我一人，入狱过程中在我内心慢慢累积的恐惧——所有被我强行排除在思绪之外，并以绝对的沉默掩饰的惊恐——此时重重压在胸口，让我无法呼吸。我的心怦然跳动：我六十岁进监狱，成了最明显的目标。

我带你走的时候，就知道有可能发生这种事，但是风险在赢家的眼里和输家的眼里总是不同的。

这时有个人走进囚室，高大强壮的他头上刺了一对恶魔角，手里拿着一本《圣经》。“你是谁？”他问道，“我去了一趟教会，他们就把人塞进我房间？去他妈的。”他把《圣经》塞到下铺床垫底下后，走到门外呼喊狱警，“这老头是怎么回事？”

“没有其他地方可以安置他了，棍子，你就忍着吧。”

男子一拳打在铁门上。“滚出去。”他喝道。

我深吸一口气：“我要留下。”

棍子——这是真名吗？——上前与我对峙：“你是什么东西，朋克吗？”

朋克，我记得没错的话，就是一个家伙把香烟卷在T恤袖子上，想要模仿詹姆斯·狄恩。“好，”我说，“没问题，什么都行。我是朋克，你是朋克，我们都是朋克。”

他以怀疑的眼光看着我，然后转身离开，我忽然感觉到美妙的震撼。就这么简单？如果我拒绝加入他们的游戏，他们会放过我吗？

霍普金斯。

我的名字从对讲机送了进来，我来到囚室前方，窥见狱警正对着中央室的麦克风讲话。

你有访客。

我以为是艾瑞克，结果没想到是你。

我不知道你怎么会这么快就来到亚利桑那。我不知道你来了这里，苏菲怎么办。我不知道你是如何通过铜墙铁壁与谎言的。

我每走一步你都盯着看，起初我觉得羞愧，没想到竟让你看到我这副模样，穿着罪犯的条纹衣，还让我的错误赤裸裸地呈现。起初我实在惭愧到无法直视你的双眼，但在我迎向你的目光后，却更加无地自容。你八成并不自知，但你眼中还带着希望。经历过这一切之后，你仍相信我能解释为什么把你的人生搞得天翻地覆。当初建立起这份信任的人就是我，与其说是我赢取而来，倒不如说是你没得选。

我该如何让你理解：为了让你过我觉得你应该过的生活，我不得不夺走你熟悉的生活？

当你还小，而我只能数着我们俩分分秒秒的见面时间的时候，我很想给你整个世界。于是我把你带上车，摇下车窗，驶过沙漠。当我们走得够远了，我转头问你：如果哪里都能去，你会去哪里？你给了我小女孩会给的答案：去月亮上面，去糖果王国，去伦敦大桥。我踩下油门点了点头，好像这些都是到得了的目的地。我想我们俩都知道永远也到不了，但这似乎并不重要，只要我们一直开着车到处寻找就行了。那个年代还没有安全座椅，也没有安全带法规，但你相信我会保护你的安全，你相信我会带你到一个奇妙的地方。

此时的你在玻璃室另一边，正在啜泣。我拿起话筒，希望你也拿起来。“迪莉娅宝贝，”我说，“别哭了。”

你掀起衬衫衣角擦眼泪：“你为什么不告诉我？”

有上千个理由，有些是我还不能告诉你的真相，而且永远不能说。不过主要还是因为我从亲身经验知道了一种感觉：爱一个人爱到愿意为她赌上自己的一生，结果却发现这一路下来她不知在何时瓦解了我。我无法忍受有一天你也可能像我最后看待你母亲那样看待我。

你问我你的名字、我的名字、我以前的职业。我将这些细节交给你，就像危机谈判专家面对一个即将跳楼的人所使用的谈判筹码，只不过我们现在谈论的人生是我们共同开辟出来的。我注视你的脸想看出些许端倪，但你避开我的目光。

当我在夜里如折纸般的折缝中强迫自己想象这一刻，脑中会出现许多情节：警察来到老人中心，加油站拒收我的信用卡，因为刷卡启动了警讯，伊莉丝出现在你门前。在每个情节中，我总想象你迅速地握住我的手，不能也不愿让任何事物介入我们之间。

或许正因为如此，你的愤怒让我防不胜防。不知为何我总是认为既然是我带你走的，决定何时放手的人也应该是我。

我别无选择，我如是说，但说到后来，话尾却像落水狗的尾巴一样朝下卷缩。

“你有得选择。”你回答道，但你没有说出来的部分却如同一柄洁白利刃割伤了我：但你选错了。

我们逃离之后，有好长一段时间两人都会做噩梦。我梦见你握着母亲的手，踏出人行道边缘走向一面疾驶而来的车墙。我踉踉跄跄跑上前去想把你推开，却发现自己被一道玻璃墙挡住，我听着尖锐的刹车声和你的叫喊声，知道自己救不了你。

当你离开接见区，我松开话筒，双手压在玻璃上，用力捶打，但你听不到。

至于你的噩梦总是与被遗弃有关。你会大手撕扯开睡梦接缝，汗水淋漓地啜泣醒来。我会抚摩你的背，直到你再次入睡。噩梦不会成真的，我如此安抚道。

结果，这又是我在说谎。

我没有马上回囚室，而是在单元里晃荡。公共区中有几名犯人在玩牌或看电视。便器设备在囚室内，不过后方角落有一个可淋浴的房间。现在房间空着，刚好能让我躲进去。

受到与你会面的影响，我动作变得缓慢，像在水里游泳。我为了私心希望能见到你，但如今又宁可你没来。这只是让我更确信自己在被从新罕布什尔引渡之前对艾瑞克说的话没错：我已不再是你的保护源头，而是痛苦源头。几分钟前，从你说话语句间那急促而困难的呼吸声，我听见了这样的信息。这是你这辈子第一次怀疑：没有我你会不会过得更好？

我曾为了你的最大利益考虑，一度放弃自己的生活。明天，到了法官面前，我还会再次放弃。

我把额头抵在淋浴区冰凉的瓷砖上，忽然感觉有个黑影从背后笼罩上来。是棍子，身边围着半圈和他同样高大的人，他们抱着布满刺青的手臂，并用身体挡住出口。

“我不是朋克。”乡巴佬说。

当我回过神，已经整个人趴在地上，头因为受重击而嗡嗡作响。双腿沉重，而且可以感觉到裤子已被褪去。我试着缩成一团，但他开始殴打我的脸和腹部。我企图喊救命。当他用双手紧压住我的腿，我开始不顾一切乱踢，因为这种事绝不能发生，绝不能。

这时，我开始将从数天前被警察从厨房带走那一刻起慢慢累积的愤怒全部拼凑起来，并将二十八年来因为担心被发现所积存的恐慌全部释放。因此当他一只手按住我的腰，当他的臀部往我下半身插入，我拿起淋浴间地板的肥皂，一扭身，塞进他露出狞笑的嘴里。

他立刻松开我，我也滚到一旁一边干呕一边抓住自己的衣服。我无法想象你在这里，除了自己，我什么都没法想。他们不会放过我，即使我努力地放低姿态也一样。每个人都只会不断地找我的碴儿，直到看见我流出什么颜色的血为止。

我脑子里只能想到这些，接着就全部翻黑了。

我在狱中入睡时，四周从来不是暗的，我也从来不累。于是我开始想象最初自己怎么会进到这里头来，将思绪扭曲成一条莫比乌斯带。

我不数羊，我数日子。

我不祷告，我与上帝交易。

我列出我视为理所当然的事物，因为我一直以为我能得到它们：

肉，还需要一把刀。笔。有咖啡因的咖啡。

孩子的开怀大笑。蝴蝶的飞舞。

文书工作。

漆黑。雪云。

鸦雀无声。

你。

我睁开一只眼，也只能睁开这只，愣愣地看着眼前一个矮小结实的黑人正在一堆食物中东挑西拣。天差不多黑了，囚室门上了锁。他拿了一个柳橙塞进床垫底下。

我想坐起来，却觉得从头到脚无一处不痛。“你……是谁？”

他转过头来，见我还活着似乎很惊讶：“简洁。”

“你叫这个名字？”

“女人这么叫我。因为我虽然矮，但是受欢迎。”他拿起一把胡萝卜吃了起来，“你不会还想着吃晚餐吧。”他指着应该属于我的餐盘说。

“他怎么样了？”

“棍子吗？”简洁咧嘴一笑，“那个狗娘养的被罚了。”

“被罚？”

“隔离一星期。”

“我怎么没有？”

“因为狱警知道：叫你朋克，你不是被干就是被打。”他眼神锋利地看着我，“别待得太舒服。你不可能一直待在这里。他们也不想把不同种族的人放在一起，偏偏只剩我这边有空位。”

此时此刻，不管简洁是非裔美国人、拉丁美洲裔或火星人，我都不在乎。他从条纹衫口袋里拿出一张明信片，从囚室前方的栏杆伸出去。在门上，有一个他用塑料汤匙做成的信箱，甚至还有一面小旗，用红色马克笔上了色。

我暗想：假如在这里浸得够久，不知道皮会不会变厚？判刑后待的监狱不知道和这里有无差别？一旦出庭认罪后，我就得移监——待上许多年，也许我从你那儿偷了几年就得还几年。

我试着翻身，压制肾脏的灼热感。“你怎么会在这里？”我问道。

“因为五星级酒店客满了。”简洁说，“这是什么蠢问题？”

“我是说你怎么会坐牢？”

“贩毒被判六个月，本来应该只要三个月，但我已经坐过牢。这是习惯问题。就像宠物一样，老兄。它不会因为你进来这里就不见了。只要你一回到街头，它马上就会扑进你怀里。”

我从下铺仰望，刚好可以看到支撑住上铺床垫的铁盘。我看着焊接的地方，心想不知那能承受多大重量。

“棍子，是个难缠的。”简洁摇摇头说，“我们都很好奇你到底是谁。”

我闭上眼睛，回想自己这一生扮演过的所有角色：我是一千年前爱上一个心碎女孩的男孩，是抱起刚出生的孩子，心里想着自己无论如何都不会松手的父亲，想和女儿多待一刻的男人，被通缉的逃犯，撒谎的人，骗子，罪犯。或许始终在围篱另一边等着扑进我怀里的习惯就是重生。或许我会不计一切一笔勾销，从头开始。

“我叫安德鲁。”我说。

艾瑞克

汉弥顿、汉弥顿与汉弥顿—索普律师事务所位于凤凰城市区，一栋玻璃帷幕大楼内，当我走上前去看见了七分像鬼的自己，吓了一跳。克里斯，事务所名称中的第二个汉弥顿，是我在佛蒙特法学院的同学，他一直都知道父亲（名称中的第一个汉弥顿）公司里有个轻松的肥差在等着他。而最新的合伙人（加了连字符号那个）是克里斯的妹妹，最近刚从哈佛法学院毕业。

若想在外州为某个个案辩护，就需要有当地律师当保荐人。其实和戒酒会很像，会有一个年纪较长、较睿智的人引导你，以免你做出丢人的事。克里斯以前是跳水选手，长得像唱诗班男孩般纯真，总能轻而易举就说服教授给予宽限。当我打电话请他担任我的亚利桑那州顾问，他一口就答应了。

“我应该跟你谈谈这个案子。”当时我说。

“谁在乎？”克里斯回答，“这是出去喝啤酒的好借口。”

我没有告诉他我戒酒了。

昨天我急匆匆赶到事务所时，他正在法院试图联络新罕布什尔州律师协会。他妹妹塞瑞娜亲切地将事务所的会议室让给我，宽阔的空间里除了嵌满镶板外，还摆了玻璃门书柜和有黄铜饰钉的皮椅。

这天早上，我用新配的钥匙开门进事务所时，里面空无一人，但话说回来，当时也才六点四十五分。昨天因为没有律师卡而探监失败后，我决定在今天看守所会面时间开始以前，好好钻研亚利桑那的判例法。

结果我却只是瞪着这些法律术语发呆，所有印刷排版与细小字母全都彼此融合变形，到最后我在书页上看到的只有一个男人伸出手，和一个小女孩伸手握住的形体。

我当年十岁，在接受严格的情报员训练。我有一部对讲机、一个黑丝袜蒙面头套、一个手电筒和一份摩斯密码小抄。为了练习，本来应该还在外面抓金甲虫放到花生酱罐里的我，会回来监视客厅里的母亲。

我蹑手蹑脚溜进门，拿着录音机平趴在沙发后面，偷听她讲电话。“他根本就是个大烂人。”她说，“算了，告诉你吧。那女的要人就给她，他的金字塔计划、他的甜言蜜语和他情圣的那套狗屎全都给她。”

我按下录音机，不料晚了一步才发现自己按的是播放键，更糟的是十来条座头鲸的恐怖尖叫声充斥了整个客厅。母亲惊跳起来，往沙发背后窥探，眯起的双眼射出镭射死光。“安德蕾雅，我晚点再打给你。”她说。

一个优秀的中情局情报员会拿出卡带，将证据吞下肚，我暗忖。一个优秀的中情局情报员会从套装折缝中取出一颗氰化物药丸，为任务壮烈成仁。

母亲拉住我的耳朵把我拽起来。“你这个撒谎精，”她骂道，一串话下来，一阵酒气拂过我面前，“你就跟他一个样。”她狠狠甩了我一巴掌，让我真的眼冒金星，甚至还不敢置信地呆愣片刻，原来这不只是卡通片上才会看到的情节。我害怕得畏缩起来，也因此痛恨自己，痛恨她。

但我来不及反应，她已经绕过沙发来到我身边，伸开手抚摩我的头，亲我的脸，抱着我轻轻摇晃。“宝贝，我不是故意的。”她说，“你会原谅我对吧？你知道我绝对不会伤害你。你和我，我们是一体的对不对？”

我站起来往后退。“邻居邀请我去吃晚饭。”我说道，脑子里爆出红色火焰。我确实爱撒谎。

“那你就去吧。”她回答时无力地笑了笑，她发窘时总会露出这种笑容——和她容光焕发时的灿烂笑容，或是会让我的胃像大提琴弦一样紧绷过度的那种假笑都不一样。

外头，整个小区就好像一张手工上色的相片。天色几乎已经暗到看不清斑驳百叶窗的红或绣球花的雪花蓝。我朝迪莉娅家走去，才转过屋角便停下脚步。他们的厨房窗户发出奶油黄光，像支蜡烛似的，往里看可以看见迪莉娅正和父亲在吃饭。吃的是炸鸡。她父亲两手各拿一根鸡腿，让鸡腿一边跳康康舞一边往迪莉娅的盘子移动。

我坐到草坪上。我这才发现，其实自己并不想打扰他们，只是想知道在某个地方，在某个家里，有这么一幕正在上演。

“艾瑞克老兄，你要是继续这么拼下去，会害我失去继承权的。”克里斯笑着说，我吓了一跳惊醒过来，心跳得像条奋力游过二十英里海水的鱼。我将弄皱的领带整平，然后抹了把脸，脸颊上印了一道印痕，这是趴在翻开的书上的结果。

克里斯看起来和几年前读法学院时差别不大：同样的轻松姿态、同样的沙金色头发、同样一种舒坦表情，因为这个男人知道全世界永远会顺他的意。“好啦，欢迎你关照我们的家族事业。”他说，“我妹妹说昨天她替你安顿好了，抱歉我没帮上忙。”

“塞瑞娜人很好。”我回答道，同时清清喉咙，“办公室也很棒。”

克里斯在我对面坐下来：“一晚上熟读亚利桑那州法律，肯定很让人焦躁吧。”

“我本来还以为你们这里没有法律。难道不是走十步，转身，掏枪吗？”

克里斯听了大笑。“只有一半时间是这样，你忘了还有民兵队。”他啜了口咖啡，光是闻到香味便已让我垂涎。但咖啡已经连同酒一起戒了。两者引起的血流加速很类似，我不想用那种兴奋感来诱惑我的身体。最近这阵子，我甚至连一般头痛也不吃阿司匹林。

克里斯对着我举起马克杯：“还有呢，你要不要？刚煮的。”

“谢谢，不过我不喝咖啡。”

“这样是不人道的，你知道吗？”他往前坐，手肘靠在桌上，“如果我得当副手的话，我觉得你得详细告诉我案子的情况。能让你亲自到亚利桑那来打官司，看来是很重要的当事人。”

“他的确很重要。”我回答，“是我未婚妻的父亲。他在一九七七年以监护人身份探视女儿时绑架了她，遭到起诉。”

克里斯睁大双眼：“我以后绝对不会再抱怨我的岳父母了。”

我没有说出在威克斯顿警局时，安德鲁其实等于向我坦承了，还表达认罪的意愿，而我却向迪莉娅发誓绝不会让这种事发生。在外州出庭，你的专业素养必须无可挑剔。我已经犯了两次错。“迪莉娅要我当他的辩护律师。自从安德鲁被引渡后，我连他的面都还没见到。昨天下午，我一直试着说服梅迪逊街看守所的人相信我是真的律师，不是随便能打发的。”

这时候秘书探头进会议室。“太好了，泰科特先生你醒了。”听她这么一说，我羞愧得脖子全涨红了。“你的未婚妻请你马上打电话给她，好像是你女儿病了。”

“苏菲？”我嘴里问着，手却已伸向电话。伤风感冒是生病，鼠疫也是生病啊！我打了迪莉娅的手机，却转接到语音信箱。“打给我。”我留言道，然后抬眼望向克里斯，“也许我应该回家一趟，确定她没事……”

“这也是给你的。”秘书说着递给我一张传真。

是新罕布什尔州律师协会的来信，声明我是资格完备的会员。

我该回去看看苏菲，但也得去看守所找安德鲁谈。

我有种感觉，这不会是我最后一次在迪莉娅的现在与过去之间做选择。

先有什么呢？毒瘾还是毒品？

总得有个东西让你极度渴望才会上瘾；同样道理，毒品本不过只是一株植物或一种饮料或粉末，直到有人极度需要。事实上，毒瘾与毒品是并行的，这正是问题所在。

当你对某样东西渴望到极点，这种需求会让你全身颤抖。你会告诉自己只要一小口就行了，因为你只想尝一下，一旦那滋味沾上舌头，你就能让它持续一辈子，晚上连做梦都会梦见。在梦里你所站之处与你想要的东西之间横着上千道一英里高的障碍物，而你说服自己说你有力量一一跨越。即使跳过第一道障碍时跌了个狗吃屎，摔得鼻青脸肿浑身是血，你还是会这样告诉自己。

多年来大家都被我骗了。没错，我是戒了酒，但和另一项瘾头相比那根本没什么。要我说的话，爱是最危险的渴望。它会让我们完全变样，让我们有如置身地狱，有如行走于水上。它会为了其他任何事毁掉我们。

我看着她做一些最简单的事：把头发扎成马尾、喂狗、替苏菲绑鞋带……心里很想说出她在我心目中的地位，但却从未真正说出口。毕竟，如果承认迪莉娅是毒品，我就得正视有一天可能得戒掉她的事实，这个我做不到。

梅迪逊街看守所的大厅内（经过昨天一天，这地方我已太熟悉了），有一堆蓝色椅子和一台挂在墙上的电视。一面墙上开了一排像银行柜台的窗口，上方贴有标示以区隔“一般访客”与“律师专用”。我走向那个窗口，感觉有如头等舱乘客穿过人群。负责那个位置的女子记得我昨天来过。“你回来了。”她酸了我一句。

我露出最迷人的笑容。“早。”接着将新罕布什尔州律师协会的来函从亚克力窗板下方的小孔递进去，“我说我是真正的律师。”

“真正的律师……这就像我们常说那些什么词来着，小龙虾、工作假期、军事情报。”

“矛盾修饰。”

“你自己这样说，我可没意见。”她拿起笔来，“你想见哪位犯人？”

等候狱警带我进看守所前，我就坐在那堆椅子当中，和其他访客一起看电视。有些人带孩子来，孩子在大人腿上蹦跳不停，活像爆米花。正在播放的有点像是法庭电视节目——这是我的感觉，直到看见站在法官席旁一名法庭工作人员的臂章上写着：马里科帕郡狱长办公室，才明白这想必是在这间看守所内进行的某次提审过程的闭路影片。“米拉妲！”我旁边的女士用西班牙语大声地说，一面手指电视要小孩看，“爸爸不好看！”

叫到我之后，一个强壮的狱警带我走向金属探测门，然后从自己腰间取下一大串钥匙打开一扇门，里面是一个约莫三英尺见方的密闭空间。从控制室里面又打开一扇内门，让我们进入看守所。

我们搭乘电梯上四楼的会面区。那里有另一名狱警负责安排一小群形形色色的犯人进行会面。有些在个别房间与律师会谈。长形的中央区则有十来个独立的无接触接见室。有个犯人被锁在圆凳上，手里拿着话筒。玻璃墙另一侧有个女人在哭泣。

“你在这里等。”狱警说，“我们去叫你的当事人。”

“这里”指的是一个侧边的房间，里头有一盏荧光灯不断发出嘶嘶声、噼啪声，像只淋湿的猫。从这个位置，我已看不到那个犯人，但看得见来探访他的女人。她此刻已倾身向前，亲吻着玻璃。

十一岁那年，我无意间发现迪莉娅对着浴室镜子在爱抚。我问她在做什么。“练习啊，”她说得理所当然，“你也应该考虑一下。”

过了一会儿，我瞄了一眼手表，已经过了二十分钟。我起身以目光搜寻那位狱警，他正在会面室另一头，专注于《亚利桑那共和报》的体育版。“请问，”我说，“有人去找我的当事人了吗？安德鲁·霍普金斯。”

那人两眼无神地瞪着我，不过还是走到另一边拿起电话。他说了好一会儿，之后转向我：“他们以为你已经知道了。你的当事人已经被带到隔壁法庭了。”

我一面飞奔上东法院的阶梯，一面用手机打给克里斯。“你多快能赶过来？”我问道。尽管我个案特许的申请已获准，但身为我保荐律师的他还是得现身法庭。现在没时间打电话给迪莉娅，何况我知道她会杀了我。但话说回来，安德鲁马上就要独自面对法官，并打算向法官认罪。

这栋法院比新罕布什尔任何一间法院都要大上十倍。刚进入口的地方，有位法庭工作人员在执行金属探测工作，一个女人将皮包放上输送带后，紧紧拉住一个小男孩的手。穿梭在大厅里的律师们慢慢地走向彼此，边喝咖啡边协商。坐在椅子上等候的有穿着令人发痒的西装、隐匿在一旁的证人，有领福利救济金、手拿彩色书籍的穷孩子，也有当初因个人具结获释如今回来出庭的人，他们穿的垮裤掉得低低的，耳机帽也拉下来盖住眉毛。

我试着想找个书记官问明安德鲁会出现在九楼中的哪层楼，以及二十个法庭中的哪一庭，但似乎没有人有答案。于是我跑进法院内的狱长办公室，也就是犯人等候出庭的地方。坐在办公桌前的郡警留着像绰号“大夫”的西部风云人物哈勒戴的胡子，还挺着一圈大肚子。“据我所知，”他说，“如果是提审的话，你根本跑错法院了。”

我赶紧跑到另一栋法院——中央法院——也刚好看见克里斯匆匆而来。这栋法院有十三层楼，五间法庭。瞄了一眼电梯前的人龙，我随即跟着他爬楼梯。到了五楼，已经上气不接下气。“无罪提审。”他解释道，我们于是并肩冲进501号法庭，好像漫画书中赶来挽救局面的双雄。

我真希望自己充满信心，但我必须承认，我实战成功的例子并不多。最初考了两次才取得律师资格，戒酒会去了三次，后来还是又喝到不省人事。所以，没有理由认为这次的挑战会有何不同。

主审法官是我所见过最威严的一个。他体重少说也有三百磅，花白发满头飞扬，还有一双大如复活节火腿的拳头。他席上的名牌写着大法官西泽・T. 诺伯。“真不敢相信你抽到这个法官。”克里斯压低声音说，“我们都叫他‘少废话’。”

独坐在被告席的犯人站起身来，脚踝上的链子哐啷作响。起身后，他的侧面清晰可见，是安德鲁。

“霍普金斯先生，看来你没有辩护律师陪同，那么我要请你提出答辩书。”法官说道。

这时我开始跑过中央走道。在戒酒会上偶尔会反复诵念一句话：成功以前要先假装。这我有经验，再做一次没问题。

法官和在场的每一个人都在看着我。当我跨过围栏，站到安德鲁身边捏捏他的肩膀，诺伯问道：“抱歉，能不能请你说明身份？”

“法官大人，我是艾瑞克・泰科特，是新罕布什尔州的注册律师，但我已申请个案特许。我的亚利桑那州保荐律师是克里斯托弗・汉弥顿……还有，因为申请已经通过，因此我有资格来本庭开庭。”

法官低头瞄了一眼数据，又重新抬头看我。“先生，你违反了程序。我这里不但没有你所说的个案特许申请书，像你这样闯进我的法庭干扰诉讼程序，更让我觉得极度不受尊重。”他眯起眼睛，直到锋利的目光割伤我的喉咙，“也许你们在新罕布什尔都是这样做事，但在我们亚利桑那可不行。”

“法官大人，”克里斯平稳地跨越栏杆，站到我旁边，“对不起，我是克里斯・汉弥顿，那件个案特许的申请是我负责的。我们已经请书记官将申请书呈交给您或另一位能够迅速签发的法官……因为我知道您喜欢按规矩来。”

克里斯几乎等于在拍这家伙尊贵的马屁。

在亚利桑那，这套显然行得通。法官示意庭上的书记官上前，

“打电话去问问有没有人提出任何申请并获准的。”

书记官拿起电话，只见他嘴巴在动，却没有发出任何声音。我始终不明白他们是怎么做到的，不过在每个法庭都一样。他挂断电话后转向法官。“法官大人，乌马泰罗法官刚刚批准了。”

“泰科特先生，今天是你的幸运日。”诺伯不带一丝热情地说，“你的当事人做何主张？”

我回答时刻意不看安德鲁：“无罪。”

安德鲁全身僵硬，低声对我说：“你不是跟我说……”

我小声地打断他：“先别说话。”

法官迅速翻阅几页数据。“之前交保金额设定为现金一百万。我想你应该希望维持吧，瓦瑟斯坦女士？”他瞥向检察官，在此之前我根本没有顾虑到她。这位女检察官将褐色卷发拢到颈背，盘成一个朴实的髻，而嘴巴看起来似乎毫无微笑过的肌肉记忆。

“是的，法官大人。”她回答道。等她站起来，我才发现她有孕在身。而且不只是怀孕，还处于胎儿可能随时呱呱坠地的状态。这下可好了。原来我倒霉碰上一个即将为人母的检察官，她当然会同情一个孩子被掳走的女人。

“这是一桩对亚利桑那州非常重要的绑架案。”她说，“而且有鉴于被告极有可能脱逃，我们甚至觉得根本不应该考虑该不该继续予以交保。”

我清清喉咙站了起来：“法官大人，恳请您重新考虑交保的问题。我的当事人完全没有犯罪记录……”

“我不能认同，法官大人。”检察官举起一份折起的计算机数据，随后一松手让它垂落到地面。从资料的长度看来，你会以为安德鲁·霍普金斯是个世纪罪犯。

“你应该事先告诉我的。”我咬牙对安德鲁说。被告辩护律师最惨的遭遇就是被检察官愚弄。这会让你的当事人看似说谎，你也似乎没有尽到自己的责任。

“被告曾在一九七六年十二月被判伤害罪……当时他名叫查尔斯·爱德华·马休斯。”

法官敲下法槌：“够了，如果将被告羁押在新罕布什尔需要一百万，那么在亚利桑那就需要两百万。现金。”

法警将安德鲁从我身边拖离，他的铁链声格外刺耳。“你们要带他去哪里？”我问道。

法官嘟起嘴来：“我可没有义务指导你如何做好律师的工作，泰科特先生。新罕布什尔的法学院到底都是些什么人？”

“我读的是佛蒙特的法学院。”我纠正道。

法官嗤之以鼻：“佛蒙特和新罕布什尔都一样，只是上下颠倒而已。下一庭。”

安德鲁被带走时，我试着与他四目交接，但他并未转身。克里斯拍拍我的肩膀，直到此刻我才想起他也在场。“到目前还算好。”他安慰道。

我们走出大门时，我看到检察官在和一对老夫妇说话。“你对郡检察官了解多少？”

“你是说埃玛·瓦瑟斯坦？她什么都能干得出来，很强悍。我最近没和她接触过，不过我怀疑她怀孕以后还是温柔了点。”

我叹了口气：“我倒宁愿那只是一颗巨大肿瘤。”

克里斯笑了笑：“最坏也就是现在这样了。”

但就在此时，埃玛·瓦瑟斯坦回转过身，带着与她交谈的那对男女走出法庭。那两人穿着体面，神情紧张，脸上带着对司法体系不熟悉的人惯有的困惑神情。男人约五十五岁，肤色黝黑，犹豫不决。他一手搂着的女人在走道上绊了一跤，撞到我。“对不起。”她用西班牙语说。

乌黑的头发、蜜粉底下若隐若现的雀斑、那张脸的骨架——这个女人除了迪莉娅的母亲不可能是别人，我后退一步让路给她。

法庭上充满各种声音：法警鞋底的吱嘎声、证人练习出庭做证的低语声、硬币的碰撞声，还有贩卖机里东西落下的轰隆声。但尽管最精彩的诉讼不过是一场表演，却绝少听到人拍手。因此当我听见鼓掌声，不禁环顾四周寻找声音来处。“你状态不是很好，”费兹边说边朝我走来，“不过我给你打八十分，因为你还有时差的障碍。”

就这样，我打心底露出笑容：“天哪，能见到一张友善的脸实在太好了。”

“刚刚才在里面和复仇女神米蒂亚决一胜负，也难怪了。迪莉娅呢？”

“不知道。”我坦白地说，“她打电话跟我说苏菲病了，但我联络不上她。”

“你是说她不知道安德鲁被提审？”

“我自己也是十分钟前才知道。”我说。

费兹瞪着我：“她会杀了你。”

我点点头，同时注意到他口袋里突出的即时贴。我伸手一抓，啪啪地翻着关于提审的笔记。他不是来加油打气的，他要为报社写这篇新闻。“她会先杀了你。”我冷冷地说。

“那么，”费兹缩着头说，“想当我地狱的室友吗？”

我们并肩走过走廊。我不知道自己要上哪儿去，只知道沿着这条廊道走可能会回到看守所。“你应该去见她。”我建议道，“我们住在米沙的一间活动车屋，比格丽塔在家里的笼子还小。”

“肯定比报社替我付钱的旅馆好。地点很便利，就在天港机场附近，而且近到一有飞机起飞，马桶就会自动冲水。”

我拿出插在胸前口袋的笔，抓起费兹的手，在他手心写下那个还有点陌生的地址。“跟她说我会尽快赶回家。叫她打电话告诉我苏菲的情况。如果交谈中能插得上话，尽管透露提审的消息没关系。”

我继续往前走，身后传来费兹的笑声。“懦夫。”他喊道。

我掉头咧咧嘴。“烂人。”我回他一句。

三十分钟后，我又回到原点：梅迪逊街看守所的接见室。又得为了我的律师卡，再度和门口同一个女人争辩。也再一次被告知等候当事人前来。然而，这次他确实出现了。安德鲁等狱警关上我们小小会见室的门之后，才发作道：“无罪？”

被告律师的责任是以当事人最大利益为考虑，但如果你认为当事人并未将自己的最大利益放在心上呢？何况更复杂的是，如果当事人想做的事将为一个你愿意为她牺牲性命的女人带来莫大痛苦，又该怎么办？“老天哪，安德鲁，我还以为在牢里度过一夜，就足以让你决定这不是你想待的地方。”他眼中喷出火花，但什么也没说。“迪莉娅该怎么办？”我接着又说，“昨晚她只和你见面半小时就一团糟。”

“原因不是你想的那样，艾瑞克。她恨我，她为了我对她做的事而恨我。”

昨天迪莉娅回家时在哭，但我没问原因。我以为看见自己挚爱的父亲被关在牢里，那是正常反应。我没问，身为她父亲的律师，我不该问……同样地，我也不该向安德鲁透露她对这次庭审的想法。“是她要我为你提出无罪主张。”我还是坦白了，“她很坚持。”

安德鲁抬眼瞄向我：“在她昨晚见我之前或之后？”

我双眼直视着他。“之后。”我撒谎道。

这到底有没有尽头？

他往我对面的椅子重重坐下，我这才察觉到他额头与下腭上的瘀青，脖子上一道道平行的指甲抓痕。提审过程中，我太忙于看着法官，始终没有认真留意过自己的当事人。他静默良久，房里只剩头顶上的灯在做垂死挣扎所发出的声响。“现在她要承受的太多了。”我轻声说道，“二十八年来，你一直都知道可能有这种结果，迪莉娅却是刚刚才知道。她需要一点时间，她也需要知道你愿意给她这一点时间。”我略一迟疑，“安德鲁，你为了跟她在一起，费了那么大劲，为什么现在要喊停？”

看得出来他在三思，这是我唯一需要的起头。“如果我照你说的做，会有什么结果？”他过了一会儿问道。

我摇摇头。“我不知道，安德鲁。但你不照做的下场，我非常清楚。我想……”说到一半，有个犯人从会见室旁走过，转移了我的注意力。我从小窗口隐约看到他及肩的白发、佝偻的双肩。这人想必有七八十岁，将来安德鲁也可能变成这样。“我想每个人都应该有自新的机会。”我把话说完。

安德鲁低下头：“你会把我对你说的话告诉迪莉娅吗？”

他问的是关于我脚底下那条道德钢索。这条钢索我感觉得到，身为律师，我经常要在上面保持平衡。但当我往下一瞧，想起此人不只是单纯的当事人，想起他的女儿不只是单纯的证人，地面倏地下陷了千英里之深。

“你在这里说的话不会传出这个房间。”我答应。

安德鲁点点头。“好吧。”他说，作用立即产生：他的肩膀放松了，拳头打开了，默默传达了信任。

我清清嗓子，公事公办地从公文包拿出记事本。“那么，”我开始尽本分，“告诉我你是怎么把她弄出来的。”

通常这个时候，当事人都会说：不是我做的。或者我发誓，我真的只是替别人把车开进车库，我不知道那是赃车。又或者我穿的是男朋友的裤子，我怎么知道他后面口袋里有一包大麻？但安德鲁已经坦承，而且有将近三十年之久的证据线索，证明他和女儿以假名和假身份过日子。

他女儿。这个女人下腭底端有三颗雀斑，老让我想起“猎户三星”。这个女人会背《船难纪事》的完整歌词。这个女人曾紧抓我的手，用力按着她腹部皮下突起的硬块说：“我百分之百确定那是一只脚，要不就是头。”

安德鲁深吸一口气：“她整个周末都和我在一起，这是监护权协议的一部分。我说过要带她去旅行，你也知道如果你向苏菲做了这样的承诺会怎么样。你也知道她就开始……”

“够了，”我插嘴说，“你不要拿我和苏菲来做比较，好吗？”

他又接着说下去：“你知道当你答应孩子要去一个特别的地方，他会怎么样吗？这就好像伸出一大把糖果。贝丝一想到要度假就兴奋得不得了。”

“贝丝。”

“就是她……当时的她。”

我点点头，将名字写在笔记本上。这名字不配她，我画了个叉，浓浓的两条黑线。

“我顺道回了住处一趟——我离婚后住在坦佩的一间套房——尽可能地打包行李，带不走的就留下。然后就开车走了。”

“你没有事先计划？”

“我甚至不知道我会实际行动，直到来到了高速公路。”安德鲁说，“我实在太生气了……”

“停。”如果他是为了报复或泄恨才带走迪莉娅，我不想听。假如听了以后，要为他辩护就非得发假誓不可。“所以你到了高速公路，接着你怎么做？”

“往东走。就像我刚刚说的，我没有思考自己的行为。我们投宿可以付现的汽车旅馆，而且每晚都登记不同的名字。我发现自己朝着纽约前进。毕竟那里有好几百万人，多了两个谁会发现？”

我和迪莉娅大学时期去过纽约市。当时的她迫不及待地想去，她说她从未去过。

“我们住在一间小旅馆，名字不记得了，地点在宾州车站附近。我用理查德·沃斯的名义登记，柜台人员问我沃斯太太稍后会不会来。那念头就这样蹦了出来：我说不会，说我太太最近去世了。”安德鲁抬头望着我，“接着我发现贝丝全听到了。”

“结果呢？”

“她开始哭起来。我得趁她失控之前让她离开大厅，于是我告诉柜台人员说我女儿情绪还很不稳定。我带她上楼进房间，让她坐在床上。本来想告诉她实情，说那一切都只是我捏造的，但我说不出口。万一贝丝向方才那个人脱口说出她父亲在说谎，那怎么办？任何正常人一听都会知道事情不对劲……我不能冒险。”他摇着头，脸上露出痛苦的表情，“一开始就假称伊莉丝死了，是我自掘坟墓。但老实说，我愈想愈觉得这么做才安全。如果贝丝忽然谈起母亲，或期望伊莉丝意外现身，又或是耍起脾气来，我大可转头对任何在看或在听的人解释说她母亲才过世不久。大家对我们的怀疑会立刻转为善意的解释。”

任何一位辩护律师都知道，高明的谎言可以买到同情。

“你到底怎么跟她说的？”

“她才四岁，对死亡毫无经验——她出生时我双亲都不在了，而伊莉丝的父母则住在墨西哥。所以我告诉贝丝发生了一件可怕的事，她母亲出了车祸。我说母亲受伤，医院的医生都尽力想救她，但没有成功，所以妈咪上天堂去了。我说她永远也见不到伊莉丝了，不过我会照顾她一辈子。”

“她有何反应？”

“她问我们度完假回到家，伊莉丝是不是就好一点了。”

我低下头看着笔记本，看我的手，看任何东西，就是不看安德鲁。

“我试着找东西吸引她注意。我们去了帝国大厦和自然历史博物馆，还爬到中央公园的艾丽斯雕像上玩。我给她买玩具，还带她搭游船环岛观光。后来有天晚上，我在旅馆浴室里听到贝丝哭喊着找妈妈，出来以后发现她站在电视机前面，把脸颊贴在屏幕上。果然是伊莉丝上了六点新闻，对着十多支麦克风，高举着贝丝的照片在说话。”

安德鲁站起来，开始在小房间里踱起方步。“我知道我不可能在旅馆里待一辈子。”他说，“但却不知该怎么办。买房子需要身份证件和银行账号，这两样我都没有了。后来有天下午，我们沿着四十二街走，贝丝看到一个叫游乐王国的地方有一些弹珠台在闪闪发光。她拉着我进去，我便给她几个二十五分的铜板玩游戏机。里面有一群青少年围在一起看一个女孩的全新伪造身份证。店里头有卖——看起来像假造的驾照——我于是有了想法。我走到柜台，问年纪轻轻的店员哪里能弄到身份证。他耸耸肩，指向一个快照亭，拉起帘子就能拍照。我从皮夹拿出一张二十元纸钞，又问了一次。他才说以前听说哈林区有个人，接着又给了他四十块，才让他想起那个的名字。我打了他给的电话，对方给我一个哈林的地址，要我午夜过后前去。”

“哈林？”我说，“午夜过后？”

“我花了两千五百元买到一张驾照、假护照和我们两人的出生证明，另外还有社会安全号码。身份是真的，是一对死于车祸的父女。我一听到这个，几乎就要打退堂鼓，但我看到他放在其中一本护照上的名字：珂迪莉娅·霍普金斯。珂迪莉娅，那是《李尔王》的故事里，不管发生什么事，自始至终留在父亲身旁的女儿。”他看着我说，“我心想这是个好预兆。”

我用手指敲着桌面。“李尔王……珂迪莉娅。”我说，“你应该上过大学。”

“主修化学，还进了研究所。我在亚利桑那是药剂师。”他耸着肩说，“本来也想在新罕布什尔执业，只是用了新名字没有执照。”

“你最后怎么会来到威克斯顿？”

“迪莉娅很讨厌纽约。以前我们常玩一个游戏……我会问她如果她可以到任何地方，看任何东西，她会想去哪里看什么？”安德鲁抬起头来，“那天她说雪。”

在新罕布什尔长大的人，会将冬天视为理所当然。但对一个凤凰城的孩子而言，那是很神秘的。

“我往北开。”安德鲁说，“车子跑到威克斯顿一英里外没油了，我们便徒步进城。我对这个地方应该是一见钟情——白色教堂、镇上公有草地，甚至镶有小铜牌以纪念昔日校长们的长椅，全都像是电影场景，像一个可能有圆满结局的地方。于是我和迪莉娅走进威克斯顿储贷银行开了户，我们在一间住宿加早餐的宾馆住了一阵子，直到我在老人中心找到管理员的工作。我当药剂师时曾与老人家共事，因此心想这份工作应该很适当。他们实在太急于找人，也顾不得有没有推荐信函。约莫一个月后，有个房产中介替我们找到一栋我们负担得起的房子。”

“就是我们家隔壁那栋。”我喃喃地说。

安德鲁点点头：“你母亲端了一份焗烤食物过来。”

事实上我还记得她煮那锅菜。她曾清醒过一次，做了一道蔬菜千层面，还赢得地方烹饪比赛的头奖。那是她祝福出生的人、哀悼去世的人或欢迎新邻居用的标准菜色。她让我在一层面上用胡瓜铺成E的形状，那是我刚在幼儿园学会的字母。

“你妈妈自我介绍以后说：‘你姓霍普金斯？该不会跟恩菲尔德那个艾德瑞·霍普金斯是亲戚吧？’”

安德鲁不需要解释。你大可重新捏造自己的身份百万次，但规矩却不容许你从中间开始。每个生命都有一个起点、一个中点和一个尾声。剖析“历史”这个词，你会发现其中有一半是故事。

“我对她说了谎。”安德鲁口气平淡地说，“接下来又对其他上千个人说谎。我一路下来不停地捏造。当我说我们来自纳秀瓦，就得想出在那儿从事什么工作。我得提出妻子的死因，得向小儿科医生解释为什么迪莉娅没有任何病历。每一天，我都觉得会露出马脚。但到后来说的谎太多，连我自己也开始相信了，因为光明正大地行事要比试图在脑中归纳厘清所有谎言来得简单。”他转向我，眼中没有悲伤只有认命，“你知道吗？你可以骗过自己的。你或许觉得不可能，但其实那是世上最简单的事。”

当时我坐在厨房流理台上，看母亲混合菠菜、凝乳与几滴红酱，后者让我想到血。我从窗口看着她走到新邻居家门口，对着他笑，装出她常常为邻居们做菜的样子，好像她是电视剧里完美的家庭主妇。那时我年纪还小，却也怀疑隔壁刚搬来的那家人，要过多久才会看穿这一切全是计谋。

我迎上安德鲁的目光。“是的，”我说，“我知道。”

费　兹

我开着租来的车到米沙，是一辆福特水星，收音机频道就固定在一个西班牙语电台，空调也故障了。摇下车窗时，风沙迎面吹来。这里的温度只要爬进烤箱便能体会。这种热会让人大脑的额叶起变化，会让人因为微不足道的小事而杀死对方，也可能让一个父亲绑架孩子。

艾瑞克报路时要我在大学道转弯，我照做后，发现有个男人站在出口交流道上方。他绑了根长长的灰色马尾，还穿了件法兰绒衬衫，也不怕热。他让我想到那些经常出没于便利商店为嚼用烟草补货，并十分崇拜传奇赛车手戴尔·恩哈德的穷苦新英格兰人。“嗨，老兄。”他对我说话，我才发觉车窗是开着的。他举起一块破烂的波纹纸板，上头写着“需要帮助”。

“我们都一样。”我说完刚好变了灯号，便立即踩下油门。

我经过了一片托儿所，这显示这座城镇的居民必须将孩子丢给其他人，他们才能到自己住不起的高级小区去当老师、保姆和警察。一路上是一间接着一间简陋的墨西哥快餐店：罗莎之家、贾西亚之家、泰多罗叔叔之家。许多店门口用英语与西语宣传特价优惠。

刚经过路边一辆改装过、在卖豹纹仪表板护垫的厢型车后，我看见一个活动车屋场——短短的银色露营车挤在一起，活像撞成一团的犀牛。我心里正在想不知哪间是迪莉娅的铁皮屋，苏菲就从一扇门内跑出来。她跑向另一个挂满圣诞灯饰、羽毛与捕风吊饰的车屋，同时红色布鞋踢起一阵尘土。她看起来一点也不像生病的样子。

“苏菲。”我大喊，但她已经跑进那间屋子了。

我停好车，朝那间车屋走去。门口没有门铃，只有农场女人用来叫唤牛仔用餐的那种三角铁。我拿起棒子敲了一下，敲得很轻很轻。门开了，出现的是一位用围巾包住头的原住民妇女。“对不起，”由于应门的不是迪莉娅，我一时诧异得无言以对，“我大概弄错地址了。”

但这时苏菲从一个看来是衣橱的地方探出头来。“费兹！”她大喊，然后以不可抗击的力量冲向我，“我如果站在露珊家的马桶上，可以一次碰到浴室的每一面墙。要不要看看？”

那名印第安妇女皱起眉头看着苏菲：“我应该是雇用你来工作，不是站到马桶上去的。”

苏菲露出笑容：“露珊给我一块钱，让我在一夜情芭比的迷你裙上贴亮片。”

“一夜情芭比？”我重复她的话。

“它是我这个月的特色产品，”露珊说道，“和迷奸药肯尼配组包装，一对算你二十九块九毛九就好。”她指了指小房间中央那张小折叠桌，上面堆满小珠子、亮晶晶的小饰品和被肢解的塑料人体四肢，简直像个集体坟场。她重重滑坐到长椅上，借由潜藏在衬衫的一条绳子拉出一副眼镜，然后开始组装娃娃的手、腿和身体。“不然九块九毛九？”她讨价还价地说。

我从口袋掏出一张十元钞票，啪地放到桌上。露珊将钱塞进牛仔裤，将娃娃递过来：“其实她不在这里。”

“谁？”

她扬起一边眉毛，手指则飞快地动着，在一个芭比头上编发辫。我在车屋内举目四望，只见满满的全是积尘已厚的旧器具、一堆堆老旧杂志、压扁的玩具，以及秃头或肮脏或断手断脚的芭比。“我叫费兹。”我说，迟来的自我介绍。

“我很忙。”露珊回答。

“露珊卖别人丢掉的东西。”苏菲说。

对那些趁垃圾车来之前在街道上巡逻，并从垃圾堆中拣取有污点的沙发和破败脚踏车的人，我一直感到很好奇。我猜有些人丢弃的东西，还是有人想要留下。

露珊耸耸肩：“有些笨蛋会买印第安人做的任何东西。我只要把自己的垃圾重新整理一下，说那是艺术，八成都行得通，还能在赫德博物馆办个展。”

“我今天去医院。”苏菲说，“我睡醒的时候很不舒服，可是露珊把羽毛弄掉了，所以我现在好了。”

我望着老妇人希望她做个解释，但她只是摇头。

不管苏菲出了什么问题想必都已解决，现在她好得很。“苏菲，你妈妈呢？”我问道，她却耸了耸肩。好像大家都不想说话，我清清喉咙，拿起一条胳膊把玩。似乎是肯尼的，因为有二头肌。

露珊扔给我一截上身和一个头：“你自己来吧。”

我于是开始组装肯尼，中途只因为发现少了生殖器而停下一次，心里暗想怎么以前从不知道肯尼是个太监。很可能是因为迪莉娅是我唯一的女性玩伴，而她是死都不会有玩偶娃娃的。身体组装好之后，我拿起奇异笔开始沿着上半身往下面与四肢画虚线和各种符号。我在一些部位标示了：厄运、灼热疼痛、性功能障碍、破财。苏菲伸长脖子靠在我的手臂上："你在做什么，费兹？"

"给你妈妈的，艾瑞克巫毒娃娃。"

露珊笑起来，我抬头一看，发现她以不同的眼神在打量我。"你，"她最后说道，"可能比我想的还要好。"

就在此时门开了，我看见迪莉娅正将格丽塔的皮带系到花园里大大的土地神石膏塑像的手臂上。"待在这里。"她下达指令。当她进屋后看见我，随即春风满面。"谢天谢地，你来了。"

"要谢西南航空，多亏他们。"

"露珊，"迪莉娅向她介绍我，"他是我在这个世界上最好的朋友。"

"我们见过了。"

"对，露珊真好心，发掘出我内在的艺术天分。"我举起玩偶交给迪莉娅，"以后可能用得上。好了，你想我们能不能找个地方……谈谈？"

我边说边往四下张望，但从我所站之处，露珊这个小车屋完全一览无余，甚至几乎可以摸到车屋的尽头。"走吧。"露珊挥手赶我们，"苏菲和我还要忙呢。"

不过迪莉娅却弯身，用嘴唇碰碰苏菲的额头，这个举动我始终不明白。是不是所有的母亲嘴上自然而然就有某种温度计？她转过头来对我说："今天早上……"

"我听说了。"

"我甚至联络不上艾瑞克，叫他到医院和我们会合……"

"我知道。"我回应道，"他跟我说他打过你的手机。"

迪莉娅的目光朝我射过来："你已经见过艾瑞克？你去过事务所了？"

我不自在地动了一下身体。我想到后侧口袋里的笔记，想到提审，想到我要详细记录并且发给报社。“我在法院碰到他的。你父亲大概一个小时前被提审了。”

迪莉娅摇着头说：“我不懂，如果是这样，艾瑞克会通知我。”

“我想艾瑞克并不知道你父亲要被提审，他差点就错过整个程序。”

她在车屋外面晃来晃去，然后坐到格丽塔旁边的树荫下。“昨天我对他发脾气了。”

“艾瑞克？”

“我父亲。”她弯起膝盖，将一边脸颊贴在上面，“我去看守所是想告诉他，我会出庭做证，也会做任何他需要我做的事。我想听实情，但是当他开始说了以后，我却只想到他以前是怎么对我说谎的。结果我就走了。”迪莉娅抬起头来，一副快要哭的样子，“我遗弃了他。”

我将手搭在她的肩上：“我敢说他一定知道你有多难受。”

“万一他以为我没去旁听是因为我恨他，怎么办？”

“你恨他吗？”

迪莉娅摇摇头。“你知道吗？那就像不合逻辑的数学。你看，一边是我母亲，她……还在，在某个地方，这太不可思议了……而我却永远找不回我所失去的与她共处的时光。但另一方面我又拥有最美好的童年，尽管不是我一开始拥有的那个。我父亲可以说是为了我放弃自己的人生，这点无论如何不能忽视。”她叹了口气，“即使你爱一个人，还是可能痛恨他做的决定，对不对？”

我盯着她看了许久，久得有些过了头。“大概吧。”最后才说。

“我还是不知道他为什么这么做。”迪莉娅喃喃地说。

“那么也许你应该试着问其他人。”

她转头看我：“我正想拜托你呢。我老是碰壁。昨天去探监时，没机会问母亲的本名——我一开始就太激动了。我也打去市政府的档案管理部门试着解释，但他们说不知道名字就不能……”

“给你这个？”我伸手到后侧口袋掏出一张纸。

我看着迪莉娅细读上头那个陌生的地址与电话。“新闻学校上的第一课就是‘如何与档案室职员攀关系’。”我说道。

“伊莉丝·瓦斯奎？”她念出声来。

“她再婚了。”我将手机拿给她，“打吧。”

希望反而让迪莉娅畏缩片刻，随后才伸手接过电话。她按了斯科次达的区域号码之后，忽然又不打了。“怎么了？”我问道。

“你摸摸看。”她说着拉起我的手，压在她心脏正上方。

心不规则地怦怦跳动，快速得有如蜂鸟飞行，又快速又犹豫，就如同我的心跳。“你太紧张了。”我告诉她，“以眼下的情形看来，这很正常。”

“我不只是紧张。还记得小时候过生日前一个星期的感觉吗？还记得你满脑子只想着开派对，等到那天终于到来，却几乎不像你不断幻想的那么美妙的感觉吗？”迪莉娅咬着下唇，“万一结果也是这样怎么办？”

“迪莉娅，这一刻你已经等了一辈子。如果这场噩梦有任何光明面，就是这个了。”

“可是为什么她没有跟我一样呢？”迪莉娅质疑道，“为什么她没有试着早点来找我呢？”

“说不定她已经找了二十八年，而且直到两天前才知道你的名字。”

“艾瑞克说她也许并未向官方施压。”迪莉娅指出，“可能是政府自行追查的。也许她有了新生活，又生了孩子。也许她并不在乎有没有找到我。”

“也许见到她之后，你会发现那只是化名，她其实是生活大师马莎·史都华。”

她面露苦笑。“父母都是罪犯，概率有多大？”她弓起背，手握拳头埋进格丽塔的颈毛中，“我希望一切都很完美，费兹。我希望她很完美。但万一她不是呢？万一我不是呢？”

我凝视着她清澈琥珀色的双眼，以及她肩膀那谨慎的曲线。“但你是啊。”我轻轻地说。

她伸出双臂环抱住我，我将这个感觉和其他上百次她碰触我的记忆穿在一起。“要是没有你我该怎么办啊？”迪莉娅说。

我默默地回答了这个反问句。没有我，迪莉娅的家庭悲剧就不会在《新罕布什尔报》上渲染开来。没有我，她就没有任何理由相信我来这里不只是为了替她加油打气。没有我，她将不会再次心痛。

她退开后，脸上闪着光芒。“你觉得我应该穿什么衣服？”她问道，“不知道要不要先打电话——不，我想还是直接去。那么就能看到她的反应……你能替我照顾苏菲吗？”

我还没回答，迪莉娅身后车屋的门已经砰地关上。格丽塔抬头望着我，用尾巴拍打地面。我和这只猎犬一样，都已被抛到脑后。

我拿出口袋里关于提审的笔记，撕成细碎纸片。我会告诉编辑说飞机误点，说赶往法院途中迷了路，说我忽然得了肠胃型感冒，总之随便编个理由。我将那把碎纸随手一抛，想象它们随风吹进了沙漠。

然而，纸片吹出车屋场大门外，落到人行道上，打中一个站在街上的男人，一场奇特的、充满悔恨的暴风雪。我高声向他道歉，却发觉原来又是高速公路出口的那个流浪汉。他带着那块纸板，高举向急速来来往往的车辆："需要帮助"。

这回我直接走到他面前。"祝你好运。"我对他说，并给了他一张二十元钞票。

第三章

没有什么能比犯的错更清晰、更顽强地烙印于记忆中。

——西塞罗

迪莉娅

你若以为母性是一种本能，那你就错了。

我在大学主修动物学时，写了一篇关于母与子如何互相辨认的论文。结果发现，本能并非定义为天生的特质，而是发展成为亲子关系的特质。奥地利动物学家康拉德·劳伦兹有个著名的相关研究：他让刚孵出的小鹅把他当成了母亲，因此小鹅会跟着他到处走。我追踪了鬣狗、野猪和海豹，它们全都利用声音线索、费洛蒙与外表相似性，从群体当中识别母亲。

母亲若是照顾得无微不至，幼儿通常最为无助，例如人类、鸡和老鼠。反观一出生便能照顾自己的鱼类，却是一离开母体便被抛弃。如此说来，亲子关系就变成只关乎防卫了。

但偶尔也会遇上本能出了错的例外情形。像布谷鸟会侵犯其他鸟的巢穴，将原来的鸟蛋丢掉，留下自己的蛋让代理亲鸟孵育。或是缺乏食物时被抛弃的小海豹。又或是像尼安德特人，若有挨饿之虞便会杀害自己的孩子。有时候迫于情况无奈，亲情的本能便会半途而废。

多年后，我在书中读到有人发现了称职母亲的基因成分。那是第十九号染色体的Mest和Peg3基因，而具讽刺意味的是，只有从父亲身上遗传到这些基因才有用。像这种印记作用通常发生在演化过程中的性别基因之战。生下愈多胎儿对雌性愈有利，但雄性的最大利益则在于保护已出生的孩子。

这些研究结果都尚未有定论，但是我相信。我只要想想苏菲，想想自己有多希望保存她的声音、闪着珠光的粉红指甲、木琴般的笑声。不难猜出是父亲将这种感觉传给了我，是他让我能意识到我们想保存哪些东西。

母亲的家小而舒适，漂浮在一片白色石头海上。车道尽头有个信箱，外面写着：瓦斯奎。我走到一棵巨大的树形仙人掌前面停下，它至少有十一英尺高，一根分枝向上高举像在友善地挥手。露珊说这种仙人掌光是长出一根分枝就得花上五十年，她还说它们的花又鲜艳又美丽，据说连麻雀也会为之流泪。

我又顺了一下头发。本来往后梳拢，后来束成马尾，最后还是决定披散在肩上——她肯定会记得小时候替我梳头的景象吧？我穿上当初匆忙逃离时塞进行李箱里最好的一件衣服：原本打算出庭旁听时穿的深蓝色洋装。我将裙子往下抚顺，希望凭意志力消除皱褶。接着做了几次深呼吸。

经过二十八年，你该如何再次走入某人的生活？当年你还太小，不知道自己从何处中断，如今又该如何重拾？

为了壮胆，我试着将角色对调：如果是苏菲过了这么久以后来见我呢？我无法想象自己没有立刻与她产生联系感，而我在苏菲生命中占据的时间也很短，差不多和母亲与我共处的时间一样。我不会在乎她是否穿洞、光头、富有、贫穷、结了婚、同性恋……什么都无所谓……只要她回来就好。

那么我何必如此担心第一印象如何？

我回答了自己的问题：因为你只有一次机会。接下来的每一次，都只能弥补第一次见面发生的事。

我站在门阶上，正怀疑自己究竟提不提得起勇气上前敲门，门就像有心电感应一样开了。

那女人往后退。她穿着褪色牛仔裤和宽松的绣花宽摆裙，比我预料的要年轻许多。“知道了，面包和豆泥。”她对着屋里的某人喊道，“说一次就可以了。”接着她踏出门外，和我撞个正着，“对不起，我没看见……”她随即捂住嘴巴。

她的脸看起来像是我被弄皱的一张照片，但再一想，应该是又抚平了——有我的五官，只是有一些细纹略显老态。她的头发比我的黑一点，然而真正令我哑口无言的是她的笑容。那两颗虎牙，扭转成直角——我正是为此戴了四年牙套和固位器。

“感谢上帝。”她用西班牙语喃喃说道。当她伸出手来，我任由她触摸我——我的肩膀和脖子，最后捧起我的脸。我闭上眼睛，回想昔日在黑暗中抚摸自己的手臂，假装是她，可是不行，太过舒适没有惊喜。“贝丝，”她叫了一声，随即脸红，“不过你已经不叫这个名字了，对吧？”

在那一刻，她喊我什么都不重要，重要的是我喊她什么。我的声音忽然变了调。“你是我母亲吗？”

不知道是谁先拥抱谁，总之转瞬间我已经在她怀里，一个我幻想了一辈子的地方。她双手抚摸过我的头发、我的背，好像想确认我是真实的。我试着在心里浓缩出一丝熟悉感，但却难以知道这种感觉是因为我确实记得，或是因为我实在太想记得。

她仍然散发着香草和苹果的味道。

“看看你，”她将我推远以便凝视我的脸，“看看你变得多漂亮。”

背后，传来一个低低的男子声音，略带口音。“伊莉丝，是谁啊？”他走上前来，是个瘦削的男人，一头白发、咖啡肤色，蓄着山羊胡。“她和你简直就像双胞胎。”他用西班牙语低声说道。

“维克多，”母亲的声音仿佛是满溢出来，“你记得我女儿吧？”

我对这个人没有印象，但他显然认得我。“嗨。”维克多开口招呼，并伸手想要拥抱我，但一转念，改而悄悄以手臂环抱住母亲的腰。

“我不知道我可不可以来这里。”我坦承道，“我不知道你想不想见我。”

母亲紧紧捏着我的手。“我等着要见你已经等了将近三十年。”她说，“他们一跟我说你是谁……现在的你……我就打了电话，但没有人接。”

她这番话带给我的轻松感，她试着找过我的事实，几乎让我的膝盖动弹不得。不是母亲没有打电话来，而是我没有接到。因为我正在飞往亚利桑那的途中，来陪父亲接受审判。

我们俩都想到这点，也想起这并非一般的团圆。维克多清清喉咙：“你们两个怎么不到里面坐下来？”

她的家装饰着色彩鲜艳的塔拉维拉陶器与铸铁。走进客厅时，我寻找着线索：透露出有其他孩子或孙子的玩具，架上CD的专辑名称，墙上裱框的相片。其中一张吸引了我的目光：那是我和母亲合照的快照，穿着相配的绣花洋装。我在父亲的秘密收藏物中看过一张类似的，也许是在这张前一刻或后一刻拍的。

“我去倒一点冰红茶。”维克多说完留下我与母亲独处。你会觉得既然有那么多话要说，应该很容易开口，但我们反而是沉默而不自在地坐着。“真不知该从何说起。”最后是母亲先出声。她低头看着自己的大腿，顿时心生羞怯，“我甚至不知道你做什么工作。”

“搜救工作。我有一只寻血猎犬，我们合力寻找失踪的人。”我说，“想想我们，真是荒谬。”

“也或许正因为这个原因。”母亲认为。她十指交叉放在大腿上，我们又彼此对望了片刻。“你住在新罕布什尔……？”

“对，我一直都……”说到这里才想起事实并非如此，“总之大部分时间都是。”我从口袋掏出随身携带的苏菲的照片，递过去给她，“这是你的外孙女。”

她从我手中接过照片，凝神细看。“外孙女。”母亲重复我的话。

“叫苏菲。”

“她跟你好像。”

“还有艾瑞克，我的未婚夫。”

我本希望看到母亲后，某道记忆闸门会大开，将我心中的空缺全部填满。我本希望有某种反射记忆会接手，以便当我听到她笑或看见她微笑或感觉到她的碰触时，会感到熟悉而非新奇。但经过最初的拥抱后，我们又都恢复真正的自己：两个初遇的人。我们无法重建我们的过去，因为共同的地基都尚未铲平呢。

多年来，我都是靠着偷取别人生活的一点一滴来勾勒心目中的母亲：站在镇上公共泳池里，哄着小女儿从泳池边缘跳进她怀里的女人，年纪轻轻便离开人世的童话人物，《苏菲的抉择》里面的梅丽尔·斯特里普。她们当中随便一个，我马上就能认得出来，我很轻易便能展开对话。她们当中随便一个都会知道我这辈子在做些什么。我从未想象过母亲说西班牙语或再婚或不自然。我从未想象过她是个完全陌生的人。

如果你的母亲是用梦筑成的，任何真实性都可能让你失望。

“你什么时候结婚？”她礼貌地问。

“九月。”至少那是预定的时间。我以为父亲会把我嫁出去——后来才知道他可能得入狱，根本等不到我出嫁。

“我和维克多今年要庆祝银婚了。”母亲说。

“你们有孩子吗？”

她摇摇头。“我没办法。”母亲垂下眼睛看自己的手，“你父亲……他结婚了吗？”

“没有。”

她抬起头与我四目相对：“查尔斯好吗？”

听到有人用另一个名字称呼他，感觉很怪。“他进了看守所。”我坦白。

“我从来不想要这样。我也不骗你，曾经有一度我真的很气他带走了你，恨不能让他坐一辈子牢，但那已经是很久以前的事。当检察官来电话告诉我说找到他了，我心里只想到你。”

我想象她站在这栋屋子的车道上，尽管我知道这里不是我成长的地方。我想象着她发觉我不会回来的那一刻的表情。我看到她的脸，脸上却全是我自己的五官面貌。

母亲目不转睛地盯着我。“你……你还记得任何事情吗？”她问道，“以前的事？”

“有时候我会做梦。”我说，“有个梦和柠檬树有关，还有一个是我走进厨房，地上满是碎玻璃。”

母亲点点头。“你当时三岁。”她说，“那不是梦。”

第一次有人能证实一段我不了解的记忆，我感觉到手脚发软。

“那天晚上，我和你父亲大吵了一架。”母亲说，“把你吵醒了。”

“你们是因为我离婚的吗？”

“你？”她很惊讶，“你是我们婚姻中最好的部分。”

如今，那个问题沿着我的喉咙烧出一条路来，字句像火一样喷出：“所以他才带我走的吗？”

就在这时候，维克多端着托盘走进客厅，托盘里有一壶冰红茶，以及婴儿手掌般大、撒满糖粉的饼干。他腋下还夹着一个鞋盒。“我想你可能也会想要这个。”他说着将鞋盒交给母亲。

她有点难为情。“现在恐怕还不是时候吧？”她对他说。

“何不让贝瑟妮决定呢？”

“只是我留下的一点东西。”母亲解释道，一边扯开松紧带，“我知道总有一天会找到你，但不知怎地，老以为你还是四岁。”

里面有一顶滚边的受洗帽和医院婴儿床的名牌，护士用红色墨水写上我的名字（另一个名字）和体重：六磅六盎司。另外有个喝茶用的迷你瓷杯，手柄处缺了个角。还有一张纸，上面有孩子用铅笔工工整整地写着：I LV U。

证明了，我的确爱过她。

盒内最后一样物品是一件小小的拼花被，是用三角形的红色丝绸、橘色绒布、草履虫印花布和半透明薄纱拼接成的。

母亲将被子一抖，摊开在大腿上。“这是我为你做的，当时你还是婴儿，我尽可能地找舒服的碎布。”她摸摸红丝绸，“这本来是我祖母的衬衣。橘色那块是你父亲宿舍房间里的一块小地毯。草履虫印花布，是我的一件孕妇装。薄纱则是我的婚纱。你吃东西也要它，睡觉也要它，连洗澡都得强行从你手中抢过来。你害怕的时候总会躲在里头……好像以为它能把你变不见。”

我忘了带我的被子。我想回家，我告诉他。

不行，他说，但却没告诉我为什么。

“我记得。”我轻轻地说。

我又回到四岁时：高举双手让她将我抱出浴缸，紧拉着手过马路，用拳头紧握这条被子。半小时内，母亲已经给了我父亲无法给予的：我的过去。

我将手伸到母亲腿上摸摸被子，希望它仍具有昔日的魔力，让我可以将它贴在脸颊，用被子的一角摩摩眼皮，然后安心地知道当太阳升起，一切都会没事。“妈咪。”我叫着，因为以前都是这样叫她的。

我或许还不认识我母亲，但我们有一个共同点：失去心爱之人的不止我们。

好奇怪，回忆忽然莫名其妙跑出来了。你会觉得自己疯了，你会好奇在这一大段人生里，这段记忆都躲到哪去了。你试图将它推开，因为你自以为已经绞尽脑汁地列出整个人生的历程，结果却看到多出一个时刻，瞬时一个本以为十分稳固的环节被打断，露出真实面貌。这只不过是一连串密集的事件和一个还足以再容纳一个事件的空隙。

我有太多事情想问她，还有那么多的疑问。

当我回到车屋，费兹正拿电话簿在扇凉，苏菲则躺在沙发上睡着了。“事情怎么样？”他问道。

我一直在想该怎么告诉他，当然还有艾瑞克。倒不是我想隐瞒什么，而是觉得一旦谈起了，母亲和我刚刚才搭起的那座脆弱桥梁好像又会萎缩。“她不是我想象的那个人。”我谨慎地说，“但结果也不像我想的那么糟。”

“她是什么样的人？”

“她比我父亲年轻，是墨西哥人。”我告诉他，“她在那里长大的。”

费兹笑着说：“真想不到，你的西班牙语还不及格呢。”

“闭嘴。”

“她见到你高兴吗？”

“高兴。”

他微微一笑：“那你见到她高兴吗？”

“很怪，竟然对自己的母亲一无所知。不过也还好，因为她其实也对我一无所知。至于我父亲，就完全不平衡了。他什么都知道，却当成秘密。”

“外公会把秘密告诉我。”苏菲出声说道，我们俩同时转向沙发。她已经坐起身来，红润的脸上还带有睡意。“他来了吗？”

我到她身边坐下，把她拉到我腿上来。我常常会忽然觉得有抱抱苏菲的需求——像是看完一部特别伤感的电影，或是在飘雪中差点出车祸之后，或是看着她熟睡的时候——若有人直接剥夺了我这项需求会怎么样呢？“外公跟你说了什么秘密？”我问她。

“他在超市买便宜的葡萄，可是却跟你说那是有机葡萄。还有他把你的白衬衫放进洗衣机，染成粉红色。”她转头看着我，“我们这么多人住在这里，不知道外公来还挤不挤得下？”

我看看费兹，然后对苏菲说：“外公不会来跟我们住。你知道前几天警察来家里的事吧？”

“你说他们在玩游戏。”

“其实，不是的，苏菲。外公做了一件很大的错事，伤害了很多人，所以他得……他要去……”我很努力地试，就是说不出口。

费兹来到我们跟前蹲跪下来。“当你在客厅丢网球打破玻璃的时候，妈妈会罚你一个人反省对吧？”苏菲点点头。“大人做错事也要去一个地方反省，所以你外公得去那里住一阵子。”

苏菲望着我：“他把窗子打碎了吗？”

不，我心想，碎的是我的心。

“他犯了法。”费兹说，“所以现在他得关在监狱里，直到法官说他可以离开。”

苏菲认真地思考这番话：“坏人会去坐牢。他们会戴手铐。”

“他没有戴手铐，他也不是坏人。”我告诉她。

“他做了什么事？”

“他带了一个小女孩离开家。”我说。

“女孩的妈妈没有告诉她不能跟陌生人说话吗？”

我该怎么告诉苏菲有时候欺骗我们的并不是陌生人，爱我们的人才伤我们最深？“那是很久以前的事了，”我解释道，“那个小女孩就是我。”

“可是他还是你爸爸对吗？”苏菲摇摇头，“爸爸可以带你去其他地方。”

“这次不一样。”我感觉喉咙像手握拳似的紧缩起来，“我有好多年都见不到我妈妈，我真的很想念她。”

“你怎么不告诉他说你想回家？”

事情太复杂了，无法向苏菲解释得清楚，牵涉到谎言、化名，还有你爱的人不一定总能失而复得。而且我没有告诉父亲我想回家，是因为我不知道自己失踪。

但现在我知道了。

开车回梅迪逊街看守所途中，我心想不知苏菲长大后会不会记得这趟凤凰城之行。我心想不知她还画不画得出刺梨仙人掌的短刺，就像女人剃完腿毛后的黑头毛根。不知她会不会认得外婆，不知她对入狱前的外公会不会有任何记忆。

事实上，她不需要记得。

那是我的工作。其实所谓家长，不就是替孩子拾起他们抛下的东西——沿路上扯下的衣服、落单的鞋子、小小的鲜艳的塑料玩具组件，以及乡愁——然后在他们需要时再还给他们的人吗？

所谓家长，不就是你相信能保护你安全，并告诉你事实的人吗？

父亲被带来见我时，我正在小房间里踱步。我无法正视他，因而将焦点转移到他脸上的伤痕，像枚鱼钩往下钩住他的脸颊。我拿起话筒跟他说话。“谁弄伤你的？”我咽了一下口水，问道。

“我没事。”他小心翼翼地摸摸脸颊，“没想到你这么快就回来了。”

“我自己也没想到。”我说，“对不起，错过你的提审。”

父亲无所谓地耸耸肩。“还有很多。”他说，“艾瑞克说的是真的吗？他说你要我申辩无罪。”

“我爱你。”我眼眶泛泪地说，“我希望你不计一切代价离开这里。”

他倾身靠向我们之间的玻璃：“这正是我不得不带你离开的原因，迪莉娅。”

“你瞧，我差点就要相信了。只不过我今天去见了妈妈。”

我眼看他的脸色倏地变白。“她好吗？”

“这个嘛，她可以说是个陌生人。”我说。

他张开一只手贴在玻璃上：“迪莉娅……”

“应该是贝瑟妮吧？”

震惊从我们的电话联机中挤身而过，登时一阵静默。“你觉得现在生活真的很糟糕么？”父亲口气艰难地问道。

“我不知道。如果由母亲抚养长大会是什么样子，我没概念。”见他没有搭话，我又接着说，“你知道她还留着我小时候的被子吗？就是全部用碎布拼成的那条。就是我们离开那天，我想回去拿但你不答应的那条。你知道她还在庆祝我真正的生日吗？我长这么大，甚至还没真正庆生过。”

父亲重重跌坐在圆凳上。

“也许你能告诉我，我错过了什么。”我的声音变得太尖、太细，“因为和我谈话的那个女人也跟我一样，为了错失二十八年而难过。”

“她当然会难过。”父亲说得很轻很轻，我还以为自己听错了。

“她对你做了什么？”我轻声问道，“她做了什么让你愤怒到要绑架我来报复？”

“不是她对我做的事，”父亲回答道，“而是她对你做的事。”他的太阳穴开始鼓起一条青筋。“我们其实回去了。”他说，“我们走进屋里，你被躺在地板上、昏厥冰冷的母亲给绊倒了。我可以完完整整地告诉你，如果你由她抚养长大，你的生活会是什么样。你必须得在上幼儿园以前自己做早餐，因为你母亲宿醉得太厉害没法帮你做。你必须得检查马桶水箱，把藏在里头的伏特加酒瓶丢掉。你无法理解为什么她对你的爱不足以让她戒酒。迪莉娅，你母亲是个酒鬼，她连自己都照顾不了，更何况是婴儿。那就是我从你那儿剥夺的美好的教养环境。那就是我没有老实说出的真相。那就是我要你错过的。”

我踉跄地倒退，电话线像脐带似的拉长。搜救工作早已让我一次又一次学到这个教训：如果决定去找一样东西，不管最后找到什么都最好事先做好心理准备，因为可能会出乎你意料之外。

“我给你一个你未能拥有的母亲。”父亲辩称道，“假如告诉你真相，假如告诉你她的真面目，那不是比以早先那种方式让你失去她更糟吗？”

得知母亲死讯后将近一年，每当听见门铃响，我就会冲去应门。我深信是父亲弄错了，母亲随时都可能会出现，从此和我们幸福地生活在一起。

但她没有。不是因为她像父亲说的死了，而是因为她从未存在过。

我手一松，任由话筒掉落，然后转身，走离那面玻璃。我没有回头看父亲，即便他开始大喊我的两个名字，迫使警卫将他带走时，我也没有回头。

我一向不是个酒醉后仍能保持愉快、讨人喜欢的人。在新罕布什尔读大学时，几杯啤酒下肚就会让我不舒服，而烈酒则只会让我的观察力变得异常敏锐，常常质疑为何桌上染了榛果的颜色，或是有没有人想到过去把女厕天花板风扇上的苍蝇清一清。

有好长一段时间我并不知道艾瑞克染上酒瘾。他喝了酒，只会变得更有魅力、更好玩、更风趣。事实上他做得太天衣无缝，以至于我过了几年后才明白为什么艾瑞克不管手里有没有啤酒看起来差别都不大，不是因为他没喝醉，而是因为他几乎没有清醒过。

和一个能用牙签和泡酒樱桃做出碳原子的几何模型，还能带动整间酒吧的日本观光客一起唱《黄色潜水艇》的人一起生活是多么迷人，但当这个人忘了去接你下班、对自己整晚的行踪撒谎，而且早上醒来若不喝杯酒摆脱宿醉便无法与你正常对话，生活便愈来愈无趣了。我之所以犹豫这么久还不接受他的求婚，就是不希望我的孩子在成长过程中，有一个不可靠又自私的父亲。

所以，我怎能责怪父亲有同样的想法？

我再次将车开进母亲家的车道时，激动得全身抖个不停。母亲来开门，手里拿着钵与槌在捣东西，闻起来像迷迭香。她一见到我，脸色立刻亮起来："快进来。"

"真的吗？"

"什么是真的吗？"

"你是酒鬼？"

笑容像漆一样在母亲脸上干硬、剥落。她扫视街道四周，看看有没有人听见，然后带我进屋。我内心有一部分极度渴望听到这和其他许多事一样，又是父亲捏造的，这又是他让我痛恨母亲的下一步计谋。

然而她将散在脸上的头发往后拨，塞在耳后，接着勇敢地说："是的，我是。"她双手交叉抱在胸前，"而且我已经二十六年没有碰酒了。"

面对一个诚实的告白，再冷酷的心也会一分为二。"你怎么没有告诉我？"

"你没有问。"母亲平静地说。

尽管你没说，这还是个谎言。当你硬要建立联系，因为你实在太想要了，那就是个谎言。当你告诉自己你会和我一起吃午餐、会传授我私房菜、会做其他一切我曾幻想过母女会一起做的事，好像这样真能让我们对彼此不感到那么陌生，那就是个谎言。没有人能从中途落下的地方重新开始，事情就是不能这样。

她想抚摸我，我退却了，她眼里泛起泪水。"你来到这里，那么高兴能见到我。”她说，“如果我告诉你，我以为又会再次失去你。”

“你让我以为你是受害者。”我指责道。

“我是啊。”母亲说，“我或许不是个完美的母亲，但我确实是你的母亲，贝丝，我是爱你的。”

过去式。

“我不叫那个名字。”我声音紧绷地说，而这次是我决定要离开的。

有一回暴风雪，我和格丽塔接到电话要寻找一名少女，她留书说要自杀后失踪了，她的单亲父亲惊慌到极点。地点在美勒迪斯，在湖区。当地警察已经开始循足迹搜寻，但雪下得太快，脚印几乎一落地便被掩盖。

当地居民都接获警告当晚不要上公路，因此途中我只见到铲雪车和撒沙卡车。到达后，我去见了女孩的父亲。他坐在扶手椅上前后摇晃着，一只拳头紧紧压住嘴巴，仿佛担心悲伤会从口中溢出。“达马托先生，”我问道，“玛莉亚有没有什么特别的地方？一个她想一个人清静时会去的地方？”

他摇头：“据我所知没有。”

“能不能让我看看她的房间？”

他带我走向屋子后侧。典型的女孩房间：单人床、牛奶箱书架、笔记本电脑、熔岩灯。但不同于多数青少年的是，这个房间一尘不染。床铺得很整齐，桌上一张纸也没有，衣服都整整齐齐地挂在衣橱里，垃圾桶倒过了。

因为玛莉亚·达马托已把衣服洗了，我便让格丽塔闻一双我在衣橱里找到的鞋子。外头的风雪咻咻地绕着我们打转。格丽塔开始往西走，是道路的方向，然后转进树林里。有时它得跳过雪堆，有时我会绊到雪堆跪趴下来。每回一张嘴，就会尝到冰的滋味。

两小时后，格丽塔钻出树林，开始蹑脚穿越结冰的湖面。这么大的风雪，这湖看起来不像一池水，反而像是开阔的平原。硬币般大小的雪花凝结在我的睫毛和嘴唇上，也让格丽塔的眉毛像极了马克思兄弟[①]里的格鲁乔。细雪让冰面更危险，我们俩有好几次都跌得四脚朝天。但最后格丽塔终于停下来，将前爪放在一个小丘上，小丘没有陷落。它转了个小圈，之后又转一圈。

我先看到女孩的头发，已冻成锯齿般的尖刺。我将她翻转过来，立刻开始施行人工呼吸，不料她竟像猫一样乱挥乱抓。“放开我！放开我！”她尖叫着，随后睁开眼睛并哭了起来。

到湖边与我们会合的紧急救护技术员说，雪起了隔离作用，让玛莉亚得以存活得更久一些。她父亲得知好消息后，在前门迎接我们回来。玛莉亚抓着我的手臂作为支撑，小心地朝父亲跨前一步。这时格丽塔忽然挡在他们二人中间，喉咙发出低低的咆哮声。

“格丽塔。”我喊着让狗后退。但那一刻我感觉到玛莉亚放松下来，仿佛自己的清白获得证实。

相信我，我什么都见过：有身材瘦弱、长相如小精灵般的男孩拼命想逃离欺负他的人，有爬上水塔顶端、希望能死在离天堂较近之处的青少年，还有到夜里为了逃避母亲男友而躲藏起来的弱不禁风的女孩。但我的职责是带他们回家，而不是去评断他们逃跑的动机。因此那天晚上，我将玛莉亚·达马托交还给满心感激的父亲。我做了我该

① 译注：马克思兄弟：美国喜剧演员。

做的事。

一个月后，承办该案的警员打电话告诉我，玛莉亚开枪射杀父亲后自杀了。那天我多给格丽塔一份狗饲料，奖赏它比人类更具洞察力。这也证明了：有时候明知对的事，或甚至理论上说得通的事，却并非合理的决定。有时候离开反而才是最佳行动方针。

苏菲两岁时，我和艾瑞克带她去钓鱼。那是个懒洋洋的星期天，我们就坐在天鹅塘的突堤上。艾瑞克将鱼饵穿在钓钩上抛入水中，然后双手合握着苏菲的手一起拿着钓竿。她才刚学会说“鱼”，当我们将一条鳟鱼或鲈鱼拉出水面，她便会拍着手，一遍又一遍重复地说。

直到今天，我仍不确定事情究竟是怎么发生的。艾瑞克放开苏菲去穿鱼饵，而我正指着刚刚被我们放回深色冰凉水中的鳟鱼的彩虹鳞片，忽然间小小一声扑通，就像一颗石子跳过水面，我们俩同时抬头一看，苏菲不见了。

她没有穿救生衣。原本试着给她穿上，她却死命地抗拒，我们便给自己找借口：有我们两个看着，能出什么差错？“苏菲！”艾瑞克大喊，声音因惊恐而嘶哑尖利，把她的名字割得参差不齐。

我想也没想，衣服也没脱便跳入水中，睁开眼睛。水很混浊，我的鞋子还踢起了水底的沙石，但有个亮亮的东西闪了一下，我立刻冲上去。

不会游泳的苏菲像石头一样往下沉，漂在突堤下方。我抓住她的衬衫，把她拉到头顶上交给艾瑞克。他让她平躺在因暴露于风雨中而变得粗糙的木板上，她吐水呛咳，我也拖着自己沉甸甸的身子上岸来。

她惊吓过度忘了要哭，虽然好像过了一辈子，其实整个事件持续不到两分钟。我在水里看到的亮点是我父亲送给她作为生日礼物的项链——一颗银色星星，可以许愿。

苏菲很喜欢听我们救她的过程。她可以转述所有的细节，但那些其实是我们多年来添油加醋拼凑出来的故事的附加产品。她自己并不记得那个事故，我和艾瑞克都感到庆幸。我想有些事情还是不记得的好。

车屋场的背面刚好嵌进一个干燥、尘土飞扬的狭长远景中，艾瑞克带我来此看日落：层峦叠嶂间拉下了一道紫红色帘幕。

他还穿着西装，但松开了领带。我们看着天空变换各种橙与紫的色调，有如一幅美得太不真实的水彩画，几英尺外，苏菲丢网球给格丽塔追。“我在想如果我在律师界闯不出名堂来，就去应征凤凰城气象员的工作。你看，我都记下来了：星期一，四十摄氏度晴朗，星期二，四十摄氏度晴朗，星期三，凉一点三十九摄氏度……”

“艾瑞克，别说了。”我说。

他立刻住嘴，随即又说：“我只是想逗你开心，迪莉娅。费兹跟我说你今天很惨。”

“你不应该让我错过提审的。”我回道。

“又不是我的错。他们根本没告诉我安排。”他顺手揽住我的腰，“跟我说说你母亲。”

我望着一只鹰在头上盘旋，鹰爪撕裂天幕露出一两颗星子。夕阳面临死前的挣扎，爆发出赤黄、粉红与夜色。“她酗酒。”我好不容易说出口。

从他完全静止的样子看得出来，这对他是个大新闻。“当时也是吗？”他问道。

“是啊。”我面向着他，“你想这会不会是我爱上你的原因？”

“拜托，希望不是。”艾瑞克笑着说。

“我说真的。说不定因为有一部分的我是因为改变不了她，所以只好改变你。”

艾瑞克伸手搂我的肩膀：“你根本就不记得她了，迪莉娅。”

这点是真的，但那是因为我记不得，还是我不想记得？记忆不会随时陪在你身边，那是被召唤或被唤醒或被想起的一种力量。它会被带到舞台上供我们观赏。那么就定义而言，有时候它肯定是失落了。

但果真如此吗？以前我常常抱怨艾瑞克喝酒，他总说我不讲理。一罐啤酒，我就无法忍受他的气息。如今我倒怀疑这是不是某种气味记忆，某种下意识的感知，知道一个有酒味的人必然会令我失望。

“我今天也去了看守所。”我说。

“结果如何？”

“满分十分吗？”我抬头看他，“负四。”

“其实今天也许不算全面失败。你可能替我找到了一个积极抗辩事由。”

“什么意思？”

“如果你父亲有正当理由带你走，比方说你母亲的酗酒会让你发生危险，而他试图采取法律途径却没能成功，这样或许能让他脱困。”

“你觉得行得通吗？”

“总比我本来打算采用的辩护理由好。”艾瑞克说。

“是什么？”

“你是被虎姑婆带走的。”

我摇了摇头，但他到底把我逗笑了。我一想到父亲，胸口就像被一团硬块塞住般疼了起来。我对他一直很不公平，认真说起来，我也犯了相同的罪：那就是试图保护我们以前的生活不被破坏。当你爱极某人，一想到他们可能改变便无法容忍，这是一种罪吗？当你爱极某人，以至于看不清事实，这是一种罪吗？

在我身旁，艾瑞克将格丽塔的网球远远丢到灌木丛另一头去。在逐渐昏暗的天色中，他的五官变得模糊。他有可能是任何一个人，我也一样。

伊莉丝

你可能不记得了，但我曾跟你说过我母亲去世那一刻的情形。我当时十六岁，且远在数英里外——她到得州找她妹妹——但我却半夜惊醒过来，发现她坐在床边摸着我的脸。“妈咪！”我喃喃叫了一声，然后她就消失了，只留下非常浓郁的晚香玉香气，即使经过多年，那气味始终牢牢地黏在我的肌肤上。

第二天早上我姨妈来电，悲恸地告知我车祸的消息，时间就在我前一晚醒来那一刻。当我告诉她母亲来找我，我们俩都不感到惊讶。随便问一个虔诚的墨西哥人，都能说出女巫知悉的事情：死者回来收集他们的足迹。

这许多年来，有时候我好像可以感觉到你站在我身后。我真的可以感觉到你的手像画笔似的搔弄我的掌心画布。开始在浴缸放水时，也会听到门的另一边传来你的笑声。

每一回我都假装这些事没有发生，我会将眼睛闭得更紧或是将水龙头的水转得更大或是将收音机开得更大声。我不肯承认唯一可能再见到你的机会，就是当你回来收集足迹的那最后一刻，就好像采了满怀的艳丽的沙漠花朵，送给我以抚慰我永远失去你的伤痛。

一五三一年十二月九日，圣母玛利亚向一个名叫胡安·狄亚哥的原住民显灵。隆冬时节开出一大片玫瑰加上胡安·狄亚哥的袍子上出现咖啡色面容的圣母像，便已足以说服当地主教兴建瓜达露贝圣母殿。

有人说瓜达露贝就是托娜辛，阿兹特克人的一名女神，早在胡安·狄亚哥之前便已存在多年。西班牙传教士知道她在地方上的信徒不少，便让她入天主教并取名为瓜达露贝圣母。但他们并不知道，托娜辛女神可以借由女祭司（即女巫）执行秘密仪式清除人的罪孽。基本上那些传教士完全接受印第安天主教徒去做弥撒，同时也去找女巫。

我母亲是一名女巫，我成长过程中看到许多人来找她讨各种符咒——保佑婴儿健康、为新屋降福、让儿子不用从军。当她向瓜达露贝点亮一根红蜡烛并诵念一声福哉玛利亚，塔拉诺太太的肝肿瘤便奇迹似的缩小了。当她向亚力山卓的圣凯瑟琳祷告，一个眼看就要负债的家庭竟有了意外的收获。当然，女巫也会在你受人误解时，扮演司法专家的角色。女巫的诅咒可以惩罚外遇的丈夫，也能让散布谣言的人发疹子。受女巫诅咒的人会明白自己是罪有应得，咒语只对犯错的人有效。

母亲教我如何摆设祭坛、选择刀子；如何学会解读“牌卡”对我人生的指示，不过年纪较轻时，我只会为自己下符咒。我从不期望在凤凰城这里当女巫，但墨西哥人之间消息传得很快，他们也偶尔会需要一个好女巫。此外我还发现当我施法时，必须专心一致，只有在那短短几分钟内我会暂时不再责怪自己遗失了你。

你来找我——一次美好的造访，接着一次可怕的造访——的隔天，和信徒待在圣堂里的我有点难以集中注意力。“瓦斯奎太太，”乔瑟芬娜问道，“你听到我刚才说什么了吗？”

我真希望昨天能跟你说出这些话：我已经不是当年的我，就跟你一样。我等了二十八年才见到你，我还可以再多等一会儿。

请你再回来。

“符咒没效。”乔瑟芬娜叹气道。

我在试着堵她室友的嘴，那个亚利桑那州立大学的女学生到处散布关于乔瑟芬娜的谣言，说她乱搞男女关系，导致男友和她分手。我建议用la lengua ardiente（火烧舌）的方法教训她的室友。“你用蜡烛了吗？”

乔瑟芬娜上次来的时候，我给了她一根塑造成女人形体的黑蜡烛。“用了，我在脸上刻了她名字的缩写，就照你说的那样，还去提欧叔叔卷饼店买那个辣死人的辣椒酱，把针浸到里面之后再插进蜡烛孔。”

“点着了吗？”

乔瑟芬娜点点头。“我照你说的想象她那张蠢笨的马脸，然后吹熄蜡烛。可是第二天她没有来道歉。这还不算最糟的……”她压低声音说，“后来我在宿舍角落发现蜘蛛网，而我才刚刚打扫过。”

那么事情就完全不同了。在一个理应整洁无瑕的地方发现蜘蛛网，肯定是有人想诅咒你。“乔瑟芬娜，你的室友可能只是个坏女巫。”

既然有好女巫，当然也有坏女巫。不幸的是，她们可能直接对无辜的人下咒。

“瑞妮根本不是墨西哥人。”乔瑟芬娜说，“她是新泽西人。”

“如果她是坏女巫，也许是故意这样跟你说让你毫无防备。”

乔瑟芬娜似乎心存疑虑。“可是……她的发型超大超蓬松。”

我作势要起身。“如果你不想要我帮忙……”

“不是！我要，真的。”

“好吧。你用一汤匙坟场土加一汤匙橄榄油，再用左手食指把两样东西混合。上面撒上黑胡椒，然后平铺在你们学校一年级纪念册里瑞妮的照片上，拿到墓园埋起来。”

乔瑟芬娜双眼圆瞪看着我。“那她会怎么样？”

“随着照片分解，你的室友会愈来愈没精神，等到下个月月圆时，她就会为说你的坏话向你道歉，而且转学到别州去。”

乔瑟芬娜脸上绽放出灿烂的笑容，并从牛仔裤前侧口袋掏出给我的费用——十块钱。“谢谢你，太太。”她正说得兴奋，维克多刚好探头进来。

他一直不赞成我这项副业，不管我向他解释多少次说这不是工作而是使命都没有用。一段时间过后，我开始秘密进行。不是我想对丈夫撒谎，但即便我们俩都知道我还继续在做，两人都假装若无其事会简单一点。

“这位是乔瑟芬娜。”我向维克多介绍道，“她自愿到科学博物馆帮我忙。”

乔瑟芬娜再次谢谢我，说她再不走的话上课要迟到了。只剩我和维克多独处后，他把手放在我肩上揉捏了一下。“你今天还好吗？”

你昨天第二次来过后，我哭了好几个钟头，他就坐在我对面替我拿面纸。这么做一部分是作为精神支柱，一部分是因为他爱我，还有一部分是在提醒我无论如何，我都不应该借酒浇愁。“我很好，”我对他说，“目前还好。”

“她会改变想法的，伊莉丝。”维克多安慰我说。

我二十八年来的生活中都没有你，那么何以只与你共处一小时后，你的缺席竟让我感受如此深刻？

维克多轻抚着我的头发。有时候我觉得当我受伤，承受痛楚的人却是他。如果你在我身边长大，这会是我想教你的事情之一：要嫁一个爱你胜过于你爱他的男人。因为我两种人都嫁过，如果是相反情形，这世上没有任何符咒能让失衡的天秤恢复平衡。

我与你父亲初遇时，他试图要救我。当时我在一间前不着村、后不着店的酒吧工作，经常光顾的都是机车骑士——而不是车子抛锚后，手上沾满轮轴油污、一脸惶恐跑进来的长相端正的男大学生。他见我被两名“地狱天使”压在墙边，另一人则对着我射飞镖，便往那个大块头的男人冲去。

结果发现我并不是被欺负；那些骑士全是常客，我们偶尔会玩玩这种马戏团小把戏。但我就在那一刻爱上了查理。不是因为他长得俊美或他英雄救美的行径让我晕头转向，而是因为他认为我值得拯救。

有些墨西哥裔美国人总是像鬼魅般潜伏在他人生活背后——当旅馆女侍、杂工或园丁——我便是其中之一。我之所以当酒保只有一个原因，就是我无法将缝线车直，所以不可能接代工。何况，我喜欢调酒。啤酒的酵母气味从龙头底下的接收器往上升起，会让我想到小麦生长的地方，那些我从未去过的地方。每当有个顾客起身走出店门，我会让一小部分的自己跟着他去。我心想照这样下去，我迟早会完全消失。

我请你父亲喝一杯酒，谢谢他试图救我。我想他并未注意到我的手在发抖，吧台上洒得到处是啤酒。查理指着我的牛仔裤，上面全是我读过的诗句。我会像别人收集贝壳或蝴蝶标本一样地收集词句。“我宁可向一只鸟学习歌唱……”他大声念出，只不过康明斯这诗句的后半段蜿蜒钻入我的大腿下方，看不见了。

“也不愿训示万千星子不去跳舞。”我把句子念完。

“你为什么把这个写在腿上？”

“因为夹克上都写满了。”我说。

“你八成主修英语。”

“主修英语的人会抽丁香烟，还会说一些‘解构’‘拟声’之类的字，只为了听听自己的声音。”

他笑了起来。“你说得对，我以前交过一个主修英语的女朋友，她老是看着干衣机里头的衣服或烤面包机之类的东西，然后试图找出它们和《失乐园》的潜台词之间的关系。”

我了解男人。母亲教过我如何解读他们没有说出口的话，也教过我在左手腕系一条红带子，以避免那些只把我当成一个阶段而不是终点的人来接近我。我可以从一个男人肌肤散发出的苦杏味，辨别他过去是否背叛过伴侣。但我以前认识的男人都和我一样，连做梦都是说西班牙语，相信点红蜡烛能得到好运，如果说女友坏话，可能一觉醒来会发现自己的舌头和上颚黏在一起。而像查理这样的男人，他们上大学，与数学定理奋战，合成化学物质，看着它们化为美丽的、蒙蒙的无形气体升起。像查理这样的男人，注定不是我这种女孩的对象。

“你如果不是主修英语，”他问道，“那你做什么？”

我看着他觉得他疯了——他难道没看见我周围这栋低矮建筑的四面墙吗？难道他以为我是来这里欣赏风景的？但我希望让他知道这份工作不是我的唯一。我希望他觉得我神秘、与众不同，就是不要看到真正的我：一个与他生活在不同世界的墨西哥女孩。于是我拿出吧台底下的那副牌。“我会读牌。”

“塔罗？”他说，“我不信这玩意。”

“那你就没什么可害怕的。”我打开放牌的木盒将牌取出，照例还是用左手。接着我念了一句福哉玛利亚后，抬头看他。“你不想知道你的愿望会不会实现吗？”

“什么愿望？”

“这要问你。”我对他说。

他缓缓地露出微笑，逼得我低下头去。“那好吧，跟我说说我的未来。”

我让他切三次牌，因为圣三一之故，再把牌交还给我。接着我排开九张牌：四张排成十字，第五、第六张各放在左右两张牌下方，第七张放在底端，第八张斜放在最下面，而最后一张牌直接放在正中央。“第一张牌，”我将牌翻开说道，“显示你的心境。”是权杖七。

“天哪，希望这是钱的意思。尤其最好是我那个挂掉的引擎。”

“这是个信息。”我告诉他，“它说真相不能永远隐藏。接下来三张牌会告诉你谁将帮你解答。”

我翻开了牌。“很有趣。恋人牌，就跟你想的一样，快乐的一对。某种恋情关系会有助于你心想事成。力量牌不像听起来那么好，这是叫你不要自不量力。但我想战车牌抵消了前一张，因为它很有力，表示你终究会有好运气。”

我翻开第五、第六张牌。“权杖八是警告你可能会发生毁灭你的丑行……而这张吊人牌……你最近有犯罪吗？因为通常这张牌的意思就是这样——最好修正自己的行为，否则即使没有受到法律制裁，也会受上帝惩罚。”

“我昨天乱穿马路。”查理说。

第七与第八张牌显示有敌人想对他不利。“这两张都是很棒的牌。”我说，“这是一个对你很重要的小孩，他会让你的生活获得平衡。”

“我没认识什么小孩。”

“兄弟姐妹呢？”我问道，“没有侄子侄女的吗？”

“连一个表兄弟姐妹都没有。”

我开始用力擦拭吧台，但其实上头非常干净。“那么可能是你自己的，”我说，“总有一天。”

他一手伸过木板台，玩弄着那张牌。“孩子会是什么样子？”

是圣杯牌组。“浅肤色，深色头发。”

“跟你一样。”他说。

我的脸红了，连忙翻开最后一张牌。“这会让你知道愿望能不能成真，或者会有其他事情阻碍。”

这张牌是圣杯七，他将后悔一辈子的婚姻或联盟。“怎么样？”查理问道，声音中回响着对未来的期盼，“我能得到我想要的吗？”

“绝对可以。”我撒谎，随后探身过吧台去亲吻他，我们一生的地图就摊开在底下。

我从未忘记过你。

在杂乱车库里的某个角落，有许多盒子装满你没能打开来看的圣诞礼物与生日礼物：绒毛玩具和幸运手链，很久很久以前的你才穿得下的亮片凉鞋和漂亮衣服。当维克多发现我还在替你买礼物，他生气了——这不正常，他对我说——还逼我发誓不再买。不是每个人都能理解你是如何同时旋转着两条套索，一条是希望，另一条是悲伤。

你原本要上的小学举行五年级结业式时，我去了礼堂，倾听其他每个人的小孩讲述自己长大后的梦想：有考古学家、歌星，有第一个踏上火星的航天员。我想象你编着辫子，其实在你那个年纪，这种发型恐怕太幼稚了。我在巴尔的摩庆祝你的十六岁生日，我向胸肌十分发达的男服务生点了两杯茶，尽管你并未与我对坐。

我从未中断过你可能回家的希望，但我确实不再期待。每当门铃或电话响起就屏住呼吸，对人是一种伤害，不管是否刻意，你终究会因为像个被紧紧挤压在中间而受伤的泡泡，而决定将自己的生活一分为二——之前与之后。你还是能自由行动，你能大笑、能微笑、能继续你的生活，但只要关节活动得慢一点或是弯个腰，你就会清清楚楚察觉到中心的空洞。

当你爱某人胜过于他爱你，你会尽一切努力去扭转感情天秤。你会揣摩他的喜好来打扮自己。你会学他的口头禅。你会告诉自己只要将自己改造成跟他一样的人，他就会像你热爱他一样地热爱你。

也许你比任何人都了解我和查理之间的情形——若有人一再地说你是什么样的人，即使不是，说久了你也会开始相信。你会过那样的生活。但其实你戴着面具，一不小心就会滑落的面具。你很好奇他若发现会怎么样呢。你知道你一定会令他失望。

我承认，有一度我以为我已经让他付出我所需要的爱。你大约十八个月大时，我又怀孕了。查理会在午餐休息时间翘班回家看我，他会把头搁在我的肚子上。马修・马休斯，他会试着取各种名字逗我发笑。班鸠、链轮，不好，可体松好了，简称小可。他会从药房带小东西送我，像是巧克力棒、可可脂、蝴蝶发夹。

我大概是二十一周时羊膜破裂。胎儿很健全，是个小男婴，像人类心脏大小。我发生感染，开始出血，于是又被送回手术房进行子宫切除。医生使用了子宫收缩不良、动脉结扎、泛发性血管内凝血等字眼，但我只听到我不能再生育了。即使没有人愿意告诉我，我也知道是我的错，是我本身的致命缺陷。从医院回家后，我发现查理也知道这点，他无法正视我，待在办公室的时间愈来愈长，而且带着你一起。

认识你父亲之前我就很会喝酒，但我真的认为是那次流产让我成了酒鬼。我不停地喝，喝到看不见查理眼中的懊悔，喝到连他也能彻底看清我无药可救，喝到我毫无感觉，尤其是对他的触摸。我想我内心里有一部分知道如果我赶走他，就永远不必承认我被抛弃。

不过，我喝酒最主要的原因是我可以感觉到你弟弟像条银鱼在我体内游着。我后来才知道，我为了抓住已经失去的婴儿却牺牲了已经拥有的孩子，但为时已晚。

我不记得是在什么时候了解到必须改变自己的生活，但我确实知道为什么。我生怕负责你这案子的探员得到消息打电话给我，我却昏死过去。也生怕当你奇迹似的出现在我门口，我却刚好外出饮酒作乐。经过这些年，最令我伤痛的是我了解到只有在你消失后我才能找到自己。你离开两年后，我完全清醒了，而且再也没有迷失过。

负责侦办你这起绑架案件的探员在一九九〇年退休。他住在包威尔湖上的一艘船屋内，每年都会寄圣诞卡来，还附上他与妻子的照片。就是他来电告诉我找到你了。但那天早上电话响之前，我打开一盒蛋却发现蛋全都翻倒碎裂，而且还在车道上看见一列火蚁拼出你名字的缩写。勒格兰警探打电话来时，我已经知道他要说什么了。

有一种牌阵是可以为自己占卜的，叫“福音”牌阵，就是将十四张牌排成福音的轮廓，再将五张牌排成十字。有生以来第一次排“福音”，是跟着母亲学习读牌的时候。有许多年，我完全没有再排过，因为愚人牌太常出现在我不想看到的地方。但自从你失踪后，我每个星期天晚上都会排。每次总是同样的两张主牌出现在十字的某处。第十四张牌，节制，警告我不能鲁莽行事，以免后悔一生。第十五张牌，恶魔，表示有人一直在对我说谎。

勒格兰警探来电后，我拿出牌来。那天不是星期天晚上，也不在我的圣堂里，只是在厨房餐桌上。一如往常，恶魔与节制牌出现在十字中，但这回多了两张从未出现在此的牌。星星，是塔罗牌中最具影响力的牌，并抵消了四周其他牌的力量。像这样出现在恶魔牌旁边，就表示我昔日的敌人即将付出代价。从这天起，你父亲将会失去力量。

另一张则是权杖一，随便一个新手女巫都能告诉你，那代表混乱。

你遗传了我的发色、我的微笑，还有我的固执。这有点像过去的自己来访，希望你能警告自己未来会发生什么事。

你告诉我你记得的童年，但你没有问我记得什么。你若问了，我会全盘托出——从你降临人世那一刻，像只蜗牛僵硬地蜷缩在我那件清洗过度的棉质病袍上，到我亲手为你编麻花辫，到那次查理来接你去度周末，临走前我要亲你，但实在太草率也太自信，以至于当我扑空没亲到你的脸颊，竟愚蠢地自以为还有上千次的机会可以弥补。

你失踪后，我到墨西哥去找一位女巫，我母亲曾拜她为师。她和三只蓝岩鬣蜥同住在一间小屋，这些鬣蜥能自由进出屋子，而且据说是以前虐待过她的男人变成的。我去的那天是六月十三日，帕多瓦的圣安东尼日。她的等候室里挤满了有需求的人，大家分享各自的伤心事消磨时间：有个女人把祖母的钻石戒指遗落在公厕里，有个上了年纪的男人遗失了房契，有个孩子紧抓着一张寻狗启事，上面贴了一只目光炽热的猎犬的照片，有个牧师信仰产生偏差。我静静地等候，一面看着她前院里的红色公鸡啄食玉米粒。轮到我的时候，我走进圣堂，将必备的圣安东尼小雕像连同写着我遗失了什么的纸条一起交给女巫。

她低声念了一句祷告词后，将雕像用纸包起来，再系上红线

“一百比索。”她说。我付了钱之后，往北行驶，直到遇见第一片水域。我将包起来的圣像用力丢向水池远方，一直等到我认为它应该沉到底了为止。

圣安东尼是遗失之物的守护神，在他的节日当天做奉献，遗失的东西就会在一年内失而复得。除非它已被毁坏。

那位女巫去世前，我每年六月都会去找她，每次也都求同样的符咒。年复一年，你始终没有回到我身边，但我也从未怪过她或圣安东尼。我认为那是我的错，想必是我对你的描述遗漏或写错了什么，因此纸条的内容一年长过一年——从一段文章变成叙事诗再变成长篇大论。我会利用接下来的三百六十四天制作下一次要带去给女巫的纸条，如果你还是没现身的话。

虽然女巫去世已久，但我想我终于知道应该写些什么。二十八年的时间不算短，足以让我好好思考为什么爱你，而原因与我当初所想的不一样：不是因为你在我心脏下方的空间里游移，或因为你止住了我每日不断流失的青春之血，或因为将来哪天我无法照顾自己时你可能会照顾我。你父亲曾一度想让我相信爱是一个等式，其实不然。爱不是一纸合约，也不是圆满结局。它是粉笔底下的黑板，是高楼得以兴建的平地，是空气中的氧。它是我最终返回的地方，不管我去了哪里。我爱你，贝瑟妮，因为你是唯一一段我无须争取的关系。你来到这个世界后就是更加爱我的那一方，即便当时我并不值得。

第四章

有时候有必要让某样事物重新认识自己的美。

——盖尔威·金纳尔《圣方济与母猪》

艾瑞克

我十三岁那年遇到了最完美的女孩。她差不多和我一般高，有玉米须色的头发，眼珠的颜色像是闪电。她名叫桑多拉。她的气味有如慵懒的夏天周日——割过的草坪与洒水器——我发现自己一有机会就会挨近她，只为了深深吸口气。

我会和桑多拉一起幻想一些以前想都没想过的事：赤足走在火山上会是什么感觉、如何培养耐心数完所有的星星、变老是否会伤害身体。我会对接吻感到好奇，例如该将头转向哪边，或是我的嘴唇会不会在她的唇上留下印记，就像我的枕头总是夜复一夜地重现我头部的曲线。

我没有和她交谈过，因为一切都难以诉诸言语。

我和桑多拉并肩走着，忽然间她化身为兔子跳走了，消失在我家前面的树篱底下。

第二天早上从梦中醒来，我并不在乎这个女孩从未存在过，也不在乎自己是在无意识的状态下召唤她出现。从冰箱取出牛奶要吃麦片时，我发现自己哭了，要度过这一分钟我只能这么做。我会在草地上坐好几个小时，试着在灌木丛里找兔子。

有时候我们不知道自己在做梦，甚至不明白自己睡着了。

偶尔，我还会想到她。

在亚利桑那的第一个星期过得很慢。我埋首研读州判例法，也好不容易将检方发现的证据一一看过。这环境似乎唤醒了迪莉娅一些什么，她开始想起愈来愈多的童年往事，一些常使她哭泣的零星片段。她鼓起勇气又去看了父亲几次，平时则带着苏菲和格丽塔长时间散步。

某天早上醒来，发现露珊的车屋着火。浓烟像厚厚的灰云卷上屋顶，我冲出前门，高声呼喊女儿，因为这阵子她待在那里比和我们在一起的时间还多。但屋里不见火焰，甚至一点烟也没有。而苏菲和露珊都不见人影。

我跑到车屋后面的院子，只见露珊坐在一截树墩上，苏菲就在她脚边。我从屋子前面看见的灰烟柱来自一团小营火，营火中央摆了两块煤渣块，上头搭着一片薄薄的石板。热烫的石头上有一滴水珠在滋滋乱舞。露珊没有抬头看我，只是拿着一碗蓝色糊状物，舀了一瓢倒到石板上，然后用手掌将那团面糊尽可能摊薄，掌心用力地压在炽烫的表面。

当糊状物硬成一张圆片，露珊从身边的盘子拿起一张薄如洋葱皮的玉米饼，放到还在石头上加热的饼皮上。她将两侧向内折，再从底下往上卷，变成一个卷筒后递给我。“这不是麦当劳麦满分。”她说。

这东西看起来和尝起来很像淡蓝色复写纸，吃进去后粘在我的上腭。“你加了什么？”

“蓝玉米、兔耳鼠尾草、水。喔，还有灰。”露珊补了一句，“皮基饼的口味习惯就会喜欢了。”

但我女儿，那个吃起司通心粉时只吃直面条不吃卷面，那个吃花生酱果酱三明治时坚持要我切掉吐司边，还要再对切成三角形的女儿，此时竟像吃糖果般把皮基饼往嘴里塞。

“西娃昨天帮我磨玉米粉。”露珊说。

“西娃就是苏菲。”苏菲补充说明。

“那是小妹妹的意思，”露珊纠正道，“不过指的还是你。”她又徒手在炽烫的石板上摊另一张圆饼，让它定型后，以天衣无缝的动作将它翻面。

“露珊，赶快把故事讲完。”苏菲转头对我说，“被你打断了。”

“对不起。”

“故事在说一只兔子太热了。”

桑多拉，我暗想。

露珊又卷了一份皮基饼，用餐巾纸包起来，拿给苏菲。“刚才说到哪儿了？”

“在大热地里，”苏菲说着盘腿端坐在露珊前面，“所有的动物都懒洋洋的。”

“对，兔子西加塔佛的情况最糟。它的毛沾满了沙漠的红土，眼睛干得发热。它想教训太阳。”

她又卷了一卷皮基饼。“所以兔子跑到世界的尽头，也就是太阳每天早上升起的地方。它整路都在练习弓箭，但当它到了以后，太阳已经离开天空。兔子觉得太阳很胆小，但还是决定等到第二天太阳再回来。可是太阳已经看到兔子在练习，就决定跟它开个小玩笑。以前那个年代，太阳不是像现在慢慢升起来，而是一下子跳上天空。所以第二天，太阳滚到离平常跳上天的地方很远之后才跳出来，等到兔子搭起弓箭，太阳已经高高在上，射不到了。兔子跺脚大叫，但太阳只是大笑。”

“有天早上，”露珊接着说道，“太阳一不小心，跳得比平常慢，被兔子一箭射中侧面。兔子好高兴！它射中太阳了！但当它再次仰头，却看见火焰从伤口流出，忽然间整个世界好像着火了一样。”

她站起身来。“兔子跑去找三角叶杨树和黑肉叶刺茎藜，但两棵树都不肯让它藏身，它们太害怕自己烧成炭。这时它忽然听见一个声音在叫它：‘西加塔佛！到我下面来！快点！’那是一小丛绿色灌木，开的花很像棉花。兔子一头钻下去时，火焰刚好跳过灌木丛。所有的东西都噼里啪啦、嘶嘶作响，最后才安静下来。”露珊看着苏菲，“四周围的土都烧焦变黑，不过火没了。救了兔子的那小小灌木丛也不再是绿色，而变成深黄色。直到今天，那种灌木长出来还是绿色，然后一碰到阳光就会变黄。”

“那兔子呢？”苏菲问道。

“它再也不跟从前一样了。身上被火烧着的地方有了褐色斑点，而且也不再那么强悍。它会跑开躲起来，而不会和人正面冲突。太阳也变得不一样。”露珊说，“它让自己变得非常明亮耀眼，谁也没法久久地注视它把箭瞄准。”

露珊将指关节压得噼啪响，银戒指与绿松石戒指仿佛萤火虫般明灭不定。“咱们收拾一下吧。”她对苏菲说，“然后如果你爸爸答应，你就跟我到转角的庭园拍卖去，好好瞧瞧有哪些东西出清。”

苏菲跑进屋里，留下我与露珊独处。“你不必把她带在身边。”

“有个孩子可以讲故事，很不错。”

“你自己有小孩吗？”

露珊脸上的纹路变深了。“我曾经有过一个女儿。”

或许我们都能以这条裂缝来分割：一边是很幸运能保住孩子的人，一边则是孩子被夺走的人。我还没想出如何响应才恰当，苏菲已经从屋里出来，后头拖着一桶沙。她把沙往火上倒，覆盖余烬，一小阵煤灰轻轻轰一声扬起，缭绕在她膝盖周围。

“苏菲，”我说，“如果你乖乖听话，就可以和露珊多待一会儿。”

“她当然会乖乖听话。”露珊说，“在我的故乡米沙，奶奶替我们取名字，爷爷教我们规矩。那些不乖的人都是因为没有爷爷教。可是你有爷爷对不对，西娃？”她将剩下那碗面糊交给苏菲。“厨房洗碗槽。”她下指令。

太阳已经升得很高，开始刺痛我的颈背。我想到兔子和它的箭。“谢谢你，露珊。”

她浅浅一笑。“瞄准目标啊，西加塔佛。”她提出警告后，便跟随苏菲进屋去了。

一九七七年在亚利桑那，一个男人将女儿藏匿到国内其他地方，就可能被视为绑架。到了一九七八年法令改了，同一个人做同样举动会被判妨碍监护权，罪行较轻。“天哪，安德鲁。”我在向汉弥顿事务所借用的会议室里细读相关书籍时，喃喃自语道，“你就不能多等几个月吗？”我沮丧地拿起一本法律书籍往会议室另一头砸去，差点砸中正要走进来的克里斯。

“你是怎么了？”他问道。

“我的当事人是个笨蛋。”

“他当然是，否则就不需要律师了。”克里斯在我对面坐下来，背靠着椅背，“唉，你昨晚没去可真是可惜啊，老兄。想象一下，有个天生红发的女孩叫莲花，她跟着我走进‘疯壁虎’的男厕，示范瑜珈老师的筋骨到底有多软。而且她还有个朋友能用脚托起酒杯。”他面带微笑，“我知道，我知道，你算是结婚了。不过这也没什么。你有没有头痛药？”

我摇摇头。

“那我绝对需要咖啡。要加奶精或糖吗？”

“我不喝……”

“马上来。”他说着便走了。

我开始冒汗，因为已经想到一个杯子放在离我几英寸外的桌上，还冒着烟与香气，会有什么后果。大多数人都不明白举起杯子到将杯里的东西倒入水槽之间有多大空隙。就在那一刻，仅仅一念之间，需求便可能巨幅扩大到将理性排挤出局，然后不知不觉间杯子已经举到嘴边。

为了转移心思，我开始翻阅亚利桑那法规，看看有没有能为绑架积极抗辩的事由，最后终于发现我要找的一段。

“第十三节，第四一七条。紧急避难行为。一般正常人若出于不得已采取违法行为，且该行为人无其他正当选择得避免公开或私下之紧急危难，而该行为之合理结果亦未造成更大伤害，则原本构成犯罪之该行为不罚。”

换句话说就是：我不得不这么做。

妻子酗酒不能构成盗取小孩的理由。然而，假如能证明伊莉丝酒精中毒、无法照顾孩子，打电话给保护单位或警方又没有得到适当的响应，那么安德鲁也许有机会被无罪开释。或许能说服陪审团相信安德鲁已试过所有方法，最后除了带女儿逃走之外别无选择……只要安德鲁能先说服得了我。

克里斯走进会议室。“拿去。”他将马克杯推滑过来，“勇士的早餐。好，我得先告辞了，我要去找个医生把我的头切掉。”

他离开后，我走向热气蒸腾的杯子。我已经好几年没喝过一口，但嘴里仍感觉得到它的甜美苦味。我深深吸一大口，然后将咖啡（连同马克杯全部）丢进垃圾桶。

在看守所接见区担任分配工作的狱警朝我点了点头。“有空位就坐吧。”他说。这天上午很安静，门全都关着，灯也暗着。我打开右手边第一扇门，扭开灯，却赫然发现有个犯人条纹裤褪到脚踝边，正在美耐板会议桌上与他的律师交媾。“他妈的。”那人骂道，同时一手拉起短裤。女子因突然受光猛眨眼睛，并急急忙忙将直筒长裙往下拉，不小心打翻一个装满资料的盒子。

“我猜猜看，”我愉快地对律师说，“在付律师费对吗？”

我道过歉后便移往隔壁房间等安德鲁。他进来的时候我还想着隔壁的律师——应该叫她公共辩护人吧——不自觉地面露微笑。“什么事这么有趣？”安德鲁问道。

若是一星期以前，我会在吃餐后甜点时告诉他刚才的事。但如今安德鲁也穿着和隔壁男子一样的粉红色条纹保暖衣，顿时让人清醒。“没什么，”我清清嗓子，“好了，我们得谈谈你的案子。”

向当事人解释积极抗辩事由有对的方法，也有错的方法。基本上你要说明逃生出口在哪里，然后说“嗯，如果你有梯子可以爬上去，就能自由回家了”——心里巴不得当事人够聪明，主动说出他确实有把梯子藏在胸前口袋。其实梯子不可能放得进口袋或是他这辈子从未有过梯子的事实一点也不重要，重要的是他直截了当地告诉你他现在就有一把。身为辩护律师的你，只须向陪审团暗示有这么一把梯子，而不必实际呈堂。

有时候当事人明白你想做什么，有时候则不然。最好的情况，你能引导你的关键证人最坏的情况，则是暗示他对你说谎，那么你还可以装出一点辩护律师的样子。

“安德鲁，”我谨慎地说，“我看了你被指控的罪名，也许有一个答辩事由是可以用的。基本上，你可以说当时家里的情况真的很糟，你别无他法才会那么做，也就是带迪莉娅离开。问题是这个答辩理由要能成立……你也得证明你没有其他法律途径能解决问题。”我停顿了片刻，让安德鲁能认真想想，“迪莉娅跟我说你前妻酗酒，也许因此削弱了她当个称职母亲的能力……”

安德鲁缓缓点头。

“也许因为这样，你觉得你才有资格获得迪莉娅的监护权？”

“你该不会……”

我举手制止了他。“你有没有打电话报警？或打给儿童保护机关？或社工？你有没有试图让法院重审你们的监护权协议？”

安德鲁在座位上扭动一下。“我想过，但后来发现那不是好办法。”

我一听，心往下沉。“为什么？”

“你也看到检察官手里的伤害判决……”

“说到这个，那到底是怎么回事？”

他耸耸肩。“没什么，一次荒谬的酒吧斗殴，结果我却被拘留了一夜。那个年代，即使父亲的背景毫无瑕疵，法院也会自动将监护权判给母亲。何况已经有一次不良记录，等于告别自己的监护权。”他抬起眼睛看着我，“我怕如果去指控伊莉丝，他们会调查我的档案资料，然后判定我根本不应该再有探视权，更别提监护权了。”

紧急避难行为暗示的是你毫无其他合法的选择，但安德鲁描述的情节却不是这么回事。他根本没有诉诸法律便强行采取自治正义。但我没有说出这对案情有多不利，只是频频点头。辩护法则第一条就是要让当事人相信隧道尽头总能重见光明，总有一线希望能得到更好的结果。

认真说起来，被告与律师倒有点像孩子与酗酒家长间的关系。

“我不是没努力过，”安德鲁说，“我遵守了几个月的规矩，即使是离开那天，我也先带她回家了。”

我猛地抬头，这件事我第一次听说。“你说什么？”

“贝丝忘了带她那条不管上哪儿都要带着的被子，我知道若没那条被子，她会整个周末闹脾气。所以我们就回去了。家里一团乱，厨房里碗盘堆得高高的，食物丢在流理台上任由它腐烂，冰箱也空了。”

“伊莉丝呢？”

“在客厅，昏死过去了。”

我脑海里突然出现那个女人的影像，她脸朝下趴着，一只手臂垂下沙发，酒瓶翻倒洒出的威士忌，被椅垫吸入形成美丽的旋涡图案。但在我脑中画面里的是金发女人（不像法院看到的伊莉丝·瓦斯奎有一头黑发），而且还穿着我母亲最喜爱的那件橙色七分裤。

我对于母亲的所有记忆都有酒的味道，即使好的记忆也不例外，例如当她俯身亲我跟我说晚安时，或是高中毕业典礼前她为我调整领带时。她的疾病是一种香水，我小时候经常依赖着，长大后变成了渴望。如果要我说出小时候五个具体的回忆，多半有三个和母亲喝了酒出丑有关：有一回轮到她当幼童军女训导，当童军们到达时竟发现她精神亢奋地穿着内衣在跳舞，田径锦标赛时她从头睡到尾，她扇我巴掌的刺痛感，其实是她想惩罚自己。

这些回忆是搭建起我人生的支柱，但还有其他隐藏在后的回忆，只有当我放下心理防线才会向外窥探：像是某个起雾的午后，母亲和我一起坐着低头看蚂蚁建造一个活动城市，早上她用五音不全的歌声唤我起床，夏日里她用木棍将垃圾袋固定在草坪上，打开水管的水，就成了我们俩专用的滑水道。从好的方面想，这种无常变得充满惊喜。在你知道爱一个人是什么感觉以前，你是无法恨他的。

偶尔拥有一个母亲是不是好过完全没有呢？

安德鲁看出我的心思。“艾瑞克，你知道那对孩子的影响。如果让你选择，你会希望在你那样的家里长大吗？”

不会，我不想生长在那种家庭，但我就是。我也不想步上母亲的后尘，但我步上了。“结果你怎么做？”我问道。

“我带着迪莉娅离开了。”

“我是说在那之前。你有没有至少去看看前妻的情况如何？有没有打电话给谁来照顾她？”

“她已经不是我的责任。”

“为什么？因为一张离婚的文件吗？”

“因为在那之前我已经做过上千次。”安德鲁说，“你是站在我这边还是伊莉丝那边？拜托，迪莉娅怀孕的时候就碰到一模一样的情形，只不过醉倒在地上的人是你。”

“但她没有逃离开我，”我指出，“而是等到我清醒过来。所以安德鲁，不要拿你的情况跟她比，因为你从来不是像迪莉娅那样的好人。”

安德鲁下巴的肌肉抽动了一下。“是啊，我想那个把她养大的人肯定做得很称职。”他起身走出会见室，请一位狱警带他回到安全的囚室。

开车回汉弥顿、汉弥顿事务所途中，迪莉娅打手机给我。“猜猜看怎么着，”她说，“那个检察官打电话来给我，艾伦……”

“是埃玛。”

“随便啦。”听得出她的声音带着笑意。“她说想见我，我告诉她在‘死都别想’和‘下辈子’之间有个空当。你现在到底在哪儿？”

“我刚从看守所要回家。”

她沉默了一下。“他还好吗？”

“好极了。”我说，还刻意提高声调，“一切全都在我们掌控之中。”手机发出哔声，我有电话。“等一下，迪莉娅。”我跟她说完按下接听键。“泰科特。”

“我是克里斯。你在哪里？”

我转头看向后方汇流的车辆。“正要上十号公路。”

“下公路。”他说，“你得回去。”

我立即感到颈背寒毛直竖。“安德鲁怎么了？”

“据我所知没事。不过埃玛·瓦瑟斯坦刚刚寄了信给你。她提出要求解除你辩护工作的动议。”

“什么原因？”

“影响证人。”克里斯说，“她认为你把消息告知迪莉娅。”

我摔掉手机，大声咒骂，手机马上又响了。我忘了迪莉娅还在另一条线上。“你还跟检察官说了什么？”我问她。

“没什么。她想跟我套交情，可是我才不会上当。她说她想跟我见个面，我拒绝了。她想套我话，打听关于我父亲的消息。”

我咽了咽口水。“你怎么说？”

“我说那不关她的事，还说如果她想探听他的消息，就得跟我一样找你谈。”

糟了。

“刚才是谁打的？”迪莉娅问道，“谁在另一条线上？”

“电话公司的礼貌性电访。”我撒了个谎。

“你说了好久。”

“因为他们说话很客气。”

“艾瑞克，”迪莉娅问道，“我父亲还有没有说什么关于我的事？”

她的问题听得一清二楚，手机收讯清透极了。但我将手机从耳边移开，制造干扰噪音。“迪莉娅，你听得到吗？我经过了一些电线……”

“艾瑞克？”

“我听不见了。”接着顾不得她还在说话，便挂断了。

在埃玛·瓦瑟斯坦的申请书中，迪莉娅被称为受害者。每当我看到那个字眼，就会想到她该有多痛恨它。克里斯、埃玛和我坐在诺伯法官的办公室里，等候法官发言。庞大而威严的他正忙着在奶酪三明治上涂花生酱。“大律师，我看起来是不是很胖？”法官这么问，却又不是针对特定的某人。

“魁梧。”埃玛回答。

“健康。”克里斯加了一句。

诺伯法官停下抹刀，抬头看我。“宽宏大量。”我说。

“你当然这么希望了，泰科特先生。”法官说，“我不懂什么好的胆固醇、坏的胆固醇。我更不明白为什么吃三明治只能涂上四分之一汤匙的花生酱。”他咬了一口，露出苦脸，“你们知道我为什么用区域饮食法减肥吗？因为没有一个正常人会吃这些鬼东西。”他深吸一口气发出呼噜噜的声响，身体在椅子上动了动，“我通常不会在午餐时间听审，不过我要向妻子建议或许应该让我这么做，因为老实说，这项动议的内容实在太令人不快，几乎完全破坏了我的食欲。所以呢，如果每天有十来件这样的动议案，我就能有布拉德·皮特的腹肌了。”

“法官大人。”克里斯很快地打断他。

“坐下，汉弥顿先生，这与你无关，令我懊恼的是泰科特先生似乎自有想法。”法官的目光对着我。“大律师，我相信你也知道，影响证人是辩护律师违反职业道德最重大的情节之一，你会因此被撤销本案律师的资格，并且被踢出亚利桑那，全国其他各律师协会很可能也不会再接受你。”

“当然了，诺伯法官。”我赞同地说，“但瓦瑟斯坦女士的主张是错的。”

法官皱起眉头。“你和当事人的女儿订婚了？”

“是的，法官大人。”

“这个，也许你们在新罕布什尔近亲通婚的情形太普遍，大家都是亲戚，因此很难替当事人找到毫无关系的律师，可是在亚利桑那，情况有点不同。”

“法官大人，我确实和迪莉娅·霍普金斯有私人关系，但尽管瓦瑟斯坦女士提出似是而非的主张，那也对本案绝无任何影响。没错，迪莉娅向我问过她父亲的事，但也只是他看起来如何、有没有受到虐待等等，就私人层面很重要却无关专业的问题。”

“我们可以请迪莉娅证实这点，”埃玛语气锋利地说，“不过她很可能已经受到指点，知道该怎么说。”

我转向法官。“法官大人，我向您保证，如果还不够，我可以正式宣誓自己没有违反任何伦理规范。说起来，我对我当事人的责任甚至更重大，因为我也试着以他女儿的最大利益作为优先考虑。”

埃玛将两手架在凸出的肚子上。“你和本案关系太密切，无法做到客观。”

“太荒谬了。”我反驳道，“这就好像说你不能处理儿童绑架案，因为你的孩子随时可能出世，这种情绪起伏可能会让你不够客观。但此话一出口，我麻烦可就大了，对吧？你会指控我有偏见、有性别歧视、思想观念落伍，对吧？”

“好了，泰科特先生，在我把你的嘴巴缝上以前闭嘴吧。”诺伯法官命令道，“我现在就对此做出裁定。你的首要义务是当事人，不是未婚妻。不过，州方必须证明你确实积极地影响证人，我才能撤销你在本案的辩护资格，而瓦瑟斯坦女士并未提出证据……还没有。所以泰科特先生，你可以继续担任安德鲁·霍普金斯的律师，但别犯错。你每次进我的法庭，我都会盯着你。你每次开口，我都会摸着专业行为准则，只要你错一步，我会马上以迅雷不及掩耳的速度把你送交州行为委员会。”他拿起那罐花生酱，“管他的。”诺伯法官说着将两根指头伸入罐中，挖出一坨吃了起来，“休庭。”

埃玛·瓦瑟斯坦起身时，文件掉了一地，我弯身替她拾起。“小心一点，土包子。”她喃喃说道。

我直起身子。“你说什么？”

法官斜眼透过眼镜上缘看着我们。“我说，反击得好，大律师。”埃玛回答道，随后面带微笑、摇摇摆摆地走出办公室。

回到家时，苏菲正在前院把一棵刺梨仙人掌漆成粉红色。她的手够小，可以在尖刺间挥动刷子。我敢说在这一州做这种事很可能是重罪，但说实话我不想再接任何家人的案子了。我把车停到我们那个长型锡罐屋旁，开门步入这片炙热中。露珊与迪莉娅在我们两家车屋中间的沙土地上，摆了尼龙编织的折叠椅坐在上面，格丽塔则瘫趴在漆罐旁一个干涸的水洼中。“为什么苏菲在漆仙人掌？”

迪莉娅耸耸肩：“因为仙人掌想变成粉红色。”

“喔，”我往苏菲旁边一蹲，“谁告诉你的？”

“唉哟，”苏菲显现出只有四岁小孩的无奈神情，“玛德琳娜啦。”

“玛德琳娜？”

“就是这棵仙人掌。”她接着指向左手边几英尺外一棵树形仙人掌说，“那是鲁福斯，还有矮矮的、留白胡子那棵是乔爷爷。”

我转身向着露珊：“你给仙人掌起名字？”

“当然不是……是它们的父母亲起的。”她对我眨眨眼，“里面有凉茶，要不要喝一点？”

我走进她的车屋，摸索着橱柜，全是扣子、珠子、生皮绳束起的干香草，最后才找到一个干净的果酱罐。茶壶在流理台上冒着水珠，我将杯子倒到满沿，正要喝上一口，电话响了。半晌过后，我才在一串变黑的香蕉下面找到话筒。“喂？”

“露珊·马沙威斯提瓦在吗？”对方问道。

“等一下，请问哪里找？”

“弗吉尼亚派普癌症中心。”

癌症中心？我站到车屋门口。“露珊，你的电话。”

她正挥舞着苏菲的漆刷，试着给仙人掌紧紧夹起的腋下上色。“请他留话，西加塔佛。我和毕加索正忙着呢。”

“我想他们真的需要和你谈谈。”

她将漆刷交给苏菲后，走进屋内，任由纱门砰地关起。我递出话筒，口气平静地说："医院。"

她盯着我看了好一会儿。"打错了。"她对着话筒吼，然后按掉通话键。我很确定她并未意识到自己一只手仿佛鸟翅般折弯起来，护住左胸。

每个人都有自己的秘密，我暗忖。

她继续瞪着我，直到我很轻很轻地点一下头，承诺替她保守秘密。当电话再度响起，她弯下身扯掉墙上的电线。"打错了。"她说。

"对，"我轻轻地说，"我也总是碰到这种事。"

我们刚好在日落前抵达，麦柯密铁路公园里人并不多。这个广阔的休闲娱乐园区结合了游乐园、旋转木马与迷你蒸汽火车之旅，是幼儿园孩童的热门景点。迪莉娅邀请费兹一块来，我则邀了露珊，她从扁塌的手提包拖出那件挂得琳琅满目的风衣，开始向疲惫的母亲们兜售她的零售商品。

费兹和迪莉娅带苏菲去坐旋转木马，我在一旁等着。她爬上一匹脖子奋力往前伸的白马。"来吧，"费兹朝我喊着，"玩玩有什么损失？"

"我的自尊？"

费兹跳上一匹淡粉红的小马。"真正的男人不会像只斗败的公鸡一样坐在那里。"

我笑起来。"是啊，你骑马的时候要不要我帮你拿皮包啊？"

迪莉娅想替苏菲系上带子，苏菲却在马背上不停扭动。"其他人都没系安全带。"她抱怨道。迪莉娅选了费兹旁边一匹黑色种马。我听着音乐叮叮然唤醒马群，木马开始动了起来。

我不会告诉任何人其实我害怕旋转木马，害怕汽笛风琴的旋律，还有雕刻木马流露出极度痛苦的神情——疯狂地转动眼珠，龇着黄牙，身躯紧绷。当木马转动时，中央的镜柱会闪烁不定。苏菲来到我的视线中，朝着我挥手。她后面是迪莉娅和费兹，两人身子往前倾，假装是骑师。

负责控制的是个满脸青春痘疤的孩子，他弹了一下开关，木马发出咻咻声，慢慢停下来。苏菲趴下身子，轻抚着塑料马鬃。费兹与迪莉娅再次出现，直立在马蹬上，最后一次试着去抓铜环。他们一面打对方的手一面大笑。旋转木马顶端有一根S形铁柱让木马可以此起彼落，看起来每匹马都各自在动，其实不是。

两天后，我来到狱长杰克的办公室。他管理着马里科帕郡看守所，喜欢媒体关注，性格丰富多变，就算没有这份工作也能混得很好。很不幸，我所听到有关他的传闻都是真的，从放在桌上（且经常使用）的痰盂，到他与每个还健在的共和党总统合影的裱框照片，到他和囚犯一起共享午餐时吃的意大利香肠三明治。“我先把事情弄清楚。”他盎然的兴致从竖起的小胡子底下流露出来，“你的当事人不肯见你？”

“是的，长官。”我说。

“但你又不肯罢休。”

我在椅子上动了动身子：“恐怕不行，长官。”

“警佐康凯南说你……”他低头看着手边的一张纸，“用甜言蜜语想说服她让你进犯人的单位。”他往上瞄我一眼，“甜言蜜语？”

“她是个非常美丽的女人。”我咽了一下口水。

“她是个出色的狱警，但漂亮程度跟一头实用的驴子差不多。耐受度比我差一点的男人可能会觉得这是性骚扰。”

我最不希望发生的事就是狱长杰克打电话给诺伯法官聊一聊。“其实呢，长官，”我说，“我觉得年纪大一点的女人很有魅力，尤其是那些……未经雕琢的钻石。”

“康凯南警佐不但尚未雕琢，连碳元素都还在形成中。再想想其他说法，老弟。”

“我有没有提起过，我有个朋友在新罕布什尔最大报社当记者，他想写点关于你的报道？”必要的话，我会付钱给费兹，很大一笔。

狱长杰克放声大笑。“泰科特，我喜欢你。”

我礼貌性地微微一笑。“关于我的当事人，长官。”

“是狱长杰克，”他纠正道，“他怎么了？”

“只要能让我进他的牢房，即使只有五分钟，我应该就能说服他为了自己的案子着想，应该坐下来跟我谈。”

“律师不能进牢房。当然了，除非是罪犯。”他略一沉吟，“也许我们应该把律师弄进单位里。”

“狱长，”我与他四目交接，“我真的很希望有机会和安德鲁·霍普金斯谈一谈。”

他沉默片刻。“刚才你说你认识一个记者是吧？”

“得过奖的。”我撒谎。

他站起来。“管他的，我需要痛快地笑一笑。”

狱长杰克亲自陪我搭电梯上二楼。这里和接见室不同，有一个中央控制台监控着四道长长的囚室分枝，犯人就关在里面。到处都是锁。

每个人都认识狱长杰克，我们走过走廊时，狱警们会向他敬礼，但更令人吃惊的是犯人也会同他打招呼。“嗨嗨，废物。”狱警正示意某人回到牢房里，我们从那人身边经过时，他这么喊道。

“好极了，老兄。”那人咧开嘴笑着回答。

狱长杰克自豪地转头对我说：“我什么话都会说，黑人的俗话、西班牙语，随你挑。我会用六种语言说马上给我排好队。”

他握住一个连接蜂鸣器的门把，将门打开。又有一名犯人，这回是穿着粉红色背心，慵懒地坐在椅子上，整个头埋在《泉源》书中。他两只手臂上上下下都刺满了字：白色力量。“穿上衬衫。”狱长杰克命令道。

我们走过一条走廊，尽头通往一个开阔的两层楼房间。这个方形空间的每一面都有一个密闭的单位——上面是隔离囚室，底下有个公共区。这就像个人类动物园，每个看守所都像。里面的动物忙着做自己的事：睡觉、吃东西、社交。有些注意到我，有些选择漠视。这的确是他们仅剩的权利。

狱长杰克走上控制台，我则留在楼梯底下等着。一对黑人犯人在一边唱饶舌。

在他们右手边有个白发披肩的老人做着夸大的手势，想引起狱警注意。隔着玻璃，他那瘦弱手臂的动作看起来仿佛现代舞者的表演。

才一转眼，狱长又站在我身边了。“好消息是你的当事人不在里面。”

“他在哪里？”

狱长杰克露出微笑。“这就是坏消息了。纪律隔离室。”

纪律隔离室在单位A与D第二舍的第三层楼。安德鲁还没见到我就知道我来了，囚犯远远地就能嗅到律师的味道，而且我的到来也在空气中制造了杂音。我被领到他的囚室时，他故意背对着我。“我不想和他说话，杜赛特警佐。”他告诉狱警。

女狱警看着我，一脸厌烦：“他不想跟你说话。”

我盯着安德鲁的背面：“行啊，我无所谓，你为什么进监狱我才宁愿不知道。”

他转过身瞪了我大半晌：“让他进来。”

狱长杰克对于让我进囚室一事不置一词，我看得出来狱警也在想这件事。如果我和安德鲁要做律师与当事人的会面，依惯例得到楼上的某间会见室。但最后她耸耸肩，如果一个律师被自己的当事人给勒死，狱警们很可能会视之为好的开始。她打开门闩时，发出尖锐刺耳的吱嘎声，好像指甲刮过黑板。我踏进那极小的空间后，杜赛特轰地将门关上。

我立刻惊跳起来。即使知道自己随时能离开，感觉还是不舒服；本来就勉强只能容纳一个人的空间，两个人显得更挤。安德鲁坐在床上，把小凳子留给我。“你在这里面做什么？”我轻声地问。

“自我保护。”

“我也只是想救你。”

“你确定吗？”安德鲁说。

在看守所里，时间很有弹性，可以延伸到像高速公路那么长，可以像脉搏一样跳动，可以像海绵一样膨胀到足以让两个近在咫尺的人觉得仿佛相隔一块大陆。“那天我不应该对你发脾气。”我坦白地说，“这个案子与我无关。”

“我想我们俩都知道这不是实话。”安德鲁说。

他说得对，无论哪一点。我是个酒鬼，在为一个逃离酒鬼的男人辩护。我是酒鬼的孩子，而我没能逃掉。

但我也是个父亲，我很好奇自己遇到同样的情况会怎么做。我受害于自己犯的错，如今有了第二次机会便牢牢抓住。

我环顾这间简陋的小房间，安德鲁来此寻求庇护。我们会做各种事情来保护自己：对自己心爱的人说谎、说些歪理来为自己的行为辩解、主动接受惩罚而非等候惩罚。或许被判刑的人是安德鲁，但受审的却是我们两人。

我久久凝视着他。“安德鲁，”我清醒而冷静地说，“我们重新开始。”

安德鲁

在牢里，黑人犯人会叫白人犯人啄木鸟、鞭炮、白佬、红脖子，会叫墨西哥人拉美佬。

白人犯人会叫黑人犯人黑鬼、猴子、幽灵、蟾蜍，叫墨西哥人吃豆子的。

墨西哥人会叫黑人犯人大黑豆、轮胎、鲨鱼，会叫白人犯人外国佬。

在牢里，每个人都会被贴上标签，就看你愿不愿意将它摘下。

高度安全管理单位共有十五间牢房：五间白人，五间拉美裔人，四间黑人，还有一间关简洁和我。黑人认为情势对他们不利，便开始发起运动要以肤色正确的人来交换我。他们站在日间康乐室门口，等候每二十五分钟便会来巡逻的狱警，准备提出抗议。

我在康乐室里晃来晃去，似乎无一真正容身之处。电视台是有线卫星公共事务网台（C-SPAN），是我们能收看的五个频道之一，记者正在讨论火鸡的好运气。“由总统特赦的火鸡今天理应表达谢意。”女记者说道，“动物保护者于周一表示，位于弗吉尼亚州赫恩敦的平底锅园区已经承诺会更加善待凯蒂，亦即布什总统秉持十一月最后一个节日的传统予以特赦的母火鸡。第二只被特赦的火鸡由于生活条件不符标准，已于上周死亡。”

乡巴佬不在时，负责亚利安兄弟会认证工作的大象麦可将声量调高。他身材魁梧、结实，理了个大光头，背后头皮上还刺了只蜘蛛，乡巴佬带着手下到浴室攻击我时，他也参与其中。“喂，善待动物组织的地址在哪儿？”他说道，“说不定他们能让我们过得好一点。”

记者在镜头前笑容满面。“凯蒂将获得有暖气设备的鸡笼、更多稻草铺成的窝、更多的蔬果，还会有几只鸡与它同笼作为精神鼓励。”

大象麦可两手交抱。“你看看，它们有鸡作为鼓励，我们却只有拉美佬。”

一名墨西哥人站起来，从大象麦可旁边走过去，踢他的椅子。“外国佬，去你妈的。”他低咒一声。

我从大象麦可身旁走过时，他抓住我的衣服。“乡巴佬要我给你传个信。”我根本懒得问，乡巴佬离我们一整层楼，一天二十三小时被关禁闭，又怎么传话给大象麦可？在看守所里总有沟通的方式，可以通过浴室的通风管说话，也可以在戒酒会上塞纸条给某人再由他带到某处。“在这里头，你得跟同类在一起。”

“我以为我已经很清楚地表达你们跟我不同类。”我回答。

“我跟你说这个是为你好。”

我没有回答便起步走开，才走了两步，就被人压靠在墙上。“这里随时都可能有人打架，事情发生的时候，你最好离可能会搞你的人远一点。我只是想跟你说，老爹，你要是不注意一点就是自找麻烦。”

对讲机里传出声音。“麦可，你在做什么？”狱警问道。

“跳舞。”他说着放开了我。

狱警叹了口气："跳华尔兹就好。"

大象麦可推了我一把，转身走开。

我紧握着拳头，不让人发现我的手在发抖。若是往常的周四，我早在八点半以前就进了办公室。我会打电话到威克斯顿农场（赡养小区）问问有没有我需要知道的事，例如最近住院的人、交通车不准时、饮食限制等等。我会和厨房确认当天的菜单，并迎接当天的娱乐人员——从达特茅斯来的演讲人或水彩画家，来此与老人们分享自己的嗜好。我会耽搁一点时间，上网搜寻有关你和格丽塔的救人新闻，还会擦拭放在桌角的苏菲的照片。接下来我会和那些不管剩下多少时间都懂得珍惜，而不是痛苦地倒数的人共度一天。

我爬上楼梯回到囚室。简洁正缩在地上抱着一个他专放食粮的纸盒。一听到我的脚步声，他立刻将一块看似面包的东西塞进下铺底下。"我在忙，走开。"

囚室里有柳橙的味道。"你对大象麦可知道多少？"

简洁瞄了我一眼。"他自以为是长官，其实只干些小喽啰的事，像是看看敢不敢反抗，或是栽大麻给你。"他似乎突然想起自己不该帮我，而是应该尽力把我赶往另一间囚室，"那些老兄要是发现你在这里，就有你好看的。"

我低头看看我的脚，拾起一张糖果纸，然后放在两掌间压平。"盖子别盖太紧。"我说。

见他转过身去，我耸了耸肩："你在酿酒对不对？"面包、柳橙、硬糖果——不用顶尖科学家也知道简洁在做什么化学实验。

"你坐你的牢，别管我。"简洁不悦地说，便又自顾自回床底下忙去了。

我拿了毛巾往浴室去。这个时间，淋浴间里空荡荡的；大厨艾默瑞的《美食频道》快要开始了，这是所有族群都认同的节目。我拐过转角，发现大象麦可贴着浴室墙面站立，裤子褪到膝盖处，眼睛往上翻望着天花板。

跪在他前面的那个男孩我也认识。他自称爪子，年纪轻轻连胡子都还没长出来。他无疑也和我一样受到乡巴佬与大象麦可的警告，并付出代价接受他们的保护。代价支付的过程被我打断了。

顿时一股血气从我的脖子往上涌。“对不起。”我好不容易挤出话来，随后尽快离开了浴室。

电视上，艾默瑞将蒜头丢入滋滋作响的油锅。“迸！”他大喊。我坐在康乐室后方假装看电视，其实根本视而不见。

假如预先付给狱长杰克三十元，就能有使用福利社的特权。这些奢侈品的款项会从你的户头上扣。例如，一块半可以买一瓶洗发精或二十盎司的汽水。你可以买像碱水似的肥皂，让自己洗到脱层皮。可以买抗组织胺、扑克牌、西英双语辞典。可以买棉花糖夹心派、花生焦糖棒、果酱馅饼和各类干果甜点。还有鲔鱼、牙刷、百科全书。

有时候我会看着福利社订购单，想象哪些人会买哪些东西。我想知道谁要买维克司伤风膏，想知道这是不是会让他想起童年。我好奇谁会订购橡皮擦，而不是从错误中学习。甚至更糟的是，镜子。

他们也卖人工泪液，但很难想象有哪个犯人自己的泪水还不够多。

我和一个毒贩共享一间厕所。我曾和一个被三度判刑的强暴犯做过交易：三盒饼干交换一副牌。我曾和一名杀人犯并肩坐着看周四晚间的电视，他用刀杀死妻子后分尸，并将尸块塞入卡车工具箱，丢弃在沙漠中。

就在去年，我对苏菲谈起如何与陌生人应对：不要拿陌生人的糖果。除了我们的车，谁的车都不能上。不要跟不认识的人说话。苏菲生在一个新罕布什尔的小镇，走在街上大家都叫得出她的名字，因此无法理解这种警告。“你怎么知道谁是坏人？”她问道，“看外表可以知道吗？”

当时我应该告诉她：可以，但是得选在正确的时机看。因为持刀抢杂货店的人可能会在红绿灯前转头对你微笑，强暴一个十三岁女孩的男人可能会和你一起在教会里唱圣歌，绑架自己女儿的父亲可能就住在隔壁。

“坏”并非绝对，而是相对的字眼。去问问用抢来的钱喂饱孩子的抢匪，问问自己幼年也受到性侵的强暴犯，问问真心相信自己救了一条命的绑架犯。犯法并不一定代表是故意越过邪恶的界线，有时候是界线偷偷地接近你，不知不觉中你已经站在另一边了。

右边稍远处，我听见有人在小便。同时有人在水泥地板上磨武器发出唧唧声作为伴奏，或许是想把牙刷或轮椅轮辐磨尖磨利。另外，隔壁囚室也传来爪子的哭泣声。自从他来了以后，每晚都捂着枕头哭，假装没人听得见。更令人惊讶的是，我们其他人也都假装没听见。

“简洁。”我轻声唤道。

“干吗？”他说。

我发觉其实没什么事要问他，只是想知道他是否还醒着，跟我一样。

你几乎每天都来看我。我们隔着一片玻璃对坐，重新捏塑我们的关系黏土。你会以为看守所会面时的对话是严肃而愤怒的，充满了当你二十三小时未能见到某人而产生的情绪，但事实上我们谈的全是琐事。我牢记着你对苏菲的描述，说她把整盒麦片放进微波炉，自己做早餐。我想象着你们住的车屋，内部粉红得像张嘴巴。我倾听着你叙述格丽塔第一次与蛇缠斗的情形。你拿起苏菲画的图，让我看那用简单线条画成的一家人，以及用蜡笔画出的我的位置。

对你也一样，全是有关那个你几乎不记得曾参与过的世界的点点滴滴。有时候我会诉说你童年时发生的特殊事件，有时候是你提出明确的问题。有一天下午，你问我你真实的生日是哪一天。“六月五日，”我说，“往好的方面想，你几乎比你想的整整年轻一岁。”

“我不记得我的生日了。”你打趣道，“我还以为所有的小孩都记得自己的生日。”

“你办过派对。很典型的内容：电影、保龄球、糖果袋。”

“那我住在这里的时候呢？”

“这个嘛，”我支吾其词，“你当时还小，我们没有太重视。”

你皱起眉头，全神贯注。“我可以看到一个蛋糕，底下的桌布，我不记得我们在新罕布什尔有用过。”你抬头看我，因回想起往事而沾沾自喜，“蛋糕掉在地上，我因为没得吃大哭起来。”

那是事情发生时我告诉你的版本。“我们请了你几个托儿所的朋友来替你庆生，”我小心地说，“你母亲喝了酒，又唱又跳、丑态尽出，我叫她别闹了。‘这是派对啊，’她说，‘参加派对都是这样的。’我要她去躺一下，一切我来料理。结果她拿起蛋糕往地上砸，还说如果要她走，派对就结束了。”

你望着我，满脸惊愕。我马上就后悔提起此事。

“她当时不知道自己在做什么，”我说，“她……”

“你怎么能替她说话？”你打断我，“如果艾瑞克这样……如果他……”你陷入沉默，谜底逐渐拼凑成形。除了下巴与酒窝，我是否还遗传给你爱上失能者的倾向？这个基因会不会也传给了苏菲？

“我不想再说这个了。”你低声说。

“好，”我说，“好。”

我看着你坐在圆凳上，被你自己开始回想起的记忆压弯身子，为你自己想不起的片段意志消沉。在我们发现的这个新境地，有时候只能无言，因为事实可能比谎言更残酷。我举起手掌放到玻璃上，假装轻而易举便能摸到你。你也举起手来，张开五指，像只海星。我想到我们曾手牵手一起走过的数千条街道，想到高中田径运动会以及上气不接下气地比完父女组两人三脚竞赛后的无数次击掌。有时候，我觉得我整个人生始终紧紧依附着你。

在放风的院子里，我们以肤色分类，三三两两一组。黑人打篮球，白人站在较远的墙边，墨西哥人则聚集在他们的斜对边。院子并不真是个院子，比较像铺设了地面的密闭广场。上方的天花板能让犯人避开夏日的炎热，远端的墙面像瑞士干酪布满坑洞，能让清新空气与阳光流泻进来。有人从看守所天花板垂挂一面巨大的旗子，遮住了部分光线。

一名警卫得负责三十个人，无法顾得周全。因此，放风院子便成了进行交易的最佳地点之一。大伙暗中买卖香烟，有真货也有替代品：将莴苣叶或马铃薯皮卷在《圣经》书页中。做毒品买卖的犯人也会在这里大力推销，毒品是不同肤色者不得不交流的唯一原因，要买迷幻药就找追龙。有个叫战车金刚的白人，当着我的面卖货给一个墨西哥人。他从口袋拿出奇异笔，取下笔盖，让买家验货。我靠得很近，甚至能闻到他藏在里头那黑焦油海洛因的刺鼻酸味。

爪子小子游走在白人群的边缘，像一截松开的线头。他苍白瘦弱，长着歪斜的虎牙和雀斑。他目不转睛地盯着篮球赛看，偶尔因为太入迷双脚还会跟着动。

有个黑人飞身扑接一个失控球，但没接着。球滚到墙边狱警的脚边，从我面前滚过去。爪子弯身抓起球，顶在一根手指上旋转。他运了两次球，球仿佛受到吸力般回到他手里。

“白痴，球给我们。”黑人首脑之一蓝洛说。简洁两手插在腰后，不停冒汗。

爪子往四周瞄了一下，但球仍抓在手中。当大象麦可走进球场，蓝洛说：“跟你的姐妹说，最好识相点，免得挨揍。”

麦可与蓝洛面对面站着。“什么时候轮到你来指使我了？”

狱警靠上前来。“分开。”他说。

“拜托，我们才刚刚……”蓝洛回答。

大象麦可一手打掉爪子手里的球。“去洗干净。要是不把沾了你身上的脏东西洗掉就别碰我的手。”

球往简洁那边弹去，但被我拦截下来。我很快把球丢向爪子，他也反射性地接住并射入一个三分球。球刷的一声入网时，他咧开嘴笑了，三天来我第一次看到这孩子的笑容。

“这是比赛，”我说，“让他轮流上场。”

蓝洛走上前：“你在跟我说话？”

简洁转向他：“别管那老头了，兄弟。我们走吧。”

比赛重新开始，打得更猛更急。狱警回到原来墙边的位置。大象麦可走开后，爪子看着我。“你干吗替我出头？”

我耸耸肩：“因为你自己不出头。”

获得尊重的方式在各族群间都一样：绝不示弱，要挺自家兄弟，绝不让女人参与真正交易，面对对手要强悍，一有机会就要压倒制度。

要有心。

要守承诺，因为在这里头你也只有这个了。

简洁在测试他的威士忌。据我所知，他有几只不同的酒瓶，分属各个发酵阶段，我想这样他才能确保收入稳定。“你有没有想过外面是什么样子？”我问他。

他回过头来。“我知道外面是什么样。一群笨蛋在看体育台，互相妨碍。”

“我是说外面的外面，真正的世界。”

简洁坐下来，手臂平放在膝盖上。“这就是真正的世界，否则我们为什么一再地进来？”

我还没回答，爪子便出现在我们囚室门口，手里拿着一瓶洗发精，从头到脚抖个不停。“怎么了？”我问道。

他看起来好像要吐的样子。“我做不到。”他脱口而出，这时我忽然看见大象麦可站在他身后。

麦可从爪子手里抢过瓶子用力一挤，我全身撒满人的粪便。“你既然那么想当黑鬼，就把这个擦进皮肤吧。”

我头发上、嘴巴内、眼睛里全都是。我屏住气息，不想吸进那可怕的气味，我用手去抹，伸手一看上面都是大便。简洁扑向大象麦可时，狱警正好冲入囚室。他们将简洁从麦可身上拉开，摔到脏兮兮的地板上。“愚蠢的行为，简洁。”一名狱警大吼道，“你再拿一个D就得重新分级到严密戒护。”

另一名狱警抓住我的手臂，带我走出囚室。“你需要清洗一下。”她说，“我会替你拿衣服来。”我一转头，看见前一名警卫用膝盖顶住简洁的背，给他上手铐。

我这才明白，他们以为这是简洁做的好事——一个黑人想让白人室友难过到待不下去，要求搬出去。他们以为和我同类的大象麦可是来救我的。

“等一下。”警卫要拉我走的时候我出声说道，“是麦可！”

被拖着站起来的简洁朝我重重地甩头。他双眼眯成一条细缝，咬牙切齿。

“你们问爪子。”我大喊。被推往淋浴间时，我看见那孩子一听到自己的名字立刻掉转过头。

这些是我们对彼此的称呼：四十盎司、G宝贝、佛祖、C骨、半死人、倒霉鬼、扳机、美味怪胎、传道的、雪人、流动人、胡同猫、白皮、恶魔、矮子、塔佛、巨人、汪汪、呆瓜、卜卜、伊卡博、芝加哥鲍伯、斗牛犬、瘦吉姆、死不了。

在看守所里，每个人都会创造新的自我。除了对方给的名字之外，你绝不会用其他名字称呼他，否则可能会让他想起从前的自己。

之后，阴影笼罩整个单位。熄灯后，几乎听不到任何对话。简洁躺在上铺。“麦可要吃一个礼拜的杂碎。”他说。

吃杂碎是一种处罚，一种更严厉的纪律隔离。除了隔离、上锁、剥夺权利之外，犯人还要吃一种把所有东西（各种食物与一种饮料）搅碎和成的硬块食物。这是攻击狱方人员、被发现藏有尖利武器，或丢掷血液或体液时的惩罚。

“发生了什么事？”我问道。

简洁翻过身：“爪子挺你。我猜他也和麦可一起在倒数这七天，因为到了第八天，我敢打赌他会被揍死。”

在这个群体中，说实话不会受到奖赏，但向对的人说谎会。

“狱警说你可能会被重新分级。”片刻后我说道。

简洁叹了口气：“是啊，算了，无所谓。好几次他们搜房间的时候，就逮到我在煮东西。”

移往严密戒护区比泄密还严重。囚犯得单独监禁，每天二十三小时，更糟的是如果被判刑，监狱通常会维持你在看守所里的分级。

“明天一早，你就可以走了。”简洁说，“现在爪子的房间多出一个床位。我不需要你替我难过。”

几分钟后，简洁开始打呼。我闭上眼睛，认真倾听看守所里的各种声响。好一会儿才发现少了什么：自从爪子进来以后，这是他第一个没有哭着睡着的夜晚。

“衣服！”每天早上都会听到更衣令，执勤狱警会拿干净的毛巾、短裤或床单或囚衣来与我们交换。当我走向拉门拿替换衣物，顺便瞄了爪子的囚室一眼，发现他还在睡，身子侧躺蜷缩在床上，被毯拉盖在脸上。“爪子，”我听见对讲机里叫唤着，“爪子，起床了。”

见他没出来，狱警便进入他的房间。“爪子。”我听到狱警唤着，然后呼叫医护人员。

医护人员到达时，狱方下令所有犯人待在房里。他们无法施行人工呼吸，爪子把袜子深深塞进喉咙里拿不出来，最后被一名看守所精神医生宣告死亡。

他们用担架抬着爪子的尸体经过我们房间。“他叫什么名字？”我问急救人员，但他们不回答。“他本名叫什么？”我吼着，“难道没有人知道他的本名吗？”

“喂，”简洁说道，“别激动，老兄。”

但我不想冷静，一想到在不同的情况下，那个人可能是我，我就受不了。所谓命运究竟是报应或是认命？

简洁觑我一眼：“他这样比较好，真的。”

“都是我的错。”我转向他，噙着泪水说道，“我不该叫狱警去找他谈。”

“就算没有你，也会有其他人，在其他时候。”

我摇摇头：“他才几岁？十七、十八？”

“不知道。”

“怎么会？怎么都没人问他从哪儿来，或是他长大后想做什么……”

“因为我们都知道结局。不是喉咙塞袜子，就是肚子挨子弹，或是背上挨一刀。”简洁瞪着我说，“这些故事，谁都不想听。”

我跌坐在床铺上，因为我知道这是实话。

“你想知道爪子有过什么样的遭遇吗？”简洁语带苦涩地说，“很久以前有个小男孩出生在纽约市。他没见过爸爸，因为被关进牢里了。他妈妈是个吸毒的妓女，他十二岁那年，妈妈带他和他的两个姐妹搬到凤凰城，两个月后就因吸毒过量死了。他的姐妹去和男友的爸妈同住，他流落街头。南园跛脚帮成了他的家人。他们供他吃穿，有一天当他满十六岁，他们让他加入行动，诱骗一个女孩一起找乐子，然后大伙轮流上她。最后发现那女孩才十三岁，还是个智障。”

“爪子是因为这样进来的？”

“不是，”简洁回说，“我是这样进来的。爪子的情况也一样，只是名字不同而已。在这里的每个人都有一段像这样的故事，除了你这种有钱人之外。”

“我没有钱。”我轻轻地说。

“是，可是你也不混街头。你怎么会进来的？”

“我女儿四岁的时候我绑架了她，跟她说她母亲死了，还变换我们的身份。”

简洁耸耸肩：“这又没有犯罪。”

“郡检察官却不这么想。”

“你没有杀死女儿吧？”

“当然没有。”我骇然答道。

“你又没有伤害任何人。陪审团会放你出去的。”

“只不过，”我说，“这样也许不是最好的结果。”

“你不想出去？”

我试想着该如何向眼前的人解释，事情永远无法回到原貌。因为你太相信你告诉自己的故事，随着时间过去，你已经想不起原来的事实根据。查尔斯·马休斯是将近三十年前的人，我已经不认识他了。

“出去面对比坐牢还要难。”我坦承。

简洁看了我好一会儿：“我第一次出去的时候，想去吃早餐庆祝。我找了一间小餐车，坐下来，看着穿着短裙的女服务生走来走去。她来问我要点什么，我说我要吃蛋。‘要哪种蛋？’她问我，我却像听到火星文似的愣愣地瞪着她。五年来根本没得选择，如果吃蛋，就是炒蛋。我知道我不想吃炒蛋，但我不记得还有什么其他做法。就这样，我一句话也说不出来。”

语言当然也和所有东西一样，不使用就会消失。要过多久，我便想不起慈悲？要过多久宽恕就会不见？在这里待多久之后，我就会忘记可能性是如何停驻在舌尖？

我受环境支配的程度，与简洁或蓝洛或大象麦可，或甚至爪子都不相上下。当初若没有娶伊莉丝，就不会带着孩子逃跑。那第一个晚上我若没有进不同的酒吧，就不会娶伊莉丝。若不是车子在坦佩抛锚，需要找电话叫拖车，我就不会到那间酒吧。若不是就读药学系研究所，我就不会去坦佩，只希望能有多一点机会找到更好的工作，赚更多钱，以便有朝一日能养得起当时连想都还无法想象的家人。

或许命运并不是你优游的池塘，而是漂浮在水上的渔夫，让你拉着线游到筋疲力竭了，才慢慢收线。

我抬头一看，简洁正盯着我瞧。“真想不到，”他轻声地说，“你也和我们一样。”

墨印是看守所里的刺青艺术家，他使用的单一绿色颜料是熔解棋子取得的。他的客户都已经有两只刺青袖了——也就是两只手臂从手腕到肩膀都布满刺青。两边的三头肌下方各刺着“白人的骄傲”，背上则有一个凯尔特结图案。从犯人的皮肤可以对这个人了解不少。纳粹徽章与两道闪电透露了他们的种族情结。蜘蛛网与铁丝网透露出他们坐过牢。钟面上还有指针指着数字，告诉你他们坐了几年牢。

不知道墨印这次打算把新图案刺在哪儿。他会用削尖的利器刮去表皮，再将墨水涂上去，留下疤痕。狱警巡逻时会阻止这种事进行，因此他总会在两次巡逻之间的时限内，以最快的速度完成。

墨印利用玩扑克牌做掩护，俯身开始在客户裸露的左肩胛骨上挖了起来，血呈心形涌出。“5-0。”一名牌友说，这是警告有条子来了。墨印将尖刀塞进衣服底下，一小包墨就藏在厚实的手心里。

不过从旁经过的警卫看都没看墨印一眼，直接上楼，沿着囚室走去。我站起身，追在后面。

我回到房间时，狱警已经将床褥卷成一团，将床垫丢下床。他把我放肥皂、牙刷、明信片、铅笔的小置物盒整个翻倒，接着伸手到床底下拿出简洁的纸盒。

简洁不在，他离开单位去做礼拜了。倒不是因为他特别虔诚，而是上教会能让他将私酿酒卖给平时见不到的狱友。当然了，囚室被翻搜过，他以后就不会有货。而且一旦被移往严密戒护区，他就再也没法酿酒了。

狱警打开一条牙膏，挤出一点在手指上放到嘴边尝尝。然后拿起装满威士忌的洗发精瓶子，旋开瓶盖。

“那是我的。”我脱口说道。

我很想告诉你我这么说是无私的，但那样等于又撒了一次谎。我想到的是简洁和我有一种薄弱的信任感，若是要和新室友从头来过可能会很惨。我想到的是我的损失不会太大，简洁却会损失惨重。我想到的是人生在世采取的行为或许有一种宿命的平衡，或许保持某人的生命原貌可以弥补你改变了另一人的生命。

被纪律隔离就好像变成鬼，我已经确实练习过不少次。狱警就站在你眼前，却似乎对你视而不见。每天一个小时，你可以自行到康乐室、去淋浴间或到大一点的空间逛一逛。你会有好几个小时用不到声音，你会活在过去，因为现在延伸得太远，要想瞥见很伤眼。

由于单位里的囚犯人数是单数，我便独居一间。起初，我认为这是上天恩赐，后来开始产生怀疑。房里没有人可以说话，也无须绕行。凡是能扰乱例行公事的都是好事。因此当我得知律师来探访，我真是迫不及待地想被带到接见室，即便当个消遣也好。但这也是我最不想做的事。我知道你为什么要艾瑞克替我辩护，只是当时你并不知道整个实情……艾瑞克也不知情。从我们上次碰面就能清楚看出，艾瑞克无法轻易地厘清我的案情与他本身的经历。假如当初知道他得重新回顾自己酗酒的记忆，他还会答应接我的案子吗？

“请告诉我的律师，”我说，“我不想见他。”

半小时后，狱友们开始骚动。有些人大嚷大叫，有些则像笼子里的天竺鼠一样开始踱步。我回头想看引起骚动的原因，竟看见杜赛特警佐领着艾瑞克走向我的囚室。

我背转过去：“我不想和他说话。”

“他不想跟你说话。”狱警告诉艾瑞克。

艾瑞克用力吸了口气：“行啊，我无所谓，你为什么进监狱我才宁愿不知道。”

那一刻我回想起自己头一次了解到将来我放手后，要照顾你的人将是艾瑞克的情形。当时你十四岁，刚刚去拔了四颗牙，整张脸还因为麻醉药而麻木无感。放学后艾瑞克到家里来看你，我让他带了你要吃的巧克力奶昔。当奶昔从你的下巴滴落，艾瑞克拿纸巾替你擦拭。但在他放手前，还用指尖轻抚你的侧脸，就好像在一张地形图上摸索前路。尽管牙医生打的针让你没有感觉，他还是这么做了，也或许正因如此他才这么做。

“让他进来。”我告诉狱警。

他感到不自在，手抓着栏杆像个不敢离开池边的泳客。“你在这里面做什么？”他问道。

“自我保护。”

“我也只是想救你。”

“你确定吗？”我说。

他掉过头去：“我无关紧要。”

当他要求我重新来过，我得三思。要拒绝太容易了，然后接受法院指定的律师，被判刑。我曾经放弃过自己的生活，再做一次无妨。

但我内心有另一部分需要看到艾瑞克成功。他是我外孙女的父亲，而且你爱他。我到现在还记得你载他去戒酒中心后，伏在我肩上哭泣。如果艾瑞克打输这场官司，他会不会又开始喝酒、害你哭泣？如果他打赢了，能不能让我相信我看着伊莉丝的脸时无法相信的事：获得自新机会的人也许真能做出值得做的事？

我用手掌摩擦裤管的膝盖处：“我不知道你想听什么，又不想听什么。”

艾瑞克做了个深呼吸：“告诉我你怎么认识伊莉丝的。”

我闭上双眼，霎时再度变成一个过于严肃、表现杰出的研究所学生。我这辈子成绩都很好，我这辈子都很听父母的话……直到现在。我没有学医，反而选择药学系，这对他们而言是奇耻大辱，至于我见不得血的事实也就不重要了。

我站在路边，脚踢着我的车轮，一面有蒸汽从引擎盖冒出来溢到地面。为此，我将赶不上药物动力学的期末考。

我风尘仆仆、汗流浃背地走着，想着惨不忍睹的平均绩点，以及自己失败的前途，走了六英里后见到一处海市蜃楼。那是一间路边酒吧，前面停了二十辆巨无霸哈雷机车。我一走进去就听到尖叫声。有两个块头很大的男人将一个迷人的黑发女孩压在墙上动弹不得，另一人手上拿了几支摊开的飞镖。女孩闭着眼睛，当第一支飞镖朝她的肩膀呼啸而去，她大声尖叫。第二支飞镖离她的耳朵仅数英寸。那名机车骑士举手正要射出第三支飞镖，我立刻扑了上去。

我对他的影响充其量只像蚊子叮咬。他将我掀开，送出的第三支飞镖就落在女孩的双膝间，把她的裙子钉在墙上。

女孩睁开眼睛，露齿一笑，同时瞄向自己的两腿之间。“如果你最近只能到这里，也难怪你约不到女孩。”

其他骑士都笑起来，其中一人拔下女孩身边的飞镖。她朝我走来，伸出手拉我起身。“对不起，我以为他们在欺负你。”我说。

“他们？”她转头瞥向那群已经回到位子上喝酒比腕力的骑士，“他们是小猫咪。来吧。英雄喝酒由本店招待。”她弯身到柜台下面拉开龙头，替我倒了一大杯啤酒，我这才知道她是酒保。

她问我来这里做什么，我把车子的事说了，还说我错过了期末考。“有没有想过为什么叫期末？”她说，“又不是考完以后一切就结束了。”

我没有告诉艾瑞克当时我是如何凝视着一道日光在伊莉丝的肌肤上弹跳，宛如拉奏着小提琴的琴弓。她又是如何一面和一名骑士谈论篮球赛统计数字，给另一人找钱，又同时对我微笑。我没有告诉他她取笑我舍不得喝啤酒，然后与我同杯共饮。我没有告诉他说她提早打烊，说我在鸡尾酒纸巾上，接着在群星之间，最后在她平坦裸露的背上，为她画分子模型。

我没有告诉艾瑞克说我在认识伊莉丝之前，从未熬夜到天亮只为了看天空烧出一个洞，说我第一次上赛车场开小型赛车是跟她一起的。我没告诉他是她带着我走过坟场，去为她不认识的人献花。她会用玫瑰花瓣装饰我的车内，给下课后的我一个惊喜。她会打电话问我如果我是一种颜色，会是什么色，因为她是深紫色，所以想知道我们配不配。她和我以前认识的人都不同，当我进入她那千变万化的内心，才发现自己过去的生活何等单调乏味。

我不告诉艾瑞克，因为那个女孩在我心里就只剩这些。“后来怎样了？”他问道。

“她从酒吧开车送我回家。”我只说，“一个月后，我发现她怀孕了。”她说了应该、太早、事业、堕胎等等字眼，而我则直视着她，问她想不想结婚。

“你们为什么离婚？”

若要老实说，原因有一大串，但没错，其中有一条导火线。只是我早该知道一个还这么孩子气的人，当然无法照顾孩子。我们的儿子小产后，我应该多给她一些支持，而不是紧抓着贝丝当盾牌挡开悲伤。但最重要的，我老早就该对自己坦承我所爱的伊莉丝，她的冲动、疯狂与一时兴起的想法，并非她的真实性情，而是酒精的产物。当她不喝酒，便极度缺乏安全感，不管我说或做什么都无法让她相信我爱她。

艾瑞克点点头，他有过亲身经历。你不能依赖一个酒鬼，于是你学会只活在他们存在的时刻。你告诉自己要离开，他们却又做了一件美妙的事将你拉住，例如一月时在客厅地板上野餐、在煎饼上出现耶稣的脸、为了庆祝猫的生日而邀请邻近一带所有的猫来吃鲔鱼。你会用所有的美好时光来粉饰坏日子，假装再也看不到她的本性。你看着她费力地维持清醒，却暗暗希望她能喝酒，因为这样她才会变成你爱的那个人。于是你再也分不清恨谁多一点：是有这种念头的自己，或是解读出你心思的她。

艾瑞克盯着我看，归纳整理我方才所说的。“你爱她，到现在还是爱她。”

“我一直没停过。”我坦承。

“那么你不是因为恨伊莉丝才带走迪莉娅。”艾瑞克缓缓地说。

“不是。”我叹气道，“我带走迪莉娅以免她恨母亲。”

百老汇帮、西城跛脚帮、杜帕维拉、威基伍墨西哥帮、四十盎司民团帮；第二大道偷渡力、东凤凰、制造恐慌拉美帮、胡佛五九；褐色骄傲、远景王特洛伊人、葡萄街一〇三、毒虫协会；性坏蛋、摇滚六十、迷你公园、园南；新皮可、狗镇、金门、山顶罪犯；巧克力城、少年公园、天生黑道疯狂帮、远景血帮、十三堂……凤凰城地区共有三百个街头帮派，但只有少数几个出现在梅迪逊街看守所内。

跛脚帮统治着凤凰城，土桑则是血帮的地盘。跛脚帮的人穿蓝色，称血帮“笨蛋”以表藐视。他们拼字时会避开连着写“CK”，因为那代表“跛脚杀手”。血帮的人穿红色，称跛脚帮为“螃蟹”，拼字时会去掉所有的“C”以表达藐视。

不同派别的跛脚帮分子在街头相遇会互相厮杀，但在牢里，却会团结一致对抗血帮。

要让跛脚帮与血帮停止争斗只有一个方法：把他们放到亚利安兄弟会成员面前，他们会立刻组成同一阵线。

早在我离开纪律隔离室之前，便有谣言流传。听说乡巴佬又回到高度安全管理单位，并提到报复。听说蓝洛成了我的死忠支持者。我为一个黑人顶罪，似乎让他们对我肃然起敬。

当我回到高度安全管理区，简洁正躺在床上看书。“还没死啊？”他说，兄弟间的招呼词可能有各种意思。他一直到狱警离开后才真正开口说话。“三楼没找你麻烦吧？”

我开始动手铺床单与被毯：“不错，我房里有按摩浴缸和酒窖。”

“妈的，他们老是把那间给白人。”他打趣道，“安德鲁，”这是他第一次叫我的名字，“你这么做……”

我折好毛巾："那没什么。"

他站起来，慢慢伸出手握住我的手："你替我担了错，这很重要。"

我觉得难为情，缩起手："算了，事情都过去了。"

"没有。"简洁说，"乡巴佬打算在放风院子里教训你，他已经盘算好几天了。"

我尽量不流露出内心的惊恐。我进来的第一晚，乡巴佬只是临时起意就把我打个半死，如今有所准备的他会怎么做呢？

"我能不能问你一件事？"简洁说，"你干吗要这么做？"

因为替自己打算有时候根本不是为自己好。因为事情并不像犯人所想，总是黑白分明。但我只摇了摇头，不知如何以言语解释。

简洁弯下腰从下铺底下拉出一个盒子，里面装满各种改造武器。"是啊，"他说，"我明白。"

打斗那天早上，简洁为我剃头。所有参与的犯人都剃了，这样事后狱警比较难抓人。一次性的剃刀没能剃干净，看起来像是刚被猫攻击过。我瞄了一眼简洁那光滑黝黑的皮肤，说道："我想我瘸着出去，警卫应该还是能从跛脚帮分子当中认出我来。"

院子里马上就会有三十个人：十个墨西哥人、九个黑人、十个白人，还有我。过去一周来，源源不绝的走私物品让简洁储存了丰富的武器。我们熬夜制造：棍棒，用《国家地理杂志》卷起，再以厨房用来标示特殊餐的胶带粘贴。短棒，在袜子里塞两块肥皂，或者有一种是从脚链上截断的锁链，可以甩打敌人。我们还把每天早上分发的单边剃刀片掰下来，重新装到熔软了的牙刷塑料柄上。我们用囚室里的镜子的不锈钢边，用铁丝网的片段，用护膝内的金属支架，甚至用马桶刷制作尖刀，所有东西都趁夜在水泥地上磨到致命的锋利。手把用床单和毛巾撕成的布条包起来，再用绑束送洗衣物的棉线缠紧，这样能把武器握得更牢，防止因为手滑向刀片被割伤。

我的武器是简洁特别为我做的。他把一支二号铅笔的金属头拔掉，在橡皮擦端装入一根磨尖的U型钉，再将香烟滤嘴的棉絮放进另一头。塞入比克笔管内的飞箭，可以在近距离吹向敌人的眼睛。

排队进院子时我觉得很讶异，狱警们竟丝毫不察。每个人囚衣底下都藏着一件武器，进入院子后，聚集在一起的人数比平常多——谁也不想与盟友分开，谁也没去碰篮球。

“保持冷静。”简洁小声地对我说。我的心膨胀得像块海绵，耳后原本有头发盖住，如今光秃凉爽的缝隙渗出了汗水。

我根本没看到是怎么发生的，像蜂鸟嗡鸣似的一截短棒倏地击中我左边的太阳穴。跌倒之际，我隐约意识到从身旁蜂拥而过的身躯，还有那片茂密的大脚丛林。狱警的声音尖得像个孩子。“放风院子有多名犯人打斗，请立刻派人支援。”

俯瞰放风院子的综合厅窗口顿时挤满了贴在玻璃上的脸。警卫从边门涌出，试着拉开手脚都已纠缠在一起的黑人、褐色人和白人。特写的暴力有一种味道，好像镀铜的血腥与木炭燃烧的气味。我一步一步往后退，浑身不住颤抖。

人肉墙上开了一个口，往我旁边的空间吐出一个身体。只见乡巴佬抬起头来，眼中射出光芒。

此时印在心中的是一些非常奇怪的细节：我脚下的地面散发出更衣室的味道；乡巴佬肩上的伤口呈现佛罗里达州的形状；他是怎么掉了一只鞋。我倒退远离他时，双腿抖个不停。我一手握住吹箭。

当他对着我微笑，牙齿沾满了血。“黑鬼爱人。”他说着，左手举起一把自制小枪。

我知道那是什么，因为简洁本来想做一把，但来不及弄到子弹。制作方式是将治气喘的吸入器上下端磨去，然后拆开金属薄片，把它弄平，再用铅笔卷成可以置入点二二子弹的管状。拿布包起来，缠在一只手上，另一手则拿撞针——只要当你双手撞击时能撞到弹壳边缘的东西都行。在五英尺距离内，这枪的精准度足以致命。

我看到乡巴佬拿出一块弯曲的金属——我发现那是手铐钥匙——放在右手中。接着他将两掌分开。

我以慢动作举起BIC笔管，嘴巴凑到一端。吹箭飞向乡巴佬，钉书针深深插入他的右眼。

他尖叫着翻滚开来，而我则颤抖着双手将BIC笔管塞入下水道口。狱警们开始喷洒辣椒喷雾器，刺得我睁不开眼。我听见耳边有东西跳动，试着想看清楚，双眼却发红刺痛得难以忍受。我用手去摸，摸到一个迷你弹状物凉凉的金属尖头。我毫不犹豫，立即抓起乡巴佬掉落的子弹。

“别紧张，”身后传来声音，接着一名狱警扶着我站起来，“我看见你第一个挨打，你没事吧？”

就在进入这个院子到即将离开的这段时间内，我已经变成连自己都几乎认不得的人。一个绝望的人，一个被逼到绝境而做出自己以前想都想不到的事的人，一个二十八年前的我。

一个男人黄金时期的另一个人生。

我向狱警点点头，一手掩住嘴巴假装擦口水。然后松开贴在脸颊内侧的子弹，咽了下去。

第五章

记忆的枝叶似乎在
黑暗之中沙沙哀泣。

——亨利·沃兹华斯·朗法罗《漂流木之火》

迪莉娅

露珊告诉苏菲说她小的时候，霍皮族女孩都会把头发盘起来，两只耳朵上方各有一个编得错综复杂的发髻。她将苏菲的头发中分，两边各用绳子绑起，再盘紧。“好了，”她说道，“你看起来就像个库娃纽玛。”

“那是什么？”苏菲问道。

“就是展开美丽翅膀的蝴蝶。”她拿披肩披在苏菲的肩上，并在她两腿缠上弹性绷带（改造的印第安平底鞋）。“好极了，”她说，“这样可以了。”

今天她要带我们去凤凰城的赫德博物馆参加一个庆祝活动。她在车上放满老旧的棋盘游戏，以及坏了的表、没水的笔、破损龟裂的花瓶。你们如果没事做，我可能需要几个工作人员，她对我们说。

一小时后，苏菲和我便站在博物馆外的凹状草坪上，身边环绕着露珊那堆破铜烂铁，而她则穿着芭比风衣穿梭在人群中，遇到可能购买的顾客就掀开风衣。很多人坐在折叠椅和毯子上，喝着瓶装水，吃着售价四美元的油炸饼。在户外馆区最下方有个圆形场地，搭了一个小天棚，一群男人就在这凉荫下敲打一面巨鼓。他们的声音交缠在一起，攀缘着直上天际。

有许多白人在一旁观赏，但原住民更多。他们有人做传统打扮，也有人穿牛仔裤搭配美国国旗T恤。有些男子将头发编成辫子或扎马尾，似乎人人都面带笑容。另外有几个女孩也像苏菲一样，把头发缠到侧边。

忽然有名舞者站在圆圈中央。“各位先生，各位女士，”主持人宣布道，“让我们一起欢迎来自霍皮区西鲍洛威村的戴瑞克·狄尔。”

这男孩顶多十六岁。他走路时，服装上的铃铛叮叮作响，从两肩往下到整条手臂都垂挂着七彩流苏，额头上系着一条皮绳，中央也有一个搭配的七彩圆盘。他在缠腰布底下穿了运动紧身短裤。

男孩在地上放了五个环圈，每个宽约两英尺。当鼓者开始击鼓歌唱，他也开始移动。他用右脚向前轻轻点两下，接着左脚，然后一眨眼的工夫他便踢起第一个环握在手中。

他以同样方式接连踢起五个环圈，然后开始将环圈变成身体的一部分。他穿过其中两个，并将其余三个竖成一直线，接着让顶端两个啪啪地像个大嘴一样开合。他脚下还在动，舞出环圈之外，将五个环全部摊开在肩背上，把自己变成一只老鹰。他不断地变换着，从野马到蛇到蝴蝶。接下来他将五个环扭在一起，化身为两手擎天的亚特拉斯神，并将这个立体圆球往外旋转到表演场正中央。在鼓者的呐喊声中，他舞了最后一圈然后一膝跪地。

我从未见过类似的表演。“露珊，”我见她拍着手走到我身边，便说，“他太厉害了。他……”

“我们去找他。”她匆匆穿过草地上的人群，最后来到鼓者凉亭后方。男孩汗如雨下，正在吃谷物棒补充体力。就近一看才发现，他衣服上的彩虹流苏是手缝的丝带。露珊大胆地挑剔男孩的袖子。“你看看，都快脱线了。”她说道，“你母亲应该学学裁缝。”

男孩转头一看，露出笑脸。“我姨妈应该可以补得好，”他说，“不过她太忙着做生意，没时间理我这种人。”他双手一张抱住露珊，“你带着针线吗？”

我心想不知她为何不提舞者是她外甥。露珊把他推开，看着他说：“你愈来愈像你父亲了。”男孩一听笑得更开心。“戴瑞克，这是苏菲和迪莉娅，是朋友。”

我与他握了手：“你表演得太棒了。”

苏菲朝环圈弯下身，试着用脚去踢，环圈跳开几英寸，戴瑞克大笑起来。“哇，你们看，我的粉丝耶。”

“做得还不错。”露珊说。

“姨妈，你还好吗？”他问道，“妈说……她跟我说你去了印第安卫生中心。”

有道阴影掠过露珊的脸，但就在我注意到那一刻便随即消失。“说我的事干吗？还是跟我说说应不应该赌你赢。”

“我还不确定今年能不能进前三名呢。”戴瑞克回答，“发生了那么多事，没有太多时间练习。”

露珊捏捏他的肩膀，然后指向天空。原本晴朗无云的蓝天，飘来一朵小小的雨云。“我想那是你父亲来看看你做得好不好。”

戴瑞克仰头看云：“也许吧。”

他俯身教苏菲如何用单脚踢起环圈，露珊则向我解释她的妹婿，也就是戴瑞克的父亲，是伊拉克战争的第一批伤亡者之一。依照霍皮族传统，他的遗体得在第四天送回来安葬，但运送他遗体的直升机被击落，因此直到死后第六天才回到家。家人们都尽了力——用玉兰做的肥皂洗他的头发，在他嘴里填满食物让他饱足，他的个人物品也放进坟内——只是这一切毕竟迟了两天，他们担心他可能无法到达终点。

“我们等了好几个小时，”露珊告诉我，“后来就在天快黑的时候，下雨了。不是每个地方，而是只下在我妹妹的家和田园，还有我妹夫去登记入伍的建筑前面。所以，我们知道他已经到了另一个世界。”

我仰望着她认为是她妹婿化身的那片云：“那没有到达的人呢？”

“他们会继续迷失在这个世界。”露珊说。

我抬起手掌，试图说服自己好像滴到了一滴雨。

“露珊，”从赫德开车回家途中，我问道，“你为什么会住在米沙？”

“因为我觉得凤凰城的人不够酷。”

“不，我说真的。”我瞥了瞥后照镜以确定苏菲还在睡，“我以前不知道你在这一带有家人。”

“什么样的人会搬到我们住的那种地方？”她耸耸肩问道，“就因为无处可去呀。”

“你有没有回去过？”

露珊点点头：“当我需要想起自己从哪儿来，或是要往哪儿去的时候。”

也许我应该去，我心想。“你没有问过我为什么来亚利桑那。”

“我想如果你愿意说就会说。”露珊说。

我眼睛直视着公路：“我还小的时候被我父亲绑架了。他跟我说我母亲在一场车祸中丧生，还把我从亚利桑那带到新罕布什尔。他现在人在凤凰城的看守所。我直到上个星期才得知这一切，一直以来我都不知道母亲还活着，甚至不知道自己的真实姓名。”

露珊转头往后看，苏菲正软绵绵地缩靠在格丽塔的背上。“你怎么会替她取名叫苏菲？”

“我……大概就是喜欢这个名字吧。”

“我女儿取名的那天早上，每个姑妈都要提议一个名字。她父亲叫波沃尼安，蝴蝶家族的意思，所以每个名字都和这个有关：波利夸蒂娃，意思是停在花朵上的蝴蝶；图娃荷伊玛，意思是破蛹的蝴蝶；塔拉丝薇纽玛，意思是翅膀上有花粉的蝴蝶。但奶奶挑中的是库娃纽玛，展开美丽翅膀的蝴蝶。她等到天亮之后，带着库娃纽玛，将她介绍给神灵认识。”

“你有女儿？”我吃了一惊。

“她取名以父亲家族为本，但她却属于我们家族。”露珊说完耸了耸肩，“她入学以后，又有了新名字，学校老师都叫她露易丝。我的意思是说你叫什么名字几乎都不能代表你是什么人。”

“你的女儿在做什么？”我问道，“她住在哪里？”

“她离开很久了。露易丝始终没能明白霍皮这个字眼不是在形容一个人，而是一个终点。”露珊叹了口气，“我很想念她。”

我从挡风玻璃看见大片的云扩散整个天边，心里想到露珊的妹婿在为自己家人的命运降雨。“对不起，”我说，“我不是有意惹你伤心。”

“我不伤心。”她回答道，“你如果想知道一个人的故事，他们就得大声说出来。可是每次说法都会有些不同。即使对我来说，也很新鲜。”

我听完露珊的话，忽然想到算式或许是不对等的，一个母亲失去孩子的痛也许更甚于一个孩子失去母亲。知道自己归属之地也许并不等于知道自己是谁。

“你来到这里以后见过你母亲吗？”露珊问我。

“见面的情况不太好。”我过了一会儿才说。

“为什么？”

我还不打算告诉她母亲酗酒的事。“她和我的预期有落差。”

露珊转过头看向窗外。“谁都一样。”她说。

我小时候最喜爱的博物馆是新英格兰水族馆，而我最喜爱的展览则是能让你扮演上帝的潮汐池。那里有能吐出自己的胃，还能重新长出受损腕足的海星。有一辈子可能都待在同一个地方的海葵。有寄居蟹、帽贝和海草。而且有一个红色按钮，我一按下去，水槽就会起波浪，让所有海中生物像洗衣机里的衣物一样翻滚，最后才平息下来。

我喜欢当促变因子，手指一碰就行。我会等到寄居蟹似乎刚刚安顿好，便又再次按下按钮。一想到一个社会的现状竟是毫无现状可言，真叫人吃惊。

水族馆里还有另一个展览我也很喜欢。那是一座闪光灯，投射在一个有水流动的超大型水龙头上。我知道那只是视错觉，但以前我总以为在这个世界的角落里，水是可以倒流的。

露珊给了我一些事干，制作新的娃娃。有一天我们正坐在她的餐桌旁制作离婚芭比（附带有肯尼的船、肯尼的车和肯尼的房契），她问道：“你在新罕布什尔做什么工作？”

我拿着热熔胶枪，头弯得更低，想粘一枚纽扣，不料却将芭比的皮包粘到她的额头上。“我和格丽塔一起找人。”

露珊扬起眉头：“就像《神秘博士》影集的机器狗那样吗？”

“对，只不过我们还跟一堆警局合作。”

“那你为什么不来这里做？”

我抬起头看她。因为我父亲在看守所。因为我以此为生，却不知道自己迷失了，我觉得很难堪。“格丽塔没有受过沙漠寻人的训练。”我说，这是脑中浮现的第一个借口。

“那就训练它啊。”

“露珊，”我说，“现在真的不是时候。”

“这由不得你决定。”

“是吗？那得由谁决定？”

“那些库斯库斯卡，就是失踪的人。”她重新低下头工作。

是不是在哪个地方，有个小女孩正要被载越边界？有个男人正拿剃刀抵住手腕？有个小孩正要一脚跨过理应为他隔离危险世界的围篱？绝望的人通常都会成功，因为他们不怕再失去什么。但万一情况并非如此呢？假如二十八年前在凤凰城地区有个像我这样的人，我父亲还能逃得掉吗？

“我想我可以发点宣传单。”我告诉露珊。

她伸手去拿热熔胶枪。“很好，”她说，“因为你做娃娃的技术很差。”

前往沙漠途中，费兹跟我说了一些惊异的故事：有一名心脏移植的病患清醒后爱上了法国的蔚蓝海岸，而他却一辈子没离开过堪萨斯；有个滴酒不沾的病人在接受肾脏移植手术后，竟开始喝起捐赠者爱喝的马提尼。

“若依照这个逻辑，”我提出想法，“我第一次见到你的记忆已经储存在我的眼球了。”

费兹耸耸肩：“也许是吧。”

“我从没听说过这么荒谬的事。”

“我只是告诉你我读到的……”

“那20世纪初无意间被钢矛插进脑袋的那个男的呢？”我挑战道，“他醒来以后会说吉尔吉斯语……”

“那个我持高度怀疑。”费兹打断我的话，“因为五年以前，吉尔吉斯斯坦都还不是个国家。”

“那不是重点。”我说，“我是说会不会记忆储存在大脑里，而我们却不一定记得？会不会我们其实配备了一整座冰山的经验，但心智却只使用了其中一丁点？”

“很酷的想法……就是说你和我有相同记忆是因为天生如此。”

“你和我的确有相同的记忆。”我指出。

“是啊，不过看见艾瑞克裸体的记忆对我产生的因果效应完全不同。”费兹笑着说。

“也许我并不是真的记得那棵无聊的柠檬树。也许每个人心里都卡着一粒柠檬。”

“对，”费兹也同意，“不过卡在我心里的是一辆七八年的车。”

“很有趣……”

“如果你是开车的人就不有趣了。天哪，你还记得它在我们要去毕业舞会的半路上抛锚吗？”

“我记得你约会对象礼服上的油污。她叫什么来着？卡莉……？”

“卡西·波斯华，而且我们到达以前她还不是我的约会对象。”

我把车停到路边，放眼望去，一大片小石子与红土，然后交给费兹一瓶水和一卷卫生纸。“你还记得正确程序吧？”

他要为我和格丽塔设定追踪路径，就像多年来在新罕布什尔那样。但由于我对这里的地形不熟悉，费兹得在经过的树上与仙人掌上留下卫生纸碎片，好让我知道格丽塔走的路径没错。他下车后，弯身探进车窗。“训练手册里好像没有涵盖郊狼防护措施。”

“我不担心郊狼。”我温柔地说，“我更害怕蛇。”

“有趣。”费兹回应着，并开始往前走，这个红发的大个儿一转眼就会被太阳晒成一片赤红。“如果格丽塔搞砸了，就往南开。我会去找边界巡警喝龙舌兰。”

“格丽塔不会搞砸。喂，费兹。”我高喊，等到他转身用手遮在眼睛上方才接着说，“蛇的事我真的不是开玩笑。”

开车离去时，我从后视镜看见费兹低下头，紧张地环顾脚边。我忍不住大笑出声。要问我的话，我认为记忆不是储存在内心或脑子或灵魂里，而是在两个特定的人之间的空间里。

根据霍皮人的说法，有时候我们已经不适合上天给予我们的世界。

一开始，天地间只有黑暗与太阳灵泰欧瓦。他创造了第一世界，并让这世界充满住在地底深穴的生物。但这些生物彼此互斗，因此他派蜘蛛祖母下去为它们做改造的准备。

蜘蛛祖母带着这群生物进入第二世界，泰欧瓦改造了它们。它们不再是昆虫，而是变成有毛、蹼指与尾巴的动物。它们很高兴能有四处游荡的空间，但却仍和以前一样不了解生活。

泰欧瓦又派蜘蛛祖母回去带领它们进入第三世界，至此，动物已转化为人。他们建立村落，种植玉米，但第三世界十分寒冷，而且大多黑暗。蜘蛛祖母便教导他们织毯子保暖，还要女人们制作陶罐储存水与食物。但在寒冷气候中，无法烧陶罐，也无法种植玉米。

某日，一只蜂鸟来到种田的人面前。它是马绍乌——即上层世界统治者兼亡者之地管理人——派来的，除了带来火之外，并将火的秘密告诉众人。

有了这个新发现，人们可以将陶罐烧硬、使田园暖和、烹煮食物。有一段时间，他们过着平和的日子。但巫师出现了，他们会用药伤害他们不喜欢的人。于是男人不再种田，转而赌博。女人变得狂野，忘记自己的孩子，以至于得由父亲来照顾。人类开始吹嘘说世上根本没有神，是他们创造了自己。

蜘蛛祖母回来了。她对人们说好心的人要离开这个地方，留下那些坏人。他们不知该往哪儿去，却听到头顶上的天空有脚步声。于是首领与巫师以陶土捏塑一只燕子，用新娘服加以包覆后，再以歌声赋予它生命。

燕子飞向天空的开口，但因不够强壮无法飞越。巫师决定做出更强壮的鸟，于是以歌声唱活一只鸽子。鸽子飞过开口后，回来说道：“在那边有一块一望无际的土地，可是没有任何有生命的东西。”

但首领与巫师们毕竟听见了脚步声。这回他们制造了一只猫声鸟，要它请求发出脚步声者允许他们进入他的领地。

猫声鸟飞得比其他鸟都更远。它发现了沙土与方山，发现了熟节瓜、蓝玉米与裂开的甜瓜，发现了唯一一栋石屋与屋主马绍乌。它回来以后告诉首领与巫师们，马绍乌答应让他们去。众人仰着头看，心想天上的洞又怎么上得去。

他们便离开去找种作的契普蒙。契普蒙将一颗向日葵种子埋进地里，众人借由歌声的力量让种子成长。但植物本身太重压弯下来，长不到洞口。

契普蒙种了一棵云杉，又种一棵松树，却都还是不够高。最后他种下竹子，大伙又唱起歌来。每当他们停下来喘息，竹子便停止长高，并形成一个节。到了最后，竹子终于穿过了天洞。

只有纯洁的人才能进入这第四世界。蜘蛛祖母率先带领两名勇士孙子爬上竹子。由于人不断涌出，便有一只反舌鸟将他们分为霍皮与纳瓦荷、祖尼与皮马、犹特与苏沛、苏与科曼奇与白人。勇士孙子拿着他们的鹿皮球一路玩遍整片土地，创造出高山与方山。蜘蛛祖母造出一个太阳、一个月亮。郊狼则将剩余的材料掷向天空，变成星星。

霍皮人会告诉你坏人还是有办法偷偷爬上竹子，第四世界的寿命就快终结了。他们说，现在我们随时都可能进入新世界。

带着寻血猎犬追踪，使得气味再无一点浪漫成分。有些味道会让你想将脸埋入爱人的颈窝，一名美丽女子走过时飘散的些许香气会让男人回头——这些都只是表皮细胞的分解。对格丽塔与我而言，气味是严肃的正事。

替格丽塔扣上皮带后，我牵着它走向费兹留下的棒球帽。拿起帽子，我看着它吸气吸得好深好深，把布都吸进鼻孔去了。“去找他。”我下令道，格丽塔随即跃过折弯的围栏，鼻子贴地起程出发。

这个地界住着一些名称极不可思议的鸟，如普通扑动烈、栗翅鹰、墨西哥樫鸟。我们看见了龙舌兰植物，还有跳跃仙人掌、扶桑花、火焰草、一些菊属小花。我们还走过只有书上见过的植物群，如沙漠金菊、冬葵、荷兰龙牛儿、荷荷巴。我们行经突变的仙人掌，分枝不是向外而是向内长，顶端则像人脑一样扭曲重叠。

格丽塔在平坦地面上缓缓前进。我仔细留意着树形仙人掌的肥厚分枝，以及有如莫迪利亚尼画中那些细长脖子的墨西哥刺木，偶尔上头会有费兹留下的卫生纸屑，好让我知道格丽塔的方向正确。

它来到一棵干枯的树形仙人掌前停下，坐了下来。但忽然间它四脚紧抓地面，龇牙咧嘴，背脊上的毛竖直起来，并开始低声咆哮。

那头野猪身长约四英尺，一身灰色鬃毛，发黄的长牙末端往下弯，整条背上还长着长鬃。它正吃刺梨吃到一半，抬起头来发出咕哝声。

我始终记不得看到熊是该跑或是留在原地不动，至于面对野猪是否有什么安全准则，我更是毫无头绪。野猪趾高气昂地朝格丽塔踏前一步，格丽塔轻快地往旁边跳开，幸而我及时拉住皮带，否则它便要撞上一棵仙人掌如蛇般扭动的粗短分枝。

这时格丽塔突然汪汪大叫，跌倒在地，不停用爪子搔抓鼻子。原来它没撞上的仙人掌不知怎地还是勾到它的鼻子，尖刺布满吻部，还有几根甚至刺进它嘴唇周边黏黏的黑圈。

格丽塔的痛苦哀嚎把一群仙人掌鹪鹩吓飞上天，野猪受到惊吓也回以雷鸣般的吼叫。我想也不想便跪下来，一把将格丽塔驮上肩，起步飞奔时并未感觉到它有七十五磅重。“费兹。”我扯开喉咙大喊，一面试着从他留下的线索找到他。

我们在车的后座护着格丽塔。我整个趴伏在它身上免得它乱动，一面抚摩着它的头和耳朵。费兹则弯到它鼻子前面，用我放在急救箱里的尖嘴钳拔刺。“这好像叫作泰迪熊仙人掌。”他说，“讨厌的东西……它会跳到你身上。”当他轻轻扳开格丽塔的嘴，它作势要咬他。“就快好了，亲爱的。”费兹安抚道，接着拔出牙龈上最后几根刺，之后还靠上前去检查有没有漏掉，“好了，可能要找个专业兽医再验收一下我的技术，不过我想它应该没事了。”

我看了格丽塔一眼，再看看费兹，忍不住流下泪来。“我讨厌这里。”我说，“我讨厌这种热天，讨厌蛇，讨厌没有一点绿色，也讨厌看守所的味道。我想回家。”

费兹望着我。“那就走啊。”他说。

他的简短回答让我抱怨不下去。“你为什么不劝我？”

“为什么要劝你？”费兹说道，“你父亲短时间内哪儿都不会去，而且他应该是第一个要你继续生活的人。回新罕布什尔对苏菲比较好，那是她熟悉的环境。反正你也不必再为了要了解你母亲待在这里……”

“这句话什么意思？”

“你其实不在乎会不会再见到她了，对不对？”

对，我想这么说。只不过，我不能。

“我以为来了以后一切都会明朗。”我拉起T恤衣边擦眼泪，说道，“我只是希望能全部记起来。”

“为什么？”

还没有人问过我这个问题。

“因为我不知道自己以前是谁。”我说。

“我知道，艾瑞克知道。拜托，迪莉娅，这点你有一百个证人可以帮助你。如果你真的想操心，还是想想从现在起你要当什么样的人吧。”他屈起膝盖侧躺下来，“想不想知道我是怎么想的？”

“我如果说不想，你就不会说吗？”

“我想你是因为你母亲没有在第一时间守住你，所以生她的气。”

我勉强点了个头。

“你也气你父亲带走了你。”

“这个嘛……”

“但我觉得你最主要还是气你自己不够聪明，没能自行解开所有的谜。”费兹说，“就算你住在新罕布什尔而不是亚利桑那又如何？重要的是你五年后会住在哪里。就算你的后院曾经种过柠檬树又如何？我宁可知道你现在想不想在院子里种一棵。就算你怕死了蜘蛛又如何？这样催眠才能派上用场。”他伸手拉拉我的一条辫子，“迪莉娅，你若不想再有人改变你的生活，你就得自己有所改变。”

就在这一刻，一切都清楚了。就好像多天以来你一直试图看穿一扇布满灰尘的窗子，如今终于有人走上前来把它擦干净。有些人的经历详详细细，有些人则不然。有那么多被收养的孩子长大后对生身父母一无所知，也有些罪犯出狱后成为社会栋梁。一个人随时都能重新来过。那不是半个人生，而纯粹是一个真实的人生。

还有个可能性也很骇人，那就是我们用来奠定人格的关系并非预先设定而是一种选择，与朋友比与父母亲近是可以的，还有曾经背叛过我们的人可能也是要和我们共创未来的人。我往后一躺，靠在车壁上，头晕目眩。“你说得真轻松。”

“是你把它想得太复杂。”费兹反驳道，“总之一句话：你爱你父亲吗？”

“爱。”我很快地说。

“你爱你母亲吗？”

“父亲不会让我爱。”

费兹摇摇头。“迪莉娅，”他纠正我，“他阻止不了你。”

我看着睡着后呼吸变得匀顺的格丽塔。“也许我会再多待一段时间。”我说。

费　兹

来到亚利桑那短短一周，我已成了撒谎专家。编辑来电询问霍普金斯案开庭的情形，我就直接转语音信箱直到信箱爆满。后来她察觉了，便在半夜打电话到我旅馆房间说我还有六小时的时间写一篇报道，否则任务取消，我告诉她文章会准时放在她桌上。事后我又E-mail给她说律师提出动议案，所以我整天都待在法院，请她宽限些时间。又过了一星期，我还是只字未写，玛吉要我回新罕布什尔去赚取我的薪水。这次她派给我的新闻是关于陆军工兵队发现了一种能预防冻胀的混合化合物，这题材一看就知道我在她心目中降级了。我跟她说我会搭第一班飞机回去。

我没有离开凤凰城。

而是坐下来，捏造了一篇有关陆军工兵队，以及沥青路面、春天融雪与地下水位的报道。我心想反正会埋没在报纸内页，稍微蒙混一下，是全部蒙混，不至于会有事。

不知不觉中，我这说谎的瘾头已宛如枫糖浆般渗入生活其他领域，黏腻得几乎清不掉。我打电话给楼下的比萨屋老板，说家里有人过世，拜托他让我缓几天缴房租。我打回办公室说不能参加周一的会议，因为感染了具有高度传染性的呼吸道病毒。我叫苏菲用火焰草替我编一顶印第安头冠，当她问我什么时候回家，我告诉她就快了。

当迪莉娅依赖着我，我告诉自己无论对哪个老友我都会这么做。

谎言最厉害的地方就是：连你自己也开始受骗。

每个记者都想写一篇“死囚”独家。你想当那个让读者听到的真相之声，你想当囚犯忏悔的超级传声筒，你希望读者倾听犯人的心声，好好思考，也许我们每个人都差不多。但并非每位记者都知道自己的文章将会让心爱的女人心碎。

安德鲁一走进来——比我印象中的他更消瘦，还顶着一颗剃得零零落落的头——我感觉四周一切都静止了。看到他穿着条纹囚衣让我有点尴尬，好像无意中看见祖父穿着四角内裤，就在目睹的那一刻，你会希望自己永远没见到这一幕。他似乎和我从前认识的他截然不同，仿佛只是个远亲，类似的五官呈现全新的组合。不知道先有哪个人，是这个安德鲁或是另一个？

老实说，他愿意见我让我很惊讶。尽管我几乎可以说是在他家客厅里长大的，但他知道我在替报社写稿。

他拿下话筒，我也照做。当安德鲁透过这面透明墙注视着我，我只想问他为什么这么做，但出口的却是：“希望你理这个头没花太多钱。”

他笑了起来，在那乍现的一瞬间我看见了，看见了我熟悉的那个人。

我对安德鲁的有限记忆与通讯有关。迪莉娅、艾瑞克和我曾经到树林里，一个堆满碎陶片、印第安箭头和灵药罐的老旧垃圾场东翻西找，无意间找到一个旧行李箱。打开后，发现里面似乎是间谍装备——耳机、交换机和频率计——电线被人从后面扯出，喇叭也从接缝处断裂。由于体积太大搬不回家，但我们真的很想要，经过快速表决后，我们认定所有家长中唯一有一点点可能会帮我们的就是安德鲁。“这是火腿族无线电。”他打开行李箱后告诉我们，“我们来看看还能不能用。”

安德鲁在老人中心四处打听，有几位老人家还记得这个品牌，以及哪些旋钮与按键控制声量与频率。他带我们到图书馆借电子类的书，到五金行买电线和夹钳，还让我们到地下室看他叮叮咚咚地修补。

有一天，我们三个围绕在他身边，看着他打开无线电。当他一边拨拨弄弄一边对着麦克风说话，从喇叭传出尖锐、令人头晕的叽喳声。他将信息重复了两次，接着竟有人回话了，真让我们又惊又喜。是一个在英国的人。关于火腿族无线电，他告诉我们，最主要的就是随时能找到人说话。不过你们要很小心，他警告道，不要泄露太多自己的资料。因为人不可貌相。

“安德鲁，”我此时对他说，“你真以为你能逃得过吗？”

他手心按在膝盖上摩擦：“这些会上报吗？”

“你说呢？”我说。

安德鲁低下头。“费兹，”他坦白道，“我当时根本没有想。”

我被困在沙漠中，待在一棵假紫荆树下，等待迪莉娅与她的神犬前来营救之际，望着这片龟裂土地干渴的喉咙，想象各种死法。

当然第一个想到的就是渴死。带在身边的那瓶水早在一小时前喝完了，又置身于酷热的沙漠中，我想象自己脱水到了臆想的程度。舌头会肿得像棉絮，眼皮会粘在一起。我还比较想溺死，至少现在是。一大堆液体灌入不该去的地方，一开始想必会是痛苦的挣扎。但眼下，一想到水——多余的水——实在太诱人了。不知道最后结局会如何。会不会有美人鱼出现，用贝壳绕住你的脖子并张嘴吻你？会不会只是倒在沙地上，看着太阳在数百万英里外震颤。

窒息、吊死、枪伤——这些都太痛苦了。但寒冷……听说这种死法还不错。此时此刻，要想倒在雪地上失去知觉，除非有奇迹发生。当然了，另外还有殉难，我现在正以超高速奔向这个终点。我到底还是被火焚身了，即使不是因为被判刑。尽管所有人都认定你错，而你却知道自己是对的，那么连骨带肉烧成灰会比较不痛吗？

推想至此，我联想到安德鲁。

紧接着便直接想到迪莉娅。

我想没有人曾因为单恋死去，不知道我会不会首开先例。

按了门铃后，我紧握住迪莉娅的手。“你确定你准备好了？”我问道。

“没有。”她回答。迪莉娅抚顺苏菲的头发，调整她的衬衫领子，直到她不耐烦地扭来扭去，不让母亲再碰她。“这个太太有小孩吗？”苏菲问。

迪莉娅犹豫了一下。“没有。”她说。

伊莉丝·瓦斯奎打开门，将迪莉娅深深摄入眼眸，真的只能这样形容。我忽然想起生下苏菲后躺在医院病床上的迪莉娅，她的整个世界登时缩小到只能容纳她们二人。我想每对母子应该都是同样情形。

我太了解迪莉娅，才会注意到她左手轻轻敲弹的小动作，一种紧张的习惯。“嗨，”她说，“我想也许我们能再试试看。”

但伊莉丝却像见鬼似的紧盯着苏菲，其实苏菲也确实是，她像极了伊莉丝·瓦斯奎曾一度遗失的那个小女孩。“这是苏菲。”迪莉娅介绍道，“苏菲，这位是……”到了这个该填充的空格，她双颊灼热，什么也说不出来。

“我叫伊莉丝。”迪莉娅的母亲说完蹲下身来，微笑凝视着自己的外孙女。

伊莉丝将一头亮丽的黑发挽成一个低低的髻，嘴角与眼角布满交错的细纹。她穿了一件绣有彩鸟的衬衫，牛仔裤上则用奇异笔写满了字。我的目光被其中一句所吸引：骨灰之女与鲜血之母呵。

“桑博格。”我低声说。

伊莉丝抬眼看我，大为感动：“现在读诗的人不多了。”

“费兹是个作家。”迪莉娅说。

“其实我只是替一家二流报社写稿糊口。”

伊莉丝摸着牛仔裤上那个句子。“我一直觉得能当作家很好。”她说，“轻轻松松地就能把正确的字眼凑在一起。”

我礼貌地笑笑。事实上，如果我真的很神奇地将正确的字眼凑在一起，那也是没得选择，因为错误字眼都用光了。而且认真说起来，我没说出口的恐怕比我所做的还重要。

再说，也许伊莉丝·瓦斯奎已经知道这点。

她透过玻璃拉门愣愣地望向后院，维克多带着苏菲在那儿看一个鸟巢，里头的蛋正在孵化。他把她举高让她看得更清楚，不一会儿他们便消失在一道仙人掌墙后面。

“谢谢你。”伊莉丝说，“谢谢你带她来。”

迪莉娅转向她：“我不会不让你见苏菲。”

伊莉丝不自在地瞄了我一眼。

“他是我最好的朋友。”迪莉娅说，“他全都知道。”

就在此时，苏菲奔回屋内。“太酷了……鸟的嘴巴上有牙齿。”她说得上气不接下气，“我们能不能等到它们生出来？”

苏菲用力拉着迪莉娅的手，直到她起身。站在门口的维克多咯咯发笑。“我一直跟她解释，可能还要很久。”他说。

迪莉娅回应他的话，眼睛却看着母亲。“没关系。”她说，“我不介意等一等。”她任由苏菲将她拖到外面，往那棵树走去。

伊莉丝和我并肩而站，注视着我们俩都觉得失去过，也或许从未拥有过的那个女人。

回家的路上，我们停下来喝了杯咖啡。苏菲蹲在咖啡馆边的人行道上，用彩色粉笔描摹格丽塔的身形，像在犯罪现场似的。迪莉娅用手指敲着咖啡杯缘，却似乎一点也不想喝。“你能想象他们在一起的样子吗？”当心轮停止旋转，她终于开口问道。

“伊莉丝和维克多？”

“不是，”迪莉娅说，“是伊莉丝和我父亲。”

“迪莉娅，没有人能想象自己的父母做那件事。”

我就是个例子。令人伤心的事实是：我父母亲没有做那件事。当然，他们到底还是生下了我，只是在我成长过程中，我那个业务员父亲多半都在另一个城市搞一名空姐，而我母亲则忙着假装什么事也没发生。

不过我父亲不是安德鲁·霍普金斯。认识迪莉娅这么多年来，我并不记得他曾和某人认真交往过，因此更无法想象他喜欢什么样的女人。但若真要问我，我绝对想不到他会爱上伊莉丝这种人。她让我联想到兰花，带着脆弱的异国风情。安德鲁则比较像猪草：隐密、有活力、出人意表的坚韧。

我看着迪莉娅如逗号曲线般的颈子，看着她肩胛骨突出的骨点，这是艾瑞克摸索过的熟悉领域。“有些人不适合在一起。”我说。

忽然有个衣衫褴褛、头戴发网、脚趿拖鞋的男人朝我们走来，手上拿着一叠宣传小册。苏菲吓得躲到母亲椅子后面。“兄弟，”流浪汉冲我问道，“你找到主耶稣了吗？”

“我不知道他在找我。”

“他是你个人的救主吗？”

“你知道吗？”我说，“我还有点希望自我拯救。”

那人摇摇头，一条条长辫像蛇。“没有人有这么强大的力量。”他回答后继续往前走。

“我觉得这样不合法。”我低声对迪莉娅说，“或至少应该不合法。没有人应该被迫将宗教和咖啡一起喝下肚。”

我一抬头，发现她瞪着我看。“为什么你不相信上帝？”迪莉娅问道。

“为什么你相信？”

她低头看看苏菲，整张脸顿时变得柔和。“大概是因为有些事实在太不可思议，无法完全归因于人。”

或是归咎，我暗想。

那名宗教狂热分子往和我们隔两张桌子的一对老夫妇走去。“要相信父。”他传教道。

迪莉娅转头向他。“哪有那么简单？”她说。

迪莉娅怀苏菲时，我是陪产员，有点是逼不得已，因为原本答应这回不会搞砸的艾瑞克，最后还是在拉梅兹课程即将展开时开始戒酒。我就坐在围成一圈的夫妻当中，当护士指导我让迪莉娅靠在我两腿之间，并拉着我的手抚摸她隆起的肚子，我拼命压制不让心跳加速。

迪莉娅开始分娩时，人正在萧氏超市的冷冻食物区，她是借店经理办公室的电话打给我的。到达医院时我已经胡思乱想到近乎惊慌，因为我不知道该怎么做才能既尽到陪产员的职责，又无须看向她的两腿之间。也许我能要求改到她肩膀的位置，也许我能把医生拉到一旁，将情况分析整理后加以说明。

结果一切担心根本多余。麻醉师才刚让迪莉娅翻身露出臀部，准备进行硬膜外麻醉，我看了针头一眼，便昏死过去，发际线还缝了六十针。

我醒来时躺在她旁边的床上。“喂，牛仔。”她看着从她臂弯的毯子里冒出来，像个小桃子似的头微笑着说，“多谢帮忙。”

“不客气。”才说完，头皮一阵刺痛让我畏缩了一下。

“六十针。”迪莉娅解释道，随后又补一句，“我只缝十针。”

我竟然注视着她的头。“不是那里，”她说，还停顿一下让我会意，“你该不会又昏过去了吧？”

我没有，反倒是踉踉跄跄来到迪莉娅的病床边，以便看看婴儿。我记得我凝视着苏菲那双朦胧的蓝眼睛，内心深感不可思议：如今这世上又多了一个人能明白被迪莉娅团团围住的感觉，而迪莉娅则已经知道这种状态不可能永远持续。

艾瑞克进来的时候我正抱着苏菲。他直接走向迪莉娅亲她的嘴，然后将额头贴在她的额头上好一会儿，仿佛想将思绪渗透传达给她。接着艾瑞克转过身，目光盯在女儿身上。“你可以抱抱她。”迪莉娅鼓励着。

但艾瑞克没有任何动作打算从我手里抱过苏菲。我朝他上前一步，这才看见迪莉娅想必忽略了的情况——艾瑞克两手颤抖得太厉害，只得藏进大衣口袋。

我把婴儿往他胸前一推，让他不得不接手。“没事的。”我低声说——是对艾瑞克说，对苏菲说，还是对我自己说？——而当我将这个小奖品送到艾瑞克怀里，我还是又抱了好久，直到完完全全确定他稳住了，我才松手。

有十七通留言，全是编辑留的。第一通请我回她电话，到了第三通，玛吉已经是命令的口气。第十一通留言则是提醒我，既然我们能送猴子去太空，那么训练一下一定也能来为《新罕布什尔报》写稿。

在最后一通留言中，玛吉跟我说如果到早上九点，我没有写点什么放在她桌上，她就要拿我圣诞晚会在办公室影印的屁股影像补满我的字段。

于是我拉下汽车旅馆的百叶窗，打开电视以盖过一对男女隔着一道薄墙的呻吟声，接着开启空调。安德鲁·霍普金斯，我开始打字，与你走过梅迪逊街看守所走廊时所预期的那种人不一样。

我摇摇头，按下删除键，删掉一整段。

和所有的父亲一样，安德鲁·霍普金斯想谈的也只有他女儿。

这一句，我不断删除退到忘我。

安德鲁·霍普金斯眼中有幽灵，我写道，转念一想：我们都有。

我绕着床走来走去。谁不会抓住机会改变一下自己的人生：学力测验多个两百分，得普利策奖，得海斯曼奖，得诺贝尔奖，一张更美的脸、苗条点的身材，和你忘了在他成长期间付出关怀的幼儿多相处几年，和已过世的心爱的人多待五分钟。

我想重来的时刻是我不够勇敢而从未拥有过的时刻：告诉迪莉娅我有多爱她，而她也会像注视艾瑞克那样注视我。

我想写的——我需要写的——不是《新罕布什尔报》付钱让我写的东西。我坐到笔记本电脑前面，删除刚才写的，从头来过。

第六章

那么何以如此

再无话可说？我们转向了他处。

我丝毫不记得——你记得吗？——

曾经再度来到此地。

——罗伯特·弗罗斯特《暴露之巢》

艾瑞克

克里斯·汉弥顿的助理花了三天时间，试图追踪伊莉丝与安德鲁二十八年前的邻居今日的行踪。午餐过后不久，她探头进会议室的门。“想听好消息还是坏消息？”

我从正在浏览的文件堆中抬起头来：“真的有好消息？”

“其实没有，但我以为这样会让你好过些。”

“什么坏消息？”

“艾丽斯·杨，”她说，“我找到她了。”

艾丽斯·杨是当时和父母同住在伊莉丝与安德鲁隔壁的少女，有一度还当过迪莉娅的保姆。“结果呢？”

“她人在维也纳。”

“好，”我说，“传唤她。”

“你再考虑一下，她和血十字会的修女住在一起。”

“她是修女？”

“她是个十年前发下沉默誓愿的修女。”助理说。

“上帝啊……”

“没错。不过我还是又找到另一个邻居，伊丽莎白·佩希曼。她住在一个叫‘落日之地’的地方，我想应该是个养老院。”

我记下相关信息。“你打过电话了吗？”

“没有人接。”她说。

地址在亚利桑那州太阳城，不可能太远。“我去找她。”

我花了三小时才抵达，而且镇上有太多养老院，怎么可能找得到？没想到替我加油、卖给我巧克力棒的店员，一听名字就知道了。“过两个红绿灯，然后左转，就会看到招牌了。”她一面替我结账一面说道。

看起来，“落日之地”是度过余生不错的地方。转下大街后，有一条长长的车道，两旁全是树形仙人掌与沙漠岩石庭园。我在一处石灰外墙的警卫亭被拦下，这些老人家似乎很重视隐私。亭内的男人驼背又长了老人斑，他自己可能也是里面的住户。“你好，”我招呼道，“我想找伊丽莎白·佩希曼。我打过电话……”

“电话坏了。”警卫说着，指指一个小停车场，“车不能开进去，我带你进去。”

我走在警卫旁边，想着什么样的机构不准车辆开到主建筑前。这样应该十分不方便，因为肯定有些住户患有关节炎甚至行动不便。走到坡道最高处，警卫指着说：“左边算来第三个。”

眼前一片又一片的十字架、星星和方尖碑状的粉晶。“我们亲爱的母亲，”其中一座碑上写着，“永生怀念。溺爱的丈夫。”

伊丽莎白·佩希曼去世了。我没有证人能证实三十年前，伊莉丝·马休斯确实如安德鲁所说是个酒鬼了。“我猜你也不会开口吧。”我大声地说。

虽然天气很热，伊丽莎白墓碑旁的花瓶里却摆了鲜花。“她人缘还真好。”警卫说，“这里头有些人从没人来探望过。不过这个，却有一大票学生来看她。”

“她是老师？”我说道，心里抓住了那个字眼，老师。

“目的达到了吗？”警卫问道。

“大概吧。”我说完匆匆赶回车上。

我到的时候，艾碧佳尔·阮正在和面。她是个瘦小的女人，头顶上盘了两个发髻，活像熊的耳朵。她抬起头对我笑了笑，说道：“你就是泰科特先生吧。快请进。”

迪莉娅原本上的托儿所在八十年代中期关闭了，艾碧佳尔便在教会地下室自行开设蒙特梭利教室。这是黄页上列出的第三间学校，而且她亲自接的电话。

我们坐下来，像巨人坐在迷你椅上。“阮女士，我是个律师，委托我的女孩在七十年代末曾经是你的学生……她叫贝瑟妮·马休斯。”

“遭绑架的那个。”

我动了一下身子：“这事还没有定论，她父亲是我的当事人。”

“我一直在留意报纸和地方新闻的相关报道。”

和其他凤凰城居民一样。“阮女士，不知道你能不能跟我说说当时的贝瑟妮？”

“她是个好孩子。很安静。通常喜欢自己做作业，不和同学一起。”

“你有机会认识她的父母吗？”

老师的目光转移开片刻：“有时候贝瑟妮来上学时要不头发乱蓬蓬的，就是衣服脏兮兮的……我们自然有所警觉。我好像还打了电话给她母亲……她叫什么名字来着？”

“伊莉丝·马休斯。”

“对，没错。”

“你打去时，伊莉丝怎么说？”

“我不记得了。”阮女士说。

“你还记得关于伊莉丝·马休斯的任何事情吗？”

老师点点头：“你指的应该是她闻起来就像个酿酒厂吧。”

我感觉到血流加速：“你有没有通报儿童保护机构？”

老师的表情变得不自然：“当时并没有任何家暴的迹象。”

“你不是说她来上学时头发乱七八糟吗？”

“泰科特先生，孩子没有每晚洗澡和家长疏于关心之间有很大的差异。监督家中情形不是我们的职责。相信我，我看过孩子被家长用烟蒂烫伤脚底板，看过孩子带着折断的骨头和背上的鞭痕来上学，也看过孩子在放学时间躲进储藏室，不想回家。马休斯太太或许喜欢拿鸡尾酒当下午茶，但她非常爱她的小女儿，贝瑟妮肯定明白的。”

你可就有所不知了，我暗想。

“阮女士，谢谢你见我。”我给她一张名片，并用铅笔写上汉弥顿事务所的电话，“如果你又想起什么，请打电话给我。”

我刚在停车场启动引擎，便有人敲车窗。阮女士抱手站在外面。“曾经发生过一次事故。”我摇下车窗后她说道，“马休斯太太没有准时来接人，我们打电话到家里，还打了好几次，都没有人接。我让贝瑟妮留下来上下午班，之后再开车送她回家。我们到的时候，看见她母亲昏倒在沙发上……我便带孩子回我家过夜。第二天，马休斯太太一再地道歉。”

“你怎么没打给贝瑟妮的父亲呢？”

这时一阵微风吹动了阮女士发髻上松落的一绺头发。“他们夫妻正在办离婚。一个星期前，母亲还特别叮嘱我们别让她丈夫和孩子有任何接触。”

"为什么？"

"我记得没错的话，丈夫好像说了什么威胁的话。"阮女士说，"她有理由相信他可能会带贝瑟妮逃跑。"

安德鲁看起来变瘦了，但也可能只是因为囚服太宽松。"迪莉娅怎么样？"他照例问道。但这回我没回答。我的耐心已经绷到极点。

我手插口袋站立。"你跟我说绑架是一时冲动，是对恶劣情况的反射动作。你跟我说当你们回家去拿迪莉娅的被毯，你发现前妻昏死过去，便认定该是你出手处理的时机了。我说得对吗？"

安德鲁点点头。

"那么在你真正行动前，曾威胁妻子说要带走女儿，这你做何解释？"我沮丧地踢椅子一脚，椅子转了几圈倒在小会见室另一头，"你还有什么没告诉我的，安德鲁？"

安德鲁整个喉管的肌肉都紧束起来，但他没有答腔。

"单靠我一人是行不通的。"我说完头也不回地走出去。

安德鲁开审前三十天，检方公布了证人名单。我的反应一如往常——要求调阅检方打算传唤的证人的犯罪记录。对于没有抗辩事由的人，这是基本的防御法：不管检方丢出什么，都尽可能地找出破绽。

我正急着出门赶往法院参加埃玛·瓦瑟斯坦安排的404B听审时，收到了这些记录。因此趁着等候法官召唤我进办公室前的空当，我打开了信封袋。迪莉娅当然没有记录，所以里面只有两份。曾经负责侦办绑架案的退休警官勒格兰，记录清白无瑕倒也不令人讶异。总之令我感兴趣的是第二份，伊莉丝·瓦斯奎的记录。一九七二年，迪莉娅的母亲曾因酒驾肇事被捕。

那是重罪，事发时她正怀着迪莉娅。虽然会很困难，但当伊莉丝站上证人席，我是非得举发这桩前科不可。这是具可信度的论据：如果某人长期喝酒，记忆力就更值得怀疑了。

这我当然知道。

埃玛·瓦瑟斯坦转过转角，见我在法官室门外随即停下脚步。“他还没准备好？”

我瞥向她的便便大腹。“好像还没，”我说，“跟你不一样。”

她翻了个白眼：“你可能没搞懂，但我们已经不是小孩了。”

这时门开了，诺伯法官的助理请我们进办公室。“别惹他，”她压低声音警告道，“他今天还没补充蛋白质。”

我们退到座位上，等候诺伯法官指示何时该开口。“瓦瑟斯坦女士，”他叹了口气说，“这回又怎么了？”

“法官大人，我想将被告已认罪的一项劣行列为证据，也就是查尔斯·马休斯于一九七六年十二月犯下的伤害罪。这是动机的一部分。”

“法官大人，这完全是偏见。”我说，“这是几年前的一场斗殴，和本案根本无关。”

“无关？”埃玛瞪视着我，“不知道你有没有注意到当时你的当事人打的人是谁？”她递给我一份旧日伤害判决的复印件——和我调阅浏览的是同一份，但我以为与案情无关。我的目光聚焦在被害者的姓名上头：维克多·瓦斯奎。

安德鲁带着女儿潜逃的六个月前，在他离婚的三个月前，他痛打了后来娶他前妻的男人一顿。

这确实能构成动机……也就是报复，如果你都还没离开家门，妻子就和某个家伙乱搞的话。

法官将桌上的数据收进档案夹中。“我准许。”他说，“还有其他事情吗，大律师？”

埃玛点点头：“法官大人，我想我们都很清楚泰科特先生尚未正式提出紧急避难抗辩事由，因此我认为他对本案采取的策略是全面诋毁伊莉丝·瓦斯奎。”

我正有此意。

“我要在此正式声明，我真的希望辩方律师不要只因为提不出对自己当事人有利的点，便让事态演变成被害人的抹黑运动。”

法官定定地看着我：“泰科特先生，我不知道在新罕布什尔的法院能不能容许人格谋杀，但我向你保证在我们亚利桑那是绝对不行的。”

“一般谋杀却另当别论。”我喃喃自语。

“你说什么？”法官问道。

“没什么，法官大人。”安德鲁的绑架罪肯定成立，但总有方法能回避。这是辩护法则的运作模式：一定要主张无罪，其实真正的意思是有罪，但有好理由。然后你找当事人谈，他会告诉你他可怜人生的细节，这些将能博取陪审团的同情。

不过前提是当事人可怜人生的细节，不会处处阻挠你。我回想起托儿所教师提到安德鲁威胁要带走女儿，回想起埃玛将安德鲁旧日伤害判决递给我时，脸上扬扬得意的表情。他还有什么可能对案情造成更大伤害的事没告诉我？

“你有三十天可以从帽子里变出兔子来，大律师。”诺伯法官说道，“你还站在这里做什么？”

安德鲁走进看守所的独立会见室时，我往上瞄了他一眼：“现在又多了一件事，是你应该告知我这个尽全力想让你脱罪的律师：你之前被判刑的酒吧斗殴事件，刚好打的是你妻子后来的丈夫。”

他诧异地抬头看我：“我以为你知道了。提审记录里写得很清楚。”

“想不想多给我一点启示呢？”

他注视了我许久。“我看见他，”他坦承道，声音变得沙哑，“我眼看着他在摸她。”

“伊莉丝？”

安德鲁缓缓地点点头。

“你怎么发现有问题的？”

“迪莉娅用一张白纸给我画了一幅蜡笔画。我正打算把画挂在药局办公室，忽然发现后面有字。我以为可能是什么重要的东西，就翻过来看……那是伊莉丝写给一个叫维克多的人的信。我当时还是她丈夫，我爱她。”他吞咽一下口水，“我问迪莉娅纸从哪来，她说在妈咪床边的抽屉里拿的。我又问她认不认识叫维克多的人，她说就是会来家里和妈咪睡午觉的男人。”

安德鲁起身走向嵌着迷你条格窗的门。“她也在家，她还只是个孩子。”他双手撑在臀部站着，“有一天我故意提早回家，当场逮到他们。”

“结果你就让他缝了六十五针。”我说，“埃玛·瓦瑟斯坦会拿这整件事来解释为什么六个月后你会回头绑架自己的女儿。她会说这是预谋的报复行为。”

“也许是吧。”安德鲁喃喃地说。

“拜托，在法庭上千万别这么说。”

他冷不防地将问题丢给我：“那么你来说故事，艾瑞克。你干脆给我一篇剧本，我就照念。”

我发觉这对任何辩护律师而言已经足够：当事人愿意乖乖照我的话做。但这次不同，因为不管为事实装上什么门面，我们俩都知道底下还隐藏了些什么。安德鲁不想再跟我说更多，而我忽然也不想听了。于是我从我们之间捉摸不定的情势中挑了一串字眼，沉重地说道：“安德鲁，我不干了。”

费兹想点火。他把眼镜放在尘土弥漫的地上，位置与太阳成一直线，想看看能不能让镜框下方的纸团着火。“你在做什么？”我一面拉松领带走向车屋一面问道。

“探究纵火狂。”他说。

“为什么？”

“因为我可以。”他眯眼望向太阳，然后将眼镜稍微移向左侧。

“我跟安德鲁说我不干了。”我宣布道。

费兹大吃一惊：“你为什么这么做？”

我低头瞄了瞄他的引火实验，说道：“因为我可以。”

“不，你不可以。”他争辩道，“你不能这样对迪莉娅。”

“如果妻子看着你心想：好呀，就是这家伙害我父亲被关十年，我觉得这样不健康。”

“你不认为一旦被她发现，她受的伤害更大吗？”

“我不知道，费兹。”我用尖刻的语气说，同时暗想这是五十步笑百步，“也许她会先发现你在做什么。”

“发现什么？”迪莉娅从车屋走出来问道，她看看我又看看费兹，“你在做什么？”

“试着劝你未婚夫别当混蛋。”

我蹙眉怒视着他："你少管闲事，费兹。"

"你不打算告诉她吗？"他挑衅地说。

"当然。"我说，"费兹正在为报社写这件案子。"话毕，我立刻觉得自己是个浑球。

迪莉娅倒退一步。"真的吗？"她感觉受了伤。

费兹涨红了脸，愤怒至极："你怎么不问问艾瑞克他今天干了什么好事？"

我受够了。先是法官室里的听审，接着和安德鲁争辩，现在又是这种情形。我一把揪住费兹压在地上，扭打之际将他的眼镜撞歪了。我们上次打架都不知多久以前的事了，如今的费兹变得更加强壮。他把我的脸强压在小石子上，一手紧按住我的颈背。我反肘用力撞他的肚子，好不容易占了上风，不料手机却在此时响起。

这声响提醒了我，不管我现在怎么做，都不再是个愚蠢的青少年了。

见是陌生电话，我皱着眉接起，"我是泰科特。"

"我是埃玛·瓦瑟斯坦。我想让你知道我还要再增加一名证人，他名叫鲁比欧·葛林盖特，就是一九七七年卖了两张身份证给你当事人的那个人。"

我绕到车屋后面，免得迪莉娅听见。"你现在不能这样杀我个措手不及。"我不敢置信地说，"你要是提出申请我会抗议。"

"我可没有杀你个措手不及。你还有两个星期。明天早上我会把警方对他做的调查笔录放到你桌上。"

这表示检方已经找到一个可以给安德鲁定下绑架罪名的证人——而我始终无法明白为什么陪审团总会听信证人的说辞，即使他们说得并不准确。我张嘴正打算告诉埃玛说我一点也不在乎，说我从此刻开始不再受理此案，最后却只是挂断电话，走回此时只剩迪莉娅独自站立之处。

她看起来像是被蜂蜇了，像是还刺痛未消。理应如此不是吗？你不会每天都发现自己信任的人背着你撒谎。对迪莉娅而言，这却成了家常便饭。“我叫费兹滚下地狱去。”她平静地说，“我说他可以用20级大小的字体引述我这句话。”她接着转向我，“我早该想到他大老远跑到这儿来，是因为别的目的。”

“我看，”我说，“他也不是很想写，不亚于你的不情愿。”

“我跟他说的事，有些甚至连你都不知道……天哪，艾瑞克，上次我还带他一起去见我母亲。”她将散在脸上的头发往后拨，“那还有什么问题？”

“什么意思？”

“费兹说你有事要告诉我。我父亲的案子出了问题吗？”

她睁大一双美丽的褐色眼睛望着我，我记得同样这双眼曾无数次出现在我生命中：我在暑期周日站上公共泳池的高台卖弄跳水技巧时，我在二月假期间滑雪摔断腿时，我与她第一次做爱的那一夜。

在她左脚边上，费兹眼镜旁的纸冒出火苗。

“他的案子没有问题。”我说谎，也没告诉她我放弃了。

亚利桑那的夜晚时间多得令人不知如何是好。苏菲和我裹着毯子，坐在车屋顶上。我指了北斗星、猎户三星和一颗闪闪发亮的红星给苏菲看，但她却对找字母比较感兴趣。就在今天早上，我在厨房餐桌上发现我的一份口供，上头布满好几串的字母B。“爸爸，”她指着说，“我看到一个W。”

“好厉害。”

“那里也还有一个W。”

今晚满月，当苏菲指着星星，我可以清楚看到那三个字母的组群：W—O—W。令我吃惊的是当我拼出来时，她说出了这个字的意思。“露珊教我的。”苏菲说，“我认得哇、猫、狗、是。”

我张开腿让她坐在中间时，猛然发觉若是有人从我身旁夺走苏菲，即使那人是迪莉娅，我也会找她一辈子。即使必须翻遍所有星星才能找到她，我也会这么做。但同样地，倘若知道有人打算夺走她，我可以保证我一定会先带着她逃走。

忽然苏菲站起来弯下腰，把头放在两脚之间。她从这个好角度看向天空，我却紧张不已，只怕她掉下去。“你知道WOW（哇）的颠倒是MOM（妈妈）吗？”

“我好像从来没注意过。”

苏菲往我胸口上一靠。“我觉得那是特意的。”她说。

午夜过后，迪莉娅也爬上屋顶，盘腿坐在我身后。“我父亲肯定得坐牢，对不对？”她问道。

我轻轻将苏菲放到铺叠的毯子上，她靠在我身上睡着了。“陪审团的判决谁也说不准……”

“艾瑞克。”

我低下头去：“很有可能。”

她闭上眼睛：“要坐多久？”

“顶多十年。”

“在亚利桑那？”

我伸手搂住她：“等到事情真的发生，我们再来处理吧。”

在月亮如鹰眼般的注视下，我轻抚着她的发丝之河与肩膀的凹凸起伏。我们一块钻入我的睡袋，刚好挤得下，她滑到我身上，双腿紧贴在我的腿上，肌肤光滑如脂。我们小心翼翼不发出声音，因为苏菲就睡在几英尺外，这也改变了动作的重点。少了言语，其他的知觉随之扩大。性爱变得热切、秘密，且如芭蕾一般精确。

当郊狼漫步过沙漠、蛇在沙地上写下暗语之际，我们动着。当星辰像火花般洒落之际，我们动着。我们不停地动，接着她的身体如花绽放。

然后我们转身侧躺，身躯依旧相连，紧密得什么也无法介入。“我爱你。”我贴着她的肌肤低声说道。这些字眼落入她脖子底端一个小凹处，那是某次滑雪意外留下的疤痕。

但打从迪莉娅四岁我认识她起，她就有这个疤。滑雪意外应该是在更早以前，她还住在凤凰城时发生的。

在这个不下雪的地方。

“迪莉娅。”我急促地喊道，但她已经睡着。

当晚我梦见自己奔跑在月表上，那里的一切都变轻了，就连疑虑也不例外。

安德鲁进入律师与当事人的独立会见室。“你不是说不干了？”

“那是昨天的事。”我回答，“我问你，迪莉娅脖子上的疤痕……不是滑雪意外留下的对吧？”

“不是，是被蝎子蜇的。”

“她的喉咙被蝎子蜇过？”

“她被蜇到肩膀，但伊莉丝发现她的时候，情况已经很糟。院方想替她插管，却无法以正常的方式进行，所以在她气管开了个洞，还让她戴了三天的呼吸器，直到她能再度自己呼吸。”

“你送她到哪家医院？”

“斯科次达浸信会医院。”安德鲁说。

如果迪莉娅曾于一九七六年因为被蝎蜇伤送医，就会有病历记录：也就是在母亲独自照顾下，这孩子受过伤的书面证明。既然发生过一次，就非常有可能再度发生。这样的理由应该足以让陪审团了解到，一个护女心切的父亲为何带着小女儿逃跑。

我收拾起文件，跟安德鲁说我会保持联络之后，便飞奔进看守所后侧的停车场。我上车将空调开到最大，并用手机打给迪莉娅。“你知道吗？”她接起电话后，我对她说，“我大概知道你为什么怕虫子了。”

斯科次达浸信会医院现在改名为斯科次达奥斯波恩医院。有位行政助理一直留意着地方新闻频道上有关这起绑架案的后续报道，提供迪莉娅的旧病历时还要求以她的签名交换。我们一起坐在档案室内，四面都是高叠的数据和五颜六色的检索标签。迪莉娅翻开文件夹，过往的陈旧霉味从那一小叠纸张扬起。我看着她一页页翻阅，心里怀疑她知不知道自己正抚弄着喉咙底端那个十分钱硬币大小的凹洞。

“你看这个。”须臾过后，她将文件夹往我面前一推说道。

“贝瑟妮·马休斯。日期：一九七六年十一月二十四日。

“病史：三岁白人女性疑似遭蝎子蜇伤左肩后由母亲送医，血管成形手术约一小时。病患抱怨左肩疼痛，兼有呼吸困难、恶心、多重影像等症状。母亲指出病患手臂有间歇性‘抽搐’，还有两次无血色、无胆汁呕吐。无昏迷，无胸痛，无出血。

“过去病史：无

“过敏史：无药物过敏史

“破伤风：无法确定

“理学检查：128/88 177 34 99.8 RA血氧含量98% 20kg。躁动的三岁♀，呈现中度痛苦表情。

“头眼耳鼻喉：水平性眼球震颤，左右瞳孔等大、圆形、对光有反应、能调节，大量唾液分泌，口咽畅通

“颈部：柔软、不痛，无白血球黏着缺乏症，无甲状腺肿大

“肺部：双边有轻微鼾音，呼吸功微增，无凹陷

“心血管：正常，心搏过速，无杂音、摩擦音、奔马音

“腹部：柔软/不痛/不胀/有肠蠕动

“四肢：左后肩有2x3cm区域之红斑，无淤血，无出血。2+四肢远程脉搏之跳动程度

“神经：意识清楚，焦虑，左侧水平性眼球震颤，共轭凝视不良，左侧脸下垂，呕吐反射不良。四肢肌力5/5，除了蜇伤部位周围之外，对轻微碰触敏感，偶尔角弓反张

“检验数据：WBC 11/6 Hct-36 Plt 240 Na 136 K 3.9 Cl 100 HCO3 24 BUN 18 Cr 1.0 gluc 110 Ca 9.0 INR 1.2 PTT 33.0；尿液分析 Sp Gr 1.020，25-50 WBC，5-10 RBC，3+ BAC 1+ SqEpi，+nitrite，+LE

“急诊科处置：伤员送至急诊室时，症状/征候与严重蜇伤一致。接受2mg Versed静脉注射后，病患的状况起先有改善，但当杨医生试图移除病患的衣物以便彻底检查时，她又变得激动。抗毒血清无法取得。增加Versed注射量无效，最后决定让病患镇定麻醉后进行插管。由于分泌物太多，无法进行口气管插管，后来成功执行针头甲状环状软骨切开术。病患随后送进小儿加护病房，由一般小儿外科医生进行后续的气管造口术。病患使用了三天的呼吸器。尿液分析也显示

泌尿道感染，此发现已通知医护人员。”

“我看不懂。”迪莉娅低声说。

“你无法呼吸，”我约略看了病历说道，“所以医生在你的喉咙开了一个洞，然后接上可以替你呼吸的机器。”我又往下读：

“请求急诊室社工协助，因为母亲呈现酒醉状态；已通知父亲。”

这是白纸黑字的证据：专业医疗人员认为伊莉丝·霍普金斯喝得太醉，无法照顾孩子。

迪莉娅转向我。“我真不敢相信我竟然不记得这件事。”

“你当时还小。”我为她辩解。

“至少也该有点印象自己曾在医院住过几天，接了呼吸器，或是反抗医生，不是吗？你看，艾瑞克，这上面说我需要打镇定剂。”

她忽然起身走出档案室，向行政助理询问小儿加护病房的位置。她打定主意，进入电梯上楼去了。

现在当然变得不一样了。除了色彩鲜明的水族箱壁画外，还有墙上的迪士尼公主们和画在窗上的彩虹。与点滴架绑在一起的孩子们跟着自己的父母在走廊上走来走去，关闭的门后传出婴儿的哭声。

有个穿得像条纹糖果的义工从另一个电梯走出来，挤过我们身旁，脸被一大束气球给遮住了。她将气球拿进我们对面的病房，里面的病患是个小女孩。“可不可以把气球绑在床上？”女孩问道，“看看我会不会飘起来。”

“我没有气球。”迪莉娅喃喃自语，“加护病房不准放。”她从我眼前横越过去，但倒不如说她远在千里之外。“不过他替我带了糖果……一根蝎子形状的棒棒糖。他叫我咬回去。”

“你爸爸？”

“好像不是。你会以为我疯了，不过是一个很像维克多的人，我母亲的现任丈夫。”她茫然地摇头，“他叫我别告诉任何人说他来看我。”

我用鞋底摩擦着油布地板，嘴里“哼”的一声。

“如果我是在一九七六年被咬，当时我父母还没离婚。”迪莉娅举头看着我，“会不会……会不会是我母亲有外遇，艾瑞克？”

我没回答。

“艾瑞克，”迪莉娅说，“你有没有听见我在问你？”

“她是啊。”

“什么？”

“你父亲告诉我的。”

“而你没告诉我？”

“我不能跟你说，迪莉娅。”

“你还隐瞒了些什么？”

我脑海里闪过上百个答案，从我在看守所与安德鲁交谈的细节，到我从迪莉娅昔日托儿所教师口中得到的供词，虽然就算我说了她也绝对不会相信，但这些事她还是别听比较好。“是你要我替你父亲辩护，”我辩驳道，“如果我把他说的话告诉你，我就会被取消本案辩护律师的资格，或甚至被撤销律师资格。所以你来选吧，迪莉娅，你要我以你……还是以他为先？”

话一出口我才发觉根本不该问这个问题，但已经太迟。她不发一语地撞开我走了过去，大步通过走廊。

“等等，迪莉娅。”我见她走进电梯连忙喊道，并伸手阻挡电梯门关闭，“别这样，我答应你，我会把我知道的一切都告诉你。”

电梯门闭合前我最后看到的是她的眼睛：温柔的、因失望而受伤的褐色眼睛。“为什么现在才开始。”她说。

我在汉弥顿、汉弥顿事务所前下出租车，但没有进入大楼，而是左转，开始在凤凰城的街道上漫步起来。我走了很远，远到商店门前的灰泥立面都已消失，却看见裤子穿得低低的小孩在街角鬼混，黄眼睛眨也不眨地盯着来往车辆看。我经过一间用木板封住的药局、一间假发店，和一个挂着用多种语言写上“支票兑现”招牌的摊位。

迪莉娅说得对。既然我有办法不让她知道她父亲说了些什么，当然也能想出办法不让律师协会知道我对她透露了什么。就法律伦理而言，我不该向她透露任何关于她父亲的案情，或是她本身未曾参与的过去，但这无所谓。我向诺伯法官，又向克里斯·汉弥顿（我在本州岛的保荐律师）做过这些承诺，但这也无所谓。重点是职业伦理是个崇高的标准，但爱情的排名更高。长远来看，当个模范律师有什么用？从来也没见过谁的墓碑上有这样的封号。你只会看到谁爱他们，他们又回爱过谁。

我钻进下一间商店，让冷气灌流全身。店内清清楚楚地散发着厚纸箱的发酵味，还有收款机叮叮作响。一面墙边摆满了翠绿瓶装的外国酒，整个背面架上则是由琴酒、伏特加与苦艾酒组成的一片透明全景。大肚皮的白兰地像佛祖似的并肩而坐。

我走向威士忌区。店员将Maker’s Mark放进纸袋里，同时为我找零。走出店门后，我扭下威士忌的瓶盖，将瓶口凑进嘴里，头往后一仰，品尝这幸福的、令人麻木的第一口。

结果不出我所料，这已足以厘清我脑中的迷雾，仅剩一个诚实的自白：即使能无拘无束地告诉迪莉娅一切，我也不会这么做。这点安德鲁已经努力地解释了好几个星期：隐瞒真相比伤害她容易。

所以我该感到内疚……或值得称颂？

到头来看似对的事不一定总是对的，有些规则最好不要遵守。但万一这些规则刚好是法律呢？

我将威士忌酒瓶斜斜一倾，全倒入下水道孔盖。

这是个大胆的尝试，但我想我已经替安德鲁·霍普金斯找到脱身的方法。

迪莉娅

我来到母亲家时，激动的情绪就一直悬着。费兹和艾瑞克都骗了我，父亲也骗了我。我来这里的原因，很具讽刺意味，因为母亲是我最后的依靠。我需要有人说说我想听的话，说她爱我父亲，说我骤下错误的断言，说事实真相不一定如我们所想。

由于母亲没来应门，门又没锁，我便自行进入。我循着她的声音走过走廊。“觉得怎么样？”她问道。

“好多了。”一个男人回答。

我从门口往里看，发现母亲正用丝绳在一个年轻男子的脖子上轻轻打结。他一见到我吓一大跳，差点跌下凳子。

“迪莉娅！”她喊了一声。

男子的脸变得通红，被人发现与我母亲在一起，尽管衣衫整齐，似乎仍让他十分尴尬。“别走，”母亲说，“亨利和我快好了。”

他伸手进裤袋掏皮夹。“非常感谢，伊莉丝夫人。”他用西班牙语嘟哝了一句，随即塞了张十元纸钞到她手里。

他付她钱？

“你得继续给我穿红袜子和红内裤，懂吗？”

“是的，夫人。”他回答后，匆匆退出房间。

我直瞪着她，一时无言。“维克多知道吗？”

“我尽量保密。”母亲红着脸说，“老实说，我也不确定你会有什么反应。”她突然双眼发亮，“不过你若有兴趣，我很乐意教你。”

这时我才察觉到她身后有几排瓶瓶罐罐，里头装满树叶、树根、花苞与土壤，我也才明白我们说的事情全然不同。“这……这些是什么？”

“是其中的一部分。”她说，“我是治疗师。可以说是医生，专门帮助医生无法治疗的人。例如亨利已经来过三次了。”

“你没有跟他上床？”

她看着我的眼神像是觉得我疯了。“亨利？当然没有。他的喉咙不断肿大无法吞咽，却没有一个医生找得出原因，所以他已经来治疗两次。他一走进这里，我就知道是他一个邻居对他施法，我现在正和他一起破除这个法术。”

我本身的事业也涉及眼睛看不到的东西，但却有科学理论根据：遭细菌攻击的人类细胞留下了凝结尾。我再一次注视眼前的女人，感觉到彻底陌生。“你真的相信这些？”

“我相信什么不重要，他相信什么才重要。大家来找我是因为他们能协助治疗自己。他们会绑一个特殊的结，或将密封的火柴盒埋入土里，或摩擦蜡烛。谁不希望尽点力控制自己的未来呢？”

我本来也以为我想要的是这个，但如今回想起来，却又不那么确定。我触摸着喉咙的疤痕，是这个发现带我来到这里。“如果你是治疗师，怎么救不了我？”

她的目光落在那个小凹洞。“因为那时候，”她坦承道，“我连自己都救不了。”

霎时间，这一切都太困难了。我筑墙筑累了，希望有一个力量强大——而且诚实——的人把墙都推倒。

“那么现在来吧。”我要求道，“把我当成你的客户。”

“你没有什么问题。”

“有，我有。”我说，“我会痛，随时都很痛。”泪水穿透了我喉咙背面。“一定要施一点法术让东西消失不见。药水或咒语或在我手腕上绑绳结都行，总之要能让我忘记你是如何酗酒……还有如何背叛我父亲。”

她倒退一步，仿佛被人掴了一掌。

“你能给我什么……”我颤抖着声音问道，“好让我忘记……你曾经忘了我？”

母亲迟疑了好一会儿，然后全身僵硬地走到架子旁。她取下三个容器和一个玻璃搅拌钵，打开封盖，我闻到肉豆蔻，夏季的气味，一种希望的蒸馏液。

但她没有为我搅拌敷药或制作糊状物让我吞食，也没有用绿丝绳绑我的手腕或叫我吹熄三根矮短的蜡烛。倒是她略显迟疑地绕过工作台，将我整个人拥入怀中，即使我试着推开，她仍不肯放开不停哭泣的我。

我们好像开了好久好久。露珊和我在夜间轮流驾驶，苏菲和格丽塔则在后座睡觉。我们沿十七号州际公路北行，经过一些地名诸如血洼地路、马贼洼地、蠢蛋之地、小女人溪。我们经过了只剩枯骨的树形仙人掌，有鸟儿在里头筑窝，也见到啤酒瓶的黄褐色碎玻璃，像路面反光标记似的沿路边散布。

渐渐地，仙人掌不见了，落叶树开始遍布于山麓丘陵地带。气温随高度下降，到后来我甚至冷得摇起车窗。条纹红岩峭壁耸立于远方，在旭日照耀下有如着火一般。

我不是逃走，不算是。只能说是主动陪露珊到第二米沙探访她的家人。她对此提议不太热衷，但我费尽唇舌：告诉她我觉得让苏菲见见世面很重要，告诉她我想见识见识看守所以外的亚利桑那，告诉她我需要找人谈谈，而且希望那人是她。

车程中，我告诉露珊有关费兹替报社写稿的事，也告诉她关于被蝎子蜇伤的事，以及我对维克多的记忆与艾瑞克已经知道的部分。我没有说出母亲的事。目前，我想将那一刻保留给自己，就像藏入内心褶缝中的一枚银币，供紧急时取用。

“所以你是因为生艾瑞克的气，才会苦苦哀求要来第二米沙。”露珊说。

“我没有哀求。”见她微微扬起一边的眉毛，我又接着说，“好吧，可能哀求了一下下。”

露珊安静了几秒钟：“这样说吧，就算艾瑞克在第一时间将你母亲外遇的事告诉你，就能阻止得了你父母离婚吗？不能。就能阻止你父亲带着你逃跑吗？不能。就代表你父亲不会被捕吗？不是。在我看来，告诉你唯一的作用就是让你更心烦，有点像你现在这样。”

“艾瑞克知道我有多辛苦。”我说，“这很像在拼拼图，因为找不到最后一片都快急疯了，结果发现原来被艾瑞克偷藏在后裤袋里。”

“也许他有理由不希望你完成这幅拼图。”露珊说，“我不是说艾瑞克这么做是对的，只是这样做也可能没有错。”

我们默默地继续开往旗杆镇，然后右转上另一条路。我按着露珊的指示来到前往胡桃峡谷的岔路。我们把车停在一辆巡守货车旁边，但门还没开。“来吧。”露珊说，“我想让你看一样东西。”

“还要等呢。”我说。

但露珊径自下车，并到后座抱起苏菲。“不用，”她说，“我是这里的人。”

我们爬过大门，顺着一条小径步行进入一座峡谷，这谷地仿佛从深红岩石间裂开的一条缝。刺梨与矮松像标竿似的沿着小径两旁生长。林径狭窄蜿蜒，一边是四百英尺高的陡峭悬崖，另一边岩壁高耸。露珊走得很快，踩过非常狭小的山路，爬行绕过尖峰、穿越罅隙。愈往里走，似乎愈显荒凉。“你知道路吧？”我问道。

“当然。我以前最怕梦见和一群白人在这里迷路。”她转过身来笑了一笑，“唐纳党会先吃印第安人，你知道吧。”

我们爬下峡谷，路径两边的缝隙与面向我们的岩块愈来愈狭窄，最后也不知怎么就爬到另一边去了。苏菲是第一个发现的。“露珊，”她说道，“这座山有一个洞。”

“不是洞，西娃，是家。”她回答。

逐渐靠近后我看见了：石灰岩层中凿刻了数百个小房间，一层层往上叠，就像天然公寓大楼。人行道绕山盘旋，直到来到一处岩居入口。

苏菲与格丽塔很喜欢这个雕凿的岩洞，直接从门口扭曲纠结的杉木跑进后面的穴室。后墙有烧焦的痕迹，里头闻得到酷热与烈风的气味。“谁住在这里？”我问道。

“我的祖先……伊萨茨诺姆人。一〇六五年落日火山爆发，掩埋了他们在草原上的地窖屋和农场，所以他们才来到这里。”

苏菲绕着一个岩石堆起的小方块追逐格丽塔，那想必是火床。很轻易便能想象到一家人围聚在此，说故事说到夜深，而且知道其他数十个家庭也在他们周遭的小空间里做着同样的事。“归属”一词的“属”是有道理的，这是人的境况。

我转身向她："他们为什么离开？"

"没有人能永远待在同一个地方。就算你不动，周遭的世界也会改变。有人认为这里可能发生了水灾，霍皮人说伊萨茨诺姆人是在实践一个预言——要流浪数百年后才能再回到灵界。"

对面，在我们来时走的路径上，当天第一批游客正像火蚁般缓缓爬行。"你有没有想过也许你弄颠倒了？"露珊说。

"什么意思？"

"会不会这整个绑架经验并不是迪莉娅的故事？"她问道，"会不会失踪并不是你人生中最大的剧变？"

"不然会是什么？"

露珊仰起头面向太阳。"回来。"她说。

霍皮保留区是位于面积大了许多的纳瓦荷保留区内的一个小泡泡，范围遍及三座海拔高度六千五百英尺的长指形方山，远观有如巨人整齐的牙齿，近看则像倒出的面糊。

约有一万两千名霍皮居民住在小小的村落群间，其中的西鲍洛威村坐落在第二米沙（即第二座方山）。我们将车停在一处平地，徒步爬上小丘，踩过陶器与骨头碎片。露珊告诉我这是一种旧习，从前的家庭会把食物埋在住家屋基的灰烬中，以避免挨饿。我们来到方山顶上一个尘土弥漫的小广场，广场四周全是平房。我们到达时，外面一个大人都没有，只有三个比苏菲大不了多少的小孩在建筑之间的阴影里冲进冲出，神出鬼没的。还有两只狗互相追咬尾巴。其中一栋屋子的屋顶上有只老鹰，脚下踩着色彩鲜艳的彩绘木制玩具和碗。

从许多屋子窗口可以听到音乐声——原住民咏唱的录音、卡通、广告歌曲。西鲍洛威有供电，但其他一些村落没有。露珊说像老欧莱比就是，当地的老人家觉得如果向巴哈那——就是白人拿了什么，巴哈那也会要求回报。自来水是新玩意儿，她说，最早从二十世纪八十年代开始，在那之前你得拿水桶到方山顶上一处天然泉打水。有时候下雨天，水坑里还会有鱼。

露珊抓住我，勾起我的手臂。“来吧，”她说，“我妹妹在等着。”

薇玛是戴瑞克（几周前，我们才欣赏过他跳环圈舞）的母亲。我跟随露珊进入广场边一栋屋子，是个小石屋，正面有一扇窗。她没敲门就直接开门，浓浓的炖肉与玉米粉的味道立刻扑鼻而来。“薇玛，”她喊道，“你的诺葵馄（炖煮的玉米粉加羊肉加香料）是不是烧焦了？”

薇玛比我想象的年轻，约莫大我五六岁。她正忙着替一个小女孩梳头，小女孩却不肯乖乖坐好。她一见到露珊，立刻绽开笑脸。“你这瘦巴巴的老太婆懂什么烹饪？”她说。

屋里还有其他许多妇女，都穿着七彩的便服。其中不少人和薇玛、露珊长得很像，应该是姐妹、姨妈。白墙上挂了卡齐纳雕刻木偶，就像露珊几星期前跟我说的那些。房间角落里摆了一台电视，上面有只花瓶插着纸巾花，瓶子下面压着花边垫子。

“你差点就没赶上。”薇玛摇着头说。

“你明知道我不会迟到。”露珊回答，“我说过我会在卡齐纳离开前回来。”

从这里开始，对话在不知不觉中转换成一连串霍皮语，我听不懂。我等着露珊介绍我，但她没有，更奇怪的是似乎没有人觉得怪异。

梳头的小女孩终于从椅子解脱出来，朝苏菲走去。她用地道的英语说：“要画图吗？”

苏菲慢慢地脱离我并点点头，然后跟着女孩进入厨房，有个装满断裂蜡笔的杯子就放在正中央。她们开始在方形牛皮纸上画画，那是从购物纸袋上割下来的。我旁边坐了一位老妇人，正用玉兰叶编盘子，我对她微微一笑，她却咕哝了几句。

这屋子是非常奇怪的古今组合。有用来捣烂玉米粉的石碗，有祈祷羽毛，就如同露珊系在假紫荆树上以及留在胡桃峡谷中的那些。但也有油布地板、保丽龙杯子和塑料桌布，有乐柏美洗衣篮，还有一个少女将脚指甲涂成深红色。两个世界直接连在一起，而这房里的每个人似乎都能轻松地跨越。

露珊与薇玛起了争执，我之所以知道纯粹是因为她们的语气与声量，又看见露珊双手往上一挥，退离妹妹身边。忽然传来一阵咕咕的颤音，是猫头鹰的低鸣，我在新罕布什尔森林里散步时听过。屋里的女人开始窃窃私语，往窗外凝神细看。薇玛用霍皮语说了一句话，我敢说一定是"我就说吧"的意思。

"来吧，"露珊对我说，"我带你四处逛逛。"

正在画图的苏菲似乎乐在其中，我便跟着露珊再次来到外头的广场。"有什么事吗？"我问道。

"明天有个仪式，叫尼曼，家舞的意思。这是所有卡齐纳回到灵界前的最后一场。"

"我是说你和薇玛。我猜我不该来。"

"她不是因为你来而生气。"露珊说，"是猫头鹰。谁都不想听到猫头鹰叫，那是坏兆头。"我们沿着一条狭窄步道离开广场后，站在一栋用煤渣砖砌成的小住家前面。烟舌从烟囱伸舔出来，露珊以手遮着眼睛上缘直目凝视。"这是我结婚时住的地方。"

我想到自己的婚礼，因为父亲的案子而暂时搁置。"不知道艾瑞克和我最后结不结得成婚？”

“霍皮人结婚要好几年。上了教会、完成仪式，然后找一个住的地方，不过新郎的叔伯替你织图沃拉，就是新娘礼服，却要好几年。薇玛举行霍皮婚礼的时候已经生了戴瑞克，三岁的他就和母亲一起参加婚礼。”

“婚礼是什么样子？”

“很麻烦。你得用你编织的平板和你准备的食物答谢新郎家人送的礼服。”露珊咧嘴一笑，“我在婚礼前四天，去和婆婆同住。我禁食，却得替她和她的家人煮饭——其实就是考验，看看你配不配得上她儿子，尽管在法律上我们已经结婚三年了。我们有个传统，新郎的姑妈要过来向新郎的姨妈丢泥巴，每个人还要一面抱怨新娘和新郎，不过这都只是开个大玩笑，就像巴哈那那种疯狂的单身派对。接着婚礼当天，我穿上艾丁的叔伯帮我做的礼服。很漂亮，垂挂下来的流苏一个比一个小，好像我老了以后会用上的拐杖，愈来愈接近土地，直到我的额头碰到地面为止。”

“为什么有第二件礼服？”

“你去世那天要穿的。你站在大峡谷边缘，摊展开礼服，踩上去，然后升上天空成为云朵。”露珊低头看看自己的左手，手上还戴着一只金手环，“你们巴哈那为了婚礼要不断地排练……而我们却是在婚礼当天排练我们的余生。”

“艾丁什么时候去世的？”我问道。

“一九八九年的一场水灾。”露珊摇摇头，“我想神灵是故意挑选他这个了不起的人，因为他们知道他能为我们带来雨水。他回来的那个晚上，我就站在这间屋子外面。”她说道，“我将头往后仰，张开嘴巴，尽可能地把他吞下肚去。”

我望着从烟囱缭缭升起的白烟。“你知道现在谁住在这里吗？”我问道。

“不是我们。”她说着便转身起步，缓缓走上小径。

夕阳西下时，格丽塔和我坐在第二米沙的边缘。亲爱的妈咪，我在一个购物纸袋背面写着。

你知不知道读小学的时候，每个老师都会庆祝母亲节？因为他们替我感到难过，所以我不用做浴盐或纸编篮或卡片。

你知不知道我第一次买胸罩时，在内衣区等着，直到看见一个女人带着一个小女孩走进来，才请她帮忙？

你知不知道我十岁的时候，想成为天主教徒，这样我就能点蜡烛让身在天堂的你看见？

你知不知道我常常想死，那样就能见到你了？

我抬起头，遥望向远方如煎饼般的景致。对一个记忆不多的人而言，我似乎有很多忘不了的事。

我知道你很后悔，我写到，只是不知道这样够不够。

当我放下铅笔，它便从崖边滚落。即使在此万籁俱寂中，我能听见母亲为自己的行为道歉，也能听见父亲为自己的行为辩驳。一般人会以为他们俩都在身边了，事情应该会容易一点，但其实是他们撕裂我会容易一点。他们都在恳求我选择，恳求声那样响亮，让我着实难以下定决心。

再次下定决心。

我爱我的父亲，也知道他带我走是对的。但我是个母亲，实在无法想象自己的孩子被偷走。问题是这不是二选一的案例。

我的父母都没错。

同样地，他们也都错了。

露珊从我身后靠近，差点让我吓破胆。“你吓死我了。”我说。

她看起来很累，慢慢地弯身坐到地上。“我以前常来这里，”她说，“当我需要想事情的时候。”

我屈起膝盖：“你现在在想什么？”

“回家的感觉如何。”露珊说着转向远处的旧金山峰群，“真高兴你逼我带你来。”

我咧着嘴笑：“谢啦，我想。”

她举手挡避夕阳的刺眼红光。“那你在想什么？”她问道。

我站起来将纸撕碎。“跟你一样。”我说完，和她一起看着纸片随风而去。

第二天清晨天还未亮，广场上已经挤满了人，有些坐在金属折叠椅上，有些蹲在屋顶上。露珊跟随薇玛走到广场边缘，一栋建筑的屋檐下。太阳尚未露脸，但这支舞将持续一整天，届时将会艳阳高照。

苏菲安安静静地高踞在我的背上，一面揉眼睛，一面看着那只还拴在屋顶上的金鹰每隔几分钟扇动一次翅膀，有时还高啼几声。

当拳头般大小的太阳出现在地平线，卡齐纳从他们做准备的地下仪式间上来，鱼贯而至。他们怀抱着礼物，接着将礼物堆放在广场上。因为昨夜没下雨，今天早上便不许喝水，因此不管有多热他们都不会喝。

他们约有五十来人——听说叫作虎特卡齐纳——打扮一模一样。他们穿着白裙、披着红肩带，还有不同样式的缠腰布，手臂上饰有臂环，上身赤裸。他们的左脚踝系着铃铛，右脚上有哗啷圈。右手握着哗啷圈，左手上则有杜松（沃曼皮）。每对肩胛骨间都悬挂着一条镶了一个贝壳的项链，每双腿中间都有一根狐尾嗖嗖晃动。他们的身体涂满代赭石颜料，并撒了些许玉米粉，但最引人注目的装扮莫过于面具——黑色木制的巨大头颅，狗脸，牙齿外露，虫眼，背后竖起一副羽冠。

他们开始咏颂后，苏菲把脸埋进我的脖子。歌声深沉、喉音浓重，声音逐渐增强。卡齐纳随着音乐节奏两两转身，有一个老人在他们当中挥动着手，边撒玉米粉边督促他们更用力地跳。

露珊拍拍苏菲的背。“乖，西娃。”她说，“他们不会伤害你，他们会保你平安。”

约莫一小时后，他们停止跳舞，叮当哗啷地奔向他们从仪式间搬上来的礼物堆。他们将一条条烤好的面包丢给坐在屋顶上的人，分发西瓜、葡萄、爆米花球和桃子，发送一碗碗的水果、节瓜、玉米和蛋糕。新近丧夫的薇玛拿到了最大的一篮。

最后他们分礼物给小孩。男孩拿到了用香蒲与玉米秆包起来的弓箭，女孩则是系着杜松枝的卡齐纳玩偶。有一名手臂与身侧都汗涔涔的舞者快速穿越广场，来到我们坐的地方。他手里拿着两尊卡齐纳娃娃，玩偶彩绘的脸在阳光底下仿佛上了釉似的光亮。他将一个递给薇玛的女儿，然后跪到苏菲面前。她身子往后缩，舞者面具上鲜明的斑点与他身上强烈刺鼻的汗水味都令她惊恐不已。他摇动木雕的头，片刻过后她已伸出五指将娃娃扣住。

这名卡齐纳舞者动作灵活、体形修长，看起来十分眼熟。他的脚下功夫令人赞叹，我不禁怀疑面具底下会不会是戴瑞克，我们在凤凰城遇见的环圈舞者，也是露珊的外甥。

“那是不是……”

“不是，”露珊说，“今天不是。”

卡齐纳准备暂时休息片刻，便分成两列交叉并拢后，变成一支长而起伏不定的队伍离开广场，步下方山，朝仪式间走去。云朵似乎也跟随着他们。

露珊伸手抱住手里还紧握新玩偶的苏菲，脸颊贴在我女儿的头顶上，注视着卡齐纳离去。“再见了。”她说。

第二天早上我醒来时，露珊已经不在，苏菲则还在格丽塔身边睡得很熟。我蹑手蹑脚走到外面，正巧看见一个男人爬上系住金鹰让它观看仪式的屋顶。鹰扇动翅膀，但脚上系着绳子飞不走。那人轻声对鹰说话的同时慢慢靠近，最后用毯子将鹰裹住。

这时有个女人从我旁边的屋子走出，我惊骇地转向她问道：“他是不是想偷鸟？我们要不要做点什么？”

她摇摇头。“那只鹰塔拉塔威从五月就一直监视我们，看我们有没有做好所有的仪式。现在是放它走的时候了。”她告诉我塔拉塔威是她儿子抓到的，当时他父亲用绳子把他放下悬崖，找到一处鹰巢。这只鹰的名字意思是“歌颂旭日”，自从替它取了名字以后，鹰就是他们的家人了。

我等着看她丈夫解开鹰脚的绳子，看它飞走。但这时候，男人却将鹰身上的毯子愈包愈紧，鹰挣扎着要呼吸，他硬是按住，最后它终于没力气了。“他在杀鹰？”

女人擦擦眼睛。她告诉我这只鹰是在玉米粉中窒息的。羽毛会全拔光，只留下几根做祈祷羽毛以及将来会保佑西鲍洛威村民的仪式用品。塔拉塔威的身体将埋在卡齐纳送来的礼物当中，它会前去告诉神灵说值得为霍皮人降雨。“这一切都是为了大家好，”她声音有点发抖，“但要放手还是很不容易。”

忽然间，薇玛砰地推开纱门。“你们有没有看到她？”她问道。

“谁呀？”

“露珊。她不见了。”

我了解露珊，她去搜刮零星散布在保护区里的垃圾了。昨天我们徒步走向西鲍洛威时，她跟我说霍皮人认为损坏了或消耗掉的东西必须还给土地，所以才会满地废物、垃圾成堆。最终当你死后，就能取回所有破碎的东西。

当时我还暗想：破碎的心也可以吗？

“她肯定没事的。”我告诉薇玛，“她可能一眨眼就回来了。”

可是薇玛扭着手说：“万一她走得太远回不来，怎么办？我不知道她还剩多少体力。”

“露珊？她恐怕都还能赢得铁人竞赛呢。”

“那是化疗以前的事。”

“什么以前？”

薇玛告诉我说露珊察觉后去找过当地的治疗师，但是已经扩散得太广太快，因此她转而求助于传统医学。她对薇玛说我曾开车载她去看病，但我根本没有带露珊去找过任何医生，她也从未提及癌症的事。

在我们身后的屋顶上，那男人唱了一曲掺杂着悲伤的祈祷歌，并将塔拉塔威当成孩子一样抱在怀里轻轻地摇。

“薇玛，”我说，“我要你去报警。”

我不要任何人——说白了就是一支部落警察护卫队——跟着我，所以我偷偷让格丽塔闻了露珊行李箱里的一件衬衫。我都还没下指令，猎犬便立刻开始拉扯皮带。趁着薇玛在和警察说话，戴瑞克在照顾苏菲和他自己的妹妹，我和格丽塔没有引起任何注意便偷溜开来。

我们在到处布满深邃裂缝的黄土地上移动着，我们小心翼翼地踩过从方山巅上落下的石板块。有些地方比较轻松——像是铺着松软尘土的地面上会留下脚印。有些植物被踢倒或踩扁。但有些地方，露珊所留下的唯一线索就是一缕气味。

在这偏远之地，露珊可能遭遇任何不测：脱水、中暑、蛇、绝望。一想到能否寻获她可能全掌握在我手上，不禁感到惶恐，但对于能重操旧业，我内心也有一部分几乎是松了口气。既然还能积极地找寻某人，想必意味着我不再是迷失的那个人。

这时格丽塔猛然打住传达警讯。它大步跑开来，我则试着闪避大圆石与杜松矮树丛努力跟上。它转进一条专供四驱车行驶、留有辙痕的道路，带领我进入一座小峡谷的凹处。

我们被三面陡峭的岩壁包围，格丽塔慢慢地向峭壁靠近，一路嗅着裂开的土地。我的靴子不断踢到波纹陶器的碎片、断裂的箭头和猫头鹰食茧。岩石的正面上有些记号：螺旋线、太阳光芒、蛇、满月、同心圆。我边走边用手指抚摸过持矛人物与大角羊，摸过将看似花朵之物顶在头上的男孩与试图夺取的女孩，摸过一对由波浪状肚脐连接在一起的双胞胎。一整面石墙就像一张报纸，数百幅画紧密地挤在这个空间里。令人惊异的是，这些想必是千年前凿刻的故事，而我竟能看懂那么多。

其中有一个符号吸引了我的注意：有一个用简单线条构成、只可能是父亲或母亲的人物，手里牵着只可能是小孩的人物。

“露珊！”我高喊道，好像听到了响应。

格丽塔坐在一道狭窄裂缝的边缘，一面爪子不停搔抓好让自己站稳，一面低声哼叫。“留在这里。”我命令道，然后抓住石壁边缘，一使劲站上离地面六英尺高、浅浅的突出部分。从这里可以看到另一个落脚点，我开始往上爬。

我不断往石缝深处爬去，直到爬得太远、太高，已经见不到格丽塔，我才发现这幅石刻。这位艺术家为了清楚呈现女人身形颇费一番心思——她有胸部，还有蓬松的头发。她被刻成上下颠倒的姿势，头和身体中间隔着一条弯曲长线。在对面岩石上有一连串刻痕，凿刻得很精准。我看出了这是个计算至日的日历。在特定的某一天，太阳会准确无误地击中这里，接着将有一道光线割断坠落女子的脖子。

牺牲品。

忽然有许多小石子从头顶上落下，我抬眼一望，正巧看见露珊站在悬崖边，离我约莫还有十五英尺高。她的身子被一件纯白连身裙紧紧裹住。

“露珊！”我大喊着，声音连续撞击岩壁，这是一种亵渎。

她低头看我，我们的目光遥遥相对。

“露珊，不要。”我小声地说，但她摇了摇头。

对不起。

就在那半秒间，我想到薇玛、戴瑞克与我，所有不想被遗弃的人，自以为知道怎么做对她最好的人。我想到医生和露珊谎称吃下的药。我想到我能如何劝她离开突出的崖壁，就像我劝下十多个可能自杀的受害者。然而此时该怎么做才对，这是主观的想法。将来因为用药而掉发、要动手术切除乳房、要一步步走向死亡的人，并不是希望露珊活下来的家人。除非你是露珊，否则说她应该离开悬崖下来当然很简单。

当你觉得理当自行选择，别人却替你做了决定，这种感受我比谁都明了。

我看着露珊，很慢很慢地点了个头。

她对我微微一笑，于是我成了她的目击证人，亲眼看着她从窄窄的肩上解开新娘服，双手往外撑开，有如老鹰宽阔的翅膀；看着她纵身跃下悬崖，升天进入灵界；看着猫头鹰载负着她的躯体到凹凸不平的地面。

手机一接收到卫星信号，我立刻打给部落警察，告知他们上哪儿找露珊的尸体。我松开格丽塔的皮带，将绒毛麋鹿丢给它，作为找到标的物的奖赏。

我不会将自己目睹的景象告诉任何人，不会告诉他们我本有机会阻止她，而会说我和格丽塔找到露珊时已是如此。我会告诉警察说我想必是晚了几分钟。

事实上，我是及时赶到。

我又拿起手机，拨了另一个号码。“请你来接我。”他接起手机后我说道，却又隔了好一会儿才想到还应该说些其他的——我在哪里、他在哪里、来到我这儿需要多久等等。

昨天早上，家舞开始前，金鹰仍在屋顶上等候卡齐纳之际，来了另一只鹰。整个下午，两只鸟就静静地彼此陪伴。露珊说这种情形偶尔会发生，鹰的母亲会来探视。到了傍晚，母鹰飞走了，留下儿子做它该做的事。

不知道母鹰会不会再回到村子，却发现儿子不见了？我想大概不会吧。我想它应该知道到更恰当的地方去找它。

当天晚上，露易丝·马沙威斯提瓦便抵达西鲍洛威。她穿着套装，浓密黑发剪成时髦短发，一点儿也不像她母亲。

我见到她时，她正俯身在薇玛的餐桌上，双手环握一杯茶。她眼睛红红的，五官与露珊一模一样。“你就是在塔瓦基找到她的人吧。”她说。

我后来得知露珊自杀的地点非常特别，那里有公元前七五〇年的石刻，未经考古学家许可，谁也不得进入。如果沿着悬崖对面的盆地走，最后就会进到胡桃峡谷与谷内岩居。“我很遗憾。”我对露易丝说。

“她一直不肯接受治疗。她会说愿意只是因为我和她吵，我几乎什么事都和她吵。”

露易丝从桌子中央的餐巾纸架上拿了张纸巾，擦眼睛、擤鼻子。“几个月前，他们发现她的胸部有硬块，同一星期就动了手术。那是恶性肿瘤，但医生们认为做个化疗与放射线治疗，也许便能控制住。或许我当时就该告诉他们，从来没有人能控制住我母亲。”

“我想，”我谨慎地说，“露珊知道自己想要什么。”

露易丝低头盯着格纹塑料桌布。红格子上散落着一把铜板，像是改造的棋盘。她拾起其中几枚，屈起手指握住。“我母亲教我怎么数铜板。”她语气平静地说，“我试了很久都学不会。我老把十分钱当成一分钱，因为它比较小。可是母亲不死心，她跟我说这世上如果有什么需要明白的，就该是零钱。”露易丝揩揩眼睛，“对不起，只是……我们老说孩子属于父母亲，实在太疯狂了对吧？其实正好相反。”

我忽然想起很小很小的时候，被父亲拥抱过后，我会试着两手环在他的腰上，要回抱他。我始终无法将他身体的这圈赤道团团抱住，虽然我用尽力气，他却实在太大。后来有一天，我办到了。换成我抱他，而不是他抱我，但那时候我只希望能再对调过来。

露易丝张开手，让硬币如雨点般落下。“你应该知道，”她说时嘴角弯出一抹微笑，“我现在在银行上班。”

苏菲和我站在第二米沙的边缘，笼罩在一只盘桓的老鹰的阴影下。“意思就是说，”我说道，“露珊已经不在这里了。”

她抬起头看着我。“她跟外公在一起吗？”

“不是，外公会回来。”我这么说，心里却没把握，“死了，就表示永远地走了。”

“我不要露珊走。”

“我也是，苏菲。”

由于需求使然，我伸出双手拥她入怀。她整个人抱住我，嘴唇贴在我耳边。“妈妈，”她说，“不管你去哪里我都要去。”

我是否曾一度对母亲说过同样的话呢？

听到背后的脚步声，我转过身去。费兹慢慢地走上前来，不确定此时介入恰不恰当。“谢谢你来。”我说，嘴里吐出的字句却无比僵硬。

“是我欠你的。”费兹回答。

我看着地面。他没有问我发生什么事。他没有问我为什么打给他而不是艾瑞克。即使我没说，他也知道我无法谈论这点。“我知道我叫你滚到地狱去。”我说，“幸好你没听我的。”

“迪莉娅，报纸的事……”

“你知道吗？”我尽量保持正常声调，“现在我不需要记者，但真的需要朋友。”

他拱起双肩：“我有介绍信。”

我露出浅浅的一笑，为我们俩搭起桥梁。“老实说，”我坦承道，“你是唯一应征的人。”

我们刚上车要驶回凤凰城，竟开始下起雪来，反复无常的大自然。一开始是少许稀疏的细雪，然后沾到地上。狗儿蹦蹦跳跳，用脚掌滑行，孩子们从广场边的屋内跑出来，用舌头去舔雪花。正忙着准备露珊丧礼的戴瑞克与薇玛停下手边工作，抬头望天。他们会告诉彼此与西鲍洛威的人，说这证明了露珊已经到达灵界。

但我觉得这可能也是给我的信号。因为当费兹驶离第二米沙朝凤凰城去时，雪下得更大了，覆盖在引擎盖、挡风玻璃、方山群与公路上，直到大地白得像霍皮新娘的礼服，白得像新罕布什尔冬天的早晨。小时候，我会站在窗前看着白雪层层叠叠地盖住我的、艾瑞克的和费兹的家，好像一条巫师的围巾。假装灌木丛、砖道、足球、树篱、围墙与地平线全都消失了。假装当魔术师抽掉围巾后，世界又会从零开始。

我想当我在回家途中要求费兹绕路，他一点也不惊讶。苏菲和格丽塔在车后座睡着了，他和他们在停车场等着。“你慢慢来。”他说完，我便走进看守所。

另外只有一名犯人有访客。父亲在树脂玻璃另一边坐下，拿起话筒。“一切都还好吗？”

我看到他穿着条纹囚衣，左手缠着绷带，太阳穴有个愈合的伤口，还不时神经质地往旁边瞄，看有没有人要偷袭他，所以真不敢相信是他在问我这个问题。

“爸爸。”我一喊，泪水随即涌现。

他握起拳头，接着从拳心拉出一条面纸——变戏法。但他随即想起无法让面纸穿透玻璃墙屏障，或是通过电话线递给我。他无力地笑笑。“看来我还没学好这招。”

当初我们为老人表演魔术时，父亲总得费尽唇舌说服我表演凭空消失。他将事实解释给我听，说见不到就等于消失，但我还是相信一旦黑幕盖下，我就再也回不来。我实在太紧张，他不得不在布幕上挖几个很小的洞。如果我能看到他，他说，那么当然就不会真正消失。

直到这一刻我才又想起那个洞。这不禁使我怀疑自己其实潜意识中记得我们逃走的事。早在六岁时，我便被迫学会信任他，相信他会把我找回来。

如果不是这一天过得如此凄惨，也许我会留意到从看守所回家的路上，费兹愈来愈沉默。但我却一直想着露珊和父亲。直到我们把车停在车屋前，见到艾瑞克的车停在外面，我才开始慌张。两天前，感觉倒像两百天前，我把他丢在医院里，为了自己要求他做的事生他的气。“你也进来。”我求着费兹，依照一贯的作风，找他当支柱，“替我们缓冲一下。”

“我不能。”

“真的拜托你。”我说着瞄向后座，苏菲还在狗身边发出细细的鼾声。“你可以抱她进去。”

费兹看着我，面无表情：“不行，我有事。”

“要做什么？”

他忽然气恼地对我大吼，太不像我认识的费兹了，竟让我往后缩进副驾驶座。“拜托，迪莉娅，我刚刚才为你开了六百英里路，而你甚至几乎没跟我说话。”

我双颊顿时涨热：“对不起，我以为……”

“以为什么？以为我没其他事可做？以为我没有自己的生活？以为我跟你相处这么久却什么也不想做？”他双手锁住我两侧脸颊，像地心引力似的把我拉向前。当他的嘴封住我的唇，感觉是粗暴而苦涩。他脸上的胡茬在我皮肤上留下赤裸裸、犹如悔恨的记号。

他不是艾瑞克，所以我们嘴唇动作的节奏并不熟悉；他不是艾瑞克，所以我们的牙齿互相碰撞摩擦。他摁着我的后脑勺，像是担心我会挣脱。我心跳得好快，以至于开始在某些被遗忘的地方感觉到它的存在：我双眼背后、我喉咙底部、我双腿之间。

“妈咪？”

费兹立刻放开我，我们两人一起回头，看见苏菲正从安全座椅上好奇地望着我们。“天哪。”他低声说。

“苏菲，亲爱的，”我很快地说，“你在做梦。”我摸索到车门手把，下了车，然后探身进后座将女儿拉进怀里，“我们睡觉的时候会以为自己看到一些东西，很有趣哦？”

她软绵绵地倒在我肩膀上，格丽塔则跳下了车。此时，费兹也站在外面了：“迪莉娅……”

车屋里亮起一盏灯，门随后打开。艾瑞克赤裸上身、穿着四角裤，走下铝梯。他从我手中接过苏菲，一桩交易。

我们都还未能开口对彼此说点什么，便听到费兹的车引擎声将黑夜切成一半。他加足马力离去，留下身后一大片漫天的沙石尘土。

“露珊的妹妹打电话来问你到家了没。”艾瑞克轻声地说，以免吵醒苏菲，“她把发生的事跟我说了。”我跟着他走上阶梯，打算等他将苏菲放到我们床上，拉上被子后才回应。他关起迷你卧室的门之后，双手搭着我的肩：“你没事吧？”

我想告诉他在霍皮保留区，你所站立的土地很可能在你脚下崩塌。我想告诉他猫头鹰能预测未来。我想告诉他当你看着一个人从二十层楼高坠落，同时又看见一个具有她形体的风暴开始爬升入天际，那是什么样的感觉。

我很想道歉。

然而我发现自己崩溃了。艾瑞克搂着我，和我同坐在车屋的地板上。他让我将所有的话留在心里。

“迪莉娅，”一会儿过后他说，“你能答应我一件事吗？”

我抽出身来，心想他是否和苏菲一样，看见了车内的那一幕。“什么事？”

他艰难地咽了一下口水：“别让我落得和你母亲同样下场。”

我的心揪了起来：“你不会再喝酒的，艾瑞克。”

“我指的不是酗酒。”他说，“我指的是失去你。”

艾瑞克极尽温柔地吻我，让我整个人都融化了。我回吻了他，试图找到相同的忠诚度。我回吻了他，但却仍能尝到费兹的味道，像是偷了颗糖果高高藏在脸颊内侧，在我最意想不到时散发出甜味。

第七章

“是我做的。”我的记忆如是说。

“我不可能做这件事。”我的傲气如是说。

不肯让步。最后——

我的记忆屈服了。

——尼采《善恶的彼岸》第四章《箴言与插曲》

安德鲁

“把这个喝了。”简洁拿起一瓶洗发精说。

我像看着疯子似的看着他。“没门儿，喝了会吐。”

“那是当然了，笨蛋。大家都想知道那颗子弹哪去了。你该不会想等它从另一头出来吧。”

放风院子的斗殴事件过后，乡巴佬被送到医院做眼科手术，因为吹箭深深嵌进了眼球。他会遭到隔离接受纪律管训，但终究会再回来，我们也会从中断处接续下去。

我从简洁手中拿过洗发精，喝下大半瓶。不一会儿，便冲向囚室的马桶，两手抱着桶座。

“不行，这样会掉进下水道！”简洁抓住我的肩膀，让我旋过身，吐在不锈钢水槽里。子弹撞到排水口，当的一声。

“这……”简洁咧嘴笑道，“就对了。”他伸手到床铺底下，然后丢了条毛巾给我。

我转身去接毛巾才发现“跑腿”在我们房外探头探脑。这孩子瘦瘦长长，长得像竹节虫，二头肌上文了一圈“白人的骄傲”，扭曲有如毒蛇。他是乡巴佬的一个手下，一直在观察我们的一举一动。

“喂，鞭炮，”简洁喊道，“想告密，替我们传个信给他。”他对着“跑腿”用手指比出手枪的样子。“砰。”他说。

在这间看守所，白人控制着硬性毒品的输入，而我们牢里接头的人就是乡巴佬。相较之下，简洁和他的威士忌根本是小巫见大巫。毒品是从街头偷运进来的，一开始供应给楼上严密戒护区的亚利安兄弟会成员，接着是一般白人，最后才轮到其他族群。款项由外面认识的人交付，因为看守所户头里若有大笔资金调动，马上会引起狱警怀疑。

乡巴佬现在左眼蒙着眼罩，刚从戒酒会聚会回来，那是进行交易的最佳地点。放风院的意外已经过去两星期了，但在牢里却像是昨天一样。他走到我的凳子旁踢了一下。“你挡到我的路了。”他说。

“我没挡你的路。”

乡巴佬把我往前推了三英尺。“你挡到我的路了。”他重复了一遍。

简洁和蓝洛登时形成一道屹立不倒的墙。他们抱着手矗立，黝黑的肌肉弯曲起来。乡巴佬见寡不敌众，便退了开来。

简洁和我并肩走向楼梯，一路默默无言，直到转过楼层转角才开口。“他跟你说什么？”简洁问我。

“没什么。”

到了囚室入口，我们都立刻定住不动。整个房内被翻得乱七八糟——毛巾被丢进马桶，储存的食物被扫空，简洁的威士忌酒瓶被打开，洒得地板上的坑坑洞洞里全是酒。有个床垫被撕成一半，细碎泛黄的海绵絮撒落一地。

“是乡巴佬和他那群啄木鸟兄弟干的。”简洁说，“你知道他们在找什么。”

那天我第一次不再怀疑简洁；当初他坚称子弹不能藏在我们房里，当我抗议说我百分之百、绝对不会听他的建议，他也不管。那天我第一次对当天早上深深塞进自己体内的那颗小金属弹有了彻底的体认，那是个充满复仇心的栓剂。

要想成为监狱帮派的一分子，最好从看守所开始。根据既有成员的建议，未来最好加入亚利安兄弟会、毛毛帮与墨西哥黑手党。经过其他成员投票通过后，你便能进入审核阶段。审核要做的是身家调查——不能对孩子犯过罪、不能当任何执法人员的眼线——然后你会有个保证人，一个保护你的成员。

在亚利安兄弟会，接受审核者必须花两年证明自己。他们会要你随身藏匿武器，会要求你打斗，会要你将毒品从一处运到另一处。假如你有毒品门路，就得供应给其他成员。假如你利用任何这一切赚钱，就得和所有人分享。

两年期限一到，他们会派给你一个杀人任务，这是帮派管理人制定的。亚利安兄弟会的管理人是亚利桑那州监狱特殊管理单位中三个人。

他们会给你一样武器，并告诉你如何进行谋杀。时机成熟时，你的保证人会和你一起去。说到底，如果有人目击你杀人，你多半不会泄露……因为就算有人目击他杀人，他也不会泄露。这是个庞大的金字塔骗局。

完成任务后，你便能戴上湿印记，就是刺青。哥德体字母AB会刻进你手臂或胸膛或脖子或背部的皮肤。你必须人在监狱才能刺青，因此在你杀人后可能要过一段时间，才能正式加入帮派。

如果既有成员有机会处理大哥准许的杀人行动却错失了，犯这种错误是致命的，他会被其他成员处死。

几天后，我们在单位里看新闻报道时，看见一条最新的地方新闻。一听到这个，所有人都猛然抬头——若有犯罪报道，单位里极有可能有人知道是谁做的。今天，听说在凤凰城地区起了大火。

记者是个娇小的女性，发色和火焰一样红。“警方表示，今天上午这场致命火警的罪魁祸首可能是一间甲基安非他命工厂，昨晚在北凤凰城区的鹿谷路上烧毁了一栋民宅。消防队获报赶到时，威尔顿·雷诺斯已于爆炸中丧生。现在这个时间……”

我身后传来一声巨吼，还听到一个垃圾桶被打翻。我转过头去，看见简洁站在凌乱的垃圾堆中。狱警们立刻起身戒备，我连忙转向中控台。“这是意外。”我边说边将垃圾桶扶正，然后抓起简洁的手臂，拉他上楼回房，“你这是在做什么？”

他坐了下来：“辛巴达是我兄弟。”

“辛巴达？”

“新闻里头说的那个人。”

我花了好些工夫才明白简洁指的是火灾的死者。“你是说制造甲基的那个人？”

“他跟我说他知道自己在做什么。”简洁喃喃地说。

“你说你只有两个姐妹。”

“他是我兄弟。”简洁又重复一次，并特别强调暗喻的字眼，“我和他一起在街头长大，我们本来会大赚一笔。”

“你们在做甲基？你知不知道那种东西对人有什么害处？”

“我们又不是送人。”简洁断然说道，“如果有人蠢到自己不要命，那是他自己的问题。”

我鄙视地摇摇头：“你制造了，他们就会来。”

“有了，”简洁说，“就能付房租，付清高利贷，能让孩子穿上鞋子、填饱他的肚子，也许偶尔还能带个学校里面其他小屁孩都已经有的玩具回去给他。”他仰起头看我，“有了它，也许你儿子长大以后就可以不必这么做。”

住得这么近，竟还能保守这些秘密，真是惊人。“你没跟我说过。”

简洁站起来，两手撑靠着上铺。“他妈妈吸食毒品过量暴毙，他和阿姨住在一起，阿姨也不会花很多心思照顾他。我会尽量寄钱给他，好让他能吃早餐、买学校的午餐券。我也替他开了一个小户头，说不定他不想混街头，你懂吧？说不定他想当航天员或踢足球什么的。”他从床铺挖出一本小记事簿，“我会写信给他，像日记一样。这样等他学会认字了，才知道自己的老爸是谁。”

要批判一个人总是比较容易，难的是去了解究竟什么原因迫使他可能做出非法或道德败坏的行为，只因为他真心相信自己会更好。警方会草草地将威尔顿·雷诺斯视为毒贩，并为社会从此又少了一名罪犯而庆幸。若有哪个中产阶级的父亲在街上碰见简洁，听他强硬的说话口气又见他剃了光头，一定会离他远一点，却怎么也想不到他也有一个小儿子在等他回家。读者在报上看到我利用监护人探视期间掳走女儿的新闻，也会认定我是个最可怕的人渣。

我用手摸摸头皮，毛茸茸的，因为头发又长出来了。“是光气。”我告诉他。

“什么？”

“是那个杀死你朋友的东西。制造甲基所需的化学反应会产生一种致命毒气。如果切断管子的方法错误，就会死。”

简洁惊异地瞠视着我：“你也制造甲基？”

“没有。不过我有化学的高等文凭。”我坐下来，伸手去拿简洁还握在手里的记事簿。我从后面撕下一页，然后从枕头底下摸出一支铅笔——够尖的，睡觉时握在手里是不错的武器。

我花了几分钟，做了一些修改，当我写下正确反应过程，便将秘方交给简洁。“再找一个朋友。这行得通。”

“不行，你不能加入，你不是这种人。”他把纸揉成一团，丢在囚室地上。

我是哪种人，又能做哪些事，到最后总是连我也讶异万分。我想到我带着你逃跑那一天，我带你上一家馆子，还让你点了菜单上每一道甜点，希望在你开始想到我最坏的一面之前，能先想到我最好的一面。

我拾起纸团。“你儿子，”我说，“他叫什么名字？”

制造甲基安非他命，首先需要的是一群朋友，因为药局会限制每个人每次购买感冒药的数量。这种药一盒二十四粒装，要取得足量的假麻黄素需要数千粒。另外还需要橡皮管、水龙头接头、丙酮与酒精；盐酸、猫沙与绝缘胶带；碘结晶、烧瓶、烧杯；红磷——就是火柴头那玩意儿，只是量要大得多。也会需要咖啡滤纸、漏斗、碱液和清洁手套，还需要耐热玻璃盘和附盖子的玻璃罐。

在搅拌器内将药丸磨成粉，放进玻璃罐中，注入酒精盖上盖子，摇晃直到沉淀。再用更多酒精加以过滤数次。将液体倒入玻璃盘，用微波炉加热直到液体挥发。将粉末尽可能地磨细后，用丙酮清洗，然后将残余物置入另一个盘子。将它分解、放干。

在此同时，将玻璃罐准备好。

我进入看守所二十五天后，黑人们替我取了个绰号，叫化学家。

我学到了一些新词汇："玻璃"，就是用丙酮洗过的甲基，杂质极少，因此价格较高。"小毛头"是十六分之一盎司。"八号球"是八分之一盎司。"四分之一"——指的是一公克的四分之一——是一般注射的量，街头价格为二十五美元。一个"角袋"值十美元。"扭扯"是吸食甲基后的欣快状态。"快旋"是扭扯过久。"素描"则是介于两者之间的状态。

我尽量不去想实际的毒品交易，不去想被我伤害的陌生人。但我隐隐知道这是我为了自己在看守所的安全，以及为了保护黑人族群所要付出的代价。我内心有个角落低声说道：我就说，既然毁过一个人的一生，你凭什么自认为不会再毁掉一百个人？

外头一大群密探成了我们的手与脚。他们负责买供应品、制作甲基，并替简洁和我设立银行账户。我不想要任何利润，简洁却执意要给——既然冒了风险，也要取得报酬才行——于是我屈服了。我想象着利用这些钱让像简洁的儿子这样的孩子不要沦落街头——大概就像老人中心，只不过是为更年轻、更绝望的一群人设立。

想到这里，马上又回到自从我进看守所后便一直萦绕不去的问题：一旦犯了错，能够用任何补偿一笔勾销吗？

简洁找出各单位的糖尿病患，他们能趁着上诊所注射胰岛素时偷取注射筒。吸毒者大多喜欢用注射的，因此针头需求量很高，不过甲基也能用抽的、吸食的，或加入咖啡或果汁。

第一批货都还没准备好，就已经列了一大串买家名单。

为我的案子筛选陪审团那天，监狱给了我一套西装和蓝衬衫。我不认得这套衣服，但不知不觉中开始抚摸起布料，心想是不是你为我挑选的。我想到能穿上条纹囚衣以外的服装，情绪着实激动不已，竟未发现简洁有多烦躁。“鸡脖子麦克没法去接货了。”他说。

他递给我另一个牢房某个犯人写来的一封信。由于囚犯不能互通信息，就利用外界传递：外头某个人收到麦克的纸条，再寄回给简洁。据纸条上说，今天麦克本来要趁着上法院听判时偷运进第一批甲基，不料他的律师改了日期，所以鸡脖子麦克将会错过交货。

“其实，”过了一会儿我说道，“我会在那里。”

犯人移送法院时会被铁链锁在一起。我们将另一个自我夹在腋下——牛仔裤与合身T恤、扣领衬衫、一件西装。到了法院，铁链会解开，我们也得以更衣。艾瑞克忘了替我拿袜子，我只好光着脚穿上休闲鞋。

我们成群被带进法庭，一起坐在陪审席上，然后会一一被点名坐到律师旁边的桌前。艾瑞克还没到，我觉得庆幸：我不想让他看见我即将做的事。

当然，提供方法制作出数千克的甲基安非他命，或是作为实际管道将它运回看守所，两者之间并无差别，两种行为都涉及犯罪，但在我内心某个角落却觉得积极参与偷运毒品更为可耻。

简洁事先告诉我，蓝洛的女友会把需要我带回去的东西交给我。“你只要坐着就好。”简洁对我说，“东西自然会放到你身上。”

我在陪审席等了将近半小时，眼看着律师们慢慢进入法庭，或是彼此交谈或是翻阅他们的动议提案。法官不见人影。我欣赏着高耸的天花板，墙壁之间的距离——这建筑我早就忘了。

有名年轻妇女匆匆走过中央廊道，抓住一名法警。她穿着合身的细直纹套装，腰臀曲线毕露，脚下踩着性感的黑色高跟鞋。她头上的玉米辫绾成一个整齐的髻，还有一身枫糖浆肤色。“是的，我是艾瑞克·泰科特的法律助理。”我听到她这么说，手还指向我，“他希望让当事人为今天的应讯再看一份动议提案。我可不可以……”她满脸笑意直视着他的双眼。

不一会儿，她便朝我走来。“泰科特先生希望你看看这个。”她说着拿了一个分类文件夹，探身越过陪审席围栏。

数据纸上什么也没写。她指着上头小声地说：“点头。”我照做了，接着有一个打结的迷你气球从文件夹的折缝中滑出，轻轻掉落在我双脚之间。

她啪一声合上文件夹，便往法院外头走去。我试着想象她和蓝洛在一起的情景，想象蓝洛不是蓝洛，而只是和女友住在城里的一个男人。然后我弯下身，将气球握入手心，再塞进裤子的腰带内。

几分钟后艾瑞克来了，也向法警要求与我谈话。到了此刻，我已汗湿淋漓，连腋下都出现汗渍。我觉得好像就快晕厥过去。“你没事吧？”他问道。

“好极了，很好。”

他露出怪异的表情。“那个法警到底在说什么？有个法律助理要见你？”

“弄错了，她在找另一个人，他也姓霍普金斯。”

艾瑞克耸耸肩。“无所谓。好了，今天的事……”

“艾瑞克，”我打断他，“你能不能想办法让我出去上个厕所？”

他瞄了我一眼，又瞥了法警一眼。“我试试。”我大概算是身体状况很差，可以破例休息一下，因此另一个法警奉令陪我去上厕所。我拉下裤子时，他就站在厕间外吹口哨。我从耳后取出当天早上简洁给我的一坨软膏——一种专供人“随身携带”的皮肤药膏。我皱着脸，将软膏涂到白色小气球表面，直到润滑度足以塞进我的直肠。

十分钟后，我来到被告席与艾瑞克并肩而坐。我注视着可能成为陪审员的人成列走过法庭的门。我凝视着长了青春痘的女人、不断看表的男人、看起来跟我一样害怕的雀斑女孩。他们要填写艾瑞克发出的陪审员调查表。其中有些人眯起眼睛斜睨着我，也有人刻意面无表情。我真希望能跟他们说说话。我会告诉他们，他们对我的审判不可能比我对自己的审判还严厉。我会告诉他们，当你看着一个人的时候，绝不会知道他隐藏了些什么。

戴手套。让水通过你的冷凝器。很快地加入红磷，必要的话使用衣架使它畅通。你要的是放热反应，马上就会发生。很快塞住连接塑料软管的顶端，用胶带粘住接头。

当混合物散发出黄烟，开始摇冷凝器。如果压力太高，就把烧瓶浸入冰水直到它缓和下来。最后，混合物会膨胀，像慕斯一样，然后会萎缩。

到某个程度，设备另一端的牛奶罐里的猫沙会变热，并转为紫色。拔掉冷凝器的橡皮管，切断塑料软管，而且愈靠近牛奶罐愈好。马上用绝缘胶带粘上。

要小心。胶带不能拿掉。那里面就是害死你朋友的光气。

抽筋是一个看似五十岁的二十二岁青年。他老是在放风院的角落里晃荡，还不时撕下手指与脚趾间化脓的痂皮，嗅闻着涌出的血液，因为其中还带有在他体内循环的甲基的气味。当他对着你微笑（这机会不常有），你可以看见他牙齿掉落后的黑洞和舌头上白绒绒的舌苔。

大部分时间他都处于快旋状态——因为使用了甲基而兴奋到睡不

着——还会产生幻觉。他不是个暴力的毒虫，而是个偏执狂，最近他开始深信狱警们会去挖坟盗尸。我走过他身边时，他拉住我的衬衫。“还要多久？”他小声地说，指的是我们的货。

我从法院偷运进来的第一个气球，交给了楼上严密戒护区的毛毛帮众——监狱里的黑人帮派分子。简洁主动给出自己的一小份，也打开了众所周知的生意之门。

第一批直接进所内的货是用《圣经》夹带的。同样是在法院扮演律师助理的那个女孩，带了一本皮面装订的《圣经》去找在这里主持浸信会礼拜的牧师。她哭着解释说她男友——简洁，就在这一天——找到了耶稣，所以她特地送一本签名的《圣经》来给他，结果狱警却说犯人只能从网上书店买书。不知道牧师有没有办法能帮她把礼物送给男友。

有哪个自重的牧师会回绝这样的请求呢？

简洁下一次去做礼拜时便收到了《圣经》，他不断地向牧师道谢，后来回到囚室也谢了上帝。在书脊里面，小心黏合的皮革封面底下，藏了一盎司的甲基。那一盎司在街头能有一千美元的净利，在牢里一克却能卖到四百美元，也就是——如简洁所计算——一万一千两百美元。

抽筋又拉拉我的袖子，被我甩开。“我跟你说了，负责交易的人不是我。”我转身走开时恰巧目睹简洁正在和一位墨西哥人瘦子进行交易。

“一百五十。”简洁说。

瘦子的眼神一沉：“同样四分之一克，你卖给美味怪胎才拿一百。”

简洁耸耸肩：“谁叫你是拉美佬。”

瘦子接受了价钱之后离开。等简洁接获外头的朋友传话说进账了，他便会收到这项珍贵商品。“你给他抽税，”我走向简洁说道，“这样不是……不是……”

我想说“不对”，却发觉做这种区别何等愚蠢。

“为什么？”我问道，“因为他是墨西哥人吗？”

“这样的话我就太种族歧视了。”简洁说着咧开嘴笑了，“那是因为他不是黑人。”

有一首放风院的饶舌歌这么唱：

我坐在四角区里的牢房，
武器是土制刀，不是手枪。
一大早牢里就乒乒乓乓，
下一站将要前往食堂。
除了冷屁股，还能吃什么？
看见帮里的“海岸”，问声兄弟好吗。
我们人多势众，聚在院子里，
随时把刀磨利，准备偷袭。
不时举重，练出一身肌肉，
准备好和无名小卒战斗。
“包打听”大哥向我们传话，
听说马上就要大干一架，
所以站好位置准备刺向，
所有狡猾不要脸的混账。
我打算在手球场上，

把刀戳进一个笨蛋，
我和这笨蛋在杀戮场上，
我刺中他的脖子，不夸张。
这孬种张大了嘴，我再刺一下，
把刀往上送进他的下巴。
那孬种当场死去，
我背上刺了一八七。
我会在这间牢房渐渐消瘦，
监禁终身只因为杀人计谋。
我不在乎，还会再来一遍，
在州监服刑二十五年到永远。

为简洁提供针头的糖尿病患也替他拿到一个哮喘吸入器，是和一名肺气肿病患交易得来的。晚上熄灯后，他磨去薄锡筒的顶端与底端，制成一条空心管。然后用牙刷小心地撬开圆筒并施力，直到它变成平坦的金属片，之后便能塑形了。

它会变成一把手枪，是我们藏着的那颗子弹的致命枪膛。

当我要离开囚室，一定会确认简洁会留在房里看守我们的宝物。如果他也要出去，就由我们当中一人藏在身上。我们对这个迷你火药弹的呵护与崇敬，就如同父母亲对待新生儿一般。

今晚，简洁比平日更认真制作武器。“你有没有想过出去以后要做什么？”我语气平静地问他。

“没有。”

他不假思索的回答令我讶异：“你一定有什么想做的事吧。”

“这世界可不像广告，化学家。”简洁说，“我们大部分的人都只是在分期付款过日子。”

“你可以带着儿子搬走。随便到哪儿找个工作。”

“做什么？”简洁问道，“你以为有人会不怕麻烦雇用有前科的人？”他摇摇头，“不管你在这里面有没有刺青，都会留下烙印。”

我很想认为人的一生中可以有上百种变化，但也许简洁察觉了什么，也许你一旦改变，便会有一块永远留在那边。直到最后，你再也想不起最初的自己。

简洁更加发狠地在水泥地上磨着手枪边缘。“你急什么？”我问道。

即将发生种族暴动的谣言像烟雾般弥漫开来，这股烟雾浓得让你无法呼吸囚禁的空气。但我什么也没听说。事实上，下午时间乡巴佬多半待在囚室里，独自沉思。

“白人的供货人没了。”简洁说，“在外头被人打死了。乡巴佬得自己找到药，不然领不到他的印记。”

尽管乡巴佬控制着我们单位里的白人，却仍听命于楼上严密戒护区的某人，而这个某人会期望他找到新货源。

“他会来找我们吗？”如果简洁向墨西哥人抽税，当然不难想象他会跟白人拿多少罚金。

“他会来。”简洁肯定地说，“但并不表示我们就得卖给他。”

当你滤出固体后，在罐子里加入石油脑。混合物分离后，加入碱液。搅拌，以免因沸腾而溢出。

将这些东西倒入咖啡壶。当混合物再次分离，将上层倒入有密封盖的一升装水瓶，用力摇五分钟。

当液体沉淀，把瓶子翻转过来，将底层倒入玻璃盘中。酸碱值试纸浸入其中应该会变红。

将玻璃盘放进微波炉加热直到水全部蒸发，留下的晶体便是成品。

在这个看守所的走廊上，某些角落是没有监视器的。其一是教会与戒酒会举行聚会的地点，其二则是通往医务室之路。有些点正好能偷撞一下后腰或偷捅一刃。不管你是否打算做这些事，绕过这些转角时都会加快脚步。

我刚上完普通教育发展课程——相较于出监一整个小时，我的化学博士文凭似乎微不足道——正要回去，忽然有一只手抓住我，将我压到墙上。一根牙刷，手柄处已经磨得像刀一样尖，就架在我喉咙的表皮上。

我猜是乡巴佬。所以当我听到墨西哥口音，几乎是松了一口气。

“去跟大黑豆说我们不想多付钱。”瘦子说。

我闻到一股尿骚味，发觉是来自我身上。他放开了我，我整个人趴跪在地上。“外国佬，如果你不听，”他威胁道，“我知道有个狱警会听。”

我回到囚室后，简洁正在看信。有一个从他律师的地址（伪造的）寄来的包裹，里面有一本写满字的标准拍纸簿。简洁撕下粘在拍纸簿顶端的红色固定物，显露出纸页中割了一个小方块，变成一个可以偷藏物品的小袋。里面有一个不比牙齿大的迷你塑料袋，装满我们第二批的甲基。我走进去时，他吸吸鼻子做了个鬼脸。“你是怎么回事？”

“瘦子希望你重新考虑向墨西哥人抽税的事。”我背转向他，开始脱衣。匆匆穿上备用的囚衣后，将弄脏的那套揉成一团。

“瘦子是个笨蛋。他还在接受检验，他把上头第一次派给他的杀人任务搞砸了。”

我一屁股坐到下铺：“简洁，他威胁说要告诉狱警。”

简洁朝我走来，伸出一根手指摸摸瘦子用尖刀抵住我脖子的地方。我用手扫了一下，上面有血迹。

“没事。”

简洁的鼻孔张得大大的，像个风箱。“怎么会没事？”他张开手掌抹了抹光秃的头顶，明显在思考，“你出局了。”

“出什么局？”

“这场游戏，这笔生意，所有的事。”

我惊愕地瞪着他半晌。

“你是个不利因素，兄弟。你在这里面有太多敌人，因为你是白人却又不像白人。我不能冒这种险。”他开始将拍纸簿的小口袋重新封上，“我会买下你的份，绝对公平。”

当你人在狱中，信任便成了比黄金还稀有的物品。你怎能相信一个一生架构在谎言之上的人？你明知室友因杀人被捕，夜里怎能安心闭上眼睛？答案是：因为不得不信。另一个选择——变成独行侠——其实根本称不上选择。即使被一群因为不断欺骗与窃盗而落得如今下场的人所包围，你也必须融入一个群体才能存活。即使这样的约定代表你承认自己和其他所有人一样不完美，你也得找到一个值得信赖的人替你留意背后。

有简洁和黑人替我撑腰，我不用担心乡巴佬与他的爪牙。但更重要的是它给了我多年来未能拥有的东西：归属感。当你一辈子都在有计划地逃亡，也许能逃得很远，却几乎不会跟任何人亲近。我拥有了你，我要的也只有这个，但我得付出代价。我离开了我唯一爱过的女人，我从未和好友去钓鱼消磨几小时，我会小心地和多嘴的同事保持安全距离。当你让人进入你生活的私密圣殿，就可能让他们看到你的内心，我不能冒这个险。很奇怪，也很令人惊讶，简洁是我近三十年来所交的第一个朋友。他是毒贩无所谓，他是黑人无所谓，他现在提议要我从一个一开始就让我不舒坦的行动中荣退也无所谓。我只知道一分钟前，是我们一起对抗他们……如今不是了。

"你不能这么做。"我全身开始发抖。

"我想怎么做就怎么做。"简洁转过头毫不留情地说，"好了，消失吧。这你应该很擅长。"

他还没把话说完，我已经跳离床铺扑向他。那一刻，他是乡巴佬，是瘦子，是大象麦可，是外面世界所有没有面容的、不听完所有事实就批判我的男男女女。他比较年轻，比较强壮，但我从背后偷袭，他没有防备，因此可以将他打倒在地，用全身的重量压得他动弹不得。

"你这笨蛋。万一让狱警发现你在卖货，你知道会怎么样吗？"简洁嘟哝抱怨道，"这是刑案。除了本来的刑期你还得坐更久的牢。"

这时我才明白：简洁并不想结束我们之间的同盟关系，他是想加以保护。他试图在我被他拖下水之前，救我一把。

我们起口角之际，囚室门口聚集了一小群人——正准备跳进来把我拉开的蓝洛、一小撮替我加油呐喊的"白人的骄傲"男孩，还有双手交抱、脸上表情复杂难解的乡巴佬。

有一名狱警推挤了进来："出了什么事？"

我松手放开简洁："我们没事。"

狱警的目光直射向我脖子上还在流血的伤口。

"刮胡子的时候割伤的。"我说。

狱警根本不信。但可能引爆这个单位的火星已经熄灭，他该做的都做了。当他推着其他犯人要他们散开，简洁站起来将衣服抖顺。

“是我帮你开始的，”我告诉他，“我不会现在离开。”

第二天是我挑选陪审团的最后一天，也是简洁的开审日。我们俩在同一时间前往法院。“你八成给自己弄了件布鲁克兄弟的扣领衬衫吧。”简洁说。

我的确是。“怎么了？”

他咧嘴一笑：“化学家，布鲁克可不是兄弟。”

“你大概觉得我应该穿细条纹西装搭配鞋罩出庭吧。”

“只要你是艾尔·卡彭。”抽筋忽然冲进我们房里打断我们的谈话。“我现在不做买卖。”简洁说得简单明了。

这毒虫的眼中射出狂乱的目光。“我现在帮你一个忙，兄弟。”他说，“说不定你也会帮我一下。”

他的意思是他认为自己可以提供某些消息，或许我们也能免费给他一个小毛头作为交换。简洁抱着手说：“我在听。”

“今天早上我在医务室听到一个狱警说，他们今天要用老板椅。”

“我凭什么相信你？”

抽筋耸耸肩：“屁股里塞子弹的又不是我。”

“如果你说的是真的，等我从法院回来，就会给你你要的东西。”简洁说。

听到他答应再给一次的量，抽筋几乎是飘出囚室。简洁转向我。“我们得把子弹藏在这里。”

我不敢置信地望着他。如果我们两人都不在房里，又没有人看着，那么一般的做法就是随身携带。“如果抽筋不是鬼扯，那么今天就不只是脱光衣服搜查。他们还会要我们坐到金属探测椅上面。”

简洁扭动身子爬进下铺底下，开始刮砖块间的水泥。几分钟后，挖出一个深度足以容纳一颗点二二子弹的洞。他从床底下爬出来，开始在他的私人物品中翻找牙膏和Metamucil纤维粉。他在水槽里将两者混在一起，舀到手心里。“盯着外面。”他说着又爬回床底下，这回是上浆。

从法院回看守所途中，简洁和我铐在一起。他比平时安静，几乎像是在烦恼什么。关在看守所的悲惨事实是：不管你觉得那里有多糟，在法院面对的现实总是更糟。我才刚开始体会那种苦涩的未来，今天简洁却是完完整整地咽下肚去。“好啦，”我试着替他打气，“你要报仇吗？”

他往后瞥一眼。“我会让他们好看。”

我们通过金属检测，接着再次脱衣搜查一遍后才获准回到我们的住所。我跟着他上楼回到囚室之后，马上摔倒在下铺。恍惚间，我意识到有个狱警开始巡逻了。傍晚时分，一般噪音处于高分贝状态——大伙或是在公共区彼此大声喊叫斥骂，或是成牌后啪地将牌甩到金属桌面上，还有电视喧哗声、马桶冲水声、淋浴声。

简洁坐到凳子上，两手摆在膝盖中间。“我的律师说我可能会判十年。”他过了一会儿才开口说，“等我出去的时候，我儿子刚好跟我被骗进跛脚帮的时候一样大。”

无话可说，我们俩都知道不管如何努力想说服自己相信一定可以跑赢过往，最后总是它先冲过终点线。

“喂，”他说，“做个好事，去检查砖头。”

我趴跪下去，开始往下铺底下爬。我都还没看见那个暴露在外的洞就先闻到了：那辛辣的薄荷味，那撒在水泥地上的粉末味。

接着一记枪响。

那声音大得超乎你的想象。它在墙壁间回响着，震耳欲聋。我颤晃着身体从床下爬出来，及时抓住从凳子跌落的简洁。他双眼往上翻，鲜血浸湿了我。“是谁干的？”我对着围拢的人群嘶吼道。我想找出开枪的人，眼前却全是线条。

简洁的四肢与绝望紧紧纠缠，重压在我身上。有黑色，有白色，还有好多红色，那是什么，这好像是以前苏菲跟我说过的一个谜语。我不记得谜底了，但我知道另一个答案：一个黑人在看守所即将死去，一个白人眼睁睁看着他走。

我听见无线电的喀喇声，看守所顿时在一面回应网中活了过来：B区三舍二楼请求支援。有人倒下。二楼与三楼的全部警员赶往B区三舍二楼。二号戴维，收到了吗？

二号戴维收到：10-17。

B区犯人，封锁。

囚室门关闭时发出钢铁磨擦声。

我被拖离开简洁。有人在问我有没有受伤，并检查我的手臂与胸部——我身上沾满简洁的血的部位。我被反铐起来，带到东侧康乐室那个鬼城。

在这片混乱当中，没有人想到去关掉电视。大厨艾默瑞连珠炮似的指令不停被打断，一下是护士喊着打911，一下是一个低沉的声音说“加压”，一下又是凤凰城消防队医护人员赶到时的嘈杂声。

“这个很烫很烫很烫。”艾默瑞说。

他们会将简洁送往善良撒马利亚人医院，那是距离最近的外伤中心。“喂，”见他被放在担架上抬过去，我大喊道，“他不会有事吧？”

“他死了，”有个声音回答，“不过，你应该已经知道了，不是吗？”

我一抬头，看见一个衣着体面的高大黑人，腰带上夹着一枚警徽。他凝视着我的囚服，上面全是简洁的血，我登时领悟到，就如同梅迪逊街看守所的所有黑人，他也认为人是我杀的。

一般侦查局的凶案组办公室位于三十五街与杜朗哥街附近。我一直在等，警探有条不紊地讯问牢里每一个人——从狱警和宣称几天前我和简洁才打过架的那些黑人，到瘦子，那个眼见我在放风院斗殴事件后吐出一颗子弹的年轻白人，一个也没遗漏。

无论凶手是谁，都知道谁也不会相信狱中的白人和黑人会建立起深厚友谊。无论凶手是谁，都知道黑人会认定是我杀了简洁——毕竟大家都知道是我的子弹射进他的身体。终于有这么一次，白人将与他们达成共识。

无论凶手是谁，都是为了惩罚我们两个人。

莱德警探让我做了CVSA检测——一种分析声音压力的仪器。很像测谎器，只是更精确：这评量的不是压力所导致的生理反应，而是人耳听不见的声频范围内的微震。微震只会在人说谎时出现，至少警探是这么说的。

“那天早上我冲了澡。”我说，“我知道我要出庭。”

“什么时间？”

“不知道。也许八点吧。”我没有提到抽筋和老板椅，以及我和简洁在砖墙上挖洞藏子弹的事，“然后就看书看到离开的时候。”

“你看了什么书？”

“一本小说，向看守所图书馆借的。鲍达奇写的。”

莱德抱起双臂：“从早上八点十五到十一点之间，你什么事都没做？”

“我可能去上过厕所。”

他紧盯着我看：“小便或大便？”

我抹了把脸：“你能不能告诉我，为什么这个答案能帮助你找出杀害简洁的凶手？”

莱德重重吐了口气：“你听着，安德鲁，你得站在我的立场看这件事。你是个受过教育的人，年纪比死者大上三十岁，又不是职业罪犯，但你却跟我说你和这家伙很契合，还说你确实发现你们之间有共同点。”

我想到简洁谈论自己小儿子的模样：“是的。”

莱德静默了片刻，接着说：“安德鲁，要我帮你，你就得帮我。我们怎样才能证明你没有杀死这家伙？”

侦讯室外有人敲门，警探道了个歉便去和另一名调查员谈话。他出去以后，我低头看身上的衬衫，血开始在我胸口变干、变硬。我想到不知有没有人打电话通知简洁的儿子，甚至不知他们知不知道如何联络他。

门又再度开启，莱德一脸呆若木鸡地走上前来。“我们刚在你好友的置物柜找到一把改造手枪。有意见想发表吗？”

我看得见，就埋藏在一堆药物和简洁从福利社弄来的食物堆底下；他从不懈怠地制作的那把手枪就是为了防范这种时刻。我以为枪也被偷走了。但显然其他人也做了一把。

我发现自己挣扎着想喘口气，想理性思考。“枪没用过。”

莱德眨都没眨一下眼睛。“自制手枪不能做弹道测试，”警探说道，“但我敢打赌你既然受过教育，应该知道。”

我艰难地干咽一口。“我想跟我的律师谈。”

莱德给了我一部拉长线的电话，然后站在我身后，越过我的左肩看我拨手机给艾瑞克。我试了三次，一次又一次都听到一个微弱的声音说我要找的人不在。

我开始觉得这句话就是我的人生故事。

我被单独关在囚室里，因为在我找到艾瑞克之前，警察不能讯问我。然而尽管被隔离，谣言还是传到我耳里了。瘦子不断向好兄弟们吹嘘，也就是握有印记的新墨西哥黑手党帮派成员。他说，白人小子太娘炮，不可能干这种事，墨西哥人才是真正有种。警方应该找杀死那个黑鬼的真正男子汉谈谈。

简洁死去四十八小时后——这四十八小时内，我也无法联络上我的律师——警方接受了瘦子的提议找他来问话。讯问期间，瘦子忽然从睾丸下方抽出一把改造手枪交给莱德警探，那是他被移送到侦查局前接受拍搜时藏匿的。

矛盾之处只有一个，那是B区内任何人都会了解而警方却不明白的一点：在狱中谁有什么武器，大家都一清二楚。简洁一直在制作一把手枪，就是他留在我们囚室里，也已经被查获的那把。而在我们囚室里只有另一把改造手枪，就是之前放风院斗殴那次，乡巴佬试图用我身上那把。

大家所知瘦子的武器，只有他用牙刷磨尖的那把利刃。

我想到简洁某次对我说的话，想到瘦子把第一次杀人任务搞砸了。杀死简洁能救回他的面子，并证明他有足够的男子气概成为墨西哥黑手党的战士。假如瘦子知道自己无论如何都会面临长期徒刑，也许他宁可做下此事向好兄弟们致敬。

但他是怎么拿到乡巴佬的枪呢？

翌日，我被带回侦查局接受莱德警探问话。“金属钡，”他一踏进侦讯室我就说，“和锑化合物。就算改造手枪不能做弹道测试，还是可以测试火药残留。”

“你还可以测试血迹，因为最正确的使用方式是抵住死者的头。”他往前倾身，“我有两把改造手枪，其中一把的边缘有血迹残留。巧的是同一把枪也验出了点二二子弹——也就是你室友脑子里那颗——发射后会产生的化学化合物。至于另一把，”他说，“是我们在你房里找到的那把。”

我往后跌坐到椅子上。听见警探说我已洗清嫌疑，我竟然没有力气响应。

我又回到一般犯人群中，这回是在二楼，囚室室友是一个绰号叫榛果的人，他常常会拔起小撮小撮的头发，再用毯子的线编成花边。不过这总比另一个选择好——尽管瘦子进了戒护区，我也不能期望黑人会继续保护我，而我和白人的关系也不会有所改变。我很好奇人若不睡觉，身子能撑多久。我得花多少个夜晚才能磨出利刃。

我才搬进二楼住处二十四小时，便又被迁走了。有另一名犯人要求调换囚室，因为他遭到室友威胁。那个室友是个白人男孩，叫草籽，他特别请求狱警希望与我同囚室，说我们是老友。

我们不是朋友，我甚至不认识他。我猜他八成听说了甲基的事，或许他以为我身上还有。我进入囚室后，打量了他这个人。草籽还是个孩子，满头黄发，还有龅牙。“希望你不介意换寝室，老兄。另外那家伙，臭死了。我看他大概三个月没洗澡了。我知道你被毛团人困住了，所以应该不介意换个风景吧。”

草籽很爱说话。他可以一口气从久保田曳引机优于强鹿的特点，说到碎肉罐头的原产地是内布拉斯加州，再说到他把强暴女孩后偷来的发夹藏在一棵西黄松枯朽的树心。我好长一段时间都瞪着上铺看，数着熄灯后有几声咳嗽扰乱宁静。我尽可能地保持清醒，原本应该都还很成功，到了半夜醒来却发现鼻孔与嘴巴被捂住，乡巴佬的手紧贴在我的肌肤上。我靠着手臂与双腿不断扭动，并试图去抓他的手腕，但他站在我背后，而且我的眼角已经开始冒金星。

“醒醒，”乡巴佬低声说，“你的朋友不该拒绝卖货给兄弟会。”他的手掌用力碾着我的下巴、牙齿，“我兄弟说黑鬼根本没想到会被干掉。”

他的兄弟杀死了简洁？那瘦子呢？

“简直是轻而易举，那个拉美佬竟然自愿在事情发生后去藏枪。不过瘦子没跟谁说他要把杀人的事揽下来，这样才能跟墨西哥黑手党领到他的湿印记。你本该为杀人负责的。”

乡巴佬又靠得更近。“我兄弟还要我给你一样东西。”他说着将手指略微张开，让我能够大口吸气。他整张嘴凑到我的嘴上，接着一刻也不间断便反手刮了我一巴掌，力道大得我开始流血。

“我不认识你兄弟。”我吓坏了，勉强说出几个字。

“我猜他一直没机会告诉你他的外号是怎么来的。”草籽说，“不过像你这么聪明的人应该知道内布拉斯加州很乡巴佬。”

艾瑞克到达时天刚亮。多亏医护人员，我断裂的鼻子内还塞着棉花。我有一只眼睛肿得睁不开，喉咙也因为叫唤狱警而嘶哑。

我一打开会见室的门，艾瑞克便站起来。“我知道我有点……难找……过去这几天。我经历了很艰难的——我的妈呀，安德鲁！”当他见到我脸上的情况，脸色倏地发白，“他们没告诉我……”

“我不能留在这里。”我发了狂地说，“你得把我弄出去。”

“安德鲁，你的审判只要再等两……”

“我不会再回那间牢房了，艾瑞克！”

他硬生生地点了点头：“好吧，他们把你行政隔离之前我不会离开。”这句话就像镇痛药膏，也是我唯一需要听的。随后我重重跪倒下来，像哀求一般地俯首碰地。

我从未想到自己竟会当着艾瑞克的面哭泣。两天以前，我从未想到自己会当着任何人的面哭泣。你武装起自己，因为这是别人对你的期望。你变得自信，因为在你身边有人没有把握。你就这样变成别人需要你变成的样子。

“安德鲁。”艾瑞克叫了一声，我听得出他为我感到多难为情。但我知道自己还能往下沉多深——这是我们之间的差异。

“我撑不下去了。”我说。

“我知道，我会去找……”

“我是说以后，艾瑞克。我不能坐牢。”我与他四目对望，我的双眼依旧湿润，“否则他们也会杀了我。”

艾瑞克抓住我的手。“我向你发誓，”他信誓旦旦地说，“我会让你无罪开释。”

就像所有在海上漂流的人，我伸手攫住这一线生机。我相信他，转瞬间我又记起如何漂浮了。

费　兹

如果罗密欧轻易便得到朱丽叶，根本不会有人在乎。西哈诺、堂·吉诃德、盖茨比与他们各自的情妇之间，也是如此。引人遐想的是看着男人一次又一次地冲撞砖墙，心中好奇这次他们还能不能再获得支持。除了所有喜爱圆满结局的人之外，总也有人忍不住引颈期盼着路边的车祸意外。

不过你会好奇：如果朱丽叶的闺中密友开始和罗密欧调情会怎样？如果盖茨比在某天晚上喝醉了，向黛西吐露自己的真心会怎样？如果那些浪漫又可怜的呆子当中有哪个人开车北行数小时到霍皮保留区后又折返，途中不断偷瞄身边自己心爱的女人，却知道她要回到另一个男人身边，因此“笨蛋”两字有如酸气在肚里嘶嘶冒泡，那又会怎样？

你会好奇他们当中有人会像我这么笨，竟吻了她吗？

“你听我说，”我说道，“那是意外。”

光看一眼，我就知道她不买账。

“我发誓不会再发生这种事。”

但苏菲眯起眼睛：“骗人。”

我带她出来吃冰激凌，主要是因为经过昨天的事，对我而言想要远离迪莉娅变成了我最期望却也最不可能的事。但多半还是因为我一到她家门口，我们俩都羞愧到无地自容，我只好抓住第一个借口——苏菲——拔腿就跑。

“骗人？”我重复她的话，“你说什么？”

“你常常都在亲她。”苏菲说，“你也会抱她。你们出去旅行回来的时候。”

这个嘛，也许吧。但那都是在脸颊上轻轻一啄，像朋友一样客气的拥抱，身体之间都会隔着三英寸空间，只有肩膀相碰，然后再慢慢地隔得更远。

“她很香对不对？”苏菲问道。

“太香了。”我赞同地说。

“亲你爱的人没关系。”

“我不爱你母亲。”我告诉她，“总之不是那种爱。”

“就算她不给你洋葱圈，你还是会把薯条都给她。”苏菲说，“而且你叫她的时候，听起来不一样。”

“怎么不一样？”

苏菲想了想：“声音好像盖了好几条毯子。”

“我叫你母亲的声音没有盖上毯子，我也没有每次都把薯条给她，因为你说得对，她都不会分给别人。”

“可是她不公平的时候，你也不会大声骂她。”苏菲指出，“因为你不想害她伤心。”她把手滑进我的手掌，又说了一次，“你爱她。”

她不等我便径自奔向游戏区。我距离苏菲的年纪已经太远，以至于忘了有爱的积木，而且最底层就是慰藉。当我还小，最常和谁在一起？谁能让我托付我的错误、梦想与经历？我的双亲、幼儿园老师、迪莉娅、艾瑞克。他们是我第一个想到的人。

真的还能这么简单吗？浪漫的爱、柏拉图式的爱和父母亲的爱，有可能全都是同一颗钻石的不同刻面吗？不管哪一面朝向太阳，都灿烂辉煌。

不，因为我和苏菲不同年纪。不，因为我知道听见一个女人在昏昏入睡之际，叹息着揭去世界的面具是什么感觉。不，因为我已跌入她身体的草地。不，因为六年级某天绞尽脑汁做着数学作业时，我发觉迪莉娅对艾瑞克的感情与迪莉娅对我的感情不同，连接两者的并非等号，而是大于的符号。

我暗想或许苏菲比我还了解我自己。我确实会将“迪莉娅”这三个字轻轻地平衡在舌尖，就好像那是由几只蝴蝶组成的。我每次都会把最后一根薯条给她。只要社交场合允许，我就会亲吻她。即使不公平，我也未曾埋怨她不爱我。但有一点苏菲错了：这不是因为我不想害迪莉娅伤心。

而是因为当她受伤，痛的人总是我。

我拖着出了名慢吞吞的双脚，或至少是踩着出租车的刹车，整路拖拖拉拉地回到迪莉娅的活动车屋。永远避开她也不可能。也许她想假装那个吻从未发生过。也许我道个歉，我们还能继续演戏。

但我将车停下后，发现她的车不在。苏菲从后座下车，匆匆跑上车屋阶梯。我踌躇片刻，还没来得及落跑，艾瑞克便走出来举起一只手打招呼。

他看起来像鬼。双眼圈着深深的黑轮，衣服皱得像是和衣而睡。

“喂，费兹，”他开口说，“关于那天……”

我站在原地，头仿佛受重击般昏沉。迪莉娅跟他说了？

他叹了口气：“我不该告诉迪莉娅你在写关于她父亲案件的报

道。”

相较之下，那桩罪行似乎已是一千年前的往事。“我也很抱歉。”我说的是另一个错误。我摸索着车门把。

“你会原谅我这猪头吗？”

“已经原谅了。”

“那你干吗跑？”

“不是因为你。”我坦承。

“喔。”艾瑞克往车子靠近，“那一定和迪莉娅莫名其妙带着格丽塔跑出去有关。”

艾瑞克咧着嘴笑：“你们俩在吵什么？”

你，我暗想。想想我们三人的人生是如何交织在一起的，就会发现艾瑞克是中心的结。我不敢把它解开，因为只怕也会解开其他的一切。

我还能看见在他家后院那棵橡树上他得意扬扬地低头看我时的模样。我还能听见他的声音压过俱乐部会所屋顶上叮叮咚咚的雨声，信誓旦旦地说住在怀尔德水坝附近涵洞中的那个游民晚上会变成魔鬼。我还能感觉到上大学后第一个假期我们见面时，他拍着我的背的力道。我能看见他目光闪烁的样子，因为眼中反射出了迪莉娅的脸。

我绝不会要求迪莉娅在艾瑞克和我当中选择一人，因为我也绝对无法在他们之中做选择。

“我只是累了。”我终于说道，“头痛。”

艾瑞克回头往车屋走：“进来吧。我找几颗阿司匹林给你。”

我叹了口气，跟着他进屋。苏菲在卧室里，和一批芭比与肯尼玩腹语游戏。厨房的小桌上，文件数据堆得高高的。“不知道明天早上怎么来得及准备。”艾瑞克喃喃地说，“有几个威克斯顿农场的老人会在今天抵达，他们是品格证人。我得去机场接他们。”他看着我，

“剪刀石头布？”

我叹着气点点头，手握成拳头。“好吧，剪刀石头布。”我们齐声喊完，我出布，艾瑞克出剪刀。

“你老是出剪刀。”我抱怨道。

“你为什么总是出布？”他露出感激的微笑，“美国航空，三点到。你还需要找六张轮椅。”

“你欠我一份人情。”我说。

“好啦，现在赊多少账了……七百五十亿零六份吗？”

“差不多。”我绕过桌子，顺手摸过文件。有几个字映入眼帘：敌性证人、攻击者、挑衅。拍纸簿上还用马克笔潦草写了两个定义：说谎：欺骗；说谎：处于无助或无法自卫的状态。

“安德鲁的情况很糟。”艾瑞克透露。

我往上瞄他一眼：“迪莉娅也是。”

“是啊。”他迎上我的目光，“先说她有没有告诉你她为什么去了霍皮保留区。”

我倒抽一口气：“没提到。”

“她在生气，因为我没把她父亲私下跟我说的事情告诉她。问题是，费兹，进入审判期间事情只会变得更糟。我必须得做和说一些她不想听的东西。”

“等一切都结束，她会原谅你的。”我木然地说。

“如果安德鲁获释的话。”艾瑞克限定了条件，“我一辈子都在想，总有一天我的运气会用光，总有一天迪莉娅会一觉醒来，发觉我不是她心目中所想的人，而只是个做事无法按部就班的失败者。万一就在今天怎么办？”

我试着从内心深处找出一个答案，但找不到。“我要去找阿司匹林了。”最后只能这么说，然后走进浴室。

我随手关上门，往马桶盖上坐下。即便头本来不痛，现在肯定要开始痛了。我起身搜寻医药箱，却感受到截然不同的痛：这里有迪莉娅的止汗剂、她的牙刷、她的避孕药。这是她未曾应许我的一层亲密感。

没看见阿司匹林药瓶，于是我跪到水槽下方，把底下的柜子搜了个遍。洗发精、苏菲的橡皮鸭子、金缕梅止痛液、清洁剂、凡士林、防晒乳，以及卷筒卫生纸堆砌成的一座松软堡垒。

这时我看见了威士忌。我把手伸到最里面，拖出那个塞在角落的半空酒瓶。我把瓶子夹在肘弯，走出浴室。艾瑞克坐在桌前，背对着我：“找到了吗？”

“是啊，”我说，“找到了。”我低下身，越过他的肩膀将瓶子放到一个文件夹上。

艾瑞克瞬间僵住：“不是你想的那样。”

我坐到他对面：“不是吗？那这是做什么用的？烤肉点火？拆壁纸？”

他起身走到苏菲正在里头玩耍的卧室前，将门关上。“你不知道处理这个案子压力有多大。迪莉娅离开后……我实在撑不下去了。我害怕把事情搞砸，费兹。”他张开五指梳过头发，“我离开了几天，安德鲁差点就没命了。”他说，“相信我，这已经足以让我很快地清醒过来。我只是小酌，真的。后来也都没有再碰。”

“只是小酌？”我从桌上拿起酒瓶走到水槽边，旋开瓶盖，倒掉剩下的酒。

艾瑞克看着我时，神情变了。那是懊悔，我知道，因为我每天早上都会在自己的脸上看见。

我记得我们有多爱那个喝了点酒的艾瑞克，记得他总是最迷人、最讨人欢心、最风趣的一个。我也记得他在三分钟内将厨房夷为平地的模样，记得迪莉娅哭哭啼啼出现在我家门口，因为他已经把自己反锁在房内四天。

“陈腔滥调。”我对艾瑞克说完，将空瓶丢过去让他接住，“她知道吗？”

艾瑞克摇摇头。“你会告诉她吗？”

我真想。但我早就学会，不告诉迪莉娅。

我没有回答便走出车屋前门，然后转过身来，只见纱门的网丝将艾瑞克切割成一幅马赛克，支离破碎得仿佛记不得从墙头跌落前自己是谁的矮胖子[①]。“你说得对，”我说，“你配不上她。”

我边开车边拿起手机。我要打给迪莉娅，我要将这所有的事一次解决。

我按了她的号码，却听到一段语音说我使用的手机号码不明。

我等了一下，心想也许得到另一批基地台所涵盖的城区才能收到信号，但过了五英里，接着十英里，还是都收到同样的信息。我把车停到路边，打给手机公司的客户服务热线。

“费兹威廉·麦克默瑞。”服务人员搜寻我的号码之后说。

“就是我，有什么问题吗？”

“根据我这边的记录，您的手机服务已经在两天前停止。喔，不过您的记录中有一个注记，是一位玛吉·季瑞吉留言给您。”

我的编辑。“所以呢？”

服务人员有些迟疑。“她说下次请您记得您的手机账单是直接寄

① 译注：《鹅妈妈童谣》中的人物。

到公司的，还有您被解雇了。”线路中传来啪的一声，“还有什么需要我为您服务的吗？”“谢谢，”我说，“这样已经很够了。”

午夜刚过不久，有人来敲我的汽车旅馆房门。从今天的遭遇看来，我觉得八成是旅馆经理要来告诉我信用卡也失效了。“请我喝一杯。”她说，我的心狂跳不止。

我盯着她好一会儿，之后才从牛仔裤前面口袋掏出三枚二十五分钱硬币交给她，“汽水贩卖机在走廊尽头。”

“我想喝点含有酒精的。”她偏斜着头，“说到这个，不知道为什么酒精含量要说‘证明’？”

“因为以前私酿酒常用来交易。如果将相等比例的酒和火药混在一起后还能点燃，就证明它至少含有百分之五十的酒精。”

她听得目瞪口呆：“你怎么会知道这个？”

“我写过相关报道。”这是绝佳时机，我可以提起艾瑞克可能会更乐意陪她喝酒，说他可能在他们床底下藏了一瓶酒，她不妨去跟他借。然而我却说：“你又不喜欢喝酒。”

“我知道，可是每个人想逃避的时候喝酒都有用。”

我身子一歪，靠到门框上：“你在逃避什么？”

“我睡不着。”她老实地说，“我太担心明天了。”

“那艾瑞克呢？”

“他睡得着。”她推开我走进房内，往床罩还铺得整整齐齐的床中央坐下。

交谈竟如此轻而易举，我不禁怀疑昨晚那不同凡响的激吻是否只有我在场。接着我才明白，迪莉娅来这里是为了替我解套。倘若我们两人都佯装没这回事，或许便会成真。有许多人——遭强暴者、犹太大屠杀的幸存者、寡妇与（老天保佑）遭绑架的被害人——尽管世界四分五裂，却仍能在回顾自己人生地平线时无视那些裂痕。

但还有一部分的我也知道从此刻起，不管迪莉娅和我如何往前走，都不会一样了。因为当她面露微笑，我会在被她感染笑意前别开头。当我们并肩同坐，我会小心保持肩膀之间的距离。当我们谈话，语句间将会隔着和那该死的一吻同样形状、同样大小的空间。

我像玩游戏似的朝她的反方向，往旅馆那大大的塑料面书桌跨出一大步，书桌上放满一叠叠纸张、一支爆开来像红海泛滥似的圆珠笔、一串口香糖包装纸，还有今天的晚餐：一包吃了一半的夹心蛋糕。“其实我正在忙。”我说，“我在工作。”

“喔。”她泄气地说，“报社那篇文章。”

“我被报社炒鱿鱼了。”

她转过头来。“你不是说你在写关于我父亲案子的报道吗？”

“不对，”我纠正道，“我是说本来要写。”

迪莉娅爬下床，走到桌边，手指拂过我这几星期来写的那堆纸页，除了这些我什么也写不出来，而积累了这么多内容，我却从来不知道自己写了些什么。“那这是什么？”

我深吸一口气。“你的故事。”

她拿起手稿。“我六岁时第一次消失不见。”她念出声来，这些字第一次有了生命。“是我在说话？”

我点点头。“在我脑子里，我就是听到你这么说的。”

迪莉娅翻阅了前几页，然后把纸塞进我怀里。“念给我听。”她以命令的口气说。

于是我清了清喉咙。“我六岁时第一次消失不见。”我又从头念起，“当时我父亲正在做魔术表演。”我以迪莉娅、以艾瑞克、以安德鲁、以我自己的身份念了几个小时。我念到声音沙哑。我念到迪莉娅睡着，而我在她的某个梦中醒来。我念到她接下去念。就在天空开始泛红时，她全部念完了。

“你为什么没有告诉我？”她低声问。

“你已经有爱人了。”

“你十二岁爱上的和你三十二岁爱上的可能不是同一个人。”

“但话说回来，”我说，“有时候却是。”

我们蜷缩成同心圆，双人床的聚酯纤维床罩在我们周围形成一个水坑。这让我想起鲸鱼跃出后在平滑水面留下的凹洞，一般称之为足迹，因为个个不同。

迪莉娅会说我只是又搜集到一项无用的信息。也许吧，但我还知道她会先看书的最后一页再决定要不要翻开第一页。我知道她喜欢新铅笔的气味，知道她可以将手指含在唇间吹口哨，讨厌咖啡饮料，从无蛀牙。人生不是一段情节，而是点点滴滴的细节。

我伸手摸摸迪莉娅的脸。“我们忘了昨天的事吧？”我轻轻地说。

她摇摇头。“我们也会忘了这个。”她说完逐渐俯身向前，让我在这一吻落定前还有机会退却。

当我们分开来，我感觉自己仿佛站在窗台上，头晕目眩，也很确定接下来每一步都会是错误的决定。我找不到任何字眼，能够不会像玻璃一样割伤我的嘴。“你得走了。”我对她说。

迪莉娅走到门口之前，又转过身来，手里还紧抱着我写的最后一叠纸。“我想知道结局。”她说。

第八章

撒谎的人应该要有好记性。

——昆体良《辩学通论》第四册第二章第九十一节

迪莉娅

我还记得我们一起走过威克斯顿高中的灰色走廊：艾瑞克和我的手交缠后伸进对方的牛仔裤后侧口袋，费兹则在一旁滔滔不绝，从韦氏字典中收录了哪些字说到为什么连蓝色龙虾煮沸后也会变成红色。我会适时地点头，却没有真正认真听费兹在说什么，我比较关心艾瑞克会从我置物柜的气孔塞入什么字条，以及当他的手指悄悄伸入我的T恤衣边，沿着我的脊椎节往上爬会是什么感觉。但最后发现，费兹说的话我大都记得。其实我一直在留意，即使我告诉自己我没有。假如他的声音不是我生活的主旋律，也一直是低音线，那样地若有似无，总要到听不见了才会惊觉。

我把车停在屋前，悄悄地进屋去。还不到清晨六点，艾瑞克与苏菲应该还在睡。我从水槽上方的厨柜取出磨豆机，重新煮了一壶咖啡，忽然感觉到有双手按住我的肩膀，脸颊上也被亲了一下。

亲吻。

“你起得真早。”艾瑞克说。

他一身盛装，深灰色西装和深红领带搭配上他的深色头发与浅色眼珠实在太醒目，不由得让我屏息。“我……我睡不着。”我说，“我出去了。”如果他没问，我也没告诉他我整晚都不在，这样算说谎吗？

他坐到桌前，我替他倒了点柳橙汁。但他没有喝，反而顺着大大的玻璃杯口抚摸。“迪莉娅，”他说，“今天我会倾尽全力。”

“我知道。”

“但我也想说对不起。”

我的心思还跟着昨晚看到费兹写的东西在旋转。“为什么？”

艾瑞克望着我的眼神仿佛有千言万语未说出口，我一度以为那一刻就要冻结，像一颗弹珠掉落在桌上。但他举起杯子，破除了魔咒。“只是以防万一。”他说。

艾瑞克明白世事几乎鲜有章法可言。他也知道只要有机会，你并不需要等候别人来把你的生活搞得一团乱，你自己就能做得很好。

苏菲拖着一只绒毛玩具的手臂，砰砰地踩过走廊。“你们把我吵醒了。”她指责道，但却爬到艾瑞克的腿上，即使是刚刚才责怪过的人之一，她还是信任他。她用睡衣袖子擦擦鼻子，靠在艾瑞克的翻领上，依旧半睡半醒。

我们将自己的生活搞得一团乱，但偶尔还是会做出一件正确无误的事。

难处在于分辨什么是对、什么是错。

法院有一间由志愿者服务的游戏间，外祖父因绑架案在楼上受审时，苏菲可以在那里爬隧道、折毛根。我将她托放在那儿，承诺很快就会回来，然后前往法庭入座。

我遭到记者拦截，被他们的麦克风逼到角落：你和母亲和解了吗，迪莉娅？你有继续和父亲保持联系吗？我奋力推开这些有如尖爪利钩的问题，钻进法庭。艾瑞克已经坐在被告席上，正与副手律师克里斯·汉弥顿在整理档案。后面还有更多记者在排队，有画家带着素描簿。费兹则靠在远远的墙边，两眼紧盯着我。

这时一扇侧门开了，两名法庭工作人员护送我的父亲进来。他又穿上了西装，但脸颊受伤包扎着，似乎最近和人打过架。胡子刚刚刮过。

我以前很爱看父亲刮胡子。我没有母亲能向我展示胭红与睫毛膏的神奇之处，对我而言，看着乳液在父亲掌中发泡成蛋白霜，再把它涂到下巴的曲线上，是最神奇的事。我会叫他也抹在我的双颊上，在他旁边用牙刷假装刮胡子，然后两人一起靠向镜子——父亲是检查有无遗漏之处，而我则是瞄瞄他的眼睛、下巴和嘴唇，再瞄瞄我的，希望找到所有相似之处。

孩童时期，我只希望长大后能跟他一模一样。

要恨一个怀孕的女人真的很难。埃玛·瓦瑟斯坦站起来，步伐沉重地走向陪审团席，大腹挺向亮晶晶的栏杆。“各位，请想象一下你们现在四岁，与母亲住在斯科次达。你有粉红色的床罩，后院有秋千，还去上托儿所。你每个周末会见到父亲，自从父母亲离异后便是如此。你过得很快乐。

“但忽然有一天父亲告诉你，你不再是贝瑟妮。你不明白这点，就像你不明白为何仓促地飞离镇上、住汽车旅馆、买新衣服、染头发。当他向陌生人介绍时，说你叫‘迪莉娅’。你说你想回家，他却跟你说不行。他说你母亲死了。”

她开始走回检察官席。“因为他是你父亲，因为你爱他信任他，你相信他。你相信母亲真的走了，你相信自己已经不再是贝瑟妮——你相信自己从来都不曾是。

“你搬到新罕布什尔，看着如今自称为安德鲁·霍普金斯的父亲被推崇为模范公民。你依照他为你创造的剧情过日子，而你忘记了二十八年来，你曾一度是受害者。”

她再次面向陪审团。“但这里有另一个受害者，她从未曾忘记。伊莉丝·马休斯每天早上醒来就想着，自己的孩子会不会在今天回来。伊莉丝·马休斯在四分之一个世纪的时间里，不知道贝瑟妮是否仍活在人世，不知道她可能会在哪里，甚至再也不知道她可能长什么样子。”

埃玛十指交叉抱在浑圆巨大的肚子上。“大人和小孩的关系并不平等。我们比较大、比较强壮、比较聪明，因此我们立下一个不成文的契约，赋予我们以孩子的利益为优先考虑的责任。各位陪审先生女士，查尔斯·马休斯违反了这个契约。他没有顾虑到小女孩的情绪健康便带走她，强迫她远离真正的家三千英里，进入一个不熟悉的、可怕的生活。他会试图告诉你们他当时这么做有多勇敢，他会试图让你们也相信他的谎言。但各位，事实上查尔斯·马休斯是因为最后不满意他与前妻伊莉丝之间的监护协议，才会带着他想要的逃跑。”

她再度面向陪审团。“在这个国家，每天有两千名孩童失踪。根据《失踪、被绑、逃家与遗弃儿童报告之全国事故调查》的最新报告显示，一九九九年有七十九万七千五百名孩童失踪，其中只有五万八千两百人不是遭到家人诱拐绑架。也就是说在美国，每天有数以千计的家长绑架自己的孩子，就像查尔斯·马休斯这样——因为他们可以。但若是我们幸运的话，迟早会追上他们。”埃玛转身指着我父亲，“二十八年来，那个男人伤了一个母亲的心却未受惩罚。二十八年来，他背叛了女儿的信任却未受惩罚。二十八年来，他违法乱纪却未受惩罚。请不要再让他继续逍遥法外，哪怕只是一分钟。”

艾瑞克站起来。“各位陪审先生女士，瓦瑟斯坦女士没有告诉你们，”他说道，“伊莉丝·马休斯早在心碎之前便已经毁了。她是一个酒鬼，不省人事地倒在自己的呕吐物中，这就是生下贝瑟妮·马休斯的母亲，她就是受交托要照顾她的女人，一个醉到连女儿在旁边都不知道的女人。安德鲁·霍普金斯是不是带走了女儿？当然是。但他不是为了复仇，而是一项慈悲之举。”

艾瑞克绕到父亲身后，一手按在他肩膀上。“瓦瑟斯坦女士想让各位以为这个男人是有阴谋与计划的，打算在一趟例行的监护探视期间毁掉女儿的一生，但事实并非如此。其实当天安德鲁确实带孩子回家了。他发现电视机开得很大声，屋里一团乱……而伊莉丝·马休斯则是全身酒臭味昏死在地。也许在那一刻，安德鲁·霍普金斯想起了就在几个月前，女儿因为母亲的疏忽被蝎子蜇到差点丧命，后来送医躺在加护病床上的情景。也许他甚至是不想再让孩子目睹母亲的这副模样。只有一件事是肯定的：他清清楚楚地知道不能再把自己的孩子带回这里。当时不行，多待一秒都不行。

“那么他为何不寻求帮助呢？因为，各位先生女士，法院已经对安德鲁存有偏见，原因我来向各位解释。因为根据七十年代末的司法体系，夫妻离婚后的监护权几乎全都判给母亲，即便是连自己都照顾不好的母亲。”

艾瑞克正要走回自己的位子，中途又迟疑了一下。“各位都知道，如果当你回到家发现前配偶——再次——喝醉了，无法照顾孩子的安全，你会怎么做。各位先生女士，安德鲁·霍普金斯只犯了一项罪行：就是爱女儿爱到要保护她的安全。”他面向陪审团，“你们真的忍心为此责怪他吗？”

母亲穿着保守的衬衫和裙子，但披散着头发，双手戴满绿松石与柘榴石戒指。她眼神紧张地越过检察官头上望向维克多的坐处，他正微笑着替她打气。

法官是个吨位极大、身形有如结婚蛋糕的男人，他示意埃玛·瓦瑟斯坦可以开始了。“请说出你的姓名以供记录。”

“伊莉丝，”母亲说着，清清喉咙。“伊莉丝·瓦斯奎。”

“谢谢。瓦斯奎太太，你是再婚吗？”

“是的，和维克多·瓦斯奎。”

埃玛点点头：“可以告诉陪审团你现在住在哪里吗？”

“亚利桑那州斯科次达。”

“你在那里住多久了？”埃玛问。

“从我两岁起到现在。”

“你现在几岁了，瓦斯奎太太？”

“我四十七。”

“你有几个小孩？”

“一个。”

“叫什么名字？”

母亲以目光搜寻，与我四目交接。“以前叫贝瑟妮，”她说，“现在叫迪莉娅。”

“贝瑟妮变成迪莉娅的时候你知道吗？”

“不，我不知道。”母亲喃喃地说，“因为她父亲从我身边偷走了她。”

这句话唤醒了陪审团，兴味之情有如闪电从他们当中传导而过。“你能解释这句话的意思吗？”埃玛问道。

“我们离婚了，对贝瑟妮有共同监护权。有一次，查尔斯——他以前叫这个名字——和她共度周末后，本来应该在星期天带她回来，但他却一直没回来。”

“今天在这个庭上你有见到你的前夫吗？”

母亲点点头，指向父亲：“就是他。”

“请记录瓦斯奎太太指认了被告。”埃玛说，“他一直没带孩子回来，结果你怎么做？”

“我打电话到他住的地方又留言，但他没接电话也没回电。我尽量不往坏处想。我以为也许车子坏了，或是他带女儿到其他地方度周末被什么事耽搁了等等。我一直等到隔天，还是没有人跟我联络，我就开车到他家去。我说服管理员替我开门，那时候我才发觉事情不对劲。”

“什么意思？”

“他的衣服都不见了。不只是过夜的衣物，而是整个衣橱都空了。还有对他很重要的东西——像是研究书籍，还有一张他父母去世前拍的照片，还有他小时候去看道奇队比赛时捡到的一颗棒球都不在了。”她看着埃玛，“所以我报了警。”

“警方怎么处理？”

“设置路障，前往墨西哥边界，将贝瑟妮的照片登报。他们要我开记者会，取得民众的支持。还设立了报案热线，以及海报和宣传单。”

“有任何消息吗？”

“好几百个。”母亲说，“但都没能让我找到我的孩子。”

埃玛·瓦瑟斯坦再次转向我母亲：“瓦斯奎太太，你女儿被绑架前，你最后一次见到她是什么时候？”

“六月十八日早上。查理本来应该在六月十九日带她回来，那天是父亲节。”

“你等了多久才又见到女儿？”

母亲的目光快速无误地接上我的视线。“二十八年。”她说。

“这段时间你感觉如何？”

“我完全不知所措。我心里有一部分始终没有放弃她会再回来的希望。”母亲略一迟疑，“但也有一部分怀疑自己是不是受到惩罚。”

“惩罚？为什么？”

她的声音变成一条凹凸不平的道路：“漂亮小女孩的母亲应该不会在工艺日忘了让她带卷筒卫生纸到学校，还会做儿歌的所有动作。漂亮小女孩的母亲应该早在她摔下三轮脚踏车之前，就已经准备好OK绷在等着。可是贝瑟妮却有我这样的母亲。”她不顺畅地吸了口气，“我当时还年轻，我……丢三落四……会生自己的气——所以我会喝一两杯酒减轻自己的愧疚感。但后来变成六七杯或一整瓶，然后我会错过圣诞节音乐会，或是在应该做晚餐的时候睡着……我会觉得很难过所以得要再喝一杯，只是为了忘记自己又搞砸了。”

“你女儿在家里，在你旁边的时候你也会喝？”

母亲点点头：“我沮丧的时候喝酒，不沮丧的时候也会喝，以避免自己沮丧。我喝酒是因为我以为这是我唯一能控制的事。当然，我控制不了。但当你昏死过去，那样的差别也就不再重要了。”

“你的酗酒有没有影响你和女儿的关系？”

“我希望她知道我有多爱她。在我对她的所有记忆中，她是快乐的。”

“瓦斯奎太太，你是酒精中毒吗？”

“是。”母亲抬头看着陪审团，“我永远都可能会有。但我已经保持清醒二十五年了。”

有时候艾瑞克的母亲会离家好几星期。他告诉我们她去找她妹妹，多年后，我才得知她并没有姐妹。有一次当我们还小的时候，他向我坦承她不在的日子比较好过。我觉得他疯了：当时以为母亲已死的我，宁可有一个不完美的母亲也不想一个都没有。

就这样，我想起了在我离开母亲之前，她便离开了我。

旁听席的走道上发生一阵骚动，我这才察觉费兹站在我这排最边上，小声却激动地和我旁边那名男子交谈，试图说服他让位。费兹从皮夹抽出一张二十元纸钞，那人站了起来，让费兹得以滑坐到我身旁。“别想了。”他像下令一般，同时捏着我的手。

艾瑞克起身走向我母亲，准备进行反诘问。不知道他望着她时看见了什么？也许是我吧，或者他自己的母亲。

“瓦斯奎太太，”他说，“你说在你对迪莉娅的所有记忆中，她是快乐的。”

我发现他叫我迪莉娅，以提醒所有人我真正的身份。

“是的。”

“但你并没有太多这类的记忆对吧？”

“不够多。”母亲说，“我没能看着她长大。”

“她还小的时候，你好像也没有太常看着她。”艾瑞克反驳道，“一九七二年你因为酒驾被判刑，对不对？”

“抗议，法官大人！”埃玛喊道。她和艾瑞克走向法官席，低声谈话的内容都收进了法官的麦克风。“法官大人，那项判决是之前的事。当时贝瑟妮·马休斯都还没出生呢，与本案根本毫无关联。”

“根据证据法第六百零九条，由于证人有前科，我要质疑她的可信度。而且严格说来，法官大人，她犯罪时贝瑟妮·马休斯是在场的，她是个两个月大的胚胎。”

“泰科特先生，你可别企图开始辩论未出生婴儿的权利。”诺伯法官警告道，“抗议成立。”他转向陪审团。“各位先生女士，请你们忽略刚才所听到的。”

但一旦丢下石子，池塘里就会起涟漪，即使将石子移除也没用。还有没有其他时候母亲酒驾而我在车内？那些她没有被逮到的时候？

“瓦斯奎太太，”艾瑞克说，“有一次你和女儿独自在家时，她被蝎子蜇到了对吗？”

“对。”

“你能不能告诉我们事发的经过？”

“当时她三岁左右，她把手伸进信箱。蝎子就在信箱里。”

“你叫一个三岁小孩去拿信？”

“我没有叫她去，是她自己跑出去的。”母亲澄清道。

“你没有叫她，可能是因为当时的你不省人事，喝醉了。”

“我真的不记得是不是这样。”

“是吗？”艾瑞克说，“那么我来提醒你一下。我可以到证人旁边吗？”他将一个标示着被告证物A的分类文件夹递给我母亲，“你认得这份文件吗，瓦斯奎太太？”

“这是斯科次达奥斯波恩医院的病历记录。”

艾瑞克指着该页底端：“请你念出这句给陪审团听好吗？”

她皱缩起嘴唇：“母亲呈现酒醉状态。”

“这些记录是专业医疗人员写的。”艾瑞克说，“他们所受的训练应该足以判定一个人有没有酒醉，你说是不是？”

“那天晚上没有人替我做检查。”母亲回答，“他们都在照顾贝瑟妮。”

“那太幸运了，因为她被送到医院时没有呼吸。”

“她对蝎毒的反应非常严重。”

“事实上，严重到得在急诊室急救四个半小时吗？”

“是的。”

“严重到她需要气切——就是在气管开一个洞——以帮助她呼吸吗？”

“是的。”

“严重到她接下来三天都待在儿童加护病房，而且这三天当中，医生一再地告诉你她可能活不成吗？”

母亲的头朝大腿低垂：“是的。”

“迪莉娅本该和父亲度完周末回家的那天晚上，你有没有喝酒？”

“有。”

“什么时候开始喝的？”

她摇摇头：“我不确定。”

“当时维克多和你住在一起吗？”

“是的，但他不在。”她说，“我想他应该在上班。”

“他应该什么时候会回家？”

“那已经是很久以前的事了。”母亲说。

“你记不记得他应该是在女儿被送回来之前或之后回家？”

“之后。”她说，“他值第二班。”

“你持续喝了一整个下午吗？”

“我……大概是吧。”

“你有没有昏死过去？”

“泰科特先生，”母亲语气平平地说，“我知道你想做什么。我头一个就会承认我不是圣人。但你真的能跟我说你这一生中从未犯过错吗？”

艾瑞克变得僵硬：“瓦斯奎太太，问问题的人是我。”

“我也许不是全世界最称职的母亲，但我爱我的孩子。我也许不是一个负责任的大人，但我从错误中学习。我不应该被惩罚二十八年。没有人应该得到这种惩罚。”

艾瑞克咻地旋过身来，快得让我母亲不禁往后一缩，挺直上身。“你想说应不应该吗？那么放学回家时，心里想着不知道打开门会看到什么的孩子呢？”他问道，“或是藏起学校晚会的邀请函，希望母亲不会喝醉酒现身让他丢脸的孩子呢？或是才小学三年级就会自己洗衣服、去买菜的孩子呢？因为没有人会帮我做。”

法庭上安静得仿佛可以听到墙壁的脉搏。诺伯法官皱起眉头：“大律师？”

“帮她做。”艾瑞克纠正时，脸涨得通红。他跌坐在椅子上，“没有其他问题了。”

“我没事。”几分钟后休庭时间，艾瑞克安慰我说，“我只是一时忘记自己身在何处。”我们避开人群躲进会议室里，他拿起一个保利龙杯子，手还在颤抖。有些许水溅到衬衫与领带上。“说不定还反而对我们有利。”

我不知该说些什么。实际上，我自己也在发抖。我知道这是出庭做证可以预期的结果，但我从未想过唤醒这些记忆所要付出的代价。

“我去拿几张纸巾。”我勉强挤出话来，然后往女厕走去。

站在洗手槽前面，我再也忍不住流下泪来。

我弯下身用冷水泼脸，最后把衬衫衣领都弄湿了。“拿去。”一个声音说道，还递给我一张纸巾。

我抬头一看，母亲就站在我旁边。

“对不起，要让你听到这些。”她平静地说，“对不起，我不得不说。”

我将纸巾压在脸上，以免她看见我在哭。她在皮包里翻找一下之后，打开一个装药丸的小瓷盒。“吃下这个，会有帮助的。”

我狐疑地看着手里的糖衣锭，脑中浮现她那女巫工作台的画面。

“是泰诺。”她淡淡地说。

我将药吞下，反手擦擦嘴。“你去哪里了？”我问道。

她不解地摇摇头：“什么时候？”

“有一次你丢下我们，离开了大概一个星期。”

母亲靠在墙上：“你还那么小，真不敢相信你竟然记得。”

“是啊，”我说，“不可思议吧。你是喝醉了，还是去戒酒？”

她叹了口气：“你父亲给我下了最后通牒。”

没有人告诉我她去了哪里。我心想不知是不是自己做错什么让她消失不见。那个星期当中，我特别小心翼翼：玩具玩完之后会收拾好，过马路前会先往两边看，每次刷牙都会刷满两分钟。

我心想不知她会不会回来。

我心想不知我希不希望她回来。

我从未对父亲说过这些事，不让他感受到我的恐惧，就像他不让我感受到他的恐惧一样。

“有效吗？”我问道。

“一段时间。可是后来……就跟其他所有事情一样……行不通。”母亲抬头望着我，“你父亲和我根本不应该结婚的，迪莉娅。一切发生得太快了，我们几乎都还不了解彼此，而我却怀孕了。”

我艰难地咽下口水："你难道不爱他？"

她用手指擦擦水槽台，像是要擦掉什么看不见的污渍。"亲爱的，爱分为两种。安全的那种，就是找一个和你一模一样的人，这也是大多数人的选择。但还有另一种爱。每个人天生都有个凹凹凸凸的边，有些人渴望能找到和自己完全吻合的另一半。必要的话，你会找上一辈子。如果很幸运地找到了，因为那一半看起来实在太对了，你会开始撕扯自己的接缝，心想也许我也可以那么完美。但如此一来，当你再试着去接近那一半时，当然已经无法吻合了。"她抬起头看着我，"那种爱……一旦结束后你会变成另外一个人。"

她深深吸一口气。"我当时高中辍学，在一间机车骑士经常光顾的酒吧工作。你父亲则是那种已经做好人生规划的人。他真的以为我有能力当母亲，有能力照顾一个家庭——天哪，我也很想相信他。我想当他眼中所看到的我……那是我自己从来都想象不到的样子。"她无力地笑了笑，"和你一样，"母亲说，"我拼了命地想成为一个其实并不存在的人，因为那才是他爱的人。"

她倾身靠向我，替我理好衬衫衣领。如此母性而亲密的举动，让我吓了一跳。接着她从口袋掏出一样东西，塞进我手里。

那是一只缝合的小红布袋，触手灼烫。忽然间，我仿佛闻到一个墨西哥市场里腐烂的芒果肉与日晒过久的西红柿的味道。我仿佛尝到一百名初生婴儿的苦涩血味。我仿佛看见摩肩擦踵的小贩用西班牙语叫喊着：要买什么吗？我仿佛看见一名老妇跪在一条被褥上，旁边有一尊猫头鹰雕像，从鸟嘴长出一支红蜡烛。我留意到一只只和我的腿一样长的鬣鳞蜥和一叠叠用塑料包起的塔罗牌和用响尾蛇颈骨做成的钥匙圈。我闻到尿骚味、烤玉米和笑咧开嘴的西瓜。我明白了，在我手心里的是我母亲的世界。

我低头瞪着它。“我不想要你的帮助。”我说。

母亲弯起我的五指握住那只小包：“对，但你父亲可能想要。”

老警探奥威尔·勒格兰自从十五年前从斯科次达警局退休后，便一直住在包威尔湖心的一艘船屋上。他的皮肤粗硬黝黑得有如牛仔皮革，双手被太阳晒得斑斑点点像花豹似的。“一九七七年，”他回答检察官的提问，“我在重案组。”

“你和伊莉丝·马休斯有过任何接触吗？”

“六月二十日她打电话报女儿失踪时，刚好是我值班。我和几名警员前去处理。我们到达被告住处时，马休斯太太已经不成人形。被告因为监护人探视权带走她的孩子，应该前一天傍晚五点就要回来，但却一直没回家。”

“你做了些什么？”埃玛问道。

“我打电话到地方上的医院看看孩子和她父亲有没有入院，但都没有找到他们姓名的登记，或是有相同特征的无名氏。接着我向车辆管理所查询，看看车子有没有报失或出事故。搜索过公寓后，我认为这可能是一起绑架案。”

“接下来呢？”

“我要派遣员传话给当地警员，若是发现该车辆或目标，请他们通知我们。”

“警探，为了找到被告，你还采取了其他哪些措施？”

“我们查了他的信用卡记录，但他很聪明，沿路上都没有刷卡。我们也查看了他的银行账户。”

“结果呢？”

“户头已经在六月十七日上午九点三十二分关闭，取了一万元。”

埃玛停顿了一下：“你记得那天是星期几吗？”

勒格兰点了头：“星期五。”

“我没弄错吧？”埃玛说，“被告在他例行探视之前的星期五，就从户头取出一万元？”

“是的。”

“作为一名资深警探，你认为这是个重要的细节吗？”

“当然是。”勒格兰说道，“这是我所获得的第一个可以证明查尔斯·马休斯是有计划地绑架女儿的证据。”

鲁比欧·葛林盖特满头都是蛇。头发编成条纹与形态狂乱的玉米条，末端系着长绳垂到腰际。两颗纯金镶造的门牙，加上黑色垮裤与汗衫的搭配，真可说是个现代海盗。他软趴趴地瘫坐在证人席上，埃玛·瓦瑟斯坦在他面前踱步。“葛林盖特先生。”她说。

“叫我鲁比欧就好了，甜心。”

“恐怕不行，”检察官回答道，“你是怎么卷入这个案子的？”

“我看到新闻报道，然后我说：我认识那个人。”

“你究竟从事哪一行，葛林盖特先生？”

他迅速地报以一笑：“我在改造业，甜心。”

“请告诉陪审团那是什么意思。”埃玛说。

他往后靠在证人席椅背上：“付一点手续费，我就能帮你弄到新身份。”

“你是怎么弄到这些身份证的？”

他耸耸肩：“看讣闻。再去死亡登记处——可以说我是某某死者的亲戚，或是我弄丢了母亲的死亡证明之类的。反正总是可以找到借口让处里的人拿出你需要的东西。”

“拿到这些文件后，你怎么做？”

“别人知道怎么找到我。如果他们需要消失，我就让他们消失。我自己有过塑机、印刷机、影像编辑软件，还有比联邦铸币局更多的雕刻板。”

“你是在什么时候认识被告的？”

“很久以前。说得精确一点，是二十八年前。当时，我的规模还没有现在这么大。我很低调，工作地点在哈林区一间毒窟的阁楼上。有一天晚上，这个人出现了，说要找我。”

“事隔很久了，你怎么能确定那天晚上你见到的人就是被告？”

“因为他还带了个孩子，一个小女孩。我没有碰过太多带着孩子的客户。”

“当时几点？”

“过了半夜，我那时候才开店。”

“他要怎样才能进到你的店？”

“爬上楼梯，问人。”

“楼梯上是什么状况？”埃玛问道。

“那是个毒窟，你想会是什么样？几个人随便躺在地上打针、抽烟，还有几个家伙在打架，你想得到的都有。”

“这么说他是带着小女儿通过这样的场景，然后呢？”

“他跟我说他必须变成另一个人。”

“你问原因了吗？”埃玛说。

“我尊重客户的隐私。不过我刚好有一组像是为他定做的身份证——一个三十岁的父亲和一个四岁的女孩。我把社会安全号码和几张动过手脚的出生证明给他，甚至还有一张驾照。”

“卖这个新身份你拿多少钱？”

“一千五。我给了他一个优惠，小孩只拿一千。”

“整个交易时间持续多久？”

“大概一个小时。”

“他怎么付你钱？”

“付现金。”葛林盖特说。

“你对小女孩有什么特别的印象吗？”

“她在哭。我猜大概是过了她的睡觉时间之类的吧。”

“她父亲怎么做？”

他咧开嘴笑着说：“哇，那真的很酷。他变魔术给她看，从小女孩耳朵后面摸出一个二十五分钱，就这样。”

“小女孩有说什么吗？”

他想了一下：“东西都签好以后，钱也过手了，他跟小孩说他们要玩一个游戏，大家都要换新名字。他说她以后就叫迪莉娅，女孩问他那妈咪要叫什么。”

埃玛让此话在众人心中沉淀之际，我试着回想以前的自己，那个我从未有机会认识的女孩。我试着想象让鲁比欧·葛林盖特丢出来的字句坐落在自己的舌尖上。但我简直与陪审团的任何成员没两样：我毫无记忆，这些都是全新的画面。

为何有些记忆会无端渗出，而有些却始终锁在门后？

“葛林盖特先生，你有一些重罪前科。你的记录上有几次窃盗罪，也曾经因为伪造身份被捕。”

他两手一摊：“职业风险。”

“二十八年前当贝瑟妮·马休斯失踪的时候，你是否在看守所或监狱中服刑？”

“没有，我在工作。”

“现在，葛林盖特先生，你在纽约因为盗用身份的轻罪被判了刑。”

“没错。”

“你来此提供这项信息之前，正在那州服刑吗？”

“是的。”

“你今天来此做证有没有获得一些好处？”

他微微一笑：“地方检察官说我如果来这里做证，在那边可以减刑。”

“既然如此，葛林盖特先生，你能不能说出一个理由，让我们相信你说的确实是事实？”

“那些死者有些事情没登在讣闻上，但我却知道。”他说，“因为客户付了钱以后，我得去篡改出生证明。”

“葛林盖特先生，”检察官拿着一张纸走向他，说道，“你认得这个吗？”

葛林盖特看了一下：“这是那份出生证明的正本。我替那女孩改过的那份。”

“请你念出画线的部分好吗？”

他点点头。“珂迪莉娅·琳恩·霍普金斯。”他念道，“种族别：非裔美国人。”

午餐休息时间，我跟艾瑞克说我得带格丽塔出去一下。但我没有开车回家，而是将车留在停车场，徒步往东走去。每当要过十字路口前，我就屏住呼吸，像她教我的那样。当一道阴影从我面前闪过，我便闭上眼睛。

第一个碰到有水的地方是一条穿越凤凰城的运河，这是一个蓄水池，水截取自科罗拉多河。我记得露珊说过城里的运河是普埃布罗印第安人设计的，多年后仍在使用。这对我似乎是不错的运气，我于是脱去鞋子坐到岸边上。

小小的护身符袋捏在我的手指间，里面有一小撮白胡椒、一株小小的鼠尾草、微量的蒜粉、少许辣椒粉、些许烟草、一根仙人掌刺、一颗虎眼石。母亲说过去四个晚上，她都枕着这个睡觉，但须得我们两人合力才有效。

泥水从我的脚趾缝间流过。我转身向北，然后向东，然后向南，然后向西。露珊，如果你在上面，我暗想着，我现在可能需要你的帮助。

“圣洁的圣玛塔，”我嘴里念道，却自觉有点蠢，“杀死他的厄运之龙吧。”

我挑开护身符开口的缝线，里面的东西随风飘散，随后落在水面上。石头立刻往下沉，剩余的粉末则较难追踪。

但我照她说的，一直等到什么都看不见了，才折起红布塞入胸罩，要放在这里直到月亮来讨回去。

护身符处理完毕后，我步出运河穿上鞋子，然后走回法院。其实我并不是真的相信，只是就像大多数的信仰行为一样，现实容不得我不信。

休庭后，艾瑞克回到律师事务所准备明天的出庭。费兹陪我去托儿中心接苏菲，并建议一起去吃点东西，但我害怕与他独处。我不知道应该有什么感觉。“下次吧。”我尽量说得云淡风轻、轻松自在。我趁着费兹还没能出声恳求，便催促苏菲走出法庭，不料却被一群记者迎面夹道包抄。他们相机的灯光刺得我睁不开眼，也把苏菲吓得钻进我怀里。我明白现在我真的只想爬进我们的粉红色车屋躲起来。

我做了花生酱果酱三明治当晚餐，饭后苏菲画起了蓝鲸、美人鱼和其他海底生物，我看着看着就睡着了。

梦里的我戴着项圈，格丽塔拉着我的皮带。它要我找样东西，但我却不知该找什么。

我醒来后第一个想到的不是父亲的审判。太阳已经有一半陷入地平线以下，整间车屋沉浸在一种诡谲的橘色光线中，就好像苏菲趁我睡觉的时候涂上去的。我往地上瞥了一眼，只见零星几张画纸，但她已经不在那儿画画了。

“苏菲！”我坐起来，呼喊道。我走进浴室，但她不在。我到卧室去找。“苏菲！”

我查看了床底下、洗衣篮、碗槽下方、冰箱，一个孩子可能玩捉迷藏的所有地点。车屋外，只听见远处的隆隆车声和偶尔一声狗吠。“苏菲·伊莎贝·泰科特。”我一边喊一边开始心跳加速，“现在马上出来。”

我瞄了一眼对面露珊的漆黑车屋，过去这个月来，苏菲有好多时间都待在那里。

原本躺在车屋阶梯底下乘凉的格丽塔，扭着身子走出来。它抬头望着我发出呜呜声。“你知道她在哪里吗？”

我开始去敲邻居的门找苏菲，之前我想都没想过要认识他们。我找遍粉红车屋大大小小的角落，之后又回到前院来，声嘶力竭地喊她的名字。

要带走一个无人看护的小女孩会有多难？

我忽然听见母亲从证人席上传来的声音：你真的能跟我说你这一生中从未犯过错吗？

我从皮包里翻出手机，打给艾瑞克："苏菲跟你在一起吗？"

他有点心不在焉，从他的声音听得出来："她怎么会在事务所？"

"那她不见了。"我告诉他，一面强忍住泪水。

他顿了一下，完全不相信："什么叫她不见了？"

"我睡着了。等我醒来的时候……她就不在了。"

"报警。"艾瑞克以命令的口气说，"我马上回来。"

警方想知道苏菲有多高、多重，她穿的是蓝衬衫或黄衬衫，以及我记不记得她穿什么牌子的布鞋。

这些问题仿佛绳圈似的将我套牢，我一个问题都答不出来。我不确定她是今天或是上星期穿了蓝色T恤，我最近都没有替她量身高体重，我知道她穿粉红色布鞋，却说不出品牌名。

我能提供的细节都无助于寻找失踪儿童，但却深印在我心里无法磨灭：苏菲只有一边脸颊上才有酒窝、她门牙间有缝隙、她背上正中央有一颗美人痣。还有她半夜喊我的声音，她放在口袋里那些照见阳光便像黄金般闪耀的石子。我可以告诉警察，当她坐在我肩上，刚好可以够到门框。我可以从手臂上失去的重量，估计她的体重。

艾瑞克坐在屋前阶梯上，回答他们的问题。他已经解下领带，却仍炫耀似的穿着出庭时那件西装。我注意到其他邻居都在自家阳台和窗口观看我们，我很纳闷他们是否知道我们是谁，他们是否察觉到这具讽刺意味的结局。

与艾瑞克谈话的警探将拍纸簿放到一边。"坚强一点，泰科特先生。"他说，"我们会马上发出安珀警报。现在你们最要紧的就是留在这里，以免苏菲自己回家来却找不到人。"

我看着他用无线电发送我们给他的信息，我听到远处的鸣笛声。母亲发现我失踪时，也是这样的心情吗？就好像自己整个核心都被挖走，就好像这个地球似乎瞬间比以前大上许多？

我不放心让警察去找我的孩子。我对任何人都不放心。

我等到警探去和邻居们谈话之后，才吹口哨找来格丽塔。“准备好开工了吗，小妞？”我低吟着，同时搓搓它两耳之间。

艾瑞克站起来。“迪莉娅，”他说，“你这是在做什么？”

我没有回答他，只是静静地替格丽塔套上绳具。我不在乎触怒一个我不认识的警察，我不在乎警探指示我们留在原处。我只知道事情是我搞砸的，因为我睡着了。这是我母亲与我之间的重大差别：我会比任何人都花更多时间、更努力去找我女儿。

承诺搜索后，格丽塔整个身体开始颤动起来。“我是她的母亲。”我对艾瑞克说，因为在任何一个完美的世界里，这样的解释应该足够了。

假如苏菲是被人用车子载走的，我不会有太大进展。除非很幸运地，车窗是摇下来的，这才可能留下气味。但我拿苏菲的枕头给格丽塔嗅闻后，它马上就出发了。它在苏菲玩了一个月的前院打转。它嗅着苏菲在露珊指导下上漆的仙人掌。它转圈的范围逐渐扩大，接着找到一条通往车屋场外的小径。

见格丽塔将鼻子贴着路面工作，我胡乱想着所有出错的可能：沙漠的风会吹散气味。多孔、灼热的柏油可能会散发黑苦味，掩盖住苏菲的气味。横冲直撞的车辆与废气可能干扰格丽塔追踪的专注力。狗往高速公路前进，就是我们今天回家走的路，虽然我极力不去想，却仍不免怀疑格丽塔闻到的会不会是旧气味。

我试着去回想所有的数据：美国每天有多少孩童失踪，孩子失踪多久之后寻获的机会会呈指数下降，在沙漠中的人不喝水能撑多久。

我们只找了半小时，格丽塔便突然闪到一个购物中心后面又折返回来。它撒腿跑了起来，我追在后面。“苏菲！”我开始扯开嗓子大喊，“苏菲！”

然后我听到了：“妈咪？”

我完全不敢置信，松开了格丽塔的皮带。它绕过水泥建筑的转角，往上一跳，前脚几乎就要碰到苏菲的肩膀。

我跪倒在苏菲面前，一边啜泣，一边抓住她身上每一寸我抓得到的地方。她左手拿着一个冰激凌甜筒，似乎不明白我为什么在她面前化为一摊水。“我以为你走丢了。”我贴着她柔嫩的颈部肌肤喘息着，“我不知道你到哪去了。”

“可是我们有给你留字条啊。”苏菲说，这时我才发现她不是一个人。

冰激凌店前面站着艾瑞克、警探和维克多·瓦斯奎。“我本来想打电话给你，”艾瑞克说，“可是你走得太匆忙，没有带手机。”

维克多上前一步，脸上因尴尬而胀得通红。“你当时在睡觉，我想今天发生那么多事，还是不要吵醒你。所以我和苏菲就给你留了字。”

警探举起字条——用铅笔写在苏菲用来画画的其中一张纸上。带苏菲去吃冰激凌，半小时后回来！维克多。“卡在沙发背后。”警探说，“肯定是被电风扇吹落桌子的。”

我羞愧地接过那张纸。“我真的、真的很抱歉。”我喃喃地说，“可能是我反应过度了……”

警探摇摇头。“这是我们的职责，”他说，“相信我，事情有这样的结果我们也很高兴。”

艾瑞克向警探道谢时，苏菲偷偷把手滑入我的掌心。“你跟我说过不能跟陌生人出去，”她说，“可是我已经认识维克多了。”

维克多转向我：“我应该要想到……”

“不，”我说，“真的，是我的错。”

“你看维克多送我什么！”苏菲拉着我走向冰激凌店外的一张铸铁桌，桌上放了一个鸟巢，里面有几个斑点鸟蛋的蛋壳。“他说小鸟不住在这里了，所以可以给我。”

维克多将手放在苏菲头上：“看现在这种情形，我想她也许会需要多一个朋友。”

我对他点点头，试图露出感激的笑容。我可以感觉到艾瑞克投射在我身上的炽热目光，可以感觉到他在纳闷为什么我没有找得更彻底些，而且也和我一样在怀疑这次的庭审是否以我完全意想不到的方式伤害了我。为了逃避讨论此事，我将注意力转移到苏菲的意外收获上。我听着她叽叽喳喳地说着幼鸟，说着它们此刻已飞向何处。当她慎重其事地将一片蛋壳放到我手里，我假装很兴奋，尽管我眼里看到的只是一样破裂的东西。

敌性证人就是不会站在律师或律师当事人这边的人。在我父亲的案子里，传我出庭做证的将会是检方，大概是为了向陪审团证明我所受到的伤害。但我支持父亲的可能性胜过陷他于罪，也就是说检察官最好是对我提出诱导性的问题，但通常她不能对自己传唤出庭的证人做这种事。为此，她请求法官将我视为敌性证人。

我不禁怀疑自己是吗。这整出闹剧是否让我变得反应迟钝？有攻击性？愤怒？历经这场审判是否会比父亲的所作所为让我改变更大？

今天早上，艾瑞克给了我一番精神训话，提醒我不管埃玛·瓦瑟斯坦怎么做，都无法左右我要说的话。经过昨晚苏菲的失踪事件后，我努力地集中精神——让自己在行动与说话前全神贯注，以至于我无法想象这个检察官能战胜我。

“早。”她说。

一堵道不同不相为谋的冷墙将我们隔离，我小心地避开她的目光。“你好。”

“你今天不太想来这里对吧，霍普金斯小姐？”

“对。”我坦承不讳。

“你知道你是发过誓的。”

“是的。”

“你也知道你父亲确实被控绑架你。”

艾瑞克站起来：“抗议，法官大人。她不能做出法律上的结论。”

“成立。”诺伯法官说。

埃玛并未退缩：“这么多年下来，你和父亲想必感情非常深厚。”

我欲言又止，深信自己即将步入陷阱：“是的，他是我所知道唯一的家长。”

“你也有小孩对吧？”埃玛问道。

我的心顿时冻结：难道她已经知道苏菲昨晚失踪的事？她要拿我自己的失误来质疑我吗？“我有一个女儿，苏菲。”

“她今年几岁？”

“五岁。”

“你喜欢和苏菲做些什么？”

我心中立刻浮现她的影像，有如甜美无比的奶油。我们会去抓虫子——毛毛虫和蜗牛——然后用草和树枝替它们盖房子。我们会用马克笔替彼此文身。我们会用洗衣篮里多出来的袜子演木偶戏。光是想到这些便让我感到安心，也让我想到自己迟早都能离开这个证人席，和她一同回家。

“你每天晚上都会哄她睡觉吗？”埃玛问。

“只要我不必工作。”

“那早上呢？”

“她会叫醒我。”我说。

“所以苏菲早上来找你的时候，是很确定你会在的，可以这么说吗？”

埃玛·瓦瑟斯坦狡猾地做出这个活绳圈，我连自己的脖子被套住都还没感觉。“苏菲非常幸运，有两个非常尽责的父母让她依靠。”我冷静地回答。

“你没有和苏菲的父亲结婚是吧？”

我强忍住没有瞄向艾瑞克：“没有，但我们订婚了。”

“能不能请你告诉陪审团苏菲的父亲是谁？”

艾瑞克马上从座位上弹起来：“抗议，与案情无关。”

法官抱着手说道：“你自己说过不管有多切身，你都能处理这件案子，泰科特先生。驳回。”

“苏菲的父亲是谁，霍普金斯小姐？”埃玛又问一次。

“艾瑞克·泰科特。”我说。

“现在在法庭上的律师吗？为你父亲辩护的律师吗？”

听了她的话，陪审团不再盯着我看，转而细细打量艾瑞克。“正是他。”我回答。

“泰科特先生有没有单独和苏菲出去过，就他们父女俩？”

我回想起昨晚，当时我第一个猜想的，希望的，就是艾瑞克带苏菲出去了。“有。”

“所以你也曾经有过等他们回家的经验。”

“是的。”

“他们有没有晚回来过？”

我将嘴唇紧抿成一条线。

“霍普金斯小姐，”法官开口说，“你必须回答。”

“有一两次。”

“他们晚回家，你有打电话报警吗？”

如果知道是艾瑞克和她在一起，我不会报警。如果知道是维克多和她在一起，我也不会报警。只有当我以为苏菲落单或在陌生人身边才会惊慌。“没有。”

“因为你相信泰科特先生会带她回来，对不对？”

“对。”

“你被你的父亲带走那天，你母亲也是同样的心情吧？”

“抗议。”艾瑞克喊道，但埃玛已经又开口了。

“你对你母亲喝酒的事没有任何特别的印象，对不对？”

我抬头看着检察官。“其实我有。”我说。艾瑞克吃了一惊，因为我还没机会告诉他这些事，“她曾经离家一次。当时，我不知道她上哪儿去了，只以为是我的错。我花了很多时间尽量不去妨碍她，我心想她终于找到方法避开我了。”

“你父亲跟你说过她去哪里了吗？”

“没有。”我说，“但我母亲说了。戒酒中心。”

埃玛露出愉快的微笑：“那么你对母亲唯一的记忆，就是当她为了解决酗酒问题而积极求助的时候？”

而你父亲还是带走了你？我摇摇头想甩掉她没说出口的这些字句，也许就是这样把它赶出来了——另一段记忆，因为插销已被拔掉，滚滚烟雾迷蒙了往事。有样刺眼的东西——可能是镜子，一直对着太阳照。镜子拿在母亲手上。来啊，贝丝，是你想到的耶，她说，但却让我花更长的时间爬上小坡。她坐在上面——不是镜子，而是一个银盘。我爬到她双腿间，她紧紧环抱住我。谁需要雪啊？她说，然后我们弹跳着滑下布满石子的红色斜坡，同样颜色的头发在我们身后飞扬。

我在旁听席上找到母亲的脸。真希望我能解释这种感觉，就像你内心里的某一块忽然重新接合了，之前你却根本没发现它失落不见。你不敢说话，因为不知道会从嘴里冒出哪些字眼。你开始怀疑这是不是自己捏造出来的，怀疑此时此刻之前自己所想的一切会不会只是一个谎言。

你想要更多，却又害怕获得。

我们去滑沙时，她是不是喝醉了？是不是因为和她在一起，抱得那么紧，所以我根本无所谓？

“霍普金斯小姐，你父亲是不是告诉你说你母亲死了？”埃玛问道。

“他说她死于一场车祸意外。”

“你相信他？”

“我没有理由不相信。”我说。

“当你发现母亲还健在，你很好奇想见她对不对？”

我可以感觉到母亲锋利的目光刺在我身上。“是的。”

“你想看看她和你这么多年来想象的母亲一不一样。”

“是的。”

“但你父亲却告诉你，你心里虚构成神话一般的母亲其实是个酒鬼。说她在你小时候曾让你置身险境，所以他才绑架你。”

我点点头。

“你不想相信父亲的话，对吧？”

“对。”我坦承。

“但你不得不信。”埃玛口气强硬，“因为你若不信，那么就会马上打回原点：你父亲在说谎。”

“不是这样……”

“霍普金斯小姐，你不能否认你父亲说谎。根据你自己的证词……”

“是的！”我打断她，“他说谎。他说谎骗了我二十八年，你想要我承认这个是吗？但不说谎就得说实话，谁都不想听的实话。我可以肯定地告诉你，我不想听。相信我，以为母亲死了比发现她是个无法照顾我的酒鬼要轻松得多。”我转向陪审团，“就像你们觉得违法的人就应该受惩罚一样……”

“法官大人！”埃玛喊道。

“……尤其又听到检察官这么说、电视上这么说，一翻开报纸也这么说，当然容易了，可是在你内心深处却知道他这么做是对的。”

“法官大人，我请求将多余的证词视为无用。”埃玛坚持。

“是你引导她说出这些话的。”法官耸耸肩回答道。

艾瑞克捕捉到我的目光，骄傲地对我眨眨眼。

我到底让检察官感到狼狈，姿态不由得高了一些。“霍普金斯小姐，”埃玛圆滑地改变了提问方向，“你是以搜救工作为生，对吗？”

“对。”

“能不能请你向陪审团解释一下工作内容？”

“我和我的寻血猎犬格丽塔和执法单位一起工作，与他们联手寻找失踪民众。”

“你要怎么找到一个走失的孩子？”埃玛问道。

“我会让猎犬格丽塔闻某样东西的气味——必须是孩子最后碰触到、没有被污染的东西，通常是枕头套或睡衣或床单，愈能接触到皮肤愈好。但如果都没有的话，光是脚印也可以。我会让格丽塔嗅脚印，然后跟着它出发。”

“你见过失去孩子的父母，对吧？”

“是的。”我说。

“他们反应如何？”

“大多数都很惊慌。”我说，就像昨晚的我。

“你曾经不得不告诉某人说你找不到孩子吗？”

“是的，”我坦白地说，“有时候气味路径就断了。有时候也会受天气状况影响。”

“你曾经被迫停止找寻吗？”

我感觉得到母亲正看着我。“尽可能不要，”我说，“但有时候别无选择。”

“霍普金斯小姐，你曾经去找过逃犯……或有自杀倾向的人吗？”

“有的。”

“我想他们不一定会想跟你回来吧。”

我想到某座方山上的某处悬崖，有个女人跳下了世界的边缘。“是的。”

“当你找到这群特殊的人，尽管他们不愿意，你还是会带他们回来对吧？”埃玛说。

露珊死后那些天里，我曾经想过：当初我说想和她来西鲍洛威，她为什么没有更激烈地反对？她肯定已经计划好要在那里做什么了，拖着苏菲和我必然会对她造成很大的压力。除非……她希望有人为她做见证，而且她希望那个人是我。

或许她认为我有了这些经历，应该知道做别人期望的事和做对的事几乎不会是同一条路。我有了这些经历，应该了解有时候说谎是不得已而为之。

“是的。”我对埃玛说，“我会带他们回来。”

埃玛·瓦瑟斯坦眼中发出炯炯的胜利之光。“因为你知道你应该这么做。”她做了说明。

但我摇摇头。“不对，”我说，“应该说虽然知道不该这么做，我还是做了。”

也许每对夫妻都应该有这样一个审判日：设一个证人席、一张木椅。一堆隐形的问题像水果似的夹在他们中间，等待他们剥去果皮喂给对方吃，而双方则各自希望对方会坦白说出是什么原因让他们走到这一步。当艾瑞克走向我准备开始反诘问，整个法庭脱离了我们，我们就像又回到九岁的时候：仰躺在黑眼菊花田里，假装降落到一个橘色星球，星球上只住着我们俩。

“怎么样，”他只简单地问，“你还好吗？”

我不禁微微一笑：“我还撑得住。”

“迪莉娅，我还没有跟你讨论过案情对吧？”

我们演练过这些问答，我知道他要说什么，我又该说什么。“没有。”

“因为这样，你对我不太满意？”

我想到我们去过医院后吵的那一架，想到我出逃到霍皮区。“对，我认为你隐瞒了我有资格知道的信息。”

“可是你雇用我为你父亲辩护，不是因为觉得我会和你讨论案情对吧？”

“对。我雇用你是因为我知道你和我一样爱我父亲。”

艾瑞克从我身边走过，站到陪审团面前：“你父亲以何为生？”

“他在新罕布什尔州的威克斯顿经营一家老人中心。”

“在你小时候，他赚的钱够养活你吗？”

“我们过得不是很富裕，”我坦承，“但生活当然没问题。”

“你父亲也满足了你情感上的需求，对不对？”

这个问题有正确答案吗？爱能量化吗？“他随时都在我身边，不管我需要谈什么。”

“你和他谈过你的母亲吗？”

“他知道我想念她，但我知道谈论母亲会让他伤心，所以我并不常提起。没有人喜欢谈论自己失去的东西。”

“可是最后看来，他始终没有真正失去你母亲对吗？”

我还依稀听到她在厕所里的声音，告诉我她真的爱过父亲。“她根本没有死于车祸。”我缓缓地说，“但早在那之前，父亲就失去她了。”

艾瑞克双手反握在背后。“迪莉娅，”片刻过后他才问道，“我们为什么没结婚？”

我愕然地望着他，这是脱稿演出。对于这个问题，检察官和我一样惊讶，她提出抗议。

“法官大人，”艾瑞克说，“请您给我一点空间，这并非全然无关。”

法官蹙起眉头：“霍普金斯小姐，你可以回答。”

霎时间我明白了艾瑞克的用意和他希望我说的话。我等着他面转向我，以便默默地告诉他我不愿意让他牺牲自己救我父亲。

艾瑞克上前一步，一手扶着证人席的栏杆。“没关系，”他低声说，“告诉他们吧。”

于是我硬吞下口水：“我们没有结婚……是因为你酗酒。”

这些字上了铰链，铰链生锈了。我尽可能想压低声音却办不到。你或许会告诉自己坦率是一段关系的基础，但就连这句话都不是真的。一旦认为这么做能阻绝痛苦，你远比其他人更可能对自己或对心爱的人说谎。

这个道理我父亲也懂。

“我喝酒以后很可怕，对吧？”艾瑞克问道。

我低下头去。

“我会让你失望，我会跟你约在某个地方，后来却根本忘了去，也会跟你说要去替你买东西结果没去，对不对？”

“对。”我轻轻地说。

“我会喝到烂醉，还得让你拖我上床，对不对？”

“对。”

“我会开始大吵大闹，会因为鸡毛蒜皮的小事发飙，然后把事情怪到你头上，对不对？”

“对。”我喃喃说道。

“我从来没法完成一件事，还会做出一些承诺，但我们俩都知道我从来没遵守过，对不对？我会为了振作、为了冷静、为了庆祝、为了怜悯而喝酒，对不对？我会为了讨人喜欢或想要独处而喝酒，对不对？”

第一滴泪总是最滚烫的，我将泪拭去，但它还是灼伤了我的肌肤。

“其实，”艾瑞克继续说着，“你很怕跟我在一起，因为你永远不知道我会是什么样子。你会替我找借口，替我善后，还告诉我下一次你会帮我，不让旧事重演，对不对？”

对。

“你容许我喝酒，这样我不会在喝醉后惹是生非……没有痛苦，就不懂得羞耻。不管我有多坏，你总是在旁边陪着我，对吗？”

我擦擦眼睛：“大概吧。”

“可是……后来你发现我们要有小孩了……你做了一件相当令人惊讶的事。是什么事？”

“我离开了。”我轻声地说。

“你这么做不是为了惩罚我吧。”

此时，我已泣不成声。“我这么做是因为我不希望孩子看到父亲这个样子。我这么做是因为如果她在成长过程看到你这副模样，她也会恨你。”

“你恨我？”艾瑞克重复说着，有点愣住。

我点点头：“几乎就像我爱你一样。”

陪审团太过专注于我们的对话，庭上所有的空气仿佛都凝滞了，但我眼中只有艾瑞克。他递给我一张面纸，然后轻轻拨开我脸上的头发，手在我脸颊上逗留着。“我现在不喝酒了对吧，迪莉娅？”

“你已经五年多，早在苏菲出生以前，就没喝酒了。”

“万一我明天酒瘾又犯了呢？”他问道。

“不要说这种话。你不会的，艾瑞克……”

“万一你知道我又喝酒，而且带着苏菲一起，你会怎么样？如果当时是我在照顾她，你会怎么样？”

我闭上眼睛，试图忘却他竟然公开丢出这番话，言辞在群众间可能会孵化繁殖，最后变成事实。

“你会再容许我一次吗，迪莉娅？”艾瑞克问道，“你会让苏菲也加入，好让她为她酗酒的父亲找借口吗？”

“我会带她离开你，我会带她走，我会逃跑。”

“因为你爱我？”艾瑞克问道，声音已然沙哑。

“不是。”我直视着他说，“因为我爱她。”

艾瑞克转向陪审团。“没有其他问题了。”他说。

我正想撑着发抖的双腿，从证人席站起来，埃玛·瓦瑟斯坦却已走上前来。“我不懂，霍普金斯小姐。”她说，“酗酒者会有什么样的行为，竟会让你担心女儿的安全？”

我不敢置信地看着她：“酗酒的人很不可靠，你不能相信他们。他们根本想都不想就会伤害他人。”

“听起来有点像绑架者哦？”埃玛接着转向法官，“检方提证完毕。”她说完坐回原位。

在最后一个好日子，父亲比我先起床。我下楼时，他已经在楼下替苏菲做煎饼当早餐。在最后一个好日子，家里咖啡没了，父亲把它记在我们贴在冰箱门上的清单里。我洗了衣服。

在最后一个好日子，我对父亲大声嚷嚷，因为他忘了喂格丽塔。我替他叠好干净的袜子。他说了一个笑话让我发笑，好像是关于芦笋上酒吧之类的，我不记得了。

在最后一个好日子，他去工作了三小时，然后回家打开历史频道。节目内容与新的休旅车有关。刚上市时，大家都不太知道该如何使用这颗银弹，因此公司派出一支队伍穿越非洲与埃及做巡回宣传。当地部落的人趋上前，用矛刺休旅车，祈祷这些野兽赶紧离开。

在最后一个好日子，父亲看这个节目时没有睡着。他转向我说了一句话，当时也就是一句话，直到后来才激变成人生的教训。“这就是在告诉你，”父亲在最后一个好日子对我说，“世界只和你所认知的一样大。”

安德鲁

往东行驶的漫长旅途中，各州全都互相渗透成一片，还有成群的昆虫往车子前面的格栅冲撞自杀。我们会在加油站暂停，补充樱桃派和可口可乐的存货。我们会听西班牙语电台中的模糊语句。

偶尔，我会胡乱将手伸到你所在的后座，只为了让你知道我在那儿。“击掌。”我会说。但你从来不以拍掌回应，反而将纤细而可爱的小手滑进我的手心，仿佛想说好，我接受你的邀舞。

厄文·包姆史奈格花了七分钟才从旁听席前排走到证人席，主要是因为他太顽固，不肯让人搀扶。艾瑞克看着他摇摇晃晃地前进，倾靠向我问道：“你确定他可以？”

艾瑞克从威克斯顿农场老人中心传了几人出庭当品格证人，厄文便是其中之一。“他比外表看起来敏锐得多。”

艾瑞克只能叹气。“包姆史奈格先生，”他站直了身子说道，“你认识霍普金斯先生多久了？”

“将近三十年了。”厄文骄傲地说，“我们在威克斯顿的计划委员会共事过。他设置了老人中心开始营运，也差不多是我准备开始使用的时候。”

“他对该中心有何贡献？”

“他总是先考虑到别人。大多数人宁可忘记的事，他却会挺身支持。”厄文说道，“像是老人，或贫困家庭——在威克斯顿同样也有。大部分镇民都会假装他们不存在，安德鲁却会为他们募集食物和衣服。”

“你认识迪莉娅・霍普金斯吗？”艾瑞克问道。

“当然。”

“依你之见，迪莉娅从她父亲身上学到了什么？”

“那很简单啊，”厄文说，“看她选择什么工作就知道了：搜救。如果不是从小到大看父亲都是先考虑别人，我很怀疑她会挑这份工作。”

“谢谢你，包姆史奈格先生。”艾瑞克说完，坐回到我身边。

检察官起身后，交抱起双手。“你说被告这一生都先考虑到别人？”

“正是。”

“是不是可以说他考虑到别人的感受？”

“当然。”厄文说。

“也可以说他能看得出谁需要帮助？”

“是的。”

“谁需要休息？”

“没错。”

“谁需要一个改变自己人生的机会？”

“如果你需要的话，他会帮你找到那个机会。”厄文坚定地说。

“包姆史奈格先生，是不是可以说被告很乐意再给人一次机会？”

“毫无疑问。”

“那么，”检察官沉思道，“我想他后来真的变了一个人。”

爸爸，你会说，看我的辫子，看我被虫咬到最恐怖的伤口，看我倒立，看我的春卷式跳水，看我用手指画画，看我的小碎片、我的拼字表、我翻筋斗、我发现的蟾蜍，看我替你做的礼物、我拿到的成绩、入学通知书，看这文凭、超音波、你的外孙女。

你要我看的东西，我不可能全记得。我只记得你要我看。

艾碧佳尔·阮最令人讶异的是，从贝瑟妮去上托儿所那时候至今，她看起来老不了几岁。她个儿娇小、神情镇定，坐在证人席上回答艾瑞克的问题时，双手服帖地交叠在膝盖上。“她是个聪明可爱的小孩。但是自从父母离异后，有时候看她来上学的样子就知道她没吃早餐。她会连续三天穿同一件衣服来学校，不然就是头发凌乱纠结，因为没有人想到要帮她梳一梳。”

“你跟贝瑟妮谈过这件事吗？”

“有。”她说，“她常常跟我说妈咪在睡觉，所以她自己弄早餐或自己梳头。”

“贝瑟妮是怎么去学校的？”

“她母亲载她来的。”

“关于伊莉丝·马休斯，有什么让你觉得不安的地方吗？”

“有时候她看起来……穿着有点破旧，而且身上经常有喝过酒的味道。”

“阮女士，”艾瑞克说，“你和贝瑟妮的父亲谈过这件事吗？”

“谈过。我记得很清楚，有一次伊莉丝·马休斯放学后没有来接贝瑟妮——我们让她继续上下午班，然后才打电话到她父亲工作的地方。”

“他有什么反应？”

她瞥了我一眼：“他对妻子的行为非常激动而生气。他说他会处理。”

“后来怎么样了？”艾瑞克问道。

“贝瑟妮又上了三个月的课，后来有一天，”女老师说，“她失踪了。”

我会将你扛在肩上，好让你看得更清楚。我以前常常暗想，只要能扛你一辈子，我什么都愿意做。我会上健身房，我会去举重。我绝不会承认你已经太大、已经太重、我扛不动了。

我却从未想过也许有一天你会要求自己走。

“这么说，”检察官说，“她就这样忽然消失了？”

“是的。”阮女士回答。

“为了孩子着想，最好不要中断他们的教育对吧？”

“对。”

“好的，阮女士，你说你看到一个三岁孩童没梳头就来上学，是吗？”

“是的。”

“你做证说她有时候会饿肚子。”

“是的。”

“你说她会一连三天穿同样的衣服上学。”

“是的。”

检察官耸耸肩：“有些时候，这不正是任何一个四岁小孩的写照吗？”

“是的，但这种情形发生不止一次。”

“身为老师的你，有没有联络过儿童保护部门？”

“很不幸地，我有。依法，我们必须通报家暴。我们一旦认为孩子处于极端危险，就要打电话。”

“但你并未告发伊莉丝·马休斯对不对？”埃玛指出，“没有其他问题了。”

你小时候最喜欢的玩具是动物。不论是绒毛或豆袋、巨型或迷你，都无所谓，只要能让你在家里布置出某种复杂的情节就行了。你不是那种喜欢玩“兽医”游戏的孩子，却会假装成救难队员正奋力爬上圣母峰要拯救一头被困的山狮，不料到了中途，有一条拉雪橇的狗摔断了腿，你得先为它做野外手术之后才能继续前往拯救大山猫。你会偷拿老人中心急救箱里的绷带，在餐厅的桌子底下设立一个紧急事故的分级处理中心。山狮其实是一只绒毛猫，躲藏在沙发下面的洞穴中；浴室里有你的手术用具组，包括镊子和牙签。我常常看着你，常常在心里想着：你是天生就有改造世界的天分，或者是被我塑造成的？

回看守所的一路上，我感觉到全身的细胞都在抗拒。愈接近，磁极变得愈相似，自然会开始排斥。但到了之后，狱警几乎马上就来通知有访客。我以为是艾瑞克要来演练明天的做证，直到所有环节都很顺畅，然而我没有被带到律师与当事人专用的会见室，而是去了一个隔间。几乎是两人面对面了，我才察觉是伊莉丝来看我。

她的深色头发有如一面瀑布。她的手心里和左手臂上都写了字。“有些事情永远不会改变。”我指着，轻轻地说。

她往下一瞥。“这个啊，我做证的时候需要小抄。”当她对着我微笑，困住我的这个小隔间顿时充满热气。“我很高兴能再见到你，只是如果换个情况会更好。”

“我可以接受不同的审判地点。”

她低下头去，再抬头时脸色晕红。“听起来你在威克斯顿生活得很好。那些老人家……都很喜欢你。”

“可悲的替代品。”我开玩笑地说，但没有笑果。我的视线从她发流弯曲处移到那一点点扭曲的犬齿上——几个小小的缺陷让她的魅力有增无减。为什么她始终无法了解这点？

“你还是很美。”我喃喃说道，“你知道吗，二十八年来我还是没有遇见谁会看电影看到一半，和剧中人物对话，也没有谁会因为担心妨碍了字母的行动而不再使用标点符号。”

“其实我从你那里也学到了一点东西，查理。”伊莉丝说，“曾经有一个非常聪明的药剂师跟我说，有些元素就是不能混在一起，因为即使看起来是完美的搭配，却会致命。比方说漂白剂和氨水，还有你和我。”

“伊莉丝……”

“我曾经那么地爱你。”她低声说。

“我知道。”我口气平静地说，“我只希望你能多爱自己一点。”

“你有没有想过他？”伊莉丝问道，“那个男婴？”

我缓缓点头：“不知道事情会不会有所不同，我是说如果他……”

“别说。”她眼中含泪，“查理，我们就这样做好不好？从所有我们该说的话里头，只挑一句——最好、最重要的一句——然后只说那句。”

她还是我的那个伊莉丝——异想天开、疯狂——让我无法不为她倾倒。因为我知道她已陷入懊悔的流沙中逐渐下沉，就和我一样，我于是点头答应。“好，但我先说。”我试着回想被一个不知节制却又尚未因此被毁的人所爱，是什么样的感觉。“我原谅你。”我轻声地说，一份礼物。

“查理，”伊莉丝喊了我一声，并随即回送一份，“她很完美。”

在囚室的蓝光中，我默默列出一生中最美好的时刻。不是你所想象的那种重大时刻，而是转瞬即逝的短短几秒。你写字条给牙齿仙子，问说是不是要上大学才能变成仙子。早上醒来发现你蜷缩在我身边。你问我煎饼是不是我变出来的。你钓鱼，却又不肯碰任何上钩的东西。你把手伸进我的口袋掏硬币，要去投镇上的停车收费器。你在前院草坪上做侧手翻，看起来像一只长脚蜘蛛。你卷棉花糖，沾得满头都是糖。拉起魔术箱的布帘，好让穿着小小亮片服的你进入，将布帘往旁边一拉，我们又都能看到你再次出现。

惊人的是我可以坐上几个小时，一生中最美好的时刻却仍想不完，总共有二十八年呢。

在这上面，感觉不同。在这个证人席，我和庭上所有人之间隔着一道脆弱的栏杆，但他们的眼神仍像铁槌一样敲击着我。“那天是父亲节前的星期六，”我正眼看着艾瑞克说道，“贝丝很兴奋，因为她在托儿所给我做了一张卡片，上面还打了领结。我去接她的时候，她简直是飞奔上车。我们去吃了烤肉，再去动物园。但后来她想起自己忘了带被毯，她总要抱着睡的那条。我跟她说我们会绕回家一趟去拿。”

“你们到了以后，看见什么？”

“我敲了门，没人应门。我绕到侧面窗户，看见伊莉丝昏倒在入口，地上还有一堆呕吐物。地板上到处都是狗的大小便，还有碎玻璃。”

我看见伊莉丝拍拍埃玛·瓦瑟斯坦的肩膀，后者往后靠去，两个女人低声交谈片刻。

“接下来你做了什么？”艾瑞克问道，也把我的注意力拉回来。

“我想要进去替她清理，就像之前做过上千次的动作。也像之前上千次一样，让贝丝在一旁观看。有一天，就得由她来照顾母亲了。”我摇摇头，“我真的没法再这么做。”

“一定有其他办法吧。”艾瑞克故意唱反调。

“我已经给过她最后通牒。我们第二个孩子流产后，她开始严重酗酒，我实在无法再为她找借口，便替她报名治疗课程。她戒了酒，一个月的时间，然后又喝得更凶。最后我申请离婚，但脱离的人只有我，不包括我女儿。”

“你为什么不寻求帮助？”

“那时候没有人相信父亲可以像母亲——即使是酒鬼母亲——一样养育孩子。我担心若向法院要求增加我和贝丝相处的时间，可能会丧失所有的探视权。”我低头看着地上，“他们不太同情有前科的父亲。事实上，我和贝丝能有这么长的相处时间，唯一的原因是伊莉丝没有反对。”

“你有什么前科？”艾瑞克问道。

“我曾经因为斗殴，在拘留所待了一晚。”

“你攻击的人是谁？”

“维克多·瓦斯奎。”我说，“后来娶伊莉丝的那个人。”

“你能不能告诉陪审团为什么和维克多打架？”

我用大拇指指甲抠一条木纹。如今到了这一刻，要说出这些话竟比我想象的更困难。“我发现他和我的妻子有暧昧。”我痛苦地说，“我打了他，是伊莉丝报警的。”

“因为这场事故，所以你不敢要求重新审核监护权协议？”

“是的，我想他们看到申请书，会以为我是为了报复伊莉丝。”

“好的。”艾瑞克面向陪审团，“你已经试着让伊莉丝自己恢复正常生活，但没有起作用。如果采取法律行动，你又看到困难重重。接下来你怎么做？”

“依我看，我已经别无选择。我不能把贝瑟妮留在那里，我不能让这种事一再发生。我希望我女儿能过正常生活——不，是比正常还要好的生活。于是我想如果能带着她尽可能地远离这一切，也许我们俩都能从头来过。我想她还这么小，也许能完全忘记自己前四年是这样过的。”我抬起头看向你，发现你烦忧的双眼正从旁听席上注视着我，“结果证明，我是对的。”

“接下来你怎么做？”

“我开车带贝丝到我的公寓，能打包多少塞进车里就算多少，然后开始往东走。”

艾瑞克引导我娓娓道出奔逃过程、说过的谎，并概述如何改造身份。我大多都在回答他的问题——关于威克斯顿的生活，再连接上他开始进入我们生活的那一点。接着来到这幕戏的尾声，我们事先已排练过。“安德鲁，当你带走女儿，你知道自己这么做是犯法的吗？”

我望着陪审团。“知道。”

“你能想象如果你没有带走迪莉娅，她会有什么下场吗？”

这个问题艾瑞克并不预期能深入，果不其然，检察官抗议了。

“成立。”法官说。

他事前告诉我这将是最后一个问题，他希望能让陪审团想想这个不能问的问题会有什么答案。但是艾瑞克正要走回被告席时，忽然停下来转过身。“安德鲁，”他开口叫我，仿佛现场只有我们两人，并问了他一直想知道的事情，“如果再有一次机会，你会改变原来的做法吗？”

我们没有排练过这个问题，或许这也是唯一要紧的问题。我转头定定地看着你，好让你知道我这一生所有说过的或埋藏在沉默底下的一切，都是为了你。“如果有机会，”我回答，“我还会再做一次。”

第九章

但你留下我的什么？

我骨头的记忆飞升入你手中。

——安妮·赛克斯顿《外科医生》

艾瑞克

或许我终究不会输掉这场官司。

安德鲁很明显违法——他已经坦承，而且并不后悔——但有一些陪审团成员是同情他的。当他提及迪莉娅的成长，有一位拉丁美洲裔女子便开始掉泪，还有一个年纪较大、银发烫成小卷的女士，也带着怜悯频频点头。两个，数一数，两个呢——陪审团只要有一人意见不一致，就无法做出判决。

但话又说回来，埃玛·瓦瑟斯坦还没出手呢。我坐在克里斯旁边，指甲深深嵌入椅子的扶手。他朝我斜靠过来。“五十元赌她会用激将法。”

“攻说谎。”我低声回答，“这个已经是她的囊中之物。”

检察官走向安德鲁，我试着凭意志力赋予他信心与沉着。别搞砸了，我暗想，要搞砸我一个人就够了。

“二十八年来，”埃玛说，“你一直在对女儿说谎，对吧？”

“严格说来是的。”

“你对自己的身份说谎。”

“是的。”安德鲁承认。

“你对她的身份说谎。”

“是的。”

“你对你们之前生活的各方面都说谎。”

“是的。”

“事实上，霍普金斯先生，你现在也非常可能对我们所有人说谎。”

我感觉到克里斯塞了一个硬硬的东西到我手里，我低头一看，是一张五十元纸钞。

“我没有。”安德鲁坚称，“我在这个法庭上没有说过半句谎言。”

“真的吗？”埃玛不疾不徐地说。

“真的。”

“如果我说我能证明事实并非如此呢？”

安德鲁摇摇头：“我会说你弄错了。”

“你在庭上发誓说当天你是回家拿女儿的安心被毯……结果发现伊莉丝·马休斯喝醉了，倒在呕吐物、碎玻璃和狗粪当中。是这样吧？”

“是。”

“如果我说伊莉丝·瓦斯奎对狗过敏，不知这庭上有没有人会感到惊讶？而且她从来没养过狗，不管是和你同住时或是后来都没养过。”

糟了。

安德鲁瞪着她：“我没有说那是她的狗。我只是说出我看到的情景。”

“是吗，霍普金斯先生？或者你是说出你希望庭上的人看到的情景？你是不是把情形描述得比实际上更糟，好为自己的可憎行径脱罪？”

“抗议。”我嘟囔着。

“收回。”埃玛说，“那么我们就往好的方面想。即使将近三十年后，你对屋内状况的印象仍正确无误。然而，你也说在发现你的妻子处于这种状态，又觉得受到不公平的迫害，所以才回到公寓，把能拿的都塞进车内，然后载着女儿往东走。我说得对吗？”

“对。”

“你会把带女儿潜逃的决定认定为临时起意吗？”

“当然。”安德鲁说。

“那么你为什么在前一天星期五早上去关掉银行户头，比你去接贝瑟妮做监护探视提早了整整一天呢？”

安德鲁照着我教他的，深吸一口气。“我当时正在换银行。”他说，“那是巧合。”

“我想也是。”埃玛说道，“我们暂时来谈谈你的善意。你说你买那些身份证的时候，带着女儿一同去了哈林区，去了一间毒窟？”

“是的。”

“你带着一个四岁孩子去看着你犯罪？”

“我没有犯罪。”安德鲁说。

“你在买别人的身份。不然你觉得那是什么，霍普金斯先生？或是你的法律规范和其他人不一样？”

“抗议。”我打断她。

“那间毒窟里有吸毒者吗？”埃玛问道。

“应该有。”

“地板上会不会有针头？”

“可能有，我不太记得了。”

“有人带着枪或刀子吗？”

“他们每个人都在忙自己的事，瓦瑟斯坦女士。”安德鲁说，“走进去时我知道那里不是迪士尼乐园，但我别无他法。”

“好，我这样说对不对：你因为担心女儿的安全而带她逃走……结果不到一星期之后就带她进一间毒窟，让她成为帮凶？”

“好吧，”安德鲁沉重地坦承，“是这样没错。”

“你从未打电话给伊莉丝，告诉她女儿很健康、很快乐，对吧？”

“没有。我跟她毫无联系。”他顿了一下，“我不希望让她找到我们。”

“你也从未告诉女儿说她母亲还安然活在凤凰城？”

“没有。”

“为什么，霍普金斯先生？你的女儿早在十多年前就已经满十八岁——无论如何，她母亲都不会再取得监护权。你先前认为的危险已经结束。假如你掳走贝瑟妮的动机是为了保护她的安全，如今她已不再有安全的顾虑，你便没有道理再向前妻隐瞒她的行踪了，不是吗？”

“我还是不能告诉她。”

“因为你知道你犯了罪，对吧？你知道你违法。”

“不是这个原因。”安德鲁摇着头说。

“你隐瞒了你绑架她的事实，而且很可能得面对法律制裁。”

“不是。”安德鲁爆发了，声音太响。我拿出五十元纸钞，放在桌上推过去还克里斯。

“那是为什么，霍普金斯先生？”检察官问。

“因为伊莉丝不能活过来，这样我们才能继续原来的生活。迪莉娅和我，我们很幸福。如果告诉她真相，我可能会失去这幸福。我不想冒险。”

“够了吧。”埃玛啪地反击回去，“你唯一不能冒的险就是你现在面对的这个——就是让所有人看到你的真面目，把你送进牢里的风险。”

安德鲁死盯着她。“你根本不知道我是什么样的人。”他说。

埃玛绕过检察官席：“我想你错了，霍普金斯先生。你是什么样的人，我想我一清二楚。我想你是个一受点刺激就会暴怒的人，一个满口谎言、一碰到情况就鲁莽行事的人。”

“抗议！”我喊道。

但安德鲁根本已经没听到我说话，他全神贯注在朝他走去的埃玛身上。“霍普金斯先生，你曾经因为控制不住情绪而惹上麻烦对不对？”

“我不懂你的意思。”他回答。

“你发现瓦斯奎先生和你的妻子外遇后，攻击了他对不对？”

“对。”

“你发现以后非常生气，对吧？”

“对。”

“他当时和你的妻子、你的女儿在一起，对吧？”

“对。”安德鲁说，他的声音紧绷得像铁丝。

“你不会饶过他，对吧？”

“对。”我拼命想对上安德鲁的目光，想让他集中精神，以免他落入埃玛不断为他搭建的愤怒陷阱中。但我看到一个前所未见的安德鲁，他的眼神流露出前所未有的深沉、严厉，脸也扭曲变形。“我看见他在做什么。”

埃玛直接走到安德鲁面前：“所以霍普金斯先生，你决定把他打到失去知觉？你就当着你三岁女儿的面殴打一个人？”

“我没有……”

“你看到你不喜欢的场面，你认为是对你个人的侮辱，结果没有斟酌其他做法，就认定只有你自己能解决，也不管谁会受伤或违反了多少法律。”

“你不……”

“当时的你违法，后来掳走贝瑟妮又违法，对不对，霍普金斯先生？”

此时，安德鲁全身抖得好厉害，从我的座位都看得出来。“他在欺负我女儿，那个王八蛋当时那样做，六个月后我带走贝瑟妮的时候也还那样做。”

这时就算法院天花板塌下来，也不会让我如此震惊。他这句供词让我们整组人马——埃玛、法官、我自己——都惊愕得无言以对。我转向迪莉娅，在慌乱的旁听席中寻找她，终于从那张惨白的鹅蛋脸认出了她。“抗议，法官大人。”埃玛第一个恢复镇定，高喊道，“他这番说词没有证据可以证明。”

我知道我该做点什么，但目光就是无法从迪莉娅身上转移开来，只见她瘫坐在椅子上，就像果核已被风吹走的马利筋果荚。我隐隐察觉到旁边的克里斯·汉弥顿走向法官席。“当然没有证据了，法官大人。如果有的话，我方当事人当时就能呈给有关当局，我们今天也不必坐在这里了。可是霍普金斯先生却必须有所反应……”

法官重敲法官槌，高喊安静。旁听席上，我看见费兹一手搂着迪莉娅的肩膀，一面低声安慰她让她保持冷静。我转头面对这场混乱。“法官大人，请休息几分钟，让我和我的当事人谈谈。”

“不行，”埃玛主张说，“他不能进会议密室。如果被告说了或做了律师不知道的事，他就能在当下当场面对。”

“泰科特先生，”法官说，“我不知道这是怎么回事。看来你也不知道。你最好赶快证明是我想错了。”

我看着安德鲁，想起他教过我用扑克牌变魔术。很简单，纯粹是手法的熟练度，但看到我学会后的反应，你会以为我刚刚变成了魔术大师。安德鲁嘲笑我说：“那其实都是骗人的。”

如今我也偷偷藏了一副牌。我违反了诘问我方证人的第一条守则，提出一个我不知道也不想知道答案的问题。“安德鲁。”我说，“跟我们说说性侵的事。”

“我觉得伊莉丝有外遇，所以我提早回家，以为可以逮到她……”他闭上眼睛。“我到家之后，从窗户往里看，伊莉丝睡在床上，只有一个人。可是客厅里……贝丝在看电视。那个人把她抱在大腿上……一面搔她的背。可是接下来他的手伸进我女儿的裙底……然后……”安德鲁弯下身子，肩膀高高隆起，“他对她伸出魔掌，他碰了我女儿。每当伊莉丝喝醉酒，或睡着以后，他都会做同样的事。我把他痛打一顿，却不能阻止事情再次发生。”

旁听席传出杂音，我还没有勇气往那边看，因为可能会看到迪莉娅的脸。安德鲁将脸埋在手中，我等着他情绪平复。当他抬起头来，双眼红通通，狠狠地责怪每一位陪审员。“也许我绑架了我女儿，也许我犯了法，但你们不能说我做错了。”

我脑中就像有一个问题万花筒——不是关于这个案子，而是关于坐在我十英尺外、人生再次被彻底翻扯出来的那个女人。“辩方提证完毕。”我喃喃说道。

但我都还没回到座位，埃玛又站起来了。“检方想再度传唤迪莉娅·霍普金斯做证。”

我回转过身：“你不能。”

“什么理由？”

理由就是我爱她。

当费兹陪迪莉娅一路走到席位栏前，替她开门让她进入，谁都没有提出异议。她走得很慢、很谨慎。她贴着椅子边缘坐下，没有看她父亲，也没有看我。她被许多幽灵附身，我可以看见他们从窗口窥探着，那窗便是她昔日的眼睛。

“霍普金斯小姐，”埃玛说道，“对于被维克多·瓦斯奎性侵一事，你有任何印象吗？”

迪莉娅摇摇头。

“请记录下证人给了否定回应。”埃玛说，“没有其他问题了。”

法官看了看我：“泰科特先生？”

我正要摇头——我宁可当场用奶油抹刀切腹，也不愿诘问迪莉娅——但克里斯抓住我的手臂。“你要是不引爆这颗炸弹，”他细声说道，“我们就完了。”

于是我站了起来。原谅我，我默默哀求，我这么做都是为了你。“你真的不记得被维克多·瓦斯奎性侵吗？”

她惊讶地望着我。此时此刻她最意想不到的就是听到我这种语调、这种嘲弄。“我想这种事应该很难忘记。”她说。

“也许吧。”我冷冷地说，“但你也不记得被绑架，不是吗？”在看见自己做出多大的伤害前，我已经掉头远离迪莉娅。

说巧不巧，真正需要中断休息的人竟是埃玛。就在暂时休庭不到五分钟，检察官羊水破了。她被救护车送往医院，法官宣布五天后再开庭。

我找到迪莉娅与费兹时，他们正躲在楼上一间会议室，远离兵马杂沓之区，从今早起，媒体人数似乎加倍了。迪莉娅看起来情绪仍不稳定，但此时又多了愤怒。“你怎么能这样对我？”她指责道，“这全是你捏造的。”

我摇摇头，走向她，忽然有个感觉：虽然她外表和迪莉娅一模一样，但其实是个肥皂泡，如果靠得太近她就会消失。“我发誓，迪莉娅，这不是什么辩护策略。我也不知道会发生这样的事。”

见她斜仰起头面对我，我的心都碎了。“那么我怎么会不知道曾经有过这种事？”

出于怯懦，我选择不回答。“我得去看守所了。”我轻轻地说，“我现在得和你父亲谈谈。”我捏捏迪莉娅的肩膀以示打气，之后便离开会议室。我匆匆穿过马路到梅迪逊街看守所，要求会见安德鲁。

早知如此，我应该雇用调查员而不是自己举发他，那么我就能用他自己的供词来责问他，以抢救这场官司。我一声不吭，只是等着他坐下来开启对话。“接下来会怎样？”他终于开口问道。

“这个嘛，”我建议道，“告诉我这到底是怎么回事。”

他双手交握放在伤痕累累的桌面上，大拇指描摹着“土帕爱伊娃”这几个字的涂鸦。“什么样的男人会追求一个已婚的女人，一个显而易见的女酒鬼，而且还有个小女儿？你自己想想，艾瑞克。”

“安德鲁，”我沮丧地解释，“你不能在审判接近尾声的时候丢出一颗烟雾弹。你之前为什么没提？这会是最好的答辩。”

“我好不容易瞒了她这么多年，她才能过正常生活。”

我两手抱头往后一梳：“安德鲁，我们没有证据。迪莉娅根本不记得有这件事。”

但尽管这么说，我却开始想起一些小细节，一些我早该留意到的线索。例如当我们第一次谈到维克多与那次伤害罪：我看见他，安德鲁说，我眼看着他在摸她。

伊莉丝？我这样问，他犹豫了半秒才点头。

还有我和迪莉娅一起看的病历：我一心专注于蝎蜇的事实，始终没有仔细思考过医生曾提及病患挣扎着不肯脱衣治疗，或是一个四岁女孩怎么会尿道感染的事实。

“接下来会怎样？”安德鲁又问一遍。

接下来埃玛会在分娩后回来，提出动议要求排除安德鲁揭露的事。法官可能也会同意。陪审团——已经抱持怀疑，因为除了骗子还有谁会在最后一刻丢下这样一颗炸弹？——会被要求忽视这项证词。而安德鲁其实已经在庭上坦承绑架，因此将会被判刑。

我不希望他待在这里五天，都想着坐牢的事。我能保护他不受自己的未来伤害的最低限度也就是这五天。所以我正视着他的双眼，撒了谎。“我不知道，安德鲁。”

直到离开看守所我才发现，我比他好不了多少。

回到家时已是黄昏。迪莉娅坐在车屋阶梯上，抚摸着格丽塔。“嗨，”我在她跟前蹲下来，“你还好吗？”

“你说呢。”她冷淡地回答，并顺手拨开脸上的发丝，“看来我好像对自己一点都不了解。”

我一坐到她身边，格丽塔便起身走开，仿佛知道我已接手支撑的重任。“苏菲呢？”

“睡觉。”

“费兹呢？”

“我叫他回家了。”她说着弯起膝盖，两手紧紧环抱住，“你知道我在工作上遇到多少人跟我说他们根本不知道自己走岔了路，等到发现时已经太迟了吗？有登山客转错了弯，有露营新手看错地图——他们都说以为自己在其他地方。”她凝视着我，“我从来不太相信，现在终于信了。”

“亲爱的，你听我说……”

“我不想听，艾瑞克。我不想再有人来跟我说我以前是什么人。我他妈的要自己想起来。”她眼中泛着泪光，“我是哪里不对劲？”

我伸出手想将她拉进怀里，但我的手才滑过她的肩胛骨，她便整个人变僵硬。

他在搔她的背……

他的手伸进她的裙底……

她含着泪抬起头看我。“苏菲，”她说，“她也和他独处过。”

“你先去吧。”我对她说，因为我得说服我自己。她低下头，陷入沉思。“你需要我的话，我会进去。”

她将头发塞到耳后，点点头。但其实迪莉娅的问题从来不在寻找这部分，而在屈服于迷失。

我们之所以为人是因为有所选择：我随时都能放下这个酒瓶，也能继续把它喝光。我能告诉自己我非常清楚自己在做什么。我能说服自己只喝一点不至于摔落坑洞爬不上来。

而且，天哪，那味道。喉咙底部的煤烟味，唇肉上的炽烫感。那液体经由牙齿过滤后渗流而下。经过这样的一天，任何人都需要松懈一下。

今晚的月亮像得了黄疸，还布满伤痕。由于离露珊车屋的屋顶好近，有一度我还想象着屋角可能会戳到它，让它像泄了气的气球般飞走。

为什么叫行动车屋呢？它根本从来哪儿也不去。

“艾瑞克，”迪莉娅打开门，一条细细的光线切开我的手臂，接着是我的腿，然后是我的半身。“你还在外面吗？”

我赶紧将威士忌酒瓶藏到小腿后面，以免被她看见。

她坐到我后面的那级阶梯上。“我只是想跟你道歉，我知道这不是你的错。”

我若答应，她会闻到我气息中的酒味。因此我只是低垂着头，希望她以为我是压力太大。

“进来吧。”她说着便要拉我的手，我对此感激不已，一时忘了藏匿的东西而起身，酒瓶也随之滚落阶梯。

“你掉了什么吗？”迪莉娅问道，但是当眼睛适应了黑暗后，她看见了标签。“艾瑞克。”她低声叹道，在这几个断续的音节里满是破灭的希望。

当我抖落茫然，恢复足够的意识随她进屋时，她已经抱起熟睡的苏菲，对格丽塔吹了声口哨，然后抓起流理台上的车钥匙。

“拜托，迪莉娅，那只是睡前小酌。我没喝醉，你看看我，听听我说话。只要我想停就能停。”

她转过身来，我们的女儿卡在我们中间。“我也一样，艾瑞克。”她说完便走出前门。

她坐上车时，我没有叫住她。车尾灯一路蹦跳着离去，像魔鬼的一对斜眼。我坐在车屋最底下一层阶梯，随手拾起躺在一旁的威士忌酒瓶。

只剩半瓶。

费 兹

花了好一会儿工夫才将苏菲安顿在我的旅馆房间内，格丽塔则缩在床沿像个哨兵。然后，我用放在浴室里和吹风机共享一个插座的小电茶壶烧水泡茶，再端一杯出去给迪莉娅，她正坐在房间外面一张凉椅上，面向停车场。

“你看看，”她说，“还不到十二小时，我就发现自己小时候被性侵，我的未婚夫也破了酒戒。我想我应该随时都会罹患癌症，你说是吗？”

“没这回事。”我对她说。

“脑瘤。”

“闭嘴。”我到她身边坐下。

“他在法庭上说的那一切……”她说，“难道艾瑞克根本不听自己在说什么？”

“我不知道他想不想听，”我坦白地说，“我想他宁可相信他是你心目中那个人。”

“你的意思是说都是我的错？”

“不是，你父亲也同样有错。”

她登时住嘴，啜了一口茶。“最讨厌被你说中，”她说，随后口气转趋缓和，“如果你连战争都不记得，又怎么称得上是幸存者？”

我拿过她手中的茶杯，将她的手放在我的手心上摊平，然后翻转过来像是要替她算命。我顺着生命线和感情线摸下来，手指划过她手腕上的线。“什么也没改变。”我告诉她，“不管你父亲说了什么，你还是以前的你。”

她把我推开：“万一你发现自己以前是个女生呢，费兹？或是你动过手术什么的，你却一丁点印象也没有呢？”

“你疯啦，”我回答，心中燃起男性的傲气，“那会有疤的。”

“那么你不觉得我也有吗？不然你以为我忘了什么？”

“被外星人绑架。”我揶揄道。

“不是，只是普通凡人的绑架。”她语气苦涩。

“那么你想换我的童年回忆吗？这个如何：我父亲在拉斯维加斯赌上了瘾，丢下我母亲一整个月？或是这个：我母亲拿菜刀相对，告诉他绝对、绝对不准再带妓女进这个家门？不然你也许会喜欢这个：我母亲吞光她的安眠药，我还得打911求助？”我注视着她，“记得痛苦的事并不值得炫耀。”

她懊恼地盯着自己的膝上：“只是不知道该相信什么罢了。”

她的话让我全身发冷：“迪莉娅，我得告诉你一件事。”

“说你动手术以前是个女孩？”

“我是认真的。”我说，“艾瑞克又开始喝酒的事我知道。”

她缓缓地往后退：“什么？”

“两天前我去了你们家，发现一只酒瓶。”

“你为什么没告诉我？”迪莉娅内心感到刺痛。

“为什么我们什么都不告诉你？”我回答道，“我们爱你啊。”

我的声明惊动一只被夜幕覆盖的鹰，它高啼一声飞向空中。迪莉娅在心中反复思量我的话，之后抬头瞥我一眼。“我的书进度如何？”她平静地问。

“还没着手。”我硬撑着已紧缩到细如针眼的喉咙说，“我很忙。”

“也许我能帮点忙。”迪莉娅提议后又吻了我。

她在我怀里伸展开来，虽然明白她试着想让自己迷失，但我等候她应允这一刻已经等得太久。我十指深深插入她的发中，松开她的马尾，接着扯开她来时穿的睡衣的扣子。我在她的后腰签下我的姓名缩写。

当她开始解我的腰带，我一把攫住她的手腕。不能进苏菲睡的房间，因此我拖着她进入她的租用车后座，车就停在前面两英尺处。看起来很荒谬、很幼稚，但某方面却又完全适当。我们的膝盖撞到车窗，脚卡住了，因为是迪莉娅，我们甚至还大笑。最后当两人都侧躺到座位上，她伸手进我的四角裤里，以柔细的手心碰触我勃起的尖挺，我简直停止了呼吸。“我天生红头发。”我颤抖着声音说。

“这不是我要查证的。”

“迪莉娅，”即便她不是那么了解自己，我却已经研究她一辈子，因此我问道，“你确定你要这么做？”

“你确定你要我再考虑？”她回答后，随即俯首将嘴贴在我的唇上。

我一直不知道自己体内有一股巨大的潮流，它借由血液牵引我澎湃地涌向她，也让我在她用指甲耙过我大腿内侧时发出嘶吼。当我扭身撑在她上方，我会等她睁开眼，知道这是我。我悄悄钻入她的炽热中，我挑出我们脉搏之间的律动。我们身体的移动就仿佛已经在一起一辈子似的，其实想想又何尝不是。

事后，月亮冷不防出现在车顶上，像只懒洋洋的猫，迪莉娅窝在我怀里打盹。我不让自己睡着，这个梦我做得够久了。我的故事就从这里开始，而如果要我说的话，她的故事将到此结束。

约莫一小时后，她动了起来，靠着我的身体伸懒腰。“费兹，”迪莉娅问道，“我们以前做过吗？”

我往下瞄她一眼：“没有。”

“我也觉得我不会忘记。”她说，同时却也埋在我的颈窝里微笑。

这回她握着我的手入睡，艾瑞克送的钻石戒指割进我的掌心，有如耶稣被钉上十字架的受难伤口。我发觉，为了她我愿意。赴死，重生。

迪莉娅

我们小时候，费兹的拼字天下无敌。艾瑞克都快气疯了，因为他几乎任何事都不喜欢输给费兹。但费兹的记忆力超强，一旦看过的字就忘不掉。“没有linn这个字。”艾瑞克会争辩，不过当然有，韦氏字典的定义是瀑布。

我个人倒是觉得一个十二岁的孩子竟然知道pyx是圣餐盒，也就是圣餐式上装盛圣体的容器，有点不可思议。但艾瑞克不习惯被人比下去，因此请我教他读字典。

我们凭着不可思议的用功程度按着字母顺序慢慢前进，艾瑞克只要有心，做任何事都是同样拼命。我会替艾瑞克出试题，等他到我们家吃晚餐就考他。“至少，”父亲常说，“你们两个的学力测验会拿高分。”

我们发奋学英语的三星期后，某个下雨的周六。“喂，”费兹又照常邀赛，“来拼字吧，你一定赢不了我。”

艾瑞克看着我说：“嚯，你凭什么这么想？”

“嗯……因为你已经被我痛宰过五十七万次了，不是吗？”

费兹知道了。当艾瑞克放下J－A－R－L几个字母，并漫不经心地解释这个字指的是北欧贵族，费兹立刻两眼发亮。拼字盘上全是larum（闹铃）、girn（抱怨）、ghat（山道）和revet（被石头覆盖）等艰涩字眼。最后当双方分数几乎拉平，艾瑞克拼出valgus。费兹笑了起来。“我想没这个字。”

艾瑞克得意扬扬地将字典递给他，等着费兹找到那一页。“不正常地外翻，扭曲。”

费兹摇了摇头。“算你行，不过你还是输了。”他拼出fungible这个字得到三倍分数，取得领先。

“那是什么意思？”我问道。

“是我们。”费兹说，“自己去查吧。”

我去查了。我喜欢这个字，听起来像是可以拍打定型的东西，例如软枕头，或是可以顶在上腭的东西。我以为会是不可分、聪明绝顶、忠贞不贰之类的意思——上百个我认为适用于我们三剑客的形容词之一。

Fungible，我看到的是，可替换的。

早上趁苏菲还熟睡之际，我在费兹的旅馆房间的浴室冲了个澡。他进来的时候我正在梳头发。他不发一语便拿过我手中的梳子，让我的头往后仰。他先梳开打结之处，然后从我的头顶一路往下梳到发尾。我们的眼神在镜中交会，但谁也没有开口。我们都害怕自己挑选的字眼无法承受已发生之事的重量。

“你要我跟你去吗？”他问道。

我摇摇头，他手里还握着我一把松松的马尾，像绳索般地套着我。“我要你照顾苏菲。”

我跟他说我得找艾瑞克谈谈，只是没说我会顺路先到另一个地方去。

开车时，我回想着昨晚睡在费兹怀中的感觉。尽管很想把这个也归于记忆错误，但我知道它不是。

我也不能怪罪于艾瑞克喝酒。

我犯了错，因为我和艾瑞克订婚了。

但如果那才是错误呢？

我同时认识费兹与艾瑞克，我们三人已是多年老友。但我记忆中与他们两人发展出的关系会不会不同于实际的关系？我选择记起的事情会不会因为某种原因，在重新塑造期间被扭曲了？

会不会昨晚的事并没有错……反而到最后是非常正确呢？

“我向你发誓，”母亲急匆匆地说，“维克多绝不会做这种事。”

我们坐在她家阳台上，那里有水雾器装置以对抗酷热。当水从小小的喷头喷洒出来，立刻就蒸发了。这让我想到自己这一生最初那几年，我都还没机会真正看到就消失不见的那几年。

“你知道吗？”我无力地说，“我真的再也不知道该相信谁了。”

“那么你自己呢？”她摇着头说，“你有没有想过你之所以记不起任何的……那一切……就是因为它从未发生过？我知道我是你认为最不可靠的人，迪莉娅，但你父亲……他当时不在这里。那时候你常常跟着维克多在后院跑来跑去，帮他整理花园——就像只小狗一样。如果他伤害你，你也不会这样对不对？”她叹气道，“也许你父亲以为他看到什么，其实他并没有。也许某天你说了什么话，他误解了。但也或许他只是忌妒，因为有另一个男人和你一起生活，他怕你找到可以取代他的人。”

我顿时领悟到每个人都在说谎。记忆就像十个不同的艺术学生画出的静物：有些以蓝色为基调，有些是红色；有些会像毕加索一样毫无装饰，有些则像林布兰一样色彩丰富；有些会拉近距离，有些则会放远。回忆存在于观看者的眼里，不管哪两个并列比较都不会全然相符。

就在那一刻，我想和苏菲在一起。我想脱下我们的鞋子，在红沙地上奔跑。我想和她倒挂在单杠上。我想听她说不好笑的笑话。我想感觉到我们一同过马路时她悄悄向我靠近。我想制造新记忆而不再寻找旧记忆。

“我得回家了。”我出其不意地说。母亲站起身来，但我说我可以自己出去。她略显犹豫，不太有把握，之后还是倾身向前亲亲我的脸颊与我道别。我们不太有默契。

我穿过侧门，沿着碎石小径走向车子。我才刚刚打开门锁，便有一辆货车驶近。维克多下了车，我们互相注视着，明显很不自在。“迪莉娅，”他说道，“我没有做他说的那些事。”

我看着他，然后打开车门。

“等等。”他脱下棒球帽拿在胸前。“我绝不可能伤害你。”他说得很诚恳，“伊莉丝不能生育——这我知道——幸好她已经有了一个，能和我共同拥有。我知道你不记得，但我记得。”

他用那双严肃的黑眼珠直视着我，因意志坚定而嘴巴微微发抖。我试着想象当时他栽种植物时我跟进跟出，在仙人掌周围掉落成堆的白色小石子。我脑中开始响起某些动植物的西班牙语名称：el pito、el mapache、el cardo、la garra del Diablo——啄木鸟、浣熊、蓟、爪钩草。

“你就像我的女儿，grilla。”他因我的沉默感到不安，便说道，“我对你的爱就像父爱，如此而已。”

Grilla。

我看着他种柠檬树。我绕着树跳舞跳累了。我已经想榨柠檬汁了。还要多久？我问他。要一阵子呢，他回答。我坐在树前面看着。我要等。他走过来牵起我的手。来吧，grilla，他说。如果要在这里坐那么久，最好先吃点东西。他把我甩上他的肩头，手紧抓住我的腿背让我稳住。他的手像蝴蝶一样停在我大腿内侧。

我用颤抖的手指摸索着车门把。“迪莉娅？”维克多问道，“你没事吧？”

“那个字：grilla，”我的声音听起来像有气无力的口哨声，“是什么意思？”

“Grilla？”维克多跟着又说一遍，“蟋蟀，那是……怎么说呢……一种亲昵的称呼。”

我感觉到自己在点头，距离好遥远。

发现艾瑞克在睡觉我并不惊讶，也才上午九点而已。我在屋内的床上找到他，旁边躺着空瓶。他打赤膊，床单裹住部分身子。

我一弯身扯掉他身上的床单。他爬起来坐得直挺挺的，光线射入充血的眼睛时畏缩了一下。“喂，”他嘟哝着，“你搞什么啊？”

有一度又回到三年前，又和另外上百次一样，我进到房里发现喝了一晚酒的艾瑞克。当时，我会煮一壶咖啡，拉他去冲澡。三年前，我有一大堆让人立刻清醒的技巧，但是没有一个能像我今天用的方法让他反应这么快。“艾瑞克，”我说道，“我记起来了。”

第十章

记忆是回家唯一的路。

——泰莉·坦佩斯·威廉斯，引述于米琪·珀尔曼

《倾听他们的声音》第十章（1993）

艾瑞克

在美国法院体系中，记忆的名声毁誉参半。有一阵子，恢复记忆十分流行——成人会去找治疗师，后者则会种下其实并不存在的创伤的种子。当时有好几百人无端冒出来指控幼儿工作者性侵并崇拜撒旦，他们回想起的部分得以作为证据、被视为事实。然而到了九十年代中期，潮流开始转变。法官避开了记忆的恢复，宣称这种记忆无效，除非有独立证据佐证。

我们刚好晚了二十八年。

但这还是新证据，我拼了命也要把它送进去。迪莉娅给了我一串记忆，因为踢到引线，快速引爆出来的记忆：柠檬树，完完整整。维克多以前穿的一件四角裤，上面印满蓝色鱼的图案。他坐在她的床沿，掀起她的睡衣搓摩她的背，他叫她脱下内裤触摸自己。

我必须像处理其他证据一样处理它。如果想得太深入，我会有杀人的念头。

我送花到医院的生产中心给埃玛。卡片上写道："迪莉娅开始想起性侵一事，就当是通知你，我打算将这些记忆呈上法庭。"两天后，她提议进行证据法702条的听证，借此提出证据的科学凭证。

我们出席法庭，但听证会并不公开，在场的只有法官与律师们，没有媒体或陪审团。埃玛穿了一件孕妇装，但腹部处松松垮垮，束了起来。

埃玛的专家证人爱莉森·雷巴德是隶属多家常春藤盟校的记忆专家。她脸蛋瘦削，戴了一副粉红色金属框眼镜更为显眼，对于坐上证人席她已习以为常。“雷巴德医生，”埃玛问道，“记忆是怎么运作的？”

“大脑不可能记住所有的事，”她说，“因为容量实在不够。我们会忘记大多数发生过的事，即使当时可能是很重要的事也不例外。不过事情确实会存留……当然不是像录像带的影像那样。大脑只会记录极小的信息片段，当我们回想时，大脑会自动依据先前类似的经验捏造细节，让回忆更充实。记忆是一种改造，它会被心情、环境与上百种其他因素所污染。”

“这么说，记忆可能随着时间改变？”

“很有可能。但有趣的是，它似乎会保留它的变化。事后回想时，扭曲的内容也会变成记忆的一部分。”

“那么是不是有些记忆是真的，有些是错的？”埃玛问道。

“是的。还有些是我们读过的书或看过的电影的混合体。例如我有一项研究是针对某个曾遭人持枪攻击的学校的学童。就连当时不在校园的孩子也都记得攻击事件发生时自己在场……这种错误记忆很可能来自他们从朋友口中与电视新闻听到的描述。”

“雷巴德医生，”埃玛又问，“关于一个孩子在什么时候能保留创伤记忆有没有共识呢？”

“整体而言，我们认为童年时期过后就不会记得两岁以前发生的事，而三岁以前的记忆很稀少也不可靠。大多数研究专家认为四岁过后的严重受虐，长大后还会记得。”

“迪莉娅·霍普金斯没有去找治疗师，却恢复了记忆。”埃玛解释道，“你对此感到意外吗？”

“根据你对于本案的描述，我不意外。”雷巴德医生说，“为这次审判的准备以及证词本身都会迫使她重新经历假设的情节。她想知道为什么父亲会带她走。她想知道自己的过去是否有什么原因加速此事发生。我们无法判别她究竟是真的想起这些事，或只是她想要想起。无论何者都能为她所不了解的一段人生做出解释，而且很可能为她父亲的行为平反。”

“我想特别提出霍普金斯小姐声称恢复的一段记忆。”埃玛说，我一听跳了起来。

“抗议。”我说，“这个听证只是关于能否采纳的问题，法官大人。检方的专家尚未听取记忆的完整证词以及证人的亲身体验，现在就要她判定记忆的可信度言之过早。”换句话说，你得先接受我的证据。

诺伯法官从半截眼镜的上缘看着我。“霍普金斯小姐在这里准备做证吗？”

没有，因为她几乎不跟我说话。

“今天没有，法官大人。”我大声地说。

“那就是你的问题了，小伙子。我们会接受你的提证，听听你的证人在公开庭上会怎么说，现在我也要让瓦瑟斯坦女士继续提问。”

埃玛走近证人席。“在第一个所谓的记忆中，”她说，“霍普金斯小姐想起瓦斯奎先生穿着印有蓝鱼图样的四角短裤。在第二个所谓的记忆中，瓦斯奎先生在夜里进入她的卧室，抚摸她的背。第三个记忆，瓦斯奎要她脱掉内裤并触摸自己。你认为这是确凿的证据吗？”

“我们常常会见到病患带着一些不连贯的创伤影像来寻求治疗，有点像黑白照片的片段。这些我们称为退化的记忆。”

“医生，霍普金斯小姐记得看到瓦斯奎先生穿着四角裤，可不可能是因为她走进浴室刚好撞见他，就像全世界其他每个小孩一样？”

“当然可能。”

“而瓦斯奎之所以晚上到她房里，会不会并不是去伤害她，而是去安抚做了噩梦的她？”

“这也很有可能。”雷巴德赞同地说。

“至于第三点，这个要求会不会基于医疗因素——比方说孩子的阴道被酵母菌感染，瓦斯奎先生想要她在那个部位擦药膏？”

“若是如此，”雷巴德医生指出，“他是故意不去碰她。重点是我们没有完整的记忆、完整的故事历程。可惜的是霍普金斯小姐也没有。她看到有斑纹的尾巴以为一定是老虎，所以大声尖叫，其实那可能只是一只家猫。”

我没有专家证人，即使有先见之明想找一个，也请不起。但过去两天，我倒是仔细研读了不少心理治疗文章与诉讼案情摘要，试图找出有什么办法能在交叉诘问时诱使检方的专家上当。

我双手插在裤袋里走向雷巴德医生：“为什么迪莉娅要捏造一个如此痛苦的记忆？”

“因为附加效益胜过痛苦。”精神科医生解释道，“这变成一个让陪审团可以依赖，也能使她父亲无罪开释的凭借。”

“压抑的定义是选择性地遗忘那些造成痛苦的因素，对不对？”我问道。

“对。”

“这不是出于自由意志的行为。”

“不是。”

“你能解释一下什么叫解离吗，医生？”

她点点头。“当一个人处于恐惧或痛苦的状态，感知会起变化。注意力会集中于当下与求生存。当注意力变得如此狭窄，可能会产生很大的知觉扭曲，包括对疼痛的敏感度降低、时间变慢和失忆。有些精神科医生认为移除焦虑也许能让患者想起发生的事，”她补充道，“但我并不以为然。”

“然而尽管你个人不以为然，却的确有解离性失忆这种精神疾病状态对吧？”

“是的。”

“事实上，精神疾病诊断有这项疾病。”我在被告席前弯身大声念道，“‘解离性失忆症的特色在于无法记起重要的个人信息，通常导因于创伤或压力，由于范围太广不能以一般的健忘解释之。’这似乎正是迪莉娅·霍普金斯的写照，不是吗？”

“是的。”

我继续念道：“‘其症状通常是在回想个人生活史的各方面时，出现回顾记录的空白。’这也是一针见血。”

“好像是。”

“‘……近年来，呈报的解离性失忆症案例中，愈来愈多与遗忘幼年的创伤有关。’又说中了。”我抬头望向她，“这本手册所列出的诊断只来自多年的实证资料与临床观察结果，对吧？”

“对。”

“它被视为保守的文献是吗？”

“是的。”

“你执业时会使用这本手册吗？”

“会，但只是作为分析工具，而不是正式的工具。”她偏斜着头，“你知道DSM–IV是什么时候写成的吗，泰科特先生？”

我心下一凛，瞄一眼书的前页。“一九九三年？”

“对。在这之后，压抑记忆疗法的兴起导致了数百件性侵害案的错判。”

唉呀。“诱发的记忆与恢复的记忆有何不同，医生？”

“有一派思想认为创伤时刻的记忆就和那些时刻本身同样不正常，也不像其他记忆一样有关联性，意思是说比较难以让这些记忆浮现心中。但同样的道理，与创伤相关的线索也许能够诱发那些记忆。”

“那么诱发的记忆可以说并不是强行灌输的，而是的确存在，只是等待着适当时机解放出来。”

“确实如此。”

“你能举例说明吗？”

“患者可能听到附近有枪响，而忽然想起多年前站在自己身旁的父亲遭到枪杀的事。”

“这个情节很类似迪莉娅·霍普金斯恢复记忆的方式不是吗，医生？”医生点头认同。“而且记忆有可能跑到某个地方，等到一切就绪——不管是为何原因——才再次出现不是吗，医生？找回记忆也许不是改造而是……一次搜救任务不是吗？”

这些话当然让我想起迪莉娅。“应该是吧，泰科特先生。”

我做了一次深呼吸。“没有其他问题了。”

埃玛再次起身。“依照辩方的推理，如果霍普金斯小姐碰到像是出庭做证之类的诱因，而恢复童年创伤事件的记忆，那么她应该也会对相似的诱因产生同样反应对不对？”

“理论上是的。”雷巴德医生回答。

“那么她为什么没有回想起一连串关于绑架的事？”埃玛提问后，我表达抗议。“没有其他问题了。”

我已经再次走向雷巴德医生。“会不会这并不是创伤呢？”我问道。

“我不太懂……”

“会不会对迪莉娅而言，这场绑架不是什么可怕的事？她会不会将它视为一种解脱、一种脱离性侵的方法？那么，雷巴德医生，绑架的记忆也就不会被她父亲的证词所诱发了，对不对？”

这回雷巴德医生回给我一个大大的笑容。“我想不会，大律师。”她说。

法官带着裁定结果回来时，埃玛正在秀她儿子的照片给我看。“现在的争论点是我们可不可能忘记发生过的事，”诺伯法官说，“以及我们可不可能记起从未发生过的事。这当然是个争议性很大的议题。不管我怎么裁定，也不管我们对陪审团说什么，都一定得面对同样的情况，那就是陪审团会很难将自己的情感和目前讨论的事件分隔开来。”他看着埃玛接着说，“这场审判最大的悲剧就是相信了安德鲁·霍普金斯的另一个谎言。因此，这项证据的可信度不足以列为呈堂证供。”

接着他转向我。“我现在做出的是法律的裁决，但却不能做出情感上的决定。我敢说这个裁定会让你很不满意，小伙子。但我希望你记住尽管我能排除从现在起要发生的事，却不能收回已经说过的话。也许新罕布什尔那些法官不会照实说，但在亚利桑那的我们会。我还希望你知道一点，泰科特先生，你可能认为这个案子取决于这项证据，但我希望你就算没有它也照样可以。”

他起身离去，埃玛跟随在后。我在空空的法庭上坐了一会儿。如果回到以前，我会回家告诉迪莉娅听证输了，还会一五一十地转述法官的话，然后要她加以诠释。我们会剖析我的表现，直到她终于两手一摊，说这样一来我们根本毫无进展。

我想，今晚她不会回家。我们也依然毫无进展。

安德鲁

法庭的门关闭前，迪莉娅是最后走进来的人。她穿了一件黄色洋装，深色头发梳拢到颈后，让我联想到一朵长长的、美丽的向日葵。我有好多话想对她说，但无论如何还是晚点再说比较好，等到我也许又找到另一个理由向她说抱歉的时候吧。

我身旁的艾瑞克站起来面向陪审团。“各位先生女士，你们知道爱是什么吗？”他问道，“不是做你关爱的人预期你做的事，而是做他们不预期的事，是超越他们对你的要求。你们知道吗？这才是安德鲁·霍普金斯应该被指控的，这才是他会承认的罪行，这点毫无疑问。

“检察官会跟你们提到守法，她会使用‘绑架’之类的字眼。但是这里没有绑架，没有暴力。至于规则嘛，你们也知道总会有些例外。然而你们可能不知道，就法律的字面上而言也是一样。”

艾瑞克走向陪审团。“法官会告诉各位，如果发现安德鲁毫无疑问地犯下含有所有绑架要素的行为，就应该判他有罪。不是必须……也不是最好……而是应该认定他有罪。为什么法官不说你们必须认定他有罪？因为他不能这么说。无论如何，你们身为陪审团成员，拥有最高的权限与力量宣判有罪或无罪。”

“抗议，”埃玛·瓦瑟斯坦发火了，“请求上前！”于是两位律师靠向法官席。“法官大人，他是在告诉陪审团，只要他们愿意就可以让整个控诉无效。”检察官抱怨道。

“我知道，”诺伯法官口气平稳地说，“这我也没办法。”

当艾瑞克转过身来，神情惊愕，我想他也没预料到能过关。他咽了一下口水，再度面向陪审团。“法律是非常深思熟虑的，因此遣词用字十分审慎。有时候，它会故意开启规则与道理之间那道缝隙的门。各位先生女士，你们可以做选择。有些选择并非轻率做出的，就像安德鲁做的选择，就像法律做的选择，我希望你们的选择也是一样。”

埃玛·瓦瑟斯坦愤怒至极，几乎都快看到她鞋底迸出火星来了。“泰科特先生似乎和当事人相处太久了，”她对陪审团说，“因为他刚刚也对你们说了谎。他说这不是绑架，因为没有使用暴力。可是呢，谁也没有问过贝瑟妮·马休斯她想不想走。也许他要开往新罕布什尔时，没有用胶带把女儿捆起来丢进厢型车后面，但他不需要这么做。他跟一个可怜的、纯真的小孩说她母亲死了，他告诉女儿说她现在只剩他一人了。他为了将这个孩子强行带离她母亲的家，对她所造成的伤害也等于是用绳索和胶带捆绑她了。这是情感的胶带，安德鲁·霍普金斯是高手。”

她转身看着我：“但他不只影响一个被害者的一生。这个鲁莽而自私的举动夺走了两个人生——除了贝瑟妮·马休斯，还有她母亲伊莉丝，二十八年来，伊莉丝始终等着见到已经失踪的孩子。这个鲁莽而自私的举动让安德鲁·霍普金斯获得一切——孩子、完全的监护权，以及逃过惩罚……直到现在。”

埃玛移往陪审团席：“要认定安德鲁·霍普金斯犯了绑架罪，你们必须承认他在无权带走孩子的情况下，强行将她带走。安德鲁·霍普金斯自己甚至在庭上说了，他的确绑架自己的女儿。这点再清楚不过。

“可是，诚如泰科特先生所说，规则不一定总是适用。泰科特先生指出，根据法律，如果这些条件全部符合，你们应该判有罪，但并非必须。关于这点，且让我告诉各位为什么事情不像他说的那么简单。”她朝艾瑞克走去，“如果我们住在一个情感凌驾于规矩之上的世界，那其实会非常不舒服。举例来说，我可以这么做，”——埃玛毫不迟疑地拿起艾瑞克的公文包，放到自己桌上——“因为我比较喜欢他这个。如果我能以情感的角度说服你们相信我有理由比较喜欢这个，那好，你们就能名正言顺地说我可以偷取这个公文包了。”

她又走回艾瑞克面前，拿起他那杯水喝下去。“如果住在泰科特先生的世界里，我可以走过来喝他的水，因为我刚刚生过孩子，有资格这么做。可是你们知道吗？在那种世界里，强暴犯也能为所欲为，因为他们在当时有欲望。”她重新回到陪审团席前，“在那种世界里，若有人怒不可遏，杀人也没关系。在那种世界里，若有人能说服你们这的确只是一种见义勇为，他就可以偷走你的孩子长达二十八年。”

她停顿了一下：“各位先生女士，我不住在那种世界里，我敢说你们也不是。”

陪审团评议之际，艾瑞克和我躲在一间小会议室里。他从一家犹太餐馆叫了碎牛肉三明治，我们默默地咀嚼着。“谢谢你。”片刻过后我开口道。

他耸耸肩：“我也饿了。”

“我是说替我辩护。”

艾瑞克摇了摇头：“别谢我。”

我又咬了一口，吞下去：“她就拜托你照顾了。”

他低头看自己的手，随后放下三明治。“安德鲁，”艾瑞克回答道，“我想可能刚好相反。”

不到三个小时，我们就被召回去听判。陪审员鱼贯进入时，我试着解读他们脸上的表情，但丝毫不可解，而且没有一个人与我的视线交会。那是同情的征兆吗？或是有罪的征兆？

“请辩方起立。”

我想我从来没有像这一刻这样意识到自己的年纪。我几乎无法站立，即使试图挺起身子勇敢面对，却仍不得不靠在艾瑞克身上。当我再也支撑不住，便转头往旁听席上寻找迪莉娅，紧紧注视着她的脸，除了这个焦点之外，其余的世界都慢慢在我周围粉碎。

“各位达成裁决了吗？”法官问道。

一位顶着红色小卷发的妇女点头说：“是的，法官大人。”

“裁决如何？”

“在亚利桑那州对安德鲁·霍普金斯的诉讼案中，我们判决被告无罪。”

我注意到艾瑞克高兴得咯咯笑，克里斯·汉弥顿拍着我们俩的背。我努力想呼吸到足够的空气。接着迪莉娅出现了，用双手抱住我，脸贴在我的胸前。我紧抱着，并想起艾瑞克结束结辩后说的话。这不是真正的答辩，他低声说，但有时候也只能这样。

有时候甚至能奏效。

记者们争相访问艾瑞克而引起一阵骚动。渐渐地，群众往后退让路给埃玛·瓦瑟斯坦。她与艾瑞克握手，接着是克里斯，然后俯身将艾瑞克的公文包还给他。但在此同时，她因为靠得够近，刚好能向我耳语。“霍普金斯先生，”她道出事实，但只说给我听，“换成是我，我也会这么做。”

费 兹

当迪莉娅出现，扑进我怀里，我便试着找一扇可以逃出去的后门。我还不太习惯。我只享受着触摸她的感觉，登时所有有意识的思绪或理性的计划全都飞出我的脑袋。“太好了。”我吻着她的发丝说道。

“我要去告诉苏菲。”她宣布道，“我要去告诉她，然后我要直接开车到机场，搭第一班飞机回新罕布什尔。”

然后怎么办呢？迪莉娅得知判决后太高兴了，还没能真正脚踏实地，想起一切被丢在脑后的事。原子弹没击中你家固然很好，但你仍得花上一点时间清除屋前小路上的瓦砾碎片。

到头来，我不想写她的传记了。我想写连续剧。

“别想了。”迪莉娅说，我也曾给过她同样的建议。她飞扑向前，欢天喜地地吻了我，这时艾瑞克刚好走出转角。

她看不见他，面对走廊另一端的人是我。但她一听到他的声音立刻弹开来。“喔，”他平静地说，“原来是这样。”他看看我，又看看迪莉娅。“我一直在找你。”他喃喃地说，“我……”他摇摇头，转身离去。

“你待在这里。”我告诉迪莉娅，随后追上艾瑞克，“等一下。”

他停下脚步，但没有回头。

“我能和你谈谈吗？”

艾瑞克略感踌躇，但还是沿着墙壁往下滑，坐到地板上。我也在他身边坐下。尽管我能言善道，却想不出只字片语能让情况不那么尴尬。

“我猜猜。”艾瑞克说，“你从来没想要发生这种事。”

“才不是，我早料到了。打从你们俩开始约会我就想要她了。”

艾瑞克惊讶地瞪着我，然后甚至微微一笑。“我知道。”

“你知道？”

“拜托，费兹，你也太明显了。”他叹了口气，“至少我没有失去那个女孩，也没有输掉这场官司。”

我垂下头看着地板：“顺便告诉你一声，我从来没想要发生这种事。”

“我真该打死你。”

“你试试看啊。”

“是啊，”艾瑞克轻轻地说，“我真的可能会那么做。”他说着觑了我一眼，“如果我自己不能照顾她，我也不想让其他人取代我。”他迟疑了一会儿，再次开口时，声音中带着浓浓的希望。“我会洗心革面。”他发誓道，“这次绝对不会再犯。”

“我希望你做到。”我告诉他，“我希望可以。”

艾瑞克会和我们同在——也许不那么频繁，也许甚至不在同一个小区，也许会离开一阵子。但我们三人是一体的，谁也不会改变。

他露出微笑，一绺发丝掉落遮住眉毛。“对你的希望小心一点，”艾瑞克说，“我可学到不少绑架的技巧。”

我们又坐了好些时候，虽然真的已无话可说。这对我而言也很新鲜，整段对话都在沉默中进行，因为心也有自己的语言。即便艾瑞克一个字也没说，我也会记住他的话。我会告诉她。

迪莉娅

还有另一个人逗留在法庭后方，不愿面对正等在门另一侧的媒体风暴。母亲在走道末端等候着，双手握在身前。“迪莉娅，”她说，“我真替你高兴。”

我站在离她一英尺远处，不知该说些什么。

“我想你要回家了吧。”她浅浅一笑，“希望我们能保持联络。也许你能回来玩玩，随时欢迎你到我们家住。”

我们。一听她提起维克多，我心里好像有什么关了起来。艾瑞克说假如法定追诉期还没过，可以试着控告维克多，这会是一次全新的庭审。虽然想让他付出代价，却也有一部分的我想就此将一切抛诸脑后。但我更希望母亲相信我。我好希望她能维护我而不是她自己，哪怕就这么一次。

“他伤害了我。”我难过地说，“我真的记得。可是你不记得……所以不可能有这种事，对不对？”

她摇摇头：“那不是……”

“不是真的？”我替她把话说完，咽下这几个字之前，舌尖留下了苦涩味，“我曾经很希望你是我母亲。我太想要一个母亲了。”

“我是你的母亲啊。”

我想着如果有人，有任何人敢碰苏菲，会怎么样？不管是谁——

维克多、月亮上的男人或艾瑞克——我都会杀了他，用冰柱刺穿他的心，在车里注满一氧化碳。只要他敢碰我女儿一下，我就让他马上断气。我会设法用别人看不出来的方式伤害他，就像他伤害我女儿。

而且如果是苏菲来告诉我，我会听。

这方面我和我母亲不同。对此，我感激不尽。

当我抬头看她，内心并未感到后悔或伤心或甚至痛苦，只觉得麻木。“我真希望能跟你说我知道你尽力了。”我轻声地说，“但我没办法。”

小时候，我失去的比我拥有的多太多了。我——神秘的、想象的——母亲是神、超级英雄与慰藉的合体。只要有了她，她当然会是一切问题的解答；只要有了她，她将会矫正我生命中出了差错的一切。我花了二十八年才终于能承认：我很高兴直到现在才认识自己的母亲。不是因为像父亲所担心的怕她毁了我，而是因为这样我就不必目睹她毁了自己。

母亲悲伤的力量是如此巨大，将她脚底下的土砖都压碎了，也使我们身后的喷泉水溢流。“迪莉娅，”她眼中充满泪水，说道，“我在努力。”

“我也是。”我伸手握住她的手，代表妥协、道别。也许这已经是最好的情况了。

我和艾瑞克坐在梅迪逊街看守所的接待室，等候父亲完成出狱手续。尽管别人将我们紧紧绑在一起，我仍小心地与他保持一英寸的距离。这距离随着我们移动，让我能避免擦掠到他。我怕一旦碰到他，自己会忍不住崩溃。

我们看着罪犯一一经过：有试图勾引狱警的妓女、有皮开肉绽流着血的帮派分子、有喝醉酒睡在角落里还偶尔在梦中哭喊的酒鬼。“我想，”过了几分钟后他说，“我可能会暂时留在这里一阵子。”

“在看守所？”

“在亚利桑那。其实这里没那么糟，而且至少有个法官喜欢我。”他耸耸肩，“克里斯·汉弥顿要雇用我。”

“真的？”

“是啊。就在他因为我没说出自己酗酒的事而痛骂了我一顿以后。”

我低下头瞅着自己的手：“你要知道，我不是因为那个才背叛你。”

“你就是因为那个才背叛我。”他纠正我，“所以我才爱你。”他从口袋里掏出一张纸，上面用潦草的笔迹写着一个地址。“这是离这里最近的无名戒酒会。我今晚会去。”

我的眼泪再次涌现。“我也爱你。”我说，“但我不能背负你的包袱。”

“这我知道，迪莉娅。”

“我已经不确定自己现在要什么了。”

“这我也知道。”艾瑞克说。

我擦去泪水：“我该怎么跟苏菲说？”

“就说我说的，这样做对她母亲最好。”他拉起我的手，用拇指轻抚我的指节，“天哪，若说这场该死的审判真给了我什么教训，那就是只有你放手，别人才能离开你。我不会那么做的，迪莉娅。也许会是今天或明天，或甚至一个月后，总之有一天当你早上醒来，会发现你离开的这段时间，其实最后又回到原点。而我将会在那里等着你。”他贴近上来，在我唇上很轻很轻地亲了一下。“不是我不让你走，”他喃喃说道，“只是我有足够的信心认为你会回来。”

他起身后，高度刚好遮住了太阳光线。有一刻，当他走出那道门，我眼中只看到他。

我们离开看守所后，驶上高速公路。但我没有回去找费兹和苏菲，而是在第一个出口下公路，然后一个转弯停到路边，扬起了一阵灰尘。从这场审判一开始，这是我第一次恣意地注视父亲，真真正正地注视他。

他脸上的瘀伤渐渐复原了，但鼻梁却再也挺不直。他剃过的头发还是参差不齐，像零星散布的杂草。他紧抱着双臂坐着，仿佛前座空间太大让他无所适从，而即使风沙大得令人难受，他也不摇上车窗。

“你应该有问题想问我吧。”他说。

我掉过头去，看着平坦的沙漠。在那里头有野猪、有郊狼、有蛇，有上千种危险。你可能被花园的喷水口绊倒而昏迷不醒。你可能吃到毒蕈，中毒身亡。不管你如何小心提防，永远不可能绝对安全。“你应该跟我说维克多的事。”

他静默了整整一分钟，然后用手摸摸下巴。“我本来想说，”他说，“但我实在不知道那到底是不是真的。”

我目瞪口呆，无法动弹，无法呼吸。“你说什么？”

“我没有任何证据，只是……一种感觉。我不能冒险把你留在那里，但也不能只凭直觉就去报警。”

“那么你从窗户看到的事呢？”

他摇摇头：“我不知道我是不是真的看到了，迪莉娅，或者只是这些年来我说服自己这么相信。时间过得愈久，我愈纳闷会不会是我骤下错误的结论。我必须自认为没有，因为这样带你逃走才有正当理由。”他闭上眼睛，“结果证明，如果你一心希望某件事成真，就可能在脑子里将它改写，甚至还会渐渐相信有这么回事。”

“你在证人席上说谎？”我好不容易说出话来。

“话就……就这么说出来了。说出来以后——尽管知道自己可能因此获救——感觉却糟透了。但后来我又想，也许你会原谅我。”他说，“为了你，二十八年来我一直在做另一个人。所以也许你不会介意为了我，花一星期做另一个人。”

我没有告诉父亲关于我对维克多的记忆，那些从未在法庭上提及的记忆，那些证实他那么久以前的直觉无误的记忆。我不去想我知道的事，以及我涂盖在心里的事。事实不止一个，而是有数十个。最大的挑战在于让每个人都赞成同一个版本。

于是我问了确实仅剩的一个问题：“那么你为什么带我走？”

父亲看着我。“因为，”他只说了一句，“你想走。”

我坐在车子前座，脚趾跷在仪表板上。我闭着双眼，让前方蜿蜒的道路消失不见，假装这么简单就能失去踪影。拜托，爸爸，我说。我还不想回家。

当我睁开眼睛，外头开始下雨了。车顶上像打鼓似的，我于是摇起车窗。会不会到最后发现人生的定义并不在于你的归属者或你的来处，你的希望或你失去的人，而是在于你从每个地方到下一个地方所度过的时刻呢？

我瞄向父亲，问了他很久以前也问过我的问题：“如果哪里都能去，你会去哪里？”

他的微笑指引了我。我向东行驶，往苏菲、往家的方向。一路上成列的电线杆张开双臂，朝着地平线行进。你也知道，电线杆不断向前行，即使你看不出它们要往哪去。

致　谢

一如往常，我并非独自完成此书。首先要大大感谢马里科帕郡狱长办公室的警务佐Janice Mallaburn，我是在首度造访梅迪逊街看守所时认识这个精力充沛的人，当她见过我并自告奋勇要帮忙时，恐怕并不明白自己蹚了什么浑水，她是第一个（也是最后一个）曾以“美味怪胎”来称呼我的研究导师。谢谢其他执法部门的协助者：Keating夫妻Chris与Kiki、Allegra Lubrano、Kevin Baggs（与Jean Arnett）、David Bash、Jen Sternick、侦查员Claire Demarais、局长Nick Giaccone与队长Frank Moran。我还要特别对Jennifer Sobel法官致上感谢之意，因为她陪着我到监狱一天，只为了让我回来讲述那些精彩故事时能博取信任。新罕布什尔州警员James Steinmetz与其警犬Maggie和Greta，还有罗得岛州警员Matt Zarrella让我实地见识到搜救犬何以如此感动人心。感谢诸位医学与精神科专家提供有关蝎子、气切术、子宫切除术与压抑记忆的意见：Doug Fagen、Jan Scheiner、Ralph Cahaly、David Toub、Roland Eavey与Jim Umlas。感谢Sindy Follensbee神速的抄录誊写，一如往常。感谢Jeff Hastings、Joann Mapson与Steve Alspach，任由我无情地窃取其人生。感谢Jane Picoult，永远的最佳首位读者。感谢

Carolyn Reidy、Judith Curr、Sarah Branham、Karen Mender与Atria出版社所有让我头昏脑涨的人，为我的作品奉献心力。感谢不屈不挠的Camille McDuffie提醒其他所有人来为我的作品奉献心力。感谢Laura Gross，为了我们满十五周年与更长久的合作。感谢Emily Bestler，你是一个作家所能找到最棒的拉拉队长兼领班。也感谢Kyle、Jake、Samantha与Tim你们的存在。

马上扫描卖书狂魔熊猫君二维码，

回复“**皮考特3**”，

抢先试读朱迪·皮考特的最新小说章节。